*Das japanische Rätsel*

## Das Buch

Ein grausamer Serienkiller hält Tokyo seit Monaten in Atem. Sein Markenzeichen: Die Leichen sind so kunstvoll zerlegt und angerichtet wie filetierter Fisch. Da es sich bei den Toten durchweg um Ausländer handelt und die japanische Polizei im dunkeln tappt, soll ein internationales Expertenteam den Fall aufklären. Jeder der Kriminologen aus Amerika, Europa und Australien verfolgt die Spuren eines der Opfer. Bald schon finden sich neue Hinweise. Doch die Fremdheit der japanischen Kultur macht den Ermittlern schwer zu schaffen: Zu groß sind die Unterschiede im Denken und Handeln, und die Verständigungsschwierigkeiten mit den Gastgebern machen die Aufgabe nicht leichter. Aber gerade hier liegt der Schlüssel zur Aufklärung der Verbrechen …

## Die Autorin

Suzanne Visser, geboren 1957 in den Niederlanden, ging als Tänzerin nach Japan und blieb zehn Jahre dort. 1992 veröffentlichte sie eine Geschichtensammlung über Japan. *Das japanische Rätsel* ist ihr erster Roman. Die Autorin lebt heute in Amsterdam.

Suzanne Visser

# *Das japanische Rätsel*

Roman

Aus dem Niederländischen
von Marianne Holberg

List Taschenbuch

Besuchen Sie uns im Internet:
www.list-taschenbuch.de

*Umwelthinweis:*
Dieses Buch wurde auf chlor- und säurefreiem Papier gedruckt.

List Verlag
List ist ein Verlag des Verlagshauses Ullstein Heyne List GmbH & Co. KG.
1. Auflage Februar 2003

Titel der niederländischen Originalausgabe: *De Vismoorden* (Uitgeverij Atlas, Amsterdam/Antwerpen)
Übersetzung: Marianne Holberg
Umschlagkonzept: HildenDesign, München – Stefan Hilden
Umschlaggestaltung: Hauptmann und Kampa Werbeagentur, München – Zürich
Titelabbildung: Eberhard Grames
Druck und Bindearbeiten: Clausen & Bosse, Leck
Printed in Germany
ISBN 3-548-60281-9

Für Raùl Fogelström

# 1

»DIE ABFLUSSLÖCHER VON SPÜLE, BADEWANNE UND Waschbecken sind groß wie Untertassen, und darin hängt ein Sieb von der Größe eines Spielzeugeimers, um Teeblätter und anderes aufzufangen. Das Sieb kann an einem Henkel aus dem Abflußrohr gehoben und dann geleert werden. Manchmal sind in den Abflußlöchern rotierende Messer angebracht, die den Abfall so fein zerkleinern, daß er ohne Probleme durch die Rohrleitung weggespült werden kann.«

Bertus Hogenelst blättert interessiert weiter. Er blickt hinaus in das diesige Grau. Sie müßten jetzt bald in Tokyo landen.

»Die Waschmaschine, nur halb so groß wie eine europäische, besteht aus flexiblem Plastik, einschließlich der Schrauben und Muttern, und kann daher auch im Freien stehen. Sie wäscht die Wäsche mit kaltem Wasser in einer halben Stunde. Man braucht nicht mehr als einen Eßlöffel Waschpulver für eine ganze Waschmaschine voll, und deshalb wird Waschpulver in kleinen Schachteln verkauft. Die Wäsche wird genauso sauber wie überall sonst auf der Welt.

Direkt über der Toilette ist der Wasserkasten angebracht, und sein Deckel besteht aus einem steinernen Waschbecken. Nach dem Abziehen läuft das Wasser zum Nachspülen zunächst aus der Leitung in das Waschbekken und dann vom Waschbecken in den Wasserkasten, so daß man sich die Hände mit dem Wasser waschen kann, bevor es den Wasserkasten und später die Toilette erreicht.

Die Futons werden tagsüber zusammengelegt und in einen nach Maß gefertigten Einbauschrank geräumt, so daß mehr Platz vorhanden ist. Das leere Tatamizimmer mit einer Nische für ein Blumenarrangement und einer zur Jahreszeit passenden Kalligraphie sorgt vor allem für visuelle Ruhe.

An Orten, wo Menschen Formulare ausfüllen müssen, wie in Postämtern und Banken, hängen über dem Schreibpult Plastikbrillen mit Gläsern in allen möglichen Stärken.

Auf dem Telefon gibt es einen »Papageienknopf«. Wenn man ihn drückt, werden die Geräusche und Worte, die ein anonymer Anrufer produziert, verstärkt in dessen Ohr zurückgesendet.

Beim Autofahren ertönt ein unerträglicher Pfeifton, sobald die Geschwindigkeitsgrenze überschritten wird.

Bücher sind in einem Format halb so groß wie ein Taschenbuch erhältlich und werden beim Verkauf nicht eingewickelt, sondern in einen neutralen Einband eingeschlagen, so daß kein neugieriger Mitreisender im Zug die politische oder sexuelle Vorliebe des Lesers erraten kann. In jedes Buch, ob groß oder klein, ist ein baumwollenes Lesezeichen eingenäht.

Man kann *mamma-coats*, Wintermäntel, kaufen, in welche die Mutter mit ihrem auf den Rücken gebundenen Kind paßt. Seit kurzem sind auch *pappa-coats* im Handel erhältlich.

Nicht nur Füllfederhalter, sondern auch Füllpinsel kann man kaufen.

Das Haus wird sparsam geheizt. Im Winter trägt man auch drinnen warme Kleider, und im Wohnzimmer steht auf einer dicken Decke der *kotatsu*: ein niedriger Tisch, worunter eine elektrische Heizröhre angebracht ist. Über die Tischplatte ist noch eine dicke wattierte Decke gebreitet, auf die eine zweite Tischplatte gelegt wird. Die Tischbeine und die zweite Tischplatte sind schwer, um dem Ganzen Stabilität zu verleihen. Wenn man ›im‹ *kotatsu* sitzt, halb zugedeckt von der Decke, bleibt die untere Körperhälfte warm und der Kopf kühl, eine ausgezeichnete Voraussetzung für Hausaufgaben, Briefeschreiben und andere Beschäftigungen, bei denen man sich konzentrieren muß. Und abends sinkt die Gesellschaft langsam immer tiefer unter die wattierte Decke, und unter dem Tisch bildet sich ein angenehm warmes Knäuel aus Beinen, Socken, Katzen, Pantoffeln, Büchern und Sakeschälchen.

Aus den Imbißläden der Gegend kann man sich eine vollständige Mahlzeit warm nach Hause liefern lassen. Die Gerichte, die dort zubereitet werden, sind gesund: Buchweizennudeln, Reisgerichte, Suppe, Gemüse, Fisch und Tofu. Sie werden in Tonschüsseln geliefert, die man ungespült vor die Tür stellt, wo sie vom Personal des Imbißladens wieder abgeholt werden, meistens per Moped, das mit einem an Federn hängenden Geschirrkasten ausgestattet ist.

Und schließlich gibt es noch das am häufigsten benutzte japanische Wort, das praktischste Wort der Welt. Es bedeutet ›danke schön‹, ›bitte sehr‹, ›Donnerwetter‹, ›es tut mir leid‹, ›wie geht's?‹, ›guten Tag‹, ›auf Wiedersehen‹, ›ich weiß es nicht‹ und noch hundert andere Dinge. Man kann es in jeder Situation gebrauchen, auch wenn man nicht weiß, was man sagen soll: *dōmo*.«

Bertus Hogenelst schlägt das Buch zu und betrachtet den häßlichen Umschlag. Grellbunte Fische und Bierdosen schweben in der heiteren Landschaft eines Zengartens. Bertus' Ohren schmerzen, denn das Flugzeug hat zur Landung angesetzt. Er versucht den Druck auf dem Trommelfell zu mildern, indem er sich die Nase zudrückt und den Mund weit aufsperrt, während er sich zum Fenster beugt. In dem Moment reißt ein Loch in der Wolkendecke auf, und ein Teppich aus Feldern wird sichtbar. Schnell kommt die Flickendecke auf ihn zu und immer mehr Details werden sichtbar.

Ach, denkt er, die Dachpfannen sind hier blau.

## 2

BERTUS HOGENELST GEHÖRT ZU EINEM INTERNATIONAlen Polizeiteam, das zusammengestellt wurde, um die acht »Fischmorde« in Tokyo aufzuklären. Die Morde hat man deshalb so genannt, weil sie mit Hilfe eines langen Fischmessers ausgeführt wurden und die sterblichen Überreste der Opfer sehr viel Ähnlichkeit mit aufgeschnittenem Fisch aufwiesen, der gerade fertig zubereitet ist, um serviert zu werden: Die Körperhälften lagen wie geöffnete Fensterläden an den Boden gedrückt zu beiden Seiten des Rückgrats.

Da keines der Opfer japanischer Nationalität ist, halten diese Morde nicht nur ganz Japan in Atem, sondern beherrschten in den letzten Monaten weltweit die Schlagzeilen. Die Polizei in Tokyo hat in ihren Ermittlungen seit dem ersten Mord im Februar kaum nennenswerte Fortschritte zu verzeichnen, wahrscheinlich, weil man die Nachforschungen auf diverse ausländische Gemeinschaften konzentriert hatte. Die westliche Welt brachte in den Medien schwere Anschuldigungen gegen Japan vor und nannte das Land autistisch. Schließlich kam man auf einer von den Vereinigten Staaten einberufenen Konferenz in Honolulu überein, daß sieben ausländische Kommissare und Kriminologen in Zusammenarbeit mit Chefinspektor Ichirō Mochizuki aus Tokyo die Sache übernehmen sollten. Dem Team wurden noch zwei Office Manager, ein Dolmetscher und eine Psychologin zugeordnet. Letztere soll den Mitgliedern des Teams bei der Herstellung der Täter- und der Opferprofile assistieren und ihnen in Zeiten übermächtigen Arbeitsdrucks zur Seite stehen. Die Vereinigten Staaten hatten auf einem solchen *stress-management*-Begleiter bestanden. Die sieben Mitglieder des Teams, die Psychologin und die Office Manager sind im zentral in Tokyo gelegenen Akasaka Prince Hotel untergebracht, das auf Ansuchen von Chefinspektor Mochizuki zwei Stockwerke des gewaltigen Gebäudes kostenlos zur Verfügung stellte.

Die Opfer der Fischmorde sind folgende Personen: Hendrik Mechanicus, sechsunddreißig Jahre alt, Niederländer, wurde in der Nacht des 12. Februar ermordet. Mechanicus arbeitete halbtags als Bürohilfskraft im Japan-Niederlande-Haus. Er nahm an fünf Vormittagen der Woche am Japanischunterricht eines bekannten Fremdsprachen-instituts in Yotsuya teil. Um das Japanische schnell zu lernen, wohnte er bei einer japanischen Familie in Chiba zur Untermiete. Seine sterblichen Überreste wurden in einer ruhigen Nebenstraße unweit eines Bahnhofs in Chiba gefunden. Er lag in der Mulde einer Böschung wie Thunfisch, der in einer Schale serviert werden soll.

Marcus Bopp, zweiundvierzig Jahre alt, Schweizer, Experte im Bereich Sicherheitssysteme, am 2. März tot aufgefunden in Sendagaya go-chome im Shinjuku-Bezirk. Seine wie Fisch filierten stofflichen Überreste wurden auf einem Matschweg neben einem Zaun aus Betonpfählen an der Rückseite des Shinjuku-Parks aufgefunden. Die Befragung von Leuten seines Wohnviertels, von Verwandten in der Schweiz und den Angestellten des inzwischen ruhenden Betriebs haben bis jetzt nichts ergeben.

Ian Wackwitz, zweiunddreißig Jahre alt, Deutscher, wurde am 19. April, auf dieselbe Art aufgeschlitzt, von einigen Männern der Müllabfuhr auf dem Weg zu ihrem Wagen gefunden. Aus dem Körper waren fast alle Knochen herausgelöst, und rundum in einem Oval standen Müllsäcke. Seinen Angehörigen in Deutschland zufolge war er arbeitssuchend und hatte nur ab und an eine Vertretung als Deutschlehrer wahrgenommen.

Jacob Parker, sechsunddreißig Jahre alt, Amerikaner, war der Gründer der Harvard-Akademie für internationale Kommunikation in Odawara. Die pastellfarbigen Faltblätter dieses Instituts versprechen einen »kreativen Ansatz« beim Englischunterricht für Japaner. Einem hellgelben Einschreibformular zufolge ist die Tatsache, daß so viele Japaner immer noch kein Englisch sprechen, darauf zurückzuführen, daß sie nicht gelernt haben, ihre linke Gehirnhälfte genügend zu benutzen. Parkers Körper wurde am 27. Mai von sieben Schülerinnen einer höheren Schule auf einer Eisenbahnbrücke über die neue Schnellstraße in Koganei gefunden. Die Aktivitäten seiner Schule ruhen inzwischen.

Irina Skoynich, dreiunddreißig Jahre alt, Polin, lebte in einem Randgebiet des Iidabashi-Bezirks mit dem Japaner Morio Abe zusammen. Sie führte dort ein isoliertes Dasein als Hausfrau. In ihrer freien Zeit malte sie. Sie wurde am 12. Juni unter einem kuppelförmigen Klettergerüst gefunden, das auf einem Spielplatz aufgebaut werden sollte.

Marco Polo, Italiener, starb in der Nacht vom 30. Juni. Sein Körper wurde von einem spielenden kleinen Jungen im Außenbezirk Hachiōji gefunden. Er lag in der Senke eines Deiches, der an einem Reisfeld entlangführte. Über Polo ist allgemein nichts bekannt.

Larry Maxwell, vierunddreißig Jahre alt, Australier, war Videokünstler und wohnte in einem kleinen Appartement im Yotsuya-Viertel. Er gab Englischstunden, arbeitete manchmal als Modell für Zeichenklassen und finanzierte so seine Videobänder. Maxwells sterbliche Überreste wurden am 18. Juli in der Nähe seines Appartements, im Garten eines leerstehenden Hauses gefunden. Der Schmetterling aus Fleisch und Knochen war auf geradezu künstlerische Weise auf einem Felsenstück bei einem kleinen Teich ausgestellt.

Hughes de Keuninck, vierunddreißig Jahre alt, Belgier, wurde am 15. August ermordet. Er war Inhaber des kleinen Antiquariats QueBook in Chiba, wo Bücher in englischer, deutscher und französischer Sprache verkauft wurden.

In der siebzehnten Etage des Akasaka Prince Hotel, in einem zum Konferenzsaal umgewandelten Speisesaal ist Chefinspektor Mochizuki gerade dabei, die Aufgaben und Verantwortlichkeiten des japanischen Ermittlungsteams offiziell dem internationalen Team zu übertragen. Auf den ersten Blick ist Mochizuki ein beeindruckender Mann. Mit Kopf und Schultern überragt er seine Untergebenen. Er hat, als einziger der Japaner, Locken, die kurz und steif sind, als wären sie zu stramm und mit zu kleinen Lockenwicklern aufgedreht. Das Haar bewegt sich nicht, wenn er seinen großen Kopf wendet. Er ist im Gegensatz zu seinen Untergebenen nicht in Uniform, sondern trägt einen altmodischen taillierten Anzug. Seine Hände hält er an die Nähte der dunkelblauen Hose gepreßt.

Die Mitglieder des neuen Teams sind im Laufe des gestrigen Nachmittags und Abends aus verschiedenen Himmelsrichtungen per Flugzeug am Flughafen Narita angekommen, von weißbehandschuhten Mitarbeitern Mochizukis in grauen Toyotas abgeholt und nach Tokyo gefahren worden.

Eine Handgebärde Mochizukis genügt, um seinen Untergebenen – zweiundzwanzig Leute zählt Bertus – deutlich zu machen, daß sie an einem U-förmigen Tisch Platz nehmen sollen. Sie sitzen sofort an ihren Plätzen, ganz und gar Aufmerksamkeit, mucksmäuschenstill. Die Mitglieder des internationalen Teams sind dagegen nachlässig und lärmend um einen Tisch versammelt. Mochizuki geht, auf dem Fuß gefolgt von seinem Dolmetscher, zu ihnen und bittet sie, sich in einer Reihe an die eine Tischseite zu setzen, so daß die beiden Teams sich gegenübersitzen, und fordert sie auf, die Kopfhörer, die auf dem Tisch liegen, aufzusetzen. Er spricht die Gruppe autoritär an, ohne einen von ihnen anzusehen. Dann geht er, zusammen mit dem Dolmetscher, auf ein kleines Podium an ein Rednerpult, stellt zuerst sich selbst und dann den Dolmetscher, Ichirō Watanabe, vor. Die lange Ansprache, die folgt, spricht er laut und deutlich in ein Mikrofon, wodurch seine Worte verhallt klingen. Er beginnt, indem er Namen und Rang jedes der Mitglieder des alten Teams nennt und ihm dann für seine Einsatzbereitschaft dankt, worauf der Genannte aufsteht und eine leichte Verbeugung macht. Er weist darauf hin, daß das japanische und das internationale Team zwar nicht direkt zusammenarbeiten werden, das japanische Team aber hinter den Kulissen weiterhin viel Routinearbeit verrichten wird. Dann führt er die Namen und Nationalitäten der Opfer auf und spricht von dem Schmerz der Angehörigen. Er verweist auch auf die Finder der Leichname; es waren Kinder darunter und eine schwangere Frau. Die Frau verlor ihr Kind einen Tag, nachdem sie die sterblichen Überreste von Irina gefunden hatte. Mochizuki nennt diese Punkte einen nach dem anderen mit neutraler Stimme, als läse er eine Einkaufsliste vor. Seine Hände ruhen nebeneinander auf der Platte des Rednerpults. Seine Fingernägel glänzen, als ob sie lackiert wären.

Die Mitglieder des internationalen Teams bilden eine unordentliche Reihe. Einige beugen sich nach vorn und machen Notizen, andere rauchen, weit zurückgelehnt. Vier der zehn haben ihre Kopfhörer abgelegt und hören Mochizuki direkt zu, einige mit geschlossenen Augen.

Mochizuki stellt dem alten Team das neue vor: Gerardo Silva aus Mexiko, Lucia Valenti aus Italien, Jack Fowell aus Australien, Marc Croo aus Belgien, Bertus Hogenelst aus den Niederlanden, Robynne Green aus den Vereinigten Staaten und Bettina Welt aus Deutschland. Dann die beiden Office Manager, Yvonne Lacoste aus Frankreich und Yukiko Inoue aus Japan, und zum Schluß die Psychologin, Zhiqiang Li aus China. Die Mitglieder des neuen Teams stehen auf, sobald Mochizuki ihre Namen nennt. Zwei von ihnen, die Japanerin Yukiko Inoue und die Chinesin Zhiqiang Li, verbeugen sich leicht.

Das Team werde während der gesamten Ermittlung im Hotel wohnen, ausgenommen derjenigen, die in Tokyo ansässig seien. Das seien Li, Watanabe und er selbst, doch stünden auch ihnen für den Fall extremer Arbeitsbelastung Zimmer zur Verfügung.

Mochizuki kündigt an, daß der Kommissar und Kriminologe Gerardo Silva noch am selben Abend einen Vortrag halten wird, und fordert auch die Mitglieder seines alten Teams auf, ihn sich anzuhören.

Dann stehen die Mitglieder des japanischen Teams auf und verbeugen sich tief, alle im selben Winkel, die Hände seitlich an die Schenkel gedrückt, und im Chor ertönt: »*yoroshiku onegaishimasu*«. Die Mitglieder des internationalen Teams wissen nicht so recht, wie sie darauf reagieren sollen, sie haben sich erhoben und stehen leicht amüsiert an ihrem Tisch. Einer von ihnen winkt kurz, als wäre er der Papst oder Michael Jackson. Es ist Jack Fowell aus Australien.

Mochizuki und Watanabe steigen vom Podium herunter, und Mochizuki öffnet die Tür. Beide Teams verlassen den Saal; die Japaner schüchtern in einer Reihe, die Westler chaotisch. Robynne Green unterhält sich im Gehen laut mit Bertus Hogenelst. Bertus stolpert und fällt gegen sie, Zhiqiang Li hält ihn am Arm fest. Gerardo Silva und Lucia Valenti amüsieren sich über irgend etwas und lachen laut. Bettina Welt bückt sich, um einen Strumpf hochzuziehen, Jack Fowell berührt kurz ihr Hinterteil, als er an ihr vorbeigeht. Bettina richtet sich wie elektrisiert auf und schaut sich verärgert um. Yvonne Lacoste und Yukiko Inoue studieren im Gehen den Übersichtsplan des Hotels.

Watanabe wartet geduldig, bis das Knäuel Ausländer an ihm vorbeigegangen ist.

Mochizuki verläßt als letzter den Saal. Im Hotelflur dreht er seinen Kopf langsam in alle Richtungen, wie ein Krieger auf offenem Feld, und blickt über die Köpfe seiner neuen Untergebenen hinweg zu den Tapeten in Leinenoptik und den Lifttüren aus Mahagoniimitation.

*

Bertus fährt sich mit seinen großen Händen über das fleischige Gesicht. Die Fingerspitzen massieren die geschlossenen Augenlider mit den hellen Wimpern. Er sitzt auf dem Rand des Bettes in seinem in braunen und beigen Farbtönen gehaltenen Hotelzimmer und denkt an den langen Flug von Amsterdam nach Tokyo und an die beiden Polizisten, die ihn am Flughafen erwartet hatten, der eine mit einem gelben Plastikschildchen in der Hand, darauf sein Name und das Wort *welcome*. Hogenelst falsch geschrieben: Hogenelsk. Dann die Fahrt nach Tokyo im grauen Toyota, ein oder zwei Stunden. Zuerst über Schnellstraßen, dann durch die fremde Stadt, eine Stadt aus grauer Pappe, wie ausgeschnitten. Eine Ansammlung von Modellbögen auf der Rückseite von Corn-flakes-Schachteln: flache schwarze Fenster, kleine Neonröhren innen in den Pappkonstruktionen angebracht, nicht schön, nicht charmant, nicht anrührend. Merkwürdig. Betriebsamkeit im Licht in den Zehntausenden kleinen Fenstern.

Die japanischen Polizisten hatten fast kein Wort gesprochen während der Fahrt. Ihr Englisch war kaum zu verstehen, und Bertus war zu müde gewesen, einen ernsthaften Versuch zu einem Gespräch zu unternehmen. Er hatte es dabei belassen und sich unbehaglich gefühlt mit den beiden schweigenden Männern.

Und Mochizuki, wie förmlich war der vorgegangen. Die endlose Ansprache! Das Verbeugen. Bertus grinst. Ihm ist, als hätte sich etwas an seinem Körper verändert. Die Proportionen und Maße müssen hier anders sein, denkt er, Wände, Treppen, Stufen, Pfeiler, Stühle und Tische erscheinen anders als zu Hause. Ich bin den ganzen Vormittag wie schwankend herumgelaufen, als wäre ich betrunken. Er zieht sich aus, schüttelt den weiß-blau bedruckten, gestärkten baumwollenen *nemaki* auseinander, der auf seinem Bett liegt, und zieht ihn an. Wie Papier, denkt er, setzt sich aufs Bett, den Kopf in den Händen, die Ellbogen auf den Knien, die Füße weit auseinander auf dem Teppich, und betrachtet den Kleiderhaufen am Boden.

»Einen Augenblick schlafen«, sagt er laut, steht steif auf und geht ins Badezimmer. Unter der Dusche versucht er seine noch immer verstopften Ohren freizumassieren und seine ausgetrockneten Nasenlöcher zu befeuchten. Wieder zurück im Zimmer, den Schlafkimono an, inspiziert er mit tropfenden Haaren den Inhalt eines kleinen Kühlschranks. Er nimmt eine Dose Tomatensaft. Er schmeckt ihm nicht. Er streckt sich zwischen gestärkten Laken unter dem leichten Deckbett aus. Alles ist hier aus Pappe, denkt er. Ich bin todmüde, aber hellwach und kann nicht schlafen, das steht fest. Es gibt noch nichts zum Nachdenken. Ich langweile mich. Meine Gedanken sind noch nicht angekommen, sie schweben noch irgendwo über dem Ozean. Eine leere Hülse bin ich, zwischen Papplaken in einem Papiermantel.

Er geht zum Fenster und untersucht, wie man es aufmachen könnte. Es sitzt hermetisch fest in seiner Einfassung. Eine Metallklappe darüber kann mit einem Hebel betätigt werden. Er öffnet sie, und feuchte Luft schlägt auf seine Stirn. Also wieder zu.

Er liegt wieder im Bett: hell, leer, das Deckbett zu leicht, das Kissen zu hart, der Körper zu groß, die Füße naß und kalt. Der Knoten im Gürtel stört ihn. Aufstehen. Er holt das Foto von Martha, seiner Frau, aus dem Koffer.

»Na, Martha, mein Mädchen«, sagt er und stellt das Porträt auf das Nachtschränkchen neben seinem Bett. Er stützt sich auf den Ellbogen und sagt zu dem Gesicht im Bilderrahmen: »Ich bin ganz heimatlos, Tutte. Ich hoffe, daß wir den Scheißkerl bald zu packen kriegen, dann kann ich wieder nach Hause.«

Gegen zwei Uhr fällt er in Schlaf. Um halb drei geht sein Wecker zum ersten Teamtreffen.

Bertus sieht, daß er nicht der einzige ist, der taumelt beim Gehen. Kommissar Fowell, ein langer, hagerer Mann in rostbraunem Konfektionsanzug schwankt, unsicher die Hände in Richtung eines Tisches bewegend. In dem grellen Licht, das durchs Fenster fällt, gleicht er einer seitwärts kriechenden Spinne. Fowell leidet auch darunter, denkt Bertus, es muß der Jetlag sein. Oder schwankt das Gebäude vielleicht im Wind, fragt er sich. Er blickt das Personal an, das vorbeiläuft: kleine Japaner. Sie bewegen sich zielgerichtet; ihre Körper erscheinen kompakt und ausdruckslos wie Eier. Er wählt einen Platz an dem für das Team gedeckten Tisch vor einem Fenster. Die Stadt mit ihren wie Zähne in einem Mund aufragenden Häuserreihen liegt in einem ockerfarbenen Nebel und erstreckt sich bis an den Horizont. In der Ferne meint er Berge zu sehen. Eine gutaussehende Asiatin mittleren Alters tickt mit einem Löffel an ihre Kaffeetasse.

»Guten Tag zusammen«, sagt sie auf englisch. »Ich bin Zhiqiang Li, und ich bin Psychologin, wie Sie heute morgen schon von Chefinspektor Mochizuki gehört haben. Mochizuki-san hat mich gebeten, dieses Treffen zu eröffnen. Man hat uns hier zusammengebracht, damit wir den Täter einer grauenhaften Reihe von Morden aufspüren. Es ist wichtig, daß wir uns gegenseitig gut kennen, um harmonisch zusammenarbeiten zu können, und unseren gemeinsamen Auftrag zu einem erfolgreichen Abschluß zu bringen. Ich will deshalb sofort mit einer Übung zum Kennenlernen beginnen, die aus mehreren Runden bestehen wird. Die erste Frage lautet: Wer sind Sie? Ich werde mit mir selbst anfangen. Ich bin Chinesin, 1947 in Hongkong geboren. Ich habe in London klinische Psychologie studiert, in Berkeley, Kalifornien, meinen Dr. phil. gemacht und bin dann nach Hongkong zurückgekehrt. Als ich eine *partnership* angeboten bekam, bin ich nach Tokyo umgezogen. Ich führe jetzt eine Praxis, zusammen mit einem amerikanischen Partner. Ich bin darauf spezialisiert, Täter- und Opferprofile zu erstellen und verstehe einiges von Gruppenprozessen, weshalb man mich aufgefordert hat, Ihnen beizustehen. Ich bin nicht verheiratet, bin es auch nie gewesen, und ich habe keine Kinder.«

Der Dolmetscher Watanabe übersetzt dies beinahe simultan für Chefinspektor Mochizuki, der neben Zhiqiang Li sitzt. Li lächelt kokett mit knallroten Lippen und gibt mit einer Handbewegung ihrem Nachbarn das Wort.

»Ich bin Ichirō Mochizuki und leite diese Untersuchungen, wie Sie wissen«, sagt er mit schwerem Akzent, wodurch man ihn kaum verstehen kann. Er spricht den eigenen Namen sehr schnell aus. Die englischen Worte kommen hart und fauchend von ganz hinten aus der Kehle. Er besteht darauf, jetzt englisch zu sprechen, was man an der Handbewegung sieht, mit der er dem Übersetzer gebietet zu schweigen. Er ist es nicht gewohnt, daß man ihm widerspricht. Er blickt mit dem ungebrochenen Selbstbewußtsein eines kleinen Jungen in die Runde. Die Ausländer recken den Hals in seine Richtung, um ihn verstehen zu können. Es ist zu spüren, daß er den kurzen englischen Text auswendig gelernt hat.

»Ich will Sie alle willkommen heißen und hoffe, daß Sie sich trotz der schweren und unerfreulichen Aufgabe, die vor uns liegt, in Japan zu Hause fühlen werden.« Es scheint, als würde er noch mehr sagen, aber er schweigt plötzlich, verbeugt sich steif und blickt dann vor sich hin, als ob er nie etwas gesagt hätte. Neben ihm ergreift eine blonde Frau das Wort.

»Mein Name ist Lucia Valenti. Ich arbeite für die Abteilung Criminalpol der Polizei in Palermo. Ich bin Soziologin, spezialisiert auf Sittlichkeitsverbrechen. Ich wurde aufgefordert, an diesen Ermittlungen mitzuarbeiten, weil ich Japanisch spreche, lese und schreibe und die japanischen Kultur gut kenne. Ich habe jahrelang Japanischunterricht bei einer Japanerin genommen, die in Palermo wohnt und habe mich immer mehr für dieses Land interessiert. Ich sammle japanische Keramik. Ich habe mein ganzes Leben in Palermo gewohnt und gearbeitet.« Sie lacht kindlich. Sie ist unglaublich schön mit ihren langen, glatten Haaren, ihren dünnen, schwarzen Augenbrauen und ihren unschuldigen braunen Augen. Sie ist groß und hat eine ausgesprochen weibliche Figur. Ihre Kleider sehen eher etwas billig aus. Ihre Haut ist durchscheinend weiß, ihre Hände sind lang, bleich und zerbrechlich. Sie verändert sich, wenn sie spricht: Sie wird normaler. Alle sehen sie an, sie lacht. Es ist für ihren Nachbarn schwierig, das Wort zu ergreifen, denn alle sehen weiterhin Lucia Valenti an. Der Mann räuspert sich und redet dann ins Leere, errötet. Die Aufmerksamkeit verschiebt sich nur langsam zu ihm.

»Puh, es ist nicht einfach, neben einer so schönen Dame zu sitzen«, sagt er ungeschickt. Fast niemand hört es, Lucia Valenti verzieht ihr Gesicht wie eine Zehnjährige. Er räuspert sich wieder, errötet noch einmal leicht und sagt: »Ich bin Marc Croo aus Belgien, komme aus Gent und arbeite für die Polizei in Brüssel. Ich habe im vorigen Jahr am Van-Golberdinge-Fall mitgearbeitet. Sie werden sich vielleicht erinnern, daß die Niederlande und Belgien es damals mit einer Welle von Morden zu tun hatten. Von den Ermittlungen her kenne ich Bertus Hogenelst, mit dem ich damals sechs Monate eng zusammengearbeitet habe. Ich war freudig überrascht, seinen Namen auf der Liste hier anzutreffen, er ist ein sehr fähiger Mann.« Er blickt zu Bertus, der ihm dankt.

»Ich bin schon seit Anfang dieses Jahres in Tokyo und an den Ermittlungen im Miyazawa-Fall beteiligt«, fährt Croo fort. »Ich untersuche den Zusammenhang zwischen Gewalt in Filmen und Gewalt im täglichen Leben. Miyazawa hat 1992 sieben Kleinkinder umgebracht. Nach seiner Verhaftung wurde in seinem Zimmer eine große Menge Bildmaterial gewalttätigen Inhalts gefunden. Kopien dieses gesamten Bildmaterials sind zur Prüfung an die Universität gegangen. Bis vor kurzem hatte ich ein Büro und ein Zimmer auf dem Campus der Tōdai. Die Untersuchung dort wurde vor zwei Wochen abgeschlossen, und ich habe jetzt, genau wie alle ausländischen Mitglieder des Teams, ein Zimmer hier im Hotel. Ich bin während meiner Untersuchungen an der Tōdai sehr einsam gewesen. Ich habe hier in Tokyo fast keine Bekanntschaften geschlossen. Ich kam kaum aus dem Campus heraus. Ich bin froh, jetzt in einem Team arbeiten zu können.«

Neben Marc Croo sitzt eine knabenhafte Frau. »Haben Sie sich den ganzen Tag im Büro des Universitätsgebäudes mit Pornographie beschäftigt?« fragt sie Croo.

»Nein«, antwortet er. »Ich habe vor allem Fakten verglichen. Ich habe mich in Statistiken vertieft.«

Die Frau nickt und sagt dann, in die Runde blickend: »Ich bin Robynne Green. Ich komme aus Salt Lake City; ja, meine Eltern sind Mormonen. Ich bin fünfunddreißig und tanze gern, vor allem Salsa.« Sie trägt einen braun karierten Sakko über einem weißen, seidenen Oberhemd und hat einen kleinen, männlich wirkenden Kopf. Ihr kurzes Haar trägt sie straff nach hinten gekämmt. »Ich bin mit einem Japaner verheiratet, habe keine Kinder, und wir wohnen in Palo Alto und sind beide in San Francisco beschäftigt. Ich arbeite als Kommissarin bei der Polizei.

Ich benutze den Namen meines Mannes nicht, weil niemand ihn aussprechen kann: Kuroyanagi.« Sie sieht ihren Nachbarn an.

»Gerardo Silva. Ich bin Mexikaner, und ich bin zu dick. Ich bin verheiratet und habe zwei Kinder, die beide inzwischen studieren. Wir wohnen in Mexiko City. Ich habe früher viel dreckige Revierarbeit gemacht, Gangs zum Beispiel. Aber meine Augen sind schlecht geworden und allmählich habe ich mich immer mehr auf meine andere Obsession konzentriert: die wissenschaftliche Seite der Polizeiarbeit, die Kriminologie. Wer schlechte Augen hat, wird dick. Und wer sind Sie?« Er wendet sich zu seiner Nachbarin, einer kleinen Japanerin mit breitem Gesicht. Sie lächelt verlegen, aber ihr Stimme klingt entschlossen und deutlich, ihr Englisch ist fast akzentfrei.

»Yukiko Inoue. Der Nachname kommt oft vor in Japan. Ich stamme aus Hokkaido, der nördlichsten Insel; dort gibt es nur Kühe. Meine Eltern sind Bauern. Ich habe in Tokyo studiert und arbeite als Office Manager für die Polizei, Morddezernat. Ich habe auch an diesem Fall mitgearbeitet, bevor Sie alle hierher gekommen sind und bin für Ihr Team ausgesucht worden, weil ich Englisch spreche. Ich werde mir die größte Mühe geben, Ihnen während der Ermittlungen beim Auswerten der Informationen zu helfen.«

»Jack Fowell, Australien, Kommissar, Sittenpolizei. Unverheiratet, das heißt geschieden. Ich danke Ihnen.« Sein Gesicht ist mager; sonst hängt seine Haut lose an ihm, als wäre er einmal viel dicker gewesen.

»Ich bin Bettina Welt«, sagt die junge Frau neben Fowell mit unverkennbar deutschem Akzent. Sie hat ein freundliches, etwas bäurisches Aussehen, blondes Haar in einem Pferdeschwanz zusammengefaßt, rote Wangen, blaue Augen, ein rundes Gesicht. »Ich bin Deutsche, in München geboren, aber ich wohne schon seit acht Jahren in den Niederlanden. Ich bin Kriminologin und Sinologin und arbeite im Justizministerium. Durch meine Heirat habe ich auch die niederländische Nationalität erworben. Mein Mann, Matthijs, ist Niederländer und auch Sinologe. Wir haben uns in Berlin kennengelernt.« Sie wendet sich freundlich und neugierig der Frau zu, die neben ihr sitzt.

»Mein Name ist Yvonne Lacoste, ich arbeite in Paris als Office Manager für das Departement judicière criminelle der Polizei. Ich habe früher einmal in Tokyo gewohnt, weil ich mit einem Japaner verheiratet war, und aus der Ehe habe ich eine Tochter, Lei. Vor und während der sechs Jahre der Ehe habe ich sieben Jahre in Tokyo gelebt. Ich wurde geschieden, als Lei drei war und bin mit meiner Tochter zurück nach Paris gegangen. Als Lei sechs war, haben wir wieder geheiratet, einen Franzosen. Lei ist jetzt zwölf.«

»*Wir* haben geheiratet?« fragt Chefinspektor Mochizuki.

»Lei und ich«, sagt Yvonne Lacoste und lächelt etwas verschmitzt. Mochizuki sieht unsicher in ihre Richtung.

»Es ist nur ein Scherz, Mochizuki-san«, sagt sie. Mochizuki blickt sie mißtrauisch an.

»Ich habe in Paris angefangen, Japanisch zu studieren«, fährt Yvonne Lacoste fort. »Ich spreche die Sprache inzwischen gut und kenne Tokyo noch wie meine Westentasche und freue mich, wieder einmal hier zu sein. Yukiko Inoue und ich werden eng zusammenarbeiten. Ich werde mich vor allem mit Übersetzungen befassen. Meine Muttersprache ist Französisch, aber ich spreche Englisch, wie Sie merken, daneben auch Spanisch, Italienisch und Deutsch.

Das ist der Grund, weshalb ich für diese Ermittlungen ausgesucht worden bin.«

»Ichirō Watanabe, ich bin Ihr Übersetzer. Willkommen in Japan.« Er ist klein und hat etwas Wieselartiges an sich. Seine Haut ist stumpf und gelblich, sein Anzug eine kleinere Ausführung von Mochizukis, tailliert, schmale Revers, die Hosenbeine zu kurz, die Ärmel des Jacketts zu lang. Er trägt, wie viele Japaner, Schuhe mit hohen Absätzen, um größer zu erscheinen. Jeder blickt erwartungsvoll in seine Richtung, aber es kommt nicht mehr.

Bertus beginnt zu sprechen. »Ich bin Bertus Hogenelst aus Amsterdam. Ich bin Kommissar und arbeite im Polizeipräsidium, Abteilung Schwerverbrechen. Voriges Jahr habe ich, wie Herr Croo schon erwähnte, an dem Fall Van Golberdinge in den Niederlanden mitgearbeitet. Es ging dabei, genau wie jetzt, um einen Serienmörder. Aufgrund jener Ermittlungen bin ich für dieses Team vorgeschlagen worden. Ich weiß nicht, wie es Ihnen, meine Damen und Herren hier geht, aber ich fühle mich wie ein Elefant auf diesem kleinen Stuhl. Ich bin ein Meter achtundneunzig. Ich bin neunundfünfzig und verheiratet mit Martha. Wir haben fünf Kinder, die alle aus dem Haus sind. Meine Frau ist Pianistin, und ich spiele Kontrabaß. Wir lieben beide Musik. Ach, ich hatte erwartet, daß die Gebäude in Tokyo aus Holz und romantisch sein würden.«

Zhiqiang lacht, so daß man ihre regelmäßigen Zähne sieht und dankt jedem für die erste Runde. Auf ihren Zähnen klebt Lippenstift. »Ich schlage vor, daß wir uns von jetzt an mit dem Vornamen anreden«, sagt sie. »Ich möchte, daß ihr in einem Wort beschreibt, wie ihr euch fühlt; die Temperatur messen, nennen wir das. Ichirō, du bist dran.«

»Was?« fragt Mochizuki.

»Wie fühlst du dich?«

»Ich verstehe nicht.«

»Es ist ganz einfach: Wie fühlst du dich?«

»Gut. Warum?«

»Nein, ich hätte wieder mit mir selber anfangen müssen. Ich bin aufgeregt.«

»Ich auch«, sagt Mochizuki höflich.

Li zuckt mit den Schultern. »Und du, Lucia?«

»Nervös«, sagt Lucia Valenti.

»Bereit, an die Arbeit zu gehen«, sagt Marc Croo.

»Das ist kein Gefühl«, sagt Zhiqiang Li.

»Oh, okay, aufgekratzt.«

»Ich habe dies Spiel schon einmal gespielt«, sagt Robynne Green, »es ist sehr amerikanisch. Ich bin ruhig.«

»Ungeduldig«, sagt Gerardo Silva.

»Unsicher«, sagt Yukiko Inoue.

»*Give me a break*«, sagt Jack Fowell.

Zhiqiang Li wirft ihm einen bösen Blick zu.

»Froh«, sagt Yvonne Lacoste.

»Erstaunt«, sagt Watanabe und übersetzt hastig für Mochizuki.

»Ich amüsiere mich«, sagt Bertus Hogenelst kurz. Alle blicken unsicher zu Zhiqiang Li.

»Dies ist kein harmloses Spiel«, sagt sie. »Es ist wichtig. Arbeiten Sie bitte mit. Sie werden sehen, daß es hilfreich ist.« Sie sieht Jack Fowell an, der verdrießlich zurückblickt.

Mochizuki steht auf und nimmt Zhiqiang Li einen Augenblick beiseite. Dann teilt er den andern mit, daß Li und er sich darauf geeinigt haben, daß die beiden Office Manager jetzt in ihr Büro gehen können. Yvonne und

Yukiko verlassen den Saal. Yukiko verbeugt sich leicht, Yvonne hebt zum Abschied die Hand.

»Die nächste Runde handelt von all Ihren Namen und Beinamen«, nimmt Zhiqiang das Spiel wieder auf. »Sollen wir die Richtung wechseln? Ich werde wieder bei mir selbst anfangen. Bertus, willst du der nächste sein?« Bertus nickt.

»Li ist ein ganz gewöhnlicher chinesischer Familienname; wörtlich bedeutet das Schriftzeichen ›Pflaume‹, wie das Obst. Und Zhiqiang ist ein Jungenname«, sagt Zhiqiang Li, »und damit bin ich in meiner Kindheit ziemlich viel geärgert worden. Die wichtigste Bedeutung des Zeichens für *zhi* ist ›Wille, Ehrgeiz‹. Als Tätigkeitswort bedeutete es etwas in der Richtung von ›wollen, nacheifern, erstreben‹. Das Zeichen *qiang* bedeutet ›stark, kräftig‹, aber auch ›sich anstrengen, nach etwas streben‹, je nach dem, wie es ausgesprochen wird. Man schreibt es so ...« Sie nimmt eine Serviette und schreibt drei chinesische Schriftzeichen darauf: 李志強. Sie hält den Zuhörern die beschriebene Seite des Papiers hoch. »Mein Vater sagt, daß der Name genauso für ein Mädchen gilt, aber ich glaube, daß mein Vater sich eigentlich einen Jungen wünschte. Ich bin das einzige Kind. Ich war froh, als ich nach London und später nach Kalifornien ging, obwohl ich dort einige chinesische Kommilitonen hatte, die schrecklich über den Namen Zhiqiang lachen mußten. In Tokyo habe ich nicht darunter zu leiden. Es ist mir viel zu spät eingefallen, daß ich meinen Namen hätte ändern können, und jetzt ist es nicht mehr nötig.« Der rote Mund in ihrem Gesicht ist zugleich geziert und verschmitzt.

»Ich heiße Albertus Maria Hogenelst«, sagt Bertus. »Meine Eltern kommen aus dem Süden der Niederlande, und dort bin ich auch aufgewachsen. Später bin ich nach Amsterdam gezogen. Der Süden der Niederlande ist katholisch, daher Maria. Ich habe in meiner Jugend verschiedene Spitznamen gehabt. Zuerst Bertus Hogerop, ›Hoch-Hinaus‹, weil ich so lang war. Auch ›Leuchtturm‹, ›Rotfuchs‹, ›Verkehrsampel‹ und solche Albernheiten, wegen meines Haars, das früher viel röter war. Mein Bruder nannte mich Koos, ich weiß nicht warum, ich nannte ihn Rinus, obwohl sein richtiger Name Jan ist. Meine Frau nennt mich manchmal *Kreng*, ›Biest‹, weil ich sie oft *Tutte* nenne. Das bedeutet so etwas wie, tja, wie soll ich es sagen, Flaum? Nein, das ist zu lieblich.«

»Möse?« schlägt Robynne Green hilfsbereit vor, woraufhin Croo auf der anderen Seite des Tisches,errötet.

»Nein«, sagt Bertus Hogenelst, »es ist weniger grob.«

Robynne Green runzelt die Stirn.

»Mein Sohn nennt mich Ludwig«, fährt Bertus fort, »weil er findet, daß ich der Büste Beethovens ähnlich sehe, die bei uns zu Hause auf dem Klavier steht.« Die Ausländer lachen, Watanabe kommt mit dem Übersetzen nicht ganz nach. Als er fertig ist, lacht Mochizuki kurz.

»Ich habe nie einen Beinamen gehabt«, sagt Watanabe, »aber Ichirō bedeutet ›erster Sohn‹. Man schreibt meinen vollständigen Namen so ...« Er malt es genau wie Li mit seinem Füller auf eine Serviette : 渡辺一郎 . »Der Nachname ist aus zwei Schriftzeichen zusammengesetzt, das für ›überqueren‹ und das für ›eine Seite‹, beispielsweise eines Flusses. Ichirō wird auch mit zwei Zeichen geschrieben, sehen Sie? Ich habe zwei jüngere Brüder und eine Schwester. Es ist eine schwere Verantwortung, ältester Sohn zu sein: Ich muß alles regeln, wenn jemand in der Familie heiratet oder stirbt oder wenn es Streit gibt. Es wird viel von mir erwartet, alle achten immer auf mich.« Er zögert, dieses Bekenntnis für Mochizuki ins Japanische zu übersetzen. Zhiqiang Li gibt ihm mit einem Stirnrunzeln zu verstehen, daß er das tun muß.

Jack Fowell beginnt: »Als ich klein war, habe ich mich mit den Kleidern meiner Schwester verkleidet und gesungen. Deshalb nannte mein Vater mich *Sweet Jaqueline*. Ihr könnt euch nicht vorstellen, wie ich unter diesem Namen gelitten habe. Weiter habe ich glücklicherweise keine Spitznamen.«

»*Jam jar*«, sagt Silva, »›Marmeladenglas‹, so nennen sie mich bei der Arbeit hinter meinem Rücken. Ich tue so, als wüßte ich nicht, daß sie meine Brillengläser meinen.«

»Ich habe eine ganze Menge«, sagt Robynne Green. »Mein Mann nennt mich Chan, nach dem Anhängsel *-chan* hinter japanischen Namen. Es ist ein Verkleinerungswort: kleine Robynne, zuerst war es Robynne-chan, dann wurde es auf die Dauer Chan. Meine Mutter kauft immer Puppen mit einem japanischen Gesichtchen für meine Nichten, und alle diese Puppen heißen Chan. In der höheren Schule war ich *Sweetlips*. Gott weiß, warum, und weiter war es Hobbes, mein Vater nannte mich so, und Hobbeles und ›Kanarie‹, und später ›Knie‹. Warum ›Knie‹? Keine Ahnung, das fing einfach so in der höheren Schule an.« Robynne Green lacht laut und herzlich.

»Mein Spitzname war Hein, weil ich so mager war«, sagt Marc Croo. »Im Niederländischen und auch im Flämischen, der Sprache, die in Nordbelgien gesprochen wird und die meine Muttersprache ist, nennen wir den Tod mit der Sense *Magere Hein*. Ich wurde oft rot und deshalb auch ›Leuchtturm‹ genannt, genau wie Bertus Hogenelst, oder ›Pfingstrose‹. Ich werde immer noch rot.«

»Maus«, sagt Lucia Valenti. »Mein Vater nannte mich ›Maus‹, als ich ein Kleinkind war, und sonst habe ich nie Spitznamen gehabt.«

»Ich habe nie Spitznamen gehabt«, sagt Bettina Welt.

»Ich auch nicht«, sagt Mochizuki steif, »aber meinen Namen schreibt man so ... « Er kalligraphiert mit großen Strichen auf die Papprückseite seines Schreibblocks: 望月一郎. »Der Nachname Mochizuki bedeutet ›Vollmond‹. Der Vorname ist derselbe wie der von Watanabe-san. In japanischen Familien sagt man *-kun* hinter einem Jungennamen. Ich bin also Ichirō-kun.« Er macht eine großzügige Geste zum Übersetzer, als wollte er sagen: Übersetze es denn in Gottes Namen.

»Weiterhin möchte ich darum bitten, mich Mochizuki zu nennen statt Ichirō«, fährt er fort. »Erstens heißt Watanabe auch Ichirō, und es wäre nur verwirrend, wenn wir beide mit diesem Vornamen angeredet würden. Zweitens sind wir Japaner nicht an den Gebrauch der Vornamen außerhalb der Familie gewöhnt. Es ist zu intim. Finden Sie es schlimm, mich Mochizuki zu nennen?«

Zhiqiang schaut in die Runde. Die Mitglieder des Teams schütteln den Kopf: Nein, sie finden es nicht schlimm, Mochizuki Mochizuki zu nennen.

»Wie ist es mit dir, Ichirō? Wie willst du genannt werden?« fragt Zhiqiang Watanabe.

»Gern Watanabe«, sagt Watanabe.

»Das war's«, sagt Zhiqiang Li zu Mochizuki.

Der nickt und nimmt das Wort. »Vielen Dank, Li-san, für dieses interessante und höchst ungebräuchliche Spiel.« Er spricht das Wort »Spiel« spöttisch aus. Den Rest seiner Ausführungen läßt er von Watanabe übersetzen. »Ich möchte jetzt gern Berichte austeilen, die Sie in Ihren Zimmern gründlich durcharbeiten können. Sie enthalten Details über die Ermittlungen der Polizei von Tokyo. Es ist ein enormer Stapel Papier, aber die Dokumente sind, wie Sie merken werden, genau etikettiert und numeriert und mit einem Index und einem Stichwortverzeichnis versehen. Das Dinner wird um sechs Uhr in diesem Saal serviert. Danach müssen Sie in den großen Konferenzsaal gehen. Dort wird Kommissar Silva einen Vortrag halten. Um zehn Uhr findet eine Pressekonferenz in der Lounge statt. Ich bitte Sie, während der Pressekonferenz keinen Alkohol zu sich zu nehmen und Ihre Kommentare so unverbindlich und allgemein wie möglich zu halten.« Er streckt seine Hand zu Watanabe aus, der ihm einzeln große, dicke, braune Umschläge reicht. Mochizuki liest die Namen auf den Umschlägen vor und läßt jedes Mitglied des Teams eine Erklärung zur Geheimhaltung unterschreiben.

»*Yoroshiku onegaishimasu*«, sagt er jedes Mal, wenn einer das Papier unterschreibt und seinen Umschlag in Empfang nimmt.

»Bitte sehr, danke schön«, übersetzt Watanabe frei. Zehnmal.

Die Gesellschaft zerstreut sich geräuschlos über den dicken Auslegeteppich der siebzehnten Etage des Akasaka Prince Hotel. Auf den Fluren ist kein Personal zu sehen. Automaten für Getränke, Blumen, Kondome, Diamanten, Süßigkeiten und Zeitungen produzieren einen allgemeinen Summton.

*

Gerardo Silva steht an einem hölzernen Rednerpult, um mit seinem Vortrag anzufangen. Er kneift die Augen halb zusammen und schaut in den Saal. Watanabe sitzt hinten an einem Mikrofon in Bereitschaft. Die japanischen Anwesenden haben Kopfhörer auf und warten still auf den Beginn der Erörterung. Die Mitglieder des internationalen Teams tauschen sich geräuschvoll untereinander aus. Silva räuspert sich, faßt die Seitenkanten des Pults mit beiden Händen, während er auf den Papierstoß blickt, der vor ihm liegt. Nach einigen Augenblicken richtet er seinen Blick auf die Kollegen des Ermittlungsteams. Die große schwarze Brille beherrscht sein ganzes Gesicht.

Das Gestikulieren hört auf, das Geflüster verebbt. Wirklich still wird es erst, als er zu sprechen beginnt. »Da ich Untersuchungen zu der Psychologie von Serienmördern angestellt habe«, sagt er, »bin ich aufgefordert worden, diese Einleitung zu den Ermittlungen zu übernehmen. Zu diesem Thema erschien im vorigen Jahr mein Buch *Cold Blue Fire: The Psychology of a Serial Killer.*«

Silva spricht ein klares und akzentfreies Englisch.

»Die beiden Reihen Neonröhren hinten im Saal stören mich, ob jemand die bitte ausschalten kann? Sie reflektieren in meinen Brillengläsern und machen mich schwindelig.«

Einen Augenblick lang passiert überhaupt nichts, dann springt ein Mann hinten im Saal auf, legt den Schreibblock, den er auf dem Schoß hielt, auf den Sitz seines Stuhls und bedient die Lichtschalter bei der Tür. Silva wartet, bis der Mann wieder auf seinem Stuhl sitzt und seinen Stift über seinem Block bereit hält.

»Das ist besser, vielen Dank.

Wir sind hier zusammengekommen, um uns, bevor wir an die Arbeit gehen, über eine äußerst bedauerliche und dringende Angelegenheit zu informieren, eine Angelegenheit, die nun schon seit einiger Zeit in den Medien Aufsehen erregt unter dem Namen ›die Fischmorde‹. Journalisten sind ein kreatives Völkchen, und ich werde nicht versuchen, etwas gegen diesen so anschaulichen Namen vorzubringen.

Denn es ist so, meine Damen und Herren, daß acht unserer Mitmenschen, und zwar: Hendrik Mechanicus aus den Niederlanden, Marcus Bopp aus der Schweiz, Ian Wackwitz aus Deutschland, Jacob Parker aus Amerika, Irina Skoynich aus Polen, Marco Polo aus Italien, Larry Maxwell aus Australien und Hughes de Keuninck aus Belgien hier in Tokyo ermordet wurden und daß Passanten ihre sterblichen Überreste verstümmelt aufgefunden haben. Tatsache ist, daß alle diese Passanten beschrieben haben, die aufgefundenen Menschenteile hätten ›so adrett und ordentlich dort gelegen‹, als wären sie zum Servieren zubereitet. Die Ermittlungen der japanischen Polizei haben ergeben, daß die Körper mit einem *yanagiba* bearbeitet worden sind.« Silva nimmt ein langes, schmales Messer mit Holzgriff vom Rednerpult und hält es hoch. Die Spitze ist mit einem Plastikaufsatz geschützt. Das Messer ist ungefähr vierzig Zentimeter lang, und die Klinge glänzt im Neonlicht.

»Es steht fest, daß derjenige, der die Verwundungen zufügte, ein derartiges Messer benutzt hat und schwarze Lederhandschuhe trug. Auf den Körpern der Opfer hat man Spuren dieser Handschuhe gefunden. Der Zustand, in dem die sterblichen Überreste der Opfer angetroffen wurden, verweist auf rituellen Mord, ein typisches Merkmal für den Serienmörder.

Ebenso typisch für den Serienmörder ist, daß er seine Opfer sorgfältig nach bestimmten Eigenschaften auswählt. Und dies ist der Punkt, in welchem die Polizei völlig im Dunkeln tappt: Wir wissen nicht, was die Opfer miteinander gemein haben. Ich kann Ihnen zu dem letzten heute also nichts sagen, außer daß die Opfer alle keine Japaner sind. Allerdings kann ich auf das eingehen, was über Serienmörder bekannt ist. Ich will betonen, daß ich mit meinen Ausführungen weder Mitleid noch Sympathie für den Täter erwecken will. Es geht darum, Einblick in sein Verhalten und seine Motive zu bekommen, um eine schnelle und effiziente Arbeitsweise zu ermöglichen. Es ist sehr gut möglich, daß der Täter in diesem Moment von seinem nächsten Opfer träumt, das Opfer auswählt, es verfolgt, sich an es heranmacht oder es umbringt. Denn das sind die Phasen, die ein Serienmörder durchmacht: die des Phantasierens, Auswählens, Beschattens, Verführens und Tötens. Eine schreckliche Obsession zwingt ihn zu seinen Phantasien, seiner stillen Jagd, seiner Wahl, seinem ›Spiel‹, wenn ich es so ausdrücken darf, seiner Tat und schließlich der Depression, die ihn zwingt, wieder in seine Phantasien einzutauchen.

Ich spreche von ›er‹, aber es wird jedem klar sein, daß der Serienmörder auch eine Frau sein kann, obwohl die Geschichte gezeigt hat, das weibliche Jack the Ripper selten sind. Ich selbst bin während der Nachforschungen für mein Buch auf drei gestoßen, eine im Mittelalter, eine im sechzehnten und eine im siebzehnten Jahrhundert. Die erste hieß Angela Jesus. Sie ermordete Bauernsöhne, indem sie ihnen den Hals abschnitt und danach ihre Opfer häutete. Ihre Häute trocknete sie, um Kleidung daraus anzufertigen. Sie ist sechzig Jahre alt geworden und wohnte am Fuße des Vesuv. Zu Beginn des sechzehnten Jahrhunderts war in Ungarn Erzsébet Báthory, die, um ihre Schönheit ewig zu bewahren, im Blut junger Mädchen badete. Der dritte weibliche Killer hieß Bata und wohnte in Rumänien. Sie trank das Blut von Kindern, um das ewige Leben zu erwerben. Es könnte sein, daß Bata und Erzsébet Báthory dieselbe sind, daß im Laufe der oralen Überlieferung die eine sich von der andern abgespaltet hat.

Ist der Serienmörder krank? werden Sie sich fragen. Die Antwort auf diese Frage ist nicht einfach. Es handelt sich um eine Kombination von genetischen, sozialen und psychologischen Faktoren, die miteinander verflochten sind und sich gegenseitig verstärken. So hat man Schädigungen im limbischen System des Gehirns bei achtzig Prozent der uns bekannten Serienmörder aus den letzten siebzig Jahren festgestellt. Das limbische System ist ein alter Teil unseres Gehirns. Ich werde hier nicht zu sehr ins Detail gehen, aber das limbische System beherrscht primitive Impulse. Im allgemeinen werden die wilden Impulse durch jüngere Teile des Gehirns unter Kontrolle gehalten. Beim Serienmörder scheint das nicht der Fall zu sein. Wir haben es mit einem wie ein Automat funktionierenden Menschen zu tun, der von Kräften getrieben wird, die er selbst nicht beherrscht und nicht begreift; Kräfte, von denen wir uns nur eine vage Vorstellung machen können, weil wir sie nie selbst gespürt haben. Wir wissen nicht, inwiefern diese Schädigungen des limbische Systems auch bei normalen Menschen vorkommen, weil kein normaler Mensch auf diese Schäden hin untersucht wird. Derartige Schäden können beispielsweise durch schwere Mißhandlung in der Jugend verursacht sein.

Gesetzt den Fall, ein kleiner Junge wird von Aggressionen verbunden mit Lust überfallen. Er fängt die Katze im Garten hinter dem Haus und quält das Tier, bis es vor Erschöpfung fast stirbt. Er ist merkwürdig erregt. Er tötet die Katze, versteckt die kleine Leiche und kommt wieder zu sich. Das Schreckliche seiner Tat überwältigt ihn. Wenn die Eltern dieses Jungen aufmerksame Menschen sind, werden sie die Katze vermissen und dem Jungen etwas anmerken. Ein Junge, der eine so schreckliche Tat begangen hat, verhält sich nicht unbefangen. Die

Eltern werden ihn ausfragen, und schließlich wird die Wahrheit über die Katze ans Licht kommen. Der Junge kann jetzt, wenn er Glück hat, seine Scham, seine Angst und seinen Abscheu äußern. Und darum geht es. Wenn der Junge seinen Gefühlen Ausdruck verleihen kann, durch einen Tränenausbruch, Äußerung von Bedauern und guten Vorsätzen, sein Leben zu bessern, dann wird die Intensität dieser Gefühle abnehmen, und er wird allein dadurch schon weniger geneigt sein, eine weitere Katze zu quälen.

Stellen Sie sich nun vor, daß die Eltern eines solchen Jungen gewalttätige, dumme Menschen sind. Sie bemerken die ganze Sache mit der Katze nicht, oder sie merken es und schlagen den Jungen, sie sperren ihn ein und drangsalieren ihn. Achtundachtzig Prozent der in den letzten siebzig Jahren untersuchten Serienmörder wurden als Kind wiederholt körperlich und geistig schwer mißhandelt. Welche Auswirkungen hat dies auf die Psyche des Kindes? Es wird gezwungen, sich in eine Phantasiewelt zurückzuziehen. Wenn das Kind nie Freundschaft und Wärme erlebt hat, wird es nicht wissen, wie es über diese Dinge überhaupt phantasieren soll. Seine Phantasien werden abartig und gewalttätig sein. Mit dieser Art von Phantasien haben wir es hier zu tun. Sie haben einen halbsexuellen Charakter und befreien das Individuum von der Spannung, die sich in seinem Organismus aufgebaut hat als Folge davon, daß es sich nicht geliebt weiß. Wie ein Orgasmus den Menschen, der sich geliebt weiß, von der sexuellen Spannung befreit, so befreit der Mord gleichsam die Spannung im Organismus eines Menschen, der sich nicht geliebt weiß. Ich werde nun die verschiedenen Stadien von Erregung und Entladung, die ein Mörder durchmacht, vorstellen.

Sobald der Serienmörder die Spannung in sich wachsen fühlt, beginnen die Phantasien. Der Zustand, in dem er sich jetzt befindet, ist gut zu vergleichen mit sexueller Erregung. Er stellt sich die Tat bis in alle Details vor. Die normalen Bedürfnisse des täglichen Lebens spielen keine Rolle mehr, sie werden automatisch befriedigt oder vernachlässigt und durch ein intensives, alles andere aufschluckendes Lustgefühl ersetzt. Terry Middler, ein 1961 zum Tode verurteilter Serienmörder, beschrieb das Gefühl als ›ein kaltes, blaues Feuer, dem man nicht entgeht‹. Mickey Delthy, 1964 verurteilt, sagte: ›Es schien, als würde ich von einem Ort angesogen, wo andere Gesetze gelten.‹

Diese Phase kann Tage bis Wochen andauern. In dieser Zeit beginnt der Killer Ausschau zu halten nach einem Opfer, das seinem Bild entsprechen muß: eine bestimmte Stimme, ein bestimmtes Aussehen oder ein bestimmtes Verhalten. Die Opfer eines Serienmörders haben immer etwas gemeinsam. Bei den Opfern von Caesar Varano, der 1972 verurteilt worden ist, war es ein bestimmter Augenaufschlag. De facto ist das gemeinsame Kennzeichen der Opfer der wichtigste Auslöser für das Verhalten des Mörders, das nun folgt.

Wenn der Killer seine Beute lokalisiert hat, kann die Zeit des Beschattens beginnen. Der Mörder versucht so viel wie möglich über sein zukünftiges Opfer zu erfahren. So kann er seine Phantasie mit immer neuen Details füttern und das ›kalte, blaue Feuer‹ in Gang halten. Er wird Gespräche mit seinem Opfer anknüpfen, das Opfer zur Freundschaft oder Liebe zu verführen suchen. Er ist überzeugend und wirkt aufrichtig. Menschen, die einem Serienmörder in diesem Stadium entkommen sind, beschreiben ihren Bedränger als charmant, herzerwärmend, entwaffnend, offenherzig, kindlich unschuldig, anziehend. Wenn der Mörder das Vertrauen des Opfers gewonnen hat, lockt er seine Beute zu einem Ort, den er schon vor langer Zeit ausgesucht hat.

Während er den Mord verübt, erlebt der Mörder ein Gefühl der Befreiung wie das, was in der Theologie Erleuchtung genannt wird. Er wähnt sich allmächtig und in direktem Kontakt mit dem Kosmos. Diese Ekstase kann mehrere Tage anhalten und schlägt dann in ihr Gegenteil um, in Angst und schließlich in Gefühllosigkeit. Dies letzte Gefühl, das ich in meinem Buch das ›Ungefühl‹ genannt habe, ist der Auslöser für die nächste Phantasie, denn von allen durchstandenen intensiven Gefühlen ist dieses Ungefühl das Schlimmste. Es ist die Basis des Serienmörderdaseins, und der Serienmörder wird denn auch alles tun, dies Ungefühl loszuwerden. So ist er Gefangener eines schrecklichen Zyklus, der sich, wenn er nicht von außen durchbrochen wird, weiterdreht, bis der Killer stirbt. Er wird nicht aufhören zu morden, bevor er sicher hinter Schloß und Riegel sitzt. Mit diesem absonderlichen Phänomen haben wir es zu tun.

Wir müssen den Zyklus so schnell wie möglich durchbrechen. Ich wage zu behaupten, daß dies weniger kompliziert ist, als es in diesem Moment erscheint. Ich bin davon überzeugt, daß der Täter in seinem tiefsten Innern nichts sehnlicher wünscht, als gefaßt zu werden. Seine Verhaftung wird ja den Handlungen, die er immer wieder ausführen muß, ein Ende bereiten. Für ihn ist eine lebenslange Gefängnisstrafe dem zwanghaften Gehorsam gegenüber den Impulsen, die ihn im Moment knechten, bei weitem vorzuziehen. Er wird deshalb immer unvorsichtiger werden. Sobald wir Anhaltspunkte finden, wird er uns die Ermittlungen erleichtern. Er wird uns vielleicht selbst zu sich locken. Wir müssen uns dessen immer bewußt sein. Vielleicht gibt uns der Mann oder die Frau, die wir suchen, jetzt, in diesem Moment schon Zeichen.«

Unwillkürlich schauen einige der Zuhörer sich um.

Zhiqiang Li ist aufgestanden, hat sich neben Silva gestellt und beugt sich zum Mikrofon. »Alle Mitglieder des internationalen Teams werden während der Ermittlungen unter starkem Druck stehen und vielleicht mit heftigen, unbekannten Emotionen konfrontiert sein. Diese können uns bei den Ermittlungen im Weg stehen. Ich möchte Sie, die Mitglieder des internationalen Teams, deshalb auffordern, während dieser Zeit ein Tagebuch zu führen und, falls nötig, Kontakt mit mir aufzunehmen. Haben Sie keine Scheu, mich um Rat zu fragen, sobald Sie merken, daß Sie nicht mehr klar denken können.«

Es entsteht gedämpfte Heiterkeit im Saal.

Chefinspektor Mochizuki geht, von Watanabe gefolgt, aus dem Saal nach vorn und bittet das neue Team, jeden freien Augenblick zu nutzen, die Berichte der japanischen Polizei und den Stadtplan von Groß-Tokyo zu studieren und den Weg innerhalb des Hotels kennenzulernen.

»Gleich jetzt findet eine Pressekonferenz statt«, fügt er hinzu. »Morgen früh um sieben Uhr haben wir eine Frühstückskonferenz im Eßsaal auf diesem Stockwerk. Sie haben sicherlich alle einen Stadtplan erhalten. Sie haben eine Liste mit den Telefon- und Zimmernummern aller Beteiligten. Im Hotel gibt es Jet-lag-Räume für alle, die sich nach der Flugreise desorientiert fühlen. Sie können sich dort einer Kur mit künstlichem Sonnenlicht und Ozon unterziehen. Ich danke Ihnen für Ihre Aufmerksamkeit. Gibt es Fragen?«

Bettina Welt richtet eine Frage an Silva: »Hast du irgendeine Erklärung dafür, warum Serienmörder meistens Männer sind?«

»Nein. Es gibt zwar Theorien darüber, aber die finde ich alle unglaubwürdig oder unbefriedigend, deshalb will ich sie hier nicht wiederholen. Ich will aber noch einmal betonen, daß der Killer auch eine Frau sein könnte. Wir haben in den letzten Jahren die Feststellung machen können, daß die Kriminalität unter Mädchen und Frauen zunimmt, auch in Japan.«

Zu Silvas Erstaunen gibt es keine weiteren Fragen. Es ist keine einzige Frage von japanischer Seite gestellt worden, denkt er. Er geht zu Watanabe, der sich noch an seinem Platz hinten im Saal befindet, und sagt flüsternd, daß er woanders in der Welt nach einem solchen Vortrag mit Fragen überschüttet worden wäre. Watanabe antwortet, daß Japaner eine große Scheu haben, in der Öffentlichkeit Fragen zu stellen. »Wir werden von der ersten Klasse der Grundschule an entmutigt, in der Öffentlichkeit Fragen zu stellen«, sagt er.

»Aha«, sagt Silva vage, während er über diese Erklärung nachdenkt.

Im Saal bilden sich Gruppen. Hände werden geschüttelt, Visitenkarten ausgetauscht, und Mochizuki verteilt neue dicke braune Umschläge mit Polizeiberichten.

*

Im großen Konferenzsaal, wo es verräuchert und laut ist, gibt Gerardo Silva vor der Presse eine verkürzte Fassung seines Vortrags. Die Journalisten machen eifrig Aufzeichnungen oder halten ein Minitonbandgerät in die Luft. Mochizuki sitzt kettenrauchend mit einem Glas Orangensaft hinter einer japanischen Flagge, zieht, aus Gründen, die Silva unklar sind, ein beleidigtes Gesicht und reagiert verärgert, als Silva nach seinem Vortrag die Übersetzung von jedem Wort verlangt, das auf japanisch gesagt wird. Die Journalisten sind aufdringlich und chaotisch und sprechen kaum Englisch. Sie wenden sich auf japanisch an die Mitglieder des Teams, als wäre das die normalste Sache der Welt. Watanabe versucht mit unglücklichem Gesicht soviel wie möglich simultan zu übersetzen. Silva bittet die Presse ausdrücklich, die Steckbriefe der Opfer nochmals bekannt zu machen, ihre Fotos zu veröffentlichen und die Leserschaft aufzufordern, jede Information über die Opfer an die eigens dafür eingerichteten Meldestellen weiterzugeben, die vierundzwanzig Stunden pro Tag geöffnet sind. Gespräche in anderen Sprachen werden zu einer »Sprachenbank« durchgeschleust, wofür zweiundvierzig Menschen verschiedener Nationalitäten eingesetzt sind. Silva muß schreien, um sich verständlich zu machen. Zum Schluß schreibt er die Telefonnummern der Meldeleitungen mit einem dicken Filzstift auf das Tischtuch, zieht es mit einem Ruck unter Tassen und Gläsern heraus und hält es mit beiden Händen hoch, so daß die Presseleute die Nummern lesen können. Mochizuki geht mit großen Schritten zu Watanabe, beugt sich über ihn und ruft laut »Test, Test, Test« ins Mikrofon. Er deutet autoritär zu einem Techniker. Die Journalisten haben ihre Notizblöcke und Tonbandgeräte weggesteckt und stürzen sich in Scharen auf die Mitglieder des internationalen Teams. Robynne Green hat sich entgegen der von Mochizuki aufgestellten Reglements ein Glas Gin Tonic geben lassen. Die Journalisten fragen jetzt, wie sie das japanische Wetter finden, das Essen mit Stäbchen und den Geschmack des japanischen Essens.

»Was stellen die für geistlose Fragen«, sagt Bertus, als Yukiko Inoue sich zu ihnen stellt. Sie seufzt tief und verdreht die Augen.

»Typisch Japanisch«, sagt sie.

»Wieso?« fragt Bertus.

»Die meisten Japaner wollen nur über triviale Dinge reden«, antwortet sie. »Davon wird man manchmal völlig verrückt in diesem Land.«

»O ja?« fragt Bertus erstaunt.

»Das Land des Small talk.« Ihrem Gesicht ist nicht anzusehen, ob sie das im Scherz meint.

Bertus wendet sich Robynne zu, die ihn die ganze Zeit über angesehen hat. »Sollen wir unten in die Bar gehen, für ein bißchen Small talk?« fragt er eher Robynne als Yukiko.

»Ja, gern«, sagt Robynne eifrig.

»Ich gehe ins Bett«, sagt Yukiko. »Schlaft gut. Ich hoffe, daß ihr morgen über den Jet lag hinweg seid.«

Robynne und Bertus gehen zu den Fahrstühlen. Sie überholen Gerardo Silva und Lucia Valenti, die intensiv auf spanisch miteinander sprechen.

»Ist dir auch so schwummerig?« fragt Robynne Bertus. Ihre Art ist direkt und gelassen, wie ein angenehmer Flirt. Bertus fühlt sich sofort bestätigt, »Ja«, sagt er, »ich dachte, daß es an mir läge.«

»Ich glaube, daß es durch den Zeitunterschied kommt«, sagt Robynne, »mein Kopf steckt in einem Knäuel Putzwolle.«

Bertus schaut sie an. »Du siehst aber frisch aus.«

»Hast du dich heute schon richtig konzentrieren können?« fragt Robynne, während sie sich auf eichene Barhocker hieven. Neben ihnen setzen sich Gerardo Silva und Lucia Valenti auch an die Bar, noch immer eifrig im Gespräch.

»Merkwürdigerweise ja«, sagt Bertus und gibt dem Barkeeper ein Zeichen.

In einer Ecke der gewaltigen Lounge sitzt eine Dame in langem Abendkleid an einem Flügel und singt: »Fly me to the moon« in ein Mikrophon. Ihr Gesang wird mit viel Hall verstärkt, während die Töne des Flügels fast vollständig vom dicken roten Teppich verschluckt werden.

»Schrecklich, nicht?« sagt Bertus.

Robynne verzieht ihr Gesicht, die sinnlichen Lippen vorgewölbt. Bertus sieht auf ihren Mund und weiß, daß sie es weiß. Sie betrachtet ihrerseits sein Gesicht und sagt: »Wir wollen so spät abends nicht mehr von unserer Arbeit sprechen. Laß uns das verabreden.«

»Gut«, sagt Bertus. »Was willst du trinken?«

»Gin Tonic«, sagt Robynne.

Bertus bestellt.

»Du kommst also aus den Niederlanden«, sagt Robynne.

»Ja, und du aus Salt Lake City. Mormonen.«

»Stimmt. Meine größte Angst ist es, gegen meinen Willen wieder Mormonin zu werden.«

»Gegen deinen Willen?«

»Ja, als ob du auf einer Bergspitze stehst und Sehnsucht bekommst, hinunter zu springen, verstehst du?«

»Nein, nicht wirklich.«

»Naja, laß nur. Alle meine Geschwister sind Mormonen. Ich bin die einzige, die ausgestiegen ist. Meine Eltern wissen nicht einmal, daß ich Alkohol trinke, und wenn sie mich besuchen, verstecke ich den Kaffee. Ich habe Angst, daß ich diesen Widerstand irgendwann aufgeben werde, aus Bequemlichkeit. Es wäre viel einfacher für mich, ganz normal Mormonin zu sein.«

»Ganz normal Mormonin?« fragt Bertus und dann: »Trinken Mormonen keinen Kaffee?«

»Nein, meine Eltern wenigstens nicht, auch keinen Tee.«
Bertus bietet Robynne eine Caballero-Filter an.

»Nein, danke.«

»Und Mormonen rauchen auch nicht?«

»Nein, das ist es nicht, ich bin eine starke Raucherin gewesen. Ich habe vor fünf Jahren aufgehört. Rauch ruhig, es stört mich nicht.«

»Danke«, sagt Bertus und steckt sich eine Zigarette an.

»Und wie ist es, Niederländer zu sein? Ich höre immer, daß es ein sehr freies Land sei.«

»Das stimmt. Für mich sind die Niederlande Amsterdam. Ich komme fast nirgendwo anders hin. Ich liebe Amsterdam sehr, trotz allem.«

»Trotz allem?«

»Ja, es ist chaotisch dort, und es gibt einen Haufen Ärger, aber es ist eine herrliche Stadt. Ganz anders als Tokyo, oje, viel kleiner, dörflich beinahe ... Ich habe Tokyo nur vom Auto aus gesehen gestern. Was für eine riesige Stadt.«

»Ich liebe Tokyo«, sagt Robynne. »Du hast gesagt, daß du dich für Kunst interessierst. Wenn du willst, nehme ich dich mit zu den Galerien in Ginza, wenn wir irgendwann ein paar Stunden frei haben.«

»Was ist Ginza?«

»Das ist das Viertel mit den teureren Warenhäusern. Bars und Hunderte kleiner Galerien. Vor allem die Galerien, die weniger bekannte Künstler ausstellen, sind oft interessant. Das kannst du alles in der Donnerstagsausgabe vom *Daily Yomiuri* lesen.«

»Ja, das wäre schön. Wie interessant, daß du das alles weißt.«

»Welche Religionen hat man denn so allgemein in den Niederlanden?«

»In erster Linie die protestantische und die katholische. Ich bin gar nichts; meine Eltern waren katholisch. Wir haben ein paar gute Autoren in den Niederlanden, die ihr Talent ihren religiösen Traumata gewidmet haben.«

»Vielleicht sollte ich auch an eine Schriftstellerkarriere denken.«

»War es so schlimm?«

»Nicht gleich so intim«, sagt Robynne lachend. »Wollen wir gehen? Unser Tag fängt morgen wieder früh an.«

»Ja. Es war schön, dich ein bißchen kennenzulernen.«

»Das ist gegenseitig«, antwortet Robynne. Sie läßt sich von ihrem Hocker gleiten, und Bertus blickt aus seiner Höhe auf dem Barhocker in den Ausschnitt ihres T-Shirts, sieht die Wölbung ihrer kleinen Brüste und dann, als sie sich zum Gehen wendet, ihren langen Rücken in dem braun karierten Herrensakko.

Sie weiß, daß ich sie betrachte, denkt Bertus, während er hinter ihr hergeht.

Sie winken Silva und Lucia Valenti zu, die noch immer gestikulierend in ein hitziges Gespräch verwickelt sind und gehen zu den Fahrstühlen.

Allein im Zimmer, stellt Bertus seinen Wecker auf sechs Uhr zur Frühstückskonferenz und wickelt sich, nachdem er noch einmal geduscht hat, in den *nemaki* ein. Er hat fast eine Erektion.

»Immer mit der Ruhe, Junge«, sagt er. »Dafür haben wir jetzt keine Zeit und keine Lust.« Er steigt zwischen die steifen Laken, dreht das Porträt seiner Frau zu sich und spitzt die Lippen in die Richtung des Fotos.

»Gute Nacht, Martha, meine liebe Frau«, sagt er heiser.

*

1. September

Es ist das erste Mal, daß ich mehr oder weniger erzwungenermaßen Tagebuch führe. Und das erste Mal, seit ich Tagebuch führe, jetzt schon neunzehn Jahre, ohne einen Tag auszulassen, habe ich keine Lust zu schreiben. Ich habe jedoch der alten Dame, die ich einmal sein werde, irgendwann einmal versprochen, daß meine Tagebücher für sie sind, damit sie, wenn sie müde und schwach ist, in aller Ruhe ihr Leben analysieren kann. Also zwinge ich mich, an diesem beängstigenden hölzernen Hotelschreibtisch zu sitzen und mit einem Akasaka-Prince-Hotel-Stift zu schreiben.

Was für ein Tag! Was für ein Zustand! Und doch berührt es mich, wieder zurück zu sein. Die Gerüche! Wann waren Matthijs und ich zum letzten Mal hier? Vor fünf, sechs Jahren? Ich weiß es nicht aus dem Kopf und habe vergessen, Matthijs eben am Telefon danach zu fragen. Und dieser Liebling erkundigte sich gar nicht erst nach meinem Wohlbefinden, sondern wollte sofort wissen, ob Narita noch nach Eisenspänen roch, und wirklich, das erste, was ich tat, nachdem ich japanischen Boden betreten hatte, war, tief einzuatmen.
Der Flug mit Japan Air Lines, Business Class, war für die Sinologin mit beschränkten Mitteln wahrlich ein Fortschritt. Damals mit Matthijs flogen wir Aeroflot. Dennoch fand ich die forschen russischen Stewardessen mit den dicken roten Oberarmen mindestens so spannend wie die ungewöhnlich gut amerikanisch sprechenden japanischen in ihren Kimonos mit Giraffenhautmotiven. Der mechanische Tanz, den sie, geschmückt mit grellorangenen Masken und Schwimmwesten zum besten gaben,

als das Flugzeug aufstieg, wurde so synchron und auf seine Weise glänzend ausgeführt, daß ich überhaupt nicht begriff, daß es sich um die Demonstration von Was-tue-ich-in-einem-Notfall handelte.
Der Mann, der ein paar Reihen vor mir während des ganzen Flugs einen Stapel Lektüre durcharbeitete, gehört zum Team: Bertus Hogenelst. Wir wurden merkwürdigerweise in separaten Autos vom Flughafen zum Hotel gebracht. Dort verschwand er sofort in seinem Zimmer. Erst heute habe ich Bekanntschaft mit ihm schließen können.

Die Ereignisse dieses Tages, nach einer wegen des Jet lags besonders unangenehmen Nacht, reihten sich in einem solchen Tempo aneinander, daß ich keine Zeit finde, alles in der richtigen Reihenfolge aufzuschreiben.
Worum geht es eigentlich? Ich bin das Opfer einer unglücklichen Bemerkung eines höheren Angestellten des japanischen Justizministeriums im Laufe des vergangenen Monats. Dieser Angestellte, in gewissen westlichen Blättern »Adolf« genannt, ist so dumm gewesen, laut zu sagen, daß Japaner und Deutsche so gut zusammenarbeiten. Die ganze Welt ist darüber hergefallen, natürlich, alle deutschen Kandidaten für unser Ermittlungsteam inbegriffen. Daher hat man sich in einem so späten Stadium noch für mich entschieden: eine in den Niederlanden wohnende Deutsche.
Ich erfuhr dies alles von Lucia Valenti, die auch erst im letzten Moment zu hören bekam, daß sie für dieses Team ausgesucht worden war. In ihrem Fall war es, weil Amerika darauf bestanden hatte, auf jeden Fall eine Frau auszuwählen. Amerika hat Japan gezwungen, einen männlichen Kollegen Lucia Valentis, dessen Koffer schon so gut wie gepackt dastanden, zu übergehen. Der arme

Mann hat jetzt die Ehre, in Italien auf Abruf bereit zu stehen, als Lucia Valentis *assistente*. Sonst hat niemand eine solche Hilfskraft zugewiesen bekommen.
Jetzt sitze ich hier, meines Platzes in diesem Team nicht sicher, ignoriert von Mochizuki, in den Hintern gekniffen von Jack Fowell, einem australischen Kommissar mit solchen Hängebacken wie die Hunderasse, die beim englischen Adel so beliebt ist.

Zhiqiang Li, die Psychologin, hat uns aufgetragen, ein Tagebuch zu führen. Ich möchte wissen, wer es tut und wer nicht. Nach den Gesichtern zu urteilen, hatte niemand viel Lust dazu. Ich mache also ganz normal in diesem Heft weiter, für meine alte Dame. Dumm, daß ich kein zusätzliches Heft von De Zaaier mitgenommen habe. Ich schwöre auf De Zaaier. Der Umschlag verschafft mir ein heimatliches Gefühl, und das kann ich wahrhaftig gebrauchen in diesem kahlen braun-beigen Hotelzimmer.

Mochizuki hat uns, nach einer schwachsinnig formellen Übergabe der Macht, worin Form vor Inhalt ging, sofort mit Dutzenden von Papieren versehen, welche die Ergebnisse der japanischen Polizei enthalten; doppelt etikettiert mit langen Nummerncodes. Drei Stapel liegen auf meinem besonders unsympathischen Schreibtisch mit Buchenfurnier bereit. Genau mein Arbeitsstil! Als wenn es nicht schon genug Verwaltung auf der Welt gäbe.
Ich ging über Mittag, noch immer gerädert, kurz auf die Straße. Man vergißt immer wieder diese feuchte Hitze und die ekelhaft trockene Kälte in den Gebäuden. In der Umgebung des Hotels ist nichts zu sehen, das dem Auge schmeichelte, außer den gegen Insekten eingepackten

Bäumen auf dem Platz. Die schwarzen Stämme und Äste sind mit leinenartiger Verbandsgaze umwickelt, die Kronen in dunkelblaue Netze gehüllt. Wie moderne Skulpturen. Sonst ist alles sachlich, funktional.
Das Kennenlernspiel unter Leitung von Li, die alles mit ihren erstaunten runden Psychologenaugen beobachtet, wurde von dem herablassenden Mochizuki nur gerade eben geduldet, aber es war amüsant und vielleicht sogar nützlich. Die Vorlesung von Silva über Serienmörder fand ich etwas zu zugespitzt auf die Situation in den Vereinigten Staaten, aber er spricht beeindruckend. Die Pressekonferenz war rundweg ein Flop. Unser Dolmetscher Watanabe wurde immer wieselhafter. Brach fast in der Mitte durch vor lauter Verbeugen. Leidet bestimmt an Materialermüdung des Beckens.

Habe ein Lichtbad genommen und ein Döschen Vitamin D, das man uns im Jet-lag-Raum gab. Nichtsdestoweniger bin ich todmüde, aber kann wieder nicht schlafen. Es ist halb vier, und ich muß um sieben aufstehen.
Nachdem ich Matthijs angerufen habe, nur kurz, denn es ist soviel Echo in der Leitung, daß das Sprechen kein Vergnügen war, habe ich die Zeitungen gelesen, die *Japan Times*, den *Daily Yomiuri* und das Armed Forces Radio gehört, The Far East Network Tokyo, und ferngesehen, Kanal eins und drei vom NHK.
Heute wurde des großen Erdbebens von Kanton, 1923, gedacht. Etwa 7,7 Millionen Menschen machten bei Was-tue-ich-bei-einem-Erdbeben-Übungen mit. Stell dir vor, diese Stadt würde getroffen! Das nächste große kann nicht mehr lange auf sich warten lassen, sagt man. Große Erdbeben kommen im Schnitt alle sechzig Jahre. Nicht daran denken. Ich meinte schon etwas zu fühlen heute, aber

Bertus Hogenelst sagte, daß dies Gebäude im Wind hin und herschwankte.
In der Ecke dieses Zimmers stöhnt ein Kühlschrank wie ein alter, kranker Mann. Ich nenne ihn Herman. Die Klimaanlage summt; in Tokyo entkommt man den Geräuschen nicht, das hatte ich auch vergessen. Wenn man auf den Flur geht, summen Hunderte von Automaten mit den unterschiedlichsten Artikeln.
In einem habe ich mir schnell noch eine *meishi* drucken lassen, denn ohne Visitenkarte und dem dazugehörigen Ritual, wenn Menschen sich zum ersten Mal begegnen, bist du hier nichts und niemand. Ein Mensch ohne Arbeit und also ohne Visitenkarte hat keine Identität in Japan. Auch das hatte ich vergessen. Die Maschine konnte sogar die japanischen Schriftzeichen mit unserer lateinischen Schrift kombinieren, so daß mein Name in *katakana* mit einem Transskript darunter und mein Beruf in *kanji* gedruckt ist. So gewappnet werde ich mich mutig in den Kampf stürzen.

# 3

Während des Frühstücks am zweiten Tag der Ermittlungen setzt Zhiqiang Li das Kennenlernspiel fort. Als alle Mitglieder des Teams sich durch die mit Glasstürzen abgedeckten Gerichte geschoben haben, um sich ihr Frühstück zu nehmen, das gedämpfte Klirren von Besteck und Tellern verebbt ist und alle am Tisch sitzen, versucht sie, das Wort zu ergreifen. Sie muß kräftig mit dem Löffel an ihre Tasse schlagen, um das Gerede zum Schweigen zu bringen. Sie sieht, wie sich Robynne Fowell, der sich gerade von ihr abwendet, mit dem Finger an die Stirn tippt.

»Ich möchte heute gern eine zweite Runde spielen. Der Zweck ist, das Vorstellungsvermögen und die Kreativität zu stimulieren. Hat jemand einen Einwand?«

Watanabe hebt unschlüssig eine Hand. »Ich bin der Assistent von Mochizuki-san und als solcher nicht wirklich Teil des Teams. Ich fühle mich daher etwas unwohl bei diesem Spiel. Dürfte ich mich bitte zurückziehen?« Er zeigt dabei fortwährend auf seine Nasenspitze.

»Wieso zeigt der immer auf seine Nase?« flüstert Bertus Robynne zu.

»Japaner zeigen auf ihre Nase, wenn sie ›ich‹ meinen, so wie wir auf unsere Brust.«

»Aha.«

»Es macht nichts aus, welche Funktion die Teilnehmer hier erfüllen«, sagt Zhiqiang Li zu Watanabe, »aber wenn du dich nicht wohlfühlst bei dem Spiel, kannst du es auslassen; es wird auf freiwilliger Basis gespielt.«

»Es geht mir nicht so sehr darum, daß ich mich nicht wohlfühlen würde bei dem Spiel, aber meine Teilnahme erscheint mir unpassend«, antwortet Watanabe.

»Nochmals, du hast die Freiheit, nicht mitzuspielen«, sagt Zhiqiang Li ein klein wenig scharf. »Ist noch jemand da, der Watanabes Vorbild folgen möchte?«

Keine Reaktion.

Dann steht Mochizuki auf und sagt laut: »Unsere Zeit ist kostbar. Das Spiel ist nach Ansicht einiger Leute wichtig, andere finden es überflüssig. Ich will einen Mittelweg gehen. Ich schlage vor, daß der Kern des Teams das Spiel spielt und daß unsere Office Manager und mein Assistent ausscheiden. Watanabe-san hier hat schon zu erkennen gegeben, daß er dies vorzieht. Was würden die Damen Lacoste und Inoue davon halten, einen extra Tisch zu bekommen?« Yvonne und Yukiko stehen bereits, gefüllte Tassen Kaffee in der Hand.

»Nein, lassen Sie nur stehen, wir lassen einen Tisch decken«, sagt Mochizuki. »Watanabe muß allerdings wegen des Übersetzens bei uns am Tisch bleiben.«

Zhiqiang Li wirft Mochizuki einen bösen Blick zu. »Eßt ruhig weiter«, sagt sie. »Wir fangen wieder mit dem ›Temperaturmessen‹ an. Anders als beim vorigen Mal werde ich mich jetzt als letzte äußern. Die Frage lautet: Wie fühlst du dich in diesem Augenblick? Mochizuki-san?«

»Ziemlich irritiert«, sagt Mochizuki in stockendem Kehlkopf-Englisch.

»Ziemlich irritiert«, wiederholt Watanabe, auch auf Englisch, und schlägt dann eine Hand vor den Mund.

»Als wenn ich Watte im Kopf hätte«, sagt Lucia Valenti, »wirklich unbehaglich.«

»Verwirrt«, sagt Jack Fowell, und zur Illustration schüttelt er seinen Kopf wie ein nasses Tier.

»Schockiert«, sagt Marc Croo.

»Entwurzelt«, sagt Gerardo Silva.

»Unruhig«, sagt Bertus Hogenelst.

»Entfremdet«, sagt Bettina Welt.

»Ich habe ein Jet lag«, sagt Robynne Green.

»Unruhig«, sagt Zhiqiang Li. »Nehmt Euch frischen Kaffee und Tee, dann können wir weitermachen. Die zweite Frage lautet: Was für einen Ofen hattet ihr früher zu Hause. Wie wurde dein Elternhaus geheizt?«

Es entsteht eine leichte Heiterkeit, dann ergreift Robynne Green das Wort: »Also, wenn du es wissen willst, unser Haus in Salt Lake City wurde zentral geheizt mit Öl. Es stand ein großer weißer Kessel im betonierten Keller. Meine Mutter trocknete dort im Winter die Wäsche, also roch es dort frisch. Der Keller erinnert mich daran, wie ordentlich meine Mutter ist und wie schlampig ich bin, und das gilt auch für meinen Mann. Wir leben noch immer wie Studenten in unserer kleinen Wohnung: Wir hängen auf dem Sofa herum, essen Hamburger vor dem Fernseher, wir leihen uns manchmal drei Filme für einen Abend aus, aber gut, ich hatte vom Keller meiner Eltern erzählt. Ja, ein weißer, kühler Kubus mit einer ruhigen Flamme hinter einer Scheibe in einem grauen, nach Waschmittel riechenden Raum.«

»Wunderbar«, sagt Zhiqiang Li. »Genau, wie ich es haben wollte. Laßt eure Gedanken schweifen und habt keine Angst vor Assoziationen.«

»Ich wohnte als Kind im Süden der Niederlande«, sagt Bertus Hogenelst. »Da sind die Winter lang und kalt. Wir hatten als erste in unserer Nachbarschaft ein primitives Zentralheizungssystem mit riesigen Heizkörpern. Es war oft stickig und trocken im Haus. Mein Vater hantierte im Winter mit nassen Handtüchern und Verdunstungsschalen. Diese Schalen waren lauter abscheuliche längliche Blumenkübel, die er auf dem Trödelmarkt gekauft hatte. Ich erinnere mich an einen aus moosgrüner buckliger Keramik. Meine Mutter drängte oft, doch einmal schöne Verdunstungsschalen aus Bakelit zu kaufen. Man konnte sie hinter den Heizkörpern an Haken aufhängen. Mein Vater fand, die Anschaffung von Bakelitschalen sei Unsinn, und ich glaube, es gab auch nie welche.«

Bertus bekommt etwas Applaus. Er verbeugt sich lachend ein paar Male. »Du bist dran, Silva«, sagt er.

»Unser Haus war U-förmig um einen Innenhof gebaut«, beginnt Silva. »Man heizte damals nicht mehr mit offenen Kaminen, aber ich komme aus einer eigenwilligen Familie, und meine Eltern, die das Haus nach einem alten mexikanischen Modell hatten bauen lassen, wollten für jedes Zimmer einen Kamin. Das ist meine Mutter teuer zu stehen gekommen; noch immer höre ich ihr ewiges Nörgeln über die Versorgung der neun Kamine. Wir mußten weniger gegen die Kälte als gegen die Feuchtigkeit heizen. Das verursachte gelbe Ringe auf dem Putz der Wände und Decken. Die Asche der Kamine wurde im Innenhof ausgestreut und muß sehr fruchtbar gewesen sein, denn dort wuchsen riesige Kürbisse. In der Küche hatten wir keine Heizung, dafür aber einen hypermodernen Elektroherd. Es war dort immer kalt und meine Mutter beklagte sich bitterlich. Im Winter waren ihre Hände blau vor Kälte, wenn sie das Essen auf den Tisch brachte. Immer kochte sie zuviel Essen, worüber mein Vater sich ärgerte. Meine Eltern kamen aus armen Familien. Sie wollten alles schick und im Überfluß, waren dazu aber nicht in der Lage. Dadurch fiel alles etwas unglücklich aus, beispielsweise diese Kamine. Ich habe sie eher schwelend wegen Brennstoffmangels in Erinnerung als lodernd und warm. Niemand hatte eine Beziehung zu diesen Kaminen oder zum Küchenherd.«

Der Applaus ist kräftiger, und Silva steht auf und verbeugt sich.

»Wir hatten früher zu Hause einen sogenannten Leuvenschen Ofen«, sagt Marc Croo verlegen und errötend. Niemand hört ihn, und er hebt um Ruhe bittend seine Hand.

»Wir hatten einen Leuvenschen Ofen«, wiederholt er. »Ein Leuvenscher Ofen besteht aus einer Heizsäule mit einer kugelförmigen Heizkammer, die außen gelb emailliert ist, und einer großen Deckplatte, auf der gekocht werden kann. Unter der Heizkammer, worin Holz, Kohle oder Briketts brannten, war ein kleiner Ofen mit einer verchromten Tür. Darunter eine dicke Stange, die um die Heizsäule herumlief, damit man die Füße daraufstellen konnte. Der Ofen stand mitten im Wohnzimmer. Das Ofenrohr bog unter der Zimmerdecke zur Wand ab. So hatte man auch noch etwas von der Wärme des Ofenrohrs. Man konnte sich im Kreis um den Ofen setzen. Mein Vater spielte Flamenco-Gitarre, und es kamen oft Gitarristen und Sänger zu Besuch. Sie spielten dann mit einem Fuß auf der Stange des Ofens und tranken Zitronengenever. Manchmal war sogar eine Tänzerin dabei, mit Kastagnetten und allem, was dazugehört. Ich genoß diese Zusammenkünfte als Kind sehr, vor allem, wenn Kastagnetten-Solos geklappert wurden. Die Gitarrenmusik schwieg dann, der Gesang ging weiter, aber man legte lange Pausen für die Rhythmen der Kastagnetten ein.« Marc macht eine kleine Pause, seufzt und sagt: »Das ist eigentlich alles.«

Der Applaus ist stürmisch.

»Croo, Mann, du hast sogar im Englischen ein weiches G«, sagt Bertus lachend auf niederländisch.

Als der Lärm verebbt ist, beginnt Jack Fowell zu sprechen. »Ich habe als Kind außerhalb von Sydney in einem großen Haus gelebt. Es wurde mit Sonnen- und Windenergie aus Installationen geheizt, die mein Vater selbst gebaut hatte: Solaranlagen auf dem Dach, eine dreißig Meter hohe Windmühle auf dem Grundstück. Die daraus gewonnene Energie wurde in Akkus gespeichert, die unter der Windmühle in zwei Schuppen untergebracht waren. Später hat mein Vater auch noch ein Silo gebaut, in das Kuh- und Schweinemist gekippt wurden. Mit diesen drei Energiequellen konnte das ganze Haus mit Elektrizität, Licht und Wärme versorgt werden. In den Fußboden waren Roste eingelassen, durch die warme Luft nach oben kam. Im Wohnzimmer war auch ein Kamin. Das war ein Riesending; es wurde richtig heiß rund um die Feuerstelle. Ich bin sehr gespannt darauf, was Lucia Valenti zu erzählen hat.«

Die Gesellschaft klatscht vergnügt.

»Meine Geschichte ist nicht besonders angenehm«, beginnt Lucia Valenti.

Es wird sofort still.

»Sie ist sogar schockierend, aber ich werde sie doch erzählen. Ich bin in einem der ärmsten Viertel von Palermo aufgewachsen. Mein Vater trank, und er verspielte Geld bei illegalen Pferderennen. Wir hatten keine Heizung zu Hause, darüber kann ich also wenig verraten. Statt dessen werde ich etwas über die Wohngegend erzählen. Das Viertel hieß Borgo Vecchio und liegt an der Nordwestseite von Palermo, am Wasser. Südlich davon liegt die Via Libertà, wo die Reichen ihre Pelzmäntel und Lackschuhe kaufen und dahinter beginnt das Viertel der Wohlhabenden. Durch den Kontrast wirkt der Borgo Vecchio noch schmutziger, Das auffälligste Gebäude im ganzen Umkreis ist das Gefängnis. Borgo Vecchio ist ein altes Hafenviertel mit engen, dunklen Gassen. Die Häuser beherbergen außer den vielen Familienmitgliedern auch oft Rennpferde. Das Erdgeschoß ist dann als Stall eingerichtet. Es kommt vor, daß die Kinder bei den Pferden schlafen, das habe ich auch manchmal gemacht. Es war schön warm. Es kommt auch vor, daß die Ställe sich in der zweiten Etage befinden, wenn die Großeltern der Familie schlecht zu Fuß sind, beispielsweise. Dann müssen die Pferde die Treppen herunter, um zu den illegalen Rennen mitgenommen werden zu können, und nach den Rennen müssen sie die Treppen wieder hinauf. Ein Pferd wiegt sechs- bis achthundert Kilo. Die Treppen waren morsch. Manchmal brach ein Pferd auf der Treppe ein.« Lucia Valenti hält inne.

Es bleibt still im Eßsaal. Watanabe und Mochizuki halten ihre Köpfe tief gesenkt und starren ihre Hände an, die im Schoß liegen. Watanabe übersetzt murmelnd.

»Wie bist du einer solchen Vergangenheit entkommen?« fragt Croo.

»Ich habe Glück gehabt«, sagt Lucia. »Ich ging nur selten zur Schule. Aber in der Grundschule, die ich ab und zu besuchte, hatte ich einen Lehrer, einen Palermitaner, der wohnte ›hinter der Via Libertà‹, ein engagierter Mann, ein Sozialist, ein Intellektueller. Er hat sich oft um mich gekümmert. Als mein Vater von einem gestorbenen Onkel einen Mandarinenstand auf dem Markt geerbt hatte und das Geschäft sofort verkommen ließ, hat dieser Lehrer mir gezeigt, wo ich Mandarinen einkaufen konnte und, einmal im Jahr, Kaktusfrüchte. Ich war elf, als ich anfing, auf dem Markt zu stehen. Mein Lehrer ermunterte mich, nachmittags zur Schule zu kommen. Später hat er mir durch die höhere Schule und die Universität geholfen.«

»Vielen Dank, daß du dies mit uns hast teilen wollen«, sagt Zhiqiang Li ernst nach einer neuerlichen Stille.

Silva betrachtet Lucia Valenti aufmerksam.

»Gern geschehen«, antwortet Lucia fröhlich. »Sie sind dran, Mochizuki-san.«

Mochizuki räuspert sich anhaltend. »Wir hatten außer einem *kotatsu*, diesem elenden Ding, eine Klimaanlage, die auch warme Luft blies«, sagt er und macht eine ungeduldige Gebärde zu Watanabe, der es übersetzen soll.

»Aber Sie sprechen englisch«, antwortet Watanabe. Mochizuki kratzt sich verwirrt am Hinterkopf. »Hab ich englisch gesprochen?«

Ja, nicken alle.

»Oje«. Er lacht laut und erzählt auf japanisch weiter.

»Ich werde Sie nicht mit meinen Geschichten über den *kotatsu* langweilen. Ich begreife nicht, warum die Leute daran voller Rührung zurückdenken. Es war früher im Winter immer eiskalt im Haus, und das war nicht angenehm. Glücklicherweise zogen wir, als ich etwa neun Jahre alt war, in ein *apōto* in einem Außenbezirk von Tokyo, und dort hatten wir dann endlich eine Klimaanlage. Das bedeutete das Ende von einem ganzen Haufen Ärger mit Fächern und Ventilatoren und Schweißtüchern, denn in Tokyo ist es viel länger zu heiß als zu kalt, also spielt die Klimaanlage eine größere Rolle als die Heizung. Unsere Klimaanlage blies im Winter heiße Luft, und damit waren alle Probleme gelöst. Ideal. Nicht gemütlich, aber das kümmerte uns nicht. Allerdings machte sie einen fürchterlichen Lärm. Unser Badewasser wurde mittels

Solaranlagen auf dem Dach erwärmt. Japanische *ofuro* sind die besten der Welt, vielleicht will Li-san zum Thema der nächsten Runde dieses Spiels Badezimmer machen?« Er spricht das Wort »Spiel« geringschätzig aus. Damit bringt er sich um seinen Applaus.

Bettina Welt schaut sich abwartend um, bevor sie zu sprechen beginnt, wie um zu prüfen, ob der Applaus für Mochizuki wirklich nicht kommt. Einige Mitglieder des Teams klatschen der Form halber. Mochizuki blickt ungerührt vor sich hin.

»Du bist dran, Bettina«, sagt Zhiqiang Li.

»Ich bin als Kind ziemlich oft umgezogen und habe dadurch eine ganze Reihe von Heizungssystemen durchlaufen. Ich werde versuchen, sie in chronologischer Reihenfolge aufzuzählen. Zuerst Kohlen. Das war in der Stadt. Meine Eltern wohnten in einer kleinen Dachgeschoßwohnung, und meine Mutter mußte im Winter jeden Tag drei Treppen hinunter, um Kohlen zu schaufeln. Sie kochte auch die Windelwäsche auf dem Herd. Danach zogen wir in eine Wohnung in einer kleinen Stadt, und auch da waren es noch Kohlen, aber diesmal in einem schwarzen Herd mit glatter Oberfläche und Scheiben aus Glimmer in der Ofentür. Ich hatte die gleiche Art Fensterchen in meinem Baukasten und baute daraus oft einen Herd neben dem Herd. Danach Gas. Das war in einem allein stehenden Haus in einem Dorf. In jedem Zimmer stand ein grauer Wandofen. Man sieht, uns ging es finanziell immer besser. Dann eine Zentralheizung in einem Appartement in der großen Stadt. Wir vermißten die Gemütlichkeit eines Ofens oder Herds. Das Haus hatte keinen Kern mehr, wie ein Dorf ohne Kirchplatz.« Sie blickt geschmeichelt in die Runde, als wieder applaudiert wird.

»Gut, dann fehlt noch meine Geschichte«, sagt Zhiqiang Li zufrieden. »Als ich noch ganz klein war, hatten wir in jedem Zimmer einen großen steinernen Topf stehen, gefüllt mit weißem Sand. Auf den Sand wurde ein Häufchen glühender Holzkohle gelegt, und das war der Herd. Manchmal wurden auch Weihrauchstöckchen in dem Sand abgebrannt. Wenn ich an einem Tempel oder Heiligtum vorübergehe und Weihrauch rieche, ruft das bei mir sofort wieder diese alte Stimmung hervor. Dasselbe gilt für den Geruch brennender Holzkohle und überhaupt eines offenen Feuers. Damals gab es überall, auch in der Stadt, offene Feuerstellen. Oft konnte man bei einer Feuerstelle etwas kaufen, geröstete Maiskolben, Puffkastanien oder süße Kartoffeln.« Sie verbeugt sich.

Man applaudiert. Jeder ist jetzt an der Reihe gewesen, und die Stimmung hat sich merkbar verbessert. Man sitzt entspannt und amüsiert beieinander. Es wird leise geredet und gelacht.

»Schön«, sagt Zhiqiang Li, »ich sehe schon weniger sorgenvolle Gesichter. Aber paßt auf: Die Ermittlung wird ihren Tribut fordern. Ich kann niemanden zwingen, aber ich würde es sehr zu schätzen wissen, wenn ihr kommt, um meinen Rat einzuholen, wenn das notwendig ist. Es ist schließlich im Interesse der Ermittlungen, daß ihr so klar und wach wie möglich seid. Seht es als eine Frage der geistigen Hygiene an. Ich bin in den Nachmittags- und Abendstunden in meinem Zimmer zu erreichen. Macht euch keine Sorgen, es steht keine Couch da, dafür ein paar bequeme Sessel. Ihr könnt mich vorher anrufen. Und vergeßt nicht, Tagebuch zu schreiben. Ein Tagebuch kann helfen, die Gedanken zu ordnen, die Gefühle unter Kontrolle zu halten.«

Man nickt abwesend, man ist in Gedanken noch bei den Öfen und bei den unerwarteten Einblicken in die Vergangenheit der zufällig zusammengebrachten Kriminalkommissare.

Silva steht auf und setzt sich neben Lucia. »Was für eine Geschichte, Lucia«, sagt er. Lucia lächelt ihn an.

*

Bertus Hogenelst streckt sich. Es ist zwölf Uhr. Er hat sich gut auf das Material aus den von Mochizuki verteilten Umschlägen konzentrieren können, das erstaunlich übersichtlich zusammengestellt ist. Auch wenn es ihm vorkommt, als wäre die japanische Polizei versessen auf Methoden und auf Numerieren mit ausführlichen Codes. Er versteht jetzt die formelle Haltung von Mochizuki und Watanabe besser. In den Polizeiberichten, die er eben grob durchgenommen hat, steht nichts, das auch nur ansatzweise formlos ausgedrückt wäre. Bertus ist kein Mann von Methoden. Er betrachtet jetzt aufmerksam die Fotos der Opfer. Voller Ungeduld will er sie so schnell wie möglich an der Wand befestigen, aber für die mitgebrachten Reißzwecken sind die Wände zu hart. Er telefoniert mit dem Zimmerservice und bittet um eine Rolle Klebestreifen. Die Stimme am anderen Ende der Leitung ersucht ihn höflich, kurz zu warten, und Bertus hört sich ergeben eine elektronische Version von *Home on the range* an. Kein Klebestreifen, meldet die Stimme, aber sie könne jemanden in einen Laden schicken. Bertus antwortet, er würde schon selbst gehen. Es ist ein guter Anlaß, sich einmal kurz die Füße zu vertreten. Er geht zu den vier Lifttüren, von denen eine ein höfliches Ding-Dong ertönen läßt, und surrt lautlos zur Lobby, wo Touristen der besser gestellten Sorte neben ihren Lederkoffern stehen. Er geht an ihnen vorbei, hinaus durch die automatisch sich öffnende und schließende Glastür und überquert den großen, leeren Platz vor dem Hotel. Die feuchte Hitze umfängt ihn. Auf dem Bürgersteig um den Platz herum strömt eine Menschenmenge in eine einzige Richtung. Bertus schließt sich an. In der Umgebung des Hotels ist kein Laden zu entdecken. Er blickt an der riesigen gläsernen Fassade des Gebäudes hinauf, das in einem scharfen V gebaut ist. Der Rand des Daches gleicht einem Vogelschwarm in der Luft. Er ist erst eine Minute draußen und spürt, wie sich Schweißtropfen in den Achselhöhlen bilden, die seitlich zu seinem Hosenbund laufen. Der Hosenbund wird sofort lauwarm und klebrig durchweicht. Während er seinen Gürtel festzieht, zittert er, trotz der Hitze. Er überquert ein paar große Kreuzungen, läuft unter einer Schnellstraße durch, an dicken Betonpfeilern entlang und sieht die orangene Reklametafel von Kentucky Fried Chicken an der Ecke einer schmalen Straße und muß unter einem Bogen mit großen japanischen Schriftzeichen hindurch, um dorthin zu gelangen. Es ist, als hätte es die weite, stille Welt vom Hotel und seiner Umgebung niemals gegeben. Plötzlich befindet er sich in einer wimmelnden Menschenmenge, zwischen Verkaufsständen und dicht nebeneinanderhängenden Aushängeschildern. Musik und elektronische Geräusche überbieten sich gegenseitig. Straßenverkäufer schreien. Auf dem Fußweg sitzt eine Reihe Schuhputzer auf schmutzigen Decken. Bertus riecht Aal, Obst und frisch geröstete Kastanien. Schüler in ihren Uniformen schlendern gruppenweise herum, Geschäftsleute in dreiteiligen Anzügen rauchen und lachen, Frauen mittleren Alters trippeln im Kimono vorbei, junge, stark geschminkte Frauen wiegen sich in den Hüften, und alte Frauen schleppen große, auf den Rücken gebundene Kartons. Bertus läuft unsicher weiter. Fast tastend schiebt er sich vorbei an Fastfoodrestaurants, Modegeschäften, Schuhgeschäften und Schaufenstern mit teuren Torten und exquisiten Keksdosen. Eine kleine Seitenstraße erweckt seine Aufmerksamkeit. Die Gasse ist voller Dampf, und Klimaanlagen auf vollen Touren produzieren wieder einen anderen Lärm. Schnell läuft er an den schmutzigen Rückfronten entlang und landet nun in einer wunderschönen Straße, die eher in einem Außenbezirk liegen könnte und über ihre ganze Breite von Radfahrern und Spaziergängern in Beschlag genommen wird. Vor geöffneten Läden ist ein Großteil der Ware auf der Straße ausgestellt. Es ist unvorstellbar, daß deren Besitzer abends alles wieder in den bereits bis zur Decke vollgestopften kleinen Buden unterbringen können. Endlich sieht er einen Laden mit Packpapier und Bändern, Schreibblöcken und Heften. »Animal Backstyle« steht darüber. Er sucht die Plexiglasregale ab. Auf allen Produkten ist eine Reihe rosa Schweinerücken abgebildet. Die Schweinchen tragen bunte Hosen. Aus jeder Hose streckt sich ein Ringelschwänzchen. Schwärme von Schulmädchen drängen sich um die ausgestellten Waren, kichernd und schwatzend, in merkwürdig hohen Pfeif- und tiefen Brummtönen. Bertus findet eine Rolle Klebestreifen in einem Halter aus rosa Plastik mit Schweinchen darauf. Auch auf dem Klebestreifen selbst ist eine endlose Reihe Schweinerücken abgebildet. Er nimmt zwei kleine Halter in seine großen Hände und geht damit zur Kasse. Die Kassiererin fragt ihn etwas auf Japanisch, und Bertus zuckt hilflos mit den Schultern.

*»No Japanese«*, sagt er. Das Mädchen beginnt die Ware sorgfältig in knisterndes silbernes Papier einzupacken.

Bertus bedeutet ihr, daß das nicht notwendig sei. Sie sieht ihn verständnislos an und macht dann ruhig weiter. Die Päckchen werden in zwei große Animal-Backstyle-Plastiktüten gesteckt und ihm ausgehändigt.

Wieder in seinem Hotelzimmer, befestigt er die Fotos über seinem Schreibtisch mit Animal-Backstyle-Klebestreifen an der Wand über seinem Schreibtisch. Zuerst die Weitwinkelaufnahmen des jeweiligen Geländes, wo die sterblichen Überreste der Opfer gefunden wurden, dann die Fünfzig-Millimeter-Aufnahmen von ihnen und der Lage, wie sie drapiert waren und Detailaufnahmen von Wunden und Schnitten. Als er damit fertig ist, hängt die Wand bis zur Decke voller Monsterbilder. Dann klebt er die Porträts der Opfer an die Wand über seinem Bett. Es sind Vergrößerungen ihrer Paßfotos in Farbe, außer dem des Niederländers Hendrik Mechanicus in Schwarzweiß. Die Porträts sind chronologisch nach den Daten der Morde geordnet: Hendrik Mechanicus – 12. Februar, Marcus Bopp – 2. März, Ian Wackwitz – 19. April, Jacob Parker – 27. Mai, Irina Skoynich – 12. Juni, Marco Polo – 30. Juni, Larry Maxwell – 18. Juli, Hughes de Keuninck – 15. August.

Bertus läßt seinen Blick auf den verschiedenen Gesichtern ruhen, schiebt sich mit dem Hinterteil in Richtung seines Schreibtischstuhls und zieht einen der Berichte der japanischen Polizei zu sich heran. »Gemeinsame Merkmale der Opfer« unterstreicht er ein paarmal mit seinem Akasaka-Prince-Hotel-Stift. Dann malt er Kreise um die einzelnen Punkte:

»1. Sie sind in Tokyo ermordet worden.
2. Es sind keine Japaner.
3. Sieben waren zwischen dreißig und sechsunddreißig,

nur einer war älter: Marcus Bopp, zweiundvierzig Jahre.
4. Es handelt sich um sieben Männer und eine Frau.
5. Es sind Weiße.
6. Sechs von ihnen sind unverheiratet, einer wohnte mit dem Partner zusammen: Irina Skoynich. Von einem wissen wir es nicht: Marco Polo.«

Bertus sieht noch einmal aufmerksam die Reihe der Fotos durch und schreibt dann zögernd an den Rand:

»7. Obwohl die Münder der Opfer sich sehr unterscheiden, haben sie einen Zug gemeinsam. Sie stehen alle ein wenig schief, sogar der von Hughes de Keuninck, obwohl er im Moment der Aufnahme lacht.«

Bertus tickt mit seinem Stift auf die Schreibtischplatte. Gibt es Übereinstimmungen, die er übersieht? Er betrachtet die Fotos von ganz Nahem, schenkt Details der Kleidung Aufmerksamkeit; dem braun-orange-gelb getupften Schal von Irina, dem ausgefransten Kragen von Ian Wackwitz, dem Kordhemd von Hendrik Mechanicus und schüttelt den Kopf. Was ist es, das diese Ausländer für den Serienmörder interessant machte? Ist der Verbrecher Japaner, und ist Fremdenhaß das Motiv? Bertus kramt ungeduldig in den Papierstapeln auf seinem Schreibtisch herum, greift sich ein Blatt vom Stapel Kopierpapier und kritzelt schnell:

»An: Yukiko Inoue
Von: Bertus Hogenelst
2. September, 17.05 Uhr
Haben die Opfer Japanisch gesprochen?«

Er gibt Yukikos Nummer ins Faxgerät und sieht zu, wie das Blatt ruckweise durch den Apparat gezogen wird. Fünf Minuten später beginnt das Faxgerät zu piepsen und schiebt Bertus raschelnd das Papier mit der Antwort zu. Er liest den Text über Kopf, wie er Zeile für Zeile aus dem Plastikspalt zum Vorschein kommt:

»An Bertus
Von Yukiko
2. September, 17.10 Uhr
Siehe Seite 221 aus dem Bericht Nummer A1.23 CX.255-45Bis der japanischen Polizei:
(Hier folgt eine Kopie, für den Fall, daß du es doch nicht haben solltest, in der Reihenfolge des japanischen Alphabets:)
Hugues de Keuninck: sprach gut Japanisch, konnte es aber nicht lesen oder schreiben.
Irina Skovnich: sprach ordentlich Japanisch, konnte es nicht lesen oder schreiben.
Jacob Parker: sprach ordentlich Japanisch, konnte es nicht lesen oder schreiben.
Marcus Bopp: sprach gut Japanisch, konnte es ordentlich lesen und schreiben.
Marco Polo: wissen wir nicht.
Larry Maxwell: sprach ordentlich Japanisch, konnte es nicht lesen oder schreiben.
Hendrik Mechanicus: sprach ordentlich Japanisch, konnte es lesen und schreiben.
Ian Wackwitz: sprach gut Japanisch, konnte es ein bißchen lesen und nicht schreiben.«

Bertus schreibt unter die Liste:

»8. Mindestens sieben der acht sprachen Japanisch, von Marco Polo wissen wir es nicht.
Dies vergrößert die Möglichkeit, daß der Mörder Japaner ist: Serienmörder wollen Kontakt mit ihren Opfern.«

»Wie kommt es, daß ich ein so langsames Faxgerät in meinem Zimmer stehen habe?« fragt Bertus Yvonne Lacoste auf dem Weg zum Eßsaal.

»Du kannst morgen einmal kommen, um nachzusehen, ob oben bei uns im Büro ein besseres steht; wir haben hier alles im Haus. Der Farbkopierer ist so gut, daß man Falschgeld darauf herstellen könnte. Der Rest der Apparate ist hoffnungslos veraltet, wie üblich in Japan.«

»Wie meinst du das? Ich dachte, dies sei das Walhalla moderner Technik.«

»Nicht, wenn es um textverarbeitende Maschinen geht. Dafür ist die Schrift zu kompliziert. Vor zehn Jahren hatten die Leute in den Stadtteilen von Tokyo noch riesige Schreibmaschinen stehen. Die Tastatur war so groß wie eine Tischplatte und enthielt an die viertausend Zeichen«, sagt Yvonne.

»Ach«, sagt Bertus. »Hast du das noch erlebt?«

»Ja«, sagt Yvonne, »Vielleicht sind sie sogar noch irgendwo in Gebrauch. Frag mal Mochizuki, ob sie die noch bei der Polizei haben. Das würde mich nicht wundern. Moderne Computer findet man in der Wirtschaft, aber bei den städtischen Stellen wird noch viel mit der Hand oder auf einem alten *wāpuro* gemacht.«

»Was ist ein *wāpuro*?«

»Das ist das japanische Wort für *wordprocessor*. Es sind große Plastikkästen ohne internen Speicher, womit man nur Japanisch verarbeiten kann.«

*

Jack Fowell hat an diesem Nachmittag, genau wie Bertus Hogenelst, Mochizukis Berichte durchgearbeitet. Die Fotos hat er entlang der Fußleisten seines Zimmers auf den Boden gelegt. Er hat in der letzten Nacht schlecht geschlafen und ist gereizt. Er denkt nach über, wie er höhnisch meint, »die Patzer der japanischen Polizei«. Als erstes hat das internationale Team sofort, nachdem es zusammengestellt worden war, von Mochizuki und seinen Leuten verlangt, daß sie eine extra Telefonleitung für Tips aus der Bevölkerung einrichteten. Die Japaner zeigten sich jedoch äußerst abgeneigt, derart die Hilfe der Öffentlichkeit zu erbitten. Sie empfanden das als Gesichtsverlust. Fowells Mund bildet eine zynische Linie unter den großen, behaarten Nasenlöchern. Jetzt sollen die Fotos der Opfer nochmals in allen Zeitungen veröffentlicht werden, begleitet von einem Aufruf an die Leser, bei der jetzt doch eingerichteten Extraleitung anzurufen. Die undeutlichen Poster, die in der Umgebung von Polizeiwachen hängen, sollen durch deutliche Flugblätter in hellen Farben ersetzt werden.

Fowell wird erneut wütend, als er wieder an das Verhalten der Japaner bei der Wahl der Mitglieder für das internationale Team denkt. Wie ein Beamter im Fernsehen erklärt hatte, daß »die deutsche Mentalität und Disziplin bei der Arbeit derjenigen der Japaner am nächsten« komme. Auch hatten sich die Japaner aus völlig unerklärlichen Gründen gegen die Anstellung des polnischen Experten, in Zusammenhang mit dem polnischen Opfer Irina Skoynich, gewehrt. Und zwar auf eine Art und Weise, daß der betreffende Sachverständige sich schließlich beleidigt zurückzog.

Und dann die Berichte der japanischen Polizei! Er ärgert sich über die unglaubliche Kleinkariertheit. Es macht den Eindruck, als wolle kein einziger der Protokollanten Verantwortung für das Geschriebene übernehmen. Jeder Bericht verweist bis zum Verrücktwerden auf andere Berichte, als versteckten deren Verfasser sich einer hinter dem andern.

Fowell denkt über seine Reputation als knallharter Polizist nach, über die Angst seiner Untergebenen im Büro in Sydney, die völlige Verantwortung zu übernehmen, über seinen Spitznamen »Robocop«, den er während Lis Spiel verschwiegen hat, und sein Engagement für seine Arbeit, das ihn seine Ehe gekostet und ihm seinen Sohn entfremdet hat.

Er streckt sich und setzt sich auf die Bettkante. Er reibt sich den schmerzenden Rücken, steht auf, räuspert sich, wankt ins Bad, während er die Hose hochzieht, spuckt ins Waschbecken und schaut in den Spiegel. Als gäbe das eigene Spiegelbild ihm Energie, reibt er sich die Hände. »Wir werden hier mal ein bißchen Schwung in den Laden bringen«, sagt er laut.

*

Vor dem Abendessen werden die Tageszeitungen durchgesehen. Die Presse hat getan, worum Silva gebeten hatte: Alle Zeitungen haben die Fotos der Opfer gebracht, die meisten in Farbe auf der ersten Seite, und einen Aufruf an die Öffentlichkeit, die Extraleitungen zu benutzen, die in einigen Stunden eingerichtet sein werden. Die Telefonisten, die gruppenweise arbeiten, um die Anrufe in Empfang zu nehmen, werden dem Team vorgestellt: Die zwölf Japaner stellen sich in einer Reihe an der Wand auf, sagen ihren Namen, und dann folgen das übliche *yoroshiku onegaishimasu* und eine Verbeugung; die zweiundvierzig Ausländer, die in den Sprachenzentren Dienst tun werden, gehen den Tisch entlang und schütteln jedem Mitglied des Teams die Hand. Dann verläßt die Telefongruppe den Saal, um Arbeitspläne aufzustellen, die Arbeitsbedingungen zu inspizieren und ihre Plätze an den Telefonen einzunehmen. Man geht zur Arbeitsverteilung für die nächsten Tage über. Mochizuki ergreift das Wort. Er hat wieder einen Stapel Umschläge vor sich liegen.

»Valenti-san wird sich mit dem Fall Marco Polo beschäftigen, Fowell-san mit dem Fall Larry Maxwell, Croo-san mit Hughes de Keuninck, Hogenelst-san mit Hendrik Mechanicus, Green-san mit Jacob Parker, Silva-san mit Irina Skoynich, Welt-san und ich mit den Fällen Ian Wackwitz und Marcus Bopp. Die Instruktionen und Informationen, die Sie für Ihre Ermittlungen brauchen, gebe ich Ihnen sofort. Sie können nun zum Essen gehen. Ich hoffe, daß das Abendessen nach Ihrem Geschmack ist. Sie können zwischen einem japanischen und einem westlichen Menü wählen.«

Nach dem Essen studiert Bertus den U-Bahn-Plan. Er hat eine Verabredung mit Adinda Buisman vom Japan-Niederlande-Haus in Aoyama. Mit der Ginza-Linie sind es drei Haltestellen: Aoyama-itchōme, Gaienmae, Omotesandō. Was für Namen, denkt Bertus. Er dreht den kleinen, mit der Hand gezeichneten Straßenplan des Omotesandō-Viertels, den er per Fax von Adinda Buisman bekommen hat, immer wieder in seinen Händen. Oben an der Treppe der Untergrundbahn angekommen, blickt er schnell noch einmal auf die Skizze, überquert eine Kreuzung und biegt in eine schmalere Straße ein, an deren Ecke sich eine schwedische Bäckerei mit orangenen Fenstern befindet, genau wie angegeben. Es ist eine ruhige und vornehme Straße. Auf den Schaufensterscheiben der Läden wird mit den Namen von Designern geworben: Yoji Yamamoto, Kenzo, Y's, Issey Miyake. Die Geschäfte sind trotz der späten Stunde noch offen. Bertus betritt etwas unsicher einen kühlen, beinahe leeren Laden mit Holzfußboden und sieht nach dem Preis eines großen, locker gewebten Schals. Über fünfhundert Gulden, rechnet er. »Tut mir leid, Martha, mein Schatz, es klappt nicht.« Während er den Laden wieder verläßt, dreht er seinen kleinen Straßenplan so, daß das Japan-Niederlande-Haus in der richtigen Richtung liegt. Das glatte Papier ist feucht geworden in seinen Händen. Bei einer grünen Garagentür links, geradeaus an drei Bäumen entlang bis zum Gemüsehändler, dann rechts, an einem Heiligtum vorbei, beim Tofuladen wieder rechts. Was für eine stümperhafte Beschreibung, denkt er.

»Ich kam mir mit Ihrem Plan vor wie ein Pfadfinder beim Fährtensuchen«, bekennt er Adinda Buisman, einer energischen Frau von etwa fünfunddreißig Jahren. Sie schenkt ihm in einer schmuddeligen kleinen Küche eine Tasse Kaffee ein.

»So macht man das hier. Jeder zeichnet Pläne, denn die Straßen in Tokyo haben keine Namen.«

»In Akasaka Mitsuke gibt es doch die Tamachidori, ich dachte, das sei der Name einer Straße.«

»Sie haben recht«, sagt sie. »Die großen Straßen haben Namen, die kleineren nicht.« Sie geht ihm in ihr kleines, ordentlich aufgeräumtes Büro voran. Durch eine Glaswand hat man Aussicht auf die unzähligen Lichter der Hochhäuser dieses Viertels.

»Was können Sie mir über Hendrik Mechanicus erzählen?« fragt Bertus, als er ihr am Schreibtisch gegenübersitzt, den Plastikbecher mit dampfendem Kaffee vor sich.

»Sag ruhig du, dann werde ich das auch tun, wenn ich darf. Was willst du wissen?«

»Alles. Was für ein Mensch war er? Hatte er Freunde? Sprach er über Kontakte außerhalb des Japan-Niederlande-Hauses?«

Adinda Buisman denkt einen Augenblick nach. »Er war mein Assistent, arbeitete halbtags hier. Er war nett, ein bißchen reserviert, fleißig; es machte ihm nichts aus, langweilige Tätigkeiten zu verrichten, wie Briefe Kuvertieren oder Fotokopieren. So ersparte er mir einen Haufen lästiger Arbeit. Er beschwerte sich nie darüber. Ich entschuldigte mich manchmal dafür, daß ich keine interessantere Arbeit für ihn hatte, aber er sagte, ich brauchte mir keine Sorgen zu machen, denn er mache gern anspruchslose Arbeit, dann könne er nachdenken. Er war ein etwas verträumter, stiller Typ, auf eine charmante Art. Morgens ging er zur Schule, um Japanisch zu lernen. Er erzählte gelegentlich von den Klassenkameraden: ein gewisser Tim, ein Amerikaner, der ein bißchen Niederländisch sprach. Sie wanderten manchmal zusammen in den Bergen. Tim war Gärtner von Beruf, wenn ich mich recht entsinne, und hatte irgendwann in den Niederlanden einmal ein Praktikum in einer Gärtnerei gemacht.«

Bertus notiert. »Weißt du seinen Nachnamen?«

»Von Tim? Nein.«

»Hast du der japanischen Polizei von diesem Tim erzählt? Ich bin in den Berichten nicht auf seinen Namen gestoßen.«

Adinda Buisman denkt kurz nach. »Nein. Das Gespräch mit der japanischen Polizei verlief chaotisch. Ich habe damals überhaupt nicht an diesen Tim gedacht. Und, oh, wußtest du, daß Hendrik bei einer japanischen Gastfamilie wohnte, bei einem Geschäftsfreund seines Vaters?«

»Ja, die Familie ist schon von der japanischen Polizei befragt worden. Hendriks Vater ist übrigens gestern in Japan angekommen.«

»Gott, wie furchtbar für den armen Mann. Ist er extra wegen der Ermittlungen nach Japan gekommen?«

»Er hat auch geschäftlich hier zu tun.« Bertus reibt sich die Augen. »Was kannst du mir noch erzählen?«

»Laß mich eben nachdenken. Ich habe ein paarmal mittags mit ihm im Restaurant an der Ecke gegessen. Er hat dann oft von der Schule erzählt. Wie schwer es die Leute aus dem Westen dort hatten, weil sie in eine Klasse mit Chinesen gesetzt wurden, die mehr Schriftzeichen kannten als die Japaner selbst. Zehn neue Zeichen mußte er pro Tag üben, jedes davon dreißigmal mit einem Pinsel schreiben, die Richtung des Pinselstrichs und die Reihenfolge der Pinselstriche behalten. Er erzählte, daß er davon Alpträume bekam. In seinen Träumen wuchsen die Schriftzeichen bis über seinen Kopf und rannten ihm auf Stelzen hinterher. Er ärgerte sich über die Chinesen in seiner Klasse, weil sie so schulmäßig waren und stolz wie ein Pfau, wenn sie in den Prüfungen bessere Noten als die Leute aus dem Westen bekamen. Auch über die Japaner ärgerte er sich, wie sie ihm überall dieselben Fragen stellten und ihn anstarrten ... Ach, wir sprachen über lächerliche kleine Dinge. Oh, und er konnte gar nicht genug davon kriegen, Japanerinnen anzusehen. Das wurde manchmal peinlich. Er pfiff durch die Zähne, wenn er eine schöne Frau hereinkommen sah. Er sprach sehr offen, nein, zu offen über die Begierde, die Japanerinnen in ihm erweckten. Er merkte überhaupt nicht, wie peinlich es mir war, wenn er wieder auf sein Lieblingsthema kam, und ich ließ es dabei, ich hatte keine Lust zu einer Diskussion über das Thema.« Adinda Buisman schweigt.

»Etwas über die Gastfamilie?«

»Ja, er war begeistert von der Mutter, die ihn in Watte packte. Sie kochte extra für ihn westliches Essen, wusch seine Wäsche, bügelte seine Oberhemden. Sie führten ihn am Wochenende manchmal aus und nahmen ihn einmal auch ein paar Tage nach Kyoto mit. Sie haben dort in einem teuren *ryokan* übernachtet. Er sagte, er wisse nicht, wie er sich ›revanchieren‹ solle. Er schenkte dem Vater niederländische Zigarren, der Mutter Kacheln aus Delfter Blau und den Kindern Holzschuhe und Schokoladentäfelchen. Sie haben sich unbändig gefreut, darüber haben wir uns oft amüsiert, aber er bekam immer ein paar Tage, nachdem er Geschenke verteilt hatte, auch ein Geschenk, meistens einen Gegenstand, der von einem äußerst verfeinerten Geschmack zeugte, eine Suppenschale mit Deckel aus lackiertem Holz, einen Satz handgeschöpftes Briefpapier mit seinen Initialen ... Ach, eigentlich gibt es nichts Besonderes über ihn zu erzählen. Es ist unbegreiflich, daß er tot ist. Es ist schrecklich.« Adinda verbirgt ihr Gesicht für einen Moment in den Händen. »Alle hier im Haus sind schockiert. Und dann die armen Eltern. Gibt es schon Hinweise?«

»Nein, unser Team ist erst seit drei Tagen mit den Ermittlungen befaßt.«

»Es tut mir leid, daß ich so wenig beitragen kann.«

»Nein, nein, dies Gespräch ist sehr hilfreich. Ich muß mir ein Bild vom Opfer machen. Wenn du ihn in einem Wort beschreiben solltest, was würdest du sagen?«

Adinda denkt kurz nach. »Einsam«, sagt sie dann.

*

Bertus geht über den dunklen Platz zurück zum Hotel. Er hat noch eine Verabredung mit dem Vater von Hendrik. Wieder zurück in seinem Zimmer, zieht er sich ein sauberes Oberhemd an und trinkt eine ganze Flasche Mineralwasser. Auf dem Flur trifft er Yvonne Lacoste.

»Der Vater von Mechanicus wartet auf dich im kleinen Konferenzsaal.«

»Ja, danke. Yvonne, kannst du etwas für mich herausfinden?«

»Natürlich.«

»Bei Hendrik Mechanicus in der Klasse war ein junger Amerikaner, ein gewisser Tim. Seinen Nachnamen wissen wir noch nicht. Könntest du die Schule für Japanisch anrufen und versuchen, eine Verabredung mit diesem Tim zu treffen? Ich habe den Namen der Schule hier aufgeschrieben.« Er gibt Yvonne einen kleinen Klebezettel.

»Natürlich.«

»Danke. Und, oh, Yvonne, kannst du recherchieren, ob dieser Tim irgendwo in den Berichten der japanischen Polizei auftaucht, und wenn ja, mir die Nummern der betreffenden Berichte durchgeben?«

Yvonne ist schon auf dem Weg zu ihrem Büro. Bertus geht schnell zum kleinen Konferenzsaal, wo Hendriks Vater, Reinier Mechanicus, mürrisch vor sich hinblickt. Sein faltiges Gesicht wendet sich langsam Bertus zu, als der die Tür leise hinter sich schließt. Mechanicus bleibt sitzen und nickt unmerklich. Bertus geht entschlossen zu ihm und gibt ihm die Hand. Mechanicus erhebt sich aus seinem Stuhl und läßt sich sofort wieder zurückfallen, nachdem er Bertus die Hand gegeben hat. Bertus bleibt neben ihm stehen.

»Herr Mechanicus, schön, daß Sie sich bereit erklärt haben, zu kommen.«

»Habt ihr schon was?« fragt Mechanicus unvermittelt.

Bertus schüttelt den Kopf. »Wir arbeiten erst seit drei Tagen daran.«

Mechanicus schnaubt verächtlich. Bertus legt ihm ganz kurz beruhigend die Hand auf die hagere Schulter. Mechanicus fährt auf und wischt sich über die Schulter, als hätte dort ein ekliges Insekt gesessen.

»›*I am sorry*‹, das höre ich jetzt schon seit drei Monaten. Lange Briefe habe ich bekommen, in fürchterlichem Englisch, ›*letters of apology*‹. Komische, kopierte Dokumente mit roten Stempeln drunter. Und dreimal denselben Brief nacheinander.«

»Von wem haben Sie die bekommen?« fragt Bertus aus dem Konzept gebracht.

»Von der japanischen Polizei.«

»Oh.«

»Ja, da bleibt dir die Spucke weg, was?«

»Herr Mechanicus ...«

»Seien Sie still, Mann! Man hat uns entsetzlich, *entsetzlich* behandelt. Meine Frau geht davon kaputt, das kapierst du doch wohl?«

»Herr Mechanicus ...« Bertus hebt machtlos die Schultern.

»Das haben sie dir nicht erzählt? Das mußt du erst mal mitmachen, daß sie dich in dem allerscheußlichsten Englisch anrufen, um zu sagen, daß dein Sohn ermordet ist.«

Bertus ist um den Tisch herumgegangen und hat sich Mechanicus gegenüber hingesetzt. »Ist das so gewesen? Wie schrecklich.«

»Ja«, seine Stimme wird etwas milder. »Ich will meinen Sohn beerdigen. Er liegt hier irgendwo in einem Kühlschrank.«

»Ja, das ist entsetzlich.«

Mechanicus nickt und schweigt.

»Ich hatte gehofft, daß ich Ihnen Fragen über Hendrik stellen könnte, was für ein Mensch er war.«

»Wozu soll das gut sein? Die japanische Polizei hat uns damals nach nichts gefragt. Und dich habe ich in Amsterdam auch nicht zu sehen bekommen.«

»Ich wußte zur Zeit des Mordes an Ihrem Sohn noch nicht, daß ich an dem Fall arbeiten würde. Das ist viel später bestimmt worden.«

»Wie dem auch sei, ich bin hier auf Geschäftsreise, und ich bin nur gekommen, um zu sagen, daß es eine Schande ist, wie man uns behandelt hat.«

»Wir ermitteln, welche Gemeinsamkeiten die Opfer hatten. Dann können wir uns vielleicht ein Bild des Täters machen.«

Mechanicus blickt schweigend auf seine Schuhe.

»Hat Hendrik gelegentlich nach Hause geschrieben?« fragt Bertus.

»Ja. Einen Brief im Monat ungefähr.« Seine Stimme ist wieder weniger scharf.

»Haben Sie diese Briefe noch?«

Mechanicus nickt. »Zu Hause.«

»Ob Sie sie mir zufaxen lassen würden?«

»Ja, okay.«

Bertus schiebt ihm seine Visitenkarte mit der Faxnummer über den Tisch zu.

»Können Sie mir jetzt schon etwas vom Inhalt der Briefe erzählen?« versucht er es wieder.

»Seine japanische Gastfamilie, seine Arbeit, seine Schule, ein Freund, Japanerinnen ...«, zählt Mechanicus unwillig auf.

»Hieß dieser Freund Tim?«

Mechanicus fährt erstaunt auf. »Ja, Tim Smith.«

Bertus macht schnell eine Notiz. »Hatte Hendrik Freundinnen?«

Mechanicus lacht kurz. »Nein.«

»Warum lachen Sie?«

»Sie waren unerreichbar für ihn, die Japanerinnen.«

»Warum wohl, was meinen Sie?«

Mechanicus lächelt wieder. »Er fand sie so schön. Ihre Schönheit schüchterte ihn ein.«

»Litt er sehr darunter?«

»Das weiß ich nicht genau. Mein Sohn übertrieb eigentlich nichts, auf keinem Gebiet. Ein bißchen verschlossen war er.«

»Mögen Sie noch etwas mehr von ihm erzählen, so daß ich mir ein Bild von ihm machen kann?«

Mechanicus schüttelt langsam den Kopf. »Das kann ich nicht mehr.« Er greift langsam zu seiner Gesäßtasche, holt ein Foto aus seiner Brieftasche und gibt es Bertus. »Das ist er.«

Bertus sieht sich konzentriert das kindliche Gesicht von Hendrik an. Sein Mund lacht, aber seine Augen blicken düster.

»Lesen Sie die Briefe, dann bekommen Sie sicher ein Bild von Hendrik. Ich bin nicht hierher gekommen, um von ihm zu erzählen. Ich wollte Ihnen persönlich sagen, daß Sie den Täter packen müssen. *Müssen*, verstehen Sie mich?«

Bertus merkt, daß Mechanicus, nicht mehr »du«, sagt, sondern zum »Sie« übergegangen ist. »Ich sehe, daß Sie ganz durcheinander sind. Ich werde die Briefe lesen. Wenn ich dann noch Fragen habe, werde ich Kontakt zu Ihnen aufnehmen. Ich bedaure es, daß Sie mir nicht mehr über Ihren Sohn erzählen können. Sie sind jetzt hier, eine einmalige Gelegenheit zu reden.«

»Für Sie, nicht für mich.« Er steht schwerfällig auf und schüttelt Bertus die Hand. Die Hand fühlt sich feucht und kalt an.

»Ich werde Sie nicht länger aufhalten, Kommissar. Ich rufe gleich meine Frau an. Sie können noch heute abend mit den Briefen rechnen.«

Er wendet sich abrupt zum Gehen. »Auf Wiedersehen, Herr Hogenelst.«

Bertus läuft ihm auf dem Flur noch nach, aber Mechanicus läßt die Lifttür vor seiner Nase zugleiten.

Bertus seufzt.

*

Gerardo Silva geht schnaufend über ein Stück Brachland. In der Hand hält er einen zerknitterten Zettel mit einer Wegbeschreibung. Er trägt ein T-Shirt, das auf der Brust von einem großen Schmetterling aus Schweiß verunziert wird, seine Jeanshosen sind neu und von einem teuren Hersteller. Er hat X-Beine. Ein Ledergürtel schneidet ihm in den fülligen Bauch und die kräftigen Hüften. Er hat sich gerade die mit einem Plastiktuch abgedeckte Stelle angesehen, wo Irina Skoynich ermordet wurde. Es war nicht mehr zu sehen als eingetrockneter Morast und ein paar Steine. Er läuft auf einen gerade erst angelegten Spielplatz am Rande des Geländes zu.

Dort setzt er sich im Schatten eines Hochhauses auf eine Bank und blickt sich um. Die Rohre der Klettergerüste und des Karussells sind noch neu, gelb, rot und blau gespritzt. Auf ihnen spielen tadellos gekleidete Kleinkinder. Auf den Bänken rundum sitzen die Mütter, sorgfältig geschminkt und ebenso tadellos gekleidet, in leiser Unterhaltung, während sie mit ihren Eßstäbchen ab und zu geziert einen Happen aus ihren Essensschachteln aus Plastik nehmen. Ihren Mund verstecken sie hinter der vorgehaltenen Hand, wenn sie kauen oder lachen. Sie alle tragen Nylonstrümpfe. Bei dieser Hitze, denkt Silva. Er läßt seine Augen auf dem Gelände hin und her wandern, dreht sich um und blickt die zwölf Stockwerke zählende Betonfassade eines Hochhauses mit kleinen Fenstern hinauf.

Er steht auf und geht zu der ungepflasterten Straße, die in das neue Wohnviertel führt. Er spürt die Augen der jungen Mütter im Rücken. Sie haben ihr Gespräch unterbrochen. Als Silva um die Ecke des ersten Wohnblocks verschwindet, bricht auf dem Spielplatz hinter ihm aufgeregtes Gerede los. Er holt einen zweiten Zettel aus der Tasche und späht auf die darauf notierte Nummer: 12C, APT401. Die Gebäude stehen in Viererreihen: A, B, C und D. Das Appartement 401, wo Morio Abe, der Freund der verstorbenen Irina, noch wohnt, ist im vierten Stockwerk. Silva sucht nach einen Fahrstuhl, kann aber keinen finden.

Schnaufend klettert er die eiserne Außentreppe bis zum vierten Stock und klingelt bei 401. Es dauert lange, bevor ein Lebenszeichen hinter der Stahltür zu hören ist. Sie wird einen Spalt breit geöffnet, und ein magerer Kopf mit großer schwarzer Brille blickt vorsichtig nach draußen.

»*Konnichiwa*. Sind Sie Morio Abe?«

Der Kopf nickt.

»Ich bin Gerardo Silva. Ich ermittle wegen des Mordes an Ihrer Freundin Irina Skoynich.«

Die Tür schwingt auf, und ein dürrer Körper in zerknitterten, aber sauberen Kleidern erscheint. Für einen Augenblick stehen sich die beiden schwarzbebrillten Männer verlegen im engen Flur gegenüber, der eine dick und keuchend, der andere mager und unruhig. Eine Armbewegung erlaubt Silva weiterzugehen.

»Ich kann nicht gut Englisch«, sagt Abe, als sie unbequem nebeneinander auf einem lachsfarbenen Plüschsofa im Wohnzimmer sitzen.

»Das macht nichts, wir schaffen es schon. Ich spreche kein Japanisch. Sorry. Ich werde langsam sprechen. Mein Beileid, Herr Abe. Es tut mir sehr leid, was mit Ihrer Freundin passiert ist«, sagt Silva mit einer Verbeugung. »Wir tun alles, um den Täter aufzuspüren.«

Abe nickt kurz, sein Gesicht verrät keine Emotion. Die Augen liegen flach und schräg hinter den Brillengläsern. Er sitzt aufrecht, seine Haltung ist symmetrisch und drückt ebensowenig aus wie sein Gesicht. Silva schätzt ihn auf Anfang dreißig, auch wenn das bei Japanern nicht leicht zu sagen ist, findet er. »Fällt es Ihnen schwer, über sie zu sprechen?«

Abe zuckt mit den Schultern. »Es geht schon.«

»Können Sie mir etwas über die Zeit erzählen, die Irinas Tod voranging?«

»Ich bin schon von der japanischen Polizei ausgefragt worden.«

»Das weiß ich«, sagt Silva. »Ich habe die Berichte gelesen. Ich werde Ihnen ein paar, wie es bei uns heißt, ›offene Fragen‹ stellen. Fragen, auf die Sie nicht sofort mit ›Ja‹ oder ›Nein‹ antworten können. Ich hoffe, Sie haben nichts dagegen.«

Abe blickt ihn verständnislos an.

»Eine Ja-Nein-Frage ist beispielsweise: ›War Ihre Freundin an dem Tag, an dem sie in der Nacht ermordet wurde, zu Hause?‹«

»Ja«, sagt Abe, »das habe ich der Polizei schon gesagt.«

»Das war nur ein Beispiel«, sagt Silva.

»Ein Beispiel für eine offene Frage ist: ›Wo waren Sie zum Zeitpunkt des Mordes?‹«

»Ich schlief auf einem Futon unter dem Schreibtisch in meinem Büro.«

Silvas Augen schießen unsicher hin und her. Ist dieser Mann dumm, oder kommt es durch die Sprache?

»Ich möchte Ihnen etwas persönlichere Fragen stellen, offene Fragen. Haben Sie etwas dagegen?«

Abe schüttelt den Kopf. »Irina kam aus dem Westen. Ich bin daran gewöhnt, über persönliche Fragen sprechen zu müssen«, sagt er und kommt stockend und stammelnd sofort zur Sache. »Wir hatten Schwierigkeiten. Viel Streit die letzte Zeit. Sie polnisch, ich japanisch. Ich habe sehr viel zu tun. Ich wußte nicht, wie ich ihr helfen sollte. Ich konnte nicht nach Polen. Mein Geschäft. Japan ist gutes Geld. Sie war deprimiert. Ich auch. Wir stritten uns um kleine Dinge. Es war nicht gut. Sie hatte zu wenige Freunde hier. Ein paar Polen, ein paar Amerikaner. Nicht wirklich gute Freunde. Sie malte. Sie malte viel. Jeden Tag. Ich habe ein Atelier für sie gemietet.«

»Das Atelier gibt es noch, habe ich den Akten entnommen.«

»Ja.«

»Wo ist es?«

»Fünf Minuten zu Fuß von hier. Es ist schon von der Polizei durchsucht worden.«

»Das weiß ich. Darf ich es trotzdem sehen?«

»Ja.« Abe steht auf und geht zur Tür, Silva folgt. Sie gehen schweigend nebeneinander her. Abe zeigt auf ein ockergelbes viereckiges Gebäude mit zwei Stockwerken und einem Dach aus Wellblechplatten. Auf einem kurzen Laubengang im zweiten Stockwerk befinden sich vier Türen. »Ein preiswertes Appartement«, sagt er über die

Schulter, während sie eine rostige Treppe zum Laubengang hinaufgehen. Er holt einen Schlüssel aus der Tasche und öffnet eine der Türen. Sie stehen in einem viereckigen *genkan*, und Abe bedeutet Silva, seine Schuhe auszuziehen. Es schließen zwei Tatami-Zimmer an, die durch Papierschiebetüren voneinander getrennt sind. Silva geht mit seinen durchgeweichten Socken über die glatten, etwas nachgiebigen Matten und schaut beschämt die nassen Abdrücke an, die er hinterläßt. Abe scheint es nicht zu bemerken. Silva geht mit kleinen Schritten im niedrigen Raum umher. Im hinteren Zimmer steht eine hölzerne Staffelei mit einem noch unfertigen Bild. In Holzregalen liegen Dutzende von Bildern säuberlich aufbewahrt. Hinter der Staffelei steht ein Tischchen mit sauberen Quasten und Pinseln in Blechbüchsen, einer Reihe Palettmesser und ein paar Farbtuben. Unter dem Tisch befindet sich eine Holzkiste voller Tuben und eine Reihe Flaschen und Dosen. Es riecht angenehm nach Terpentin und Leinöl. Fenster aus Mattglas filtern das hereinfallende Licht.

»Darf ich mir die Bilder ansehen?«

Abe nickt.

Silva zieht ein paar Bilder aus dem Regal und dreht eins mit der Abbildung zu sich. Es ist ein farbenfrohes, dynamisches Bild mit pastos aufgetragener Farbe. Er macht einen Schritt rückwärts, um es besser betrachten zu können. Abe lehnt einige Bilder gegen die Wand. Dieselben dunkelroten, dunkelgrünen, tiefblauen Farben. Silva muß an einen Urwald denken.

»Blumen«, sagt Abe, »in der letzten Zeit malte sie nur Blumen.« Er zieht ein paar Bilder aus einem Regal an der gegenüberliegenden Wand. »Diese hat sie vor ein paar Jahren gemalt.«

Die Themen sind akademischer, Akte, Stilleben, Porträts von Abe. Aber schon mit denselben kräftigen Strichen gemalt.

»Nicht schlecht«, sagt Abe, »sie hätte gut werden können.«

Silva nickt. Er sieht sich im Raum um. Er atmet eine Atmosphäre der Ordnung. In der Ecke des Raums steht ein Kassettenrecorder. Silva drückt auf den Play-Knopf, es erklingt gefühlvolle Musik.

»Polnischer Pop«, sagt Abe.

Silva drückt auf Stop. »Empfing sie hier manchmal Besuch?«

»Das weiß ich nicht. Ihr Lehrer ja, der kam ab und zu, aber niemand sonst, soweit ich weiß. Sie studierte *sumie*, Tuschmalerei.« Er öffnet eine Pappmappe und zeigt Silva Aquarelle auf dünnem Papier. Über einige Abbildungen von Zweigen, Blättern und Blüten sind Goldflocken in die Farbe gestreut.

»Ja, der Lehrer ist schon von der japanischen Polizei verhört worden. Ich habe den Bericht gelesen.«

Abe schlägt die Mappe zu. »Es ist heiß«, sagt er.

Silva nickt. »Gibt es sonst noch etwas, das Sie mir vielleicht erzählen möchten? Es ist schwierig für Sie, dafür habe ich alles Verständnis, aber trotzdem ...«

»Nein, das macht nichts. Ich weiß nichts mehr. Es ist so, wie ich es gesagt habe. Sie hatte Heimweh. Aber sie wollte nicht allein zurück nach Polen. Das war alles viel zu schwierig. Keine Arbeit. Sie war nicht glücklich, aber sie gab sich Mühe. Sie war lieb. Und schön. Ich konnte so wenig tun.«

»Hatte Ihre Freundin einen guten Freund, vielleicht sogar einen anderen Liebhaber? Ging sie manchmal nachts weg? Sprach sie irgendwann einmal von einem intimen

Freund? Jemand, dem sie ihre Probleme anvertraute?« Silva feuert seine Fragen schnell nacheinander ab.

Abes magere Schultern bleiben hilflos in der Luft hängen. Er breitet seine Hände aus, mit den Handflächen nach oben. »Vielleicht, vielleicht nicht. Ich war nachts oft nicht da. Schlief in meinem Büro.«

»Ihre Freundin ist von einem Serienmörder ermordet worden. Diese Person muß in ihrer unmittelbaren Umgebung gewesen sein. Es ist sehr wahrscheinlich, daß sie zusammen auf dem Spielplatz unten gesessen haben.«

Abe schüttelt den Kopf. »Sie hat Briefe geschrieben«, sagt er. »Viele Briefe. Nach Polen.«

»An wen?«

»An ihre Mutter, an eine Freundin, vielleicht noch an andere. Ich kenne ihre polnischen Freunde nicht. Die Polizei hat ihr Adreßbuch schon mitgenommen.«

»Ja, das habe ich gesehen«, sagt Silva. Er blickt abwechselnd Abes Gesicht und seine nassen Socken auf dem Tatami an. Dann schießt sein massiver Oberkörper plötzlich nach vorn, und er bringt sein Gesicht näher an das von Abe. Die beiden Brillen berühren sich fast.

»Herr Abe, reden Sie jemals mit einem Japaner so, wie wir es jetzt tun? Wäre das möglich?«

»Nein, das ist absolut ausgeschlossen«, antwortet Abe ruhig.

»Wie kommt das? Können Sie mir das erklären?«

»Ein Vlies. Ich habe ein dünnes Vlies in meinem Kopf«, sagt Abe, ohne zu zögern. »Das teilt mein Gehirn, mein Herz, mein Wesen in zwei Teile. Sobald ich mit einem Menschen aus dem Westen spreche, steige ich über das Vlies hinweg in meine andere Persönlichkeit. Westlich denken, westlich fühlen, westlich sein ist völlig anders als japanisch denken, fühlen und sein. Es gibt Menschen, die behaupten, Japaner und Nichtjapaner würden nach demselben Prinzip funktionieren, aber ich bin kein Vertreter dieser Ansicht. Es verwischt die Wirklichkeit. Wenn ich nachher mit einem Japaner spreche, werde ich erst wieder über das Vlies hinwegsteigen, um mit ihm auf japanische Weise zu kommunizieren.«

»Bedeutet das auch, daß Sie mit der japanischen Polizei auf eine solche japanische Art kommunizieren?«

»Ja, natürlich«, antwortet Abe.

Silva starrt wieder die Matten an, sagt dann resolut: »Ich danke Ihnen, Herr Abe, ich werde Ihnen nicht länger lästig sein. Wenn es etwas gibt, wovon Sie denken, daß es wichtig sein könnte, dann rufen Sie mich bitte sofort an.« Abe nickt, nimmt die ihm gereichte Visitenkarte respektvoll entgegen und verbeugt sich.

»Ich komme schon allein nach draußen«, sagt Silva. Neben der Tür sieht er einen bunten Seidenschal am Haken hängen. Er berührt ihn fast mit dem Kopf, als er daran vorbeigeht. Ein vager Parfumduft steigt auf. Silva zittert. »Armes Mädchen«, sagt er leise. Dann spricht er in Richtung Atelier: »Wissen Sie wirklich nicht, wie Irinas Freundin in Polen heißt?«

Es bleibt einen Augenblick still, dann erscheint Abe zwischen den Schiebetüren zum *genkan*. Silva sieht nur seine Konturen gegen das gelbe Licht, das aus dem Atelier kommt. Abe bleibt still stehen und denkt nach.

»Katharina.«

»Hatte Ihre Freundin hier Telefon?«

Abe schüttelt den Kopf.

Ich habe ein Vlies in meinem Kopf, wiederholt Silva in Gedanken, während er zur Untergrundbahn zurückgeht. Das muß ich den andern erzählen. Offener und persönlicher als mit der japanischen Polizei. Vielleicht fragt die japanische Polizei auch nicht wirklich nach persönlichen Details. Hatte Hogenelst nicht etwas mit einer japanischen Gastfamilie zu tun? Vielleicht sollte er einmal dorthin gehen, auch wenn die Mitglieder der Familie schon von dem japanischen Team befragt worden sind. Wer weiß, was das bringt. Vielleicht war Mechanicus deprimiert und einsam, genau wie Irina, und sie suchten Trost bei jemandem. Das ist beinahe anzunehmen.

*

Mochizuki hat Bettina Welt und seinen Dolmetscher Watanabe mit zur Wohnung von Frau Fischer genommen, einer Deutschen, die in einem kleinen Appartement im Viertel Sendagaya go-chōme wohnt. Er hat Bettina Welt angewiesen, sich bei diesem ersten Termin aufs Beobachten zu beschränken. Später könne sie die Ermittlung übernehmen, erklärt er. Sein Argument für diese merkwürdige Entscheidung war, daß Bettina Welt durch ihre Arbeit beim Justizministerium zwar Erfahrung mit theoretischen kriminologischen Ermittlungen, aber nicht mit der Arbeit auf der Straße habe. Bettina Welt beschloß, diesen erniedrigenden Anfang hinzunehmen und Mochizukis Befehl, sich nicht in das Gespräch einzumischen, zu befolgen. Sie geht hinter den beiden Japanern und beobachtet, halb von der absurden Situation amüsiert, ihre eifrigen, in blaue Jacketts gekleideten Rücken. Mochizuki haßt die Situation. Er hat durch einen Hinweis über die Extraleitung erfahren, daß Marcus Bopp am Abend, bevor er ermordet wurde, Frau Fischer einen Besuch gemacht habe. Die Aussicht darauf, wieder eine Ausländerin interviewen zu müssen, mit all den dazugehörigen Sprachproblemen und Mißverständnissen, macht den todmüden Mochizuki gereizt. Watanabe schleicht, sich fortwährend wie zur Entschuldigung verbeugend, neben ihm durch die engen Straßen, in die Klimaanlagen gnadenlos und lärmend heiße Luft erbrechen.

»Kannst du bitte deutlich übersetzen, ich meine genau. Ich kapiere nie, worüber die Ausländer reden«, hört Bettina, die gut Japanisch versteht, wie sich Mochizuki bei Watanabe beklagt.

»Ich werde es versuchen, Mochizuki-san.«

»Hm.«

»Ja, Mochizuki-san.«

»Was, naja?«

»Ja, Mochizuki-san?«

»Was, naja?«

Watanabe verbeugt sich verzweifelt.

»Sie sprechen alle verschieden englisch«, sagt Mochizuki laut. Watanabe schweigt.

Die Klingel von Frau Fischer funktioniert offenbar nicht. Mochizuki klopft viel zu laut an die Tür.

»*Keisatsu*«, brüllt er.

»Polizei«, übersetzt Watanabe.

»Lauter«, sagt Mochizuki wütend.

»Polizei«, brüllt Watanabe. Bettina Welt wartet unten an der Außentreppe.

Frau Fischer öffnet die Tür aus imitiertem Mahagoni. Hinter ihr dreht sich ein riesiger Ventilator auf einem Fuß. Sie bedeutet den Männern, daß sie hereinkommen können. Bettina steigt die Treppe hinauf und gibt Frau Fischer die Hand, während sie sich vorstellt. Sie erklärt kurz die Situation auf deutsch. Mochizuki sieht sie ungeduldig an. Bettina spricht sehr ruhig ein paar Minuten lang weiter, setzt sich dann auf Einladung von Frau Fischer auf ein *zabuton* auf den Boden und blickt sich dann schweigend um. Der Ventilator nimmt einen großen Teil des kleinen Appartements ein. Außerdem gibt es ein Zeichenbrett und einen niedrigen Tisch, darauf eine Nähmaschine. Auf dem Tatami liegen Nadelkissen, Kreidestückchen, Garnrollen, Scheren und Schachteln mit Knöpfen. Dünnes Schnittmusterpapier flattert knisternd im Wind des Ventilators. Frau Fischer wirft eine Zeitschrift darauf. Eine kleine Ecke Papier raschelt hartnäckig weiter.

»Achten Sie nicht auf die Unordnung, ich bin bei der Arbeit. Setzen Sie sich. Möchten Sie Tee?«

Watanabe nickt und sagt: »Oh, ja bitte.«

»*Nan deshitaka?*« schnauzt Mochizuki.

»Ob wir Tee möchten.«

»*Ocha arimasu deshōka?*«

»Haben Sie grünen Tee?«

»Ja, natürlich, möchten Sie grünen Tee?«

»Ja, gern.«

»*Nan deshitaka?*« schnauzt Mochizuki.

»Ich sagte: Haben Sie grünen Tee? Sie sagte: Ja, natürlich, möchten Sie grünen Tee? Da sagte ich: Ja, gern.«

»Oh«, sagt Mochizuki.

»*Hajimemashōka*«, sagt Mochizuki ins Leere.

»Fangen wir an«, übersetzt Watanabe schüchtern und leise.

Frau Fischer setzt Wasser in der Küche auf. Sie fragt über die Schulter auf deutsch, was Bettina Welt trinken möchte.

»*Ocha kudasai*«, sagt Bettina, um Mochizuki nicht noch mehr zu irritieren.

Als sie mit dampfenden Teetassen vor sich rund um den Tisch auf dem Fußboden sitzen, sagt Frau Fischer: »Marcus Bopp.«

»Ja. Warum haben Sie denn nicht eher Kontakt mit der Polizei aufgenommen?« fragt Mochizuki. Watanabe übersetzt.

»Ich weiß es jetzt erst. Ich lese keine Zeitungen, ich sehe nicht fern. Ich weiß es erst seit dem Anruf Ihrer Sekretärin, vorgestern. Es ist schrecklich.«

»Es tut mir leid, Miss«, sagt Mochizuki in seinem langsamen, schweren Englisch.

»Danke.«

»*Nan deshitaka?*«

»Sie sagte ›Danke‹«, sagt Watanabe.

»*Jō gaikokujin no eigo wakaranaiyo*«, seufzt Mochizuki.

»Was hat er gesagt?« fragt Frau Fischer.

»Er sagte, daß er das Englisch vieler Ausländer nicht versteht.«

»*Nan deshitaka*«, sagt Mochizuki.

»Ich sage, daß Sie das Englisch vieler Ausländer nicht verstehen.«

»Idiot, das brauchst du doch nicht zu übersetzen.«

»Oh, Pardon.«

»Worüber sprechen Sie?« fragt Frau Fischer.

»Nein, lassen Sie nur, nicht wichtig«, seufzt Watanabe.

»Sie waren eine Freundin von Marcus Bopp?« fragt Mochizuki Frau Fischer über Watanabe.

»Ja. Wir kannten uns oberflächlich. Wir gingen manchmal zusammen aus, in Nichōme.«

»In Nichōme? Im Homoviertel? War Bopp homosexuell?«

»Das Schwulenviertel meinen Sie? Ja. Nein, Marcus war nicht schwul.«

»Und Sie?«

»Nein. Man kann doch auch im Schwulenviertel ausgehen, wenn man nicht homosexuell ist, oder?«

»Das weiß ich nicht. Keiner von Ihnen beiden war also homosexuell?«

»Nein, Sie?« Frau Fischer lacht Bettina an, nachdem sie dies gesagt hat. Diese blickt scheinbar ungerührt von einem der Sprechenden zum andern, als würde sie besonders viel von dieser Befragung lernen.

»Ich?«

»Ja, Sie?«

»Die Frage brauche ich nicht zu beantworten«, sagt Mochizuki.

»Oh, Sie nicht und ich ja. So geht das?« sagt Frau Fischer ruhig.

»Sind Sie gegen die Polizei? Gegen diese Ermittlung?«

»O nein, aber ich sehe nicht ein, was Ihre Fragen damit zu tun haben, daß der arme Marcus ermordet worden ist.«

»Das entscheide ich schon.«

»Das entscheide ich schon«, übersetzt Watanabe.

»Oh, richtig, ja«, sagt Frau Fischer ruhig.

»Was haben Sie da gemacht in Nichōme?«

»Naja, geredet, getanzt, getrunken.«

»Drogen?«

»Ja, das werde ich Ihnen unter die Nase reiben. Wieviel steht zur Zeit auf ein paar Gramm Hasch? Fünf Jahre?«

»Drogen also.«

»Oh, Gott.«

»Was geschah in der Nacht, bevor Marcus ermordet worden ist?«

»Wir gingen nach Nichōme, wie gewöhnlich. Wir zogen gegen zwölf los und gingen in drei Bars, zuerst ins Tonoyama, dann ins SixtyNine und gegen drei ins Zazai. Da haben wir uns verabschiedet. Marcus wollte irgendwann weg. Ich bin im Zazai geblieben, denn ich tanzte gerade und wollte noch nicht nach Hause.«

»Wieso wissen Sie das so genau? Es ist sechs Monate her, und Sie wissen jetzt erst, daß Marcus tot ist.«

»Es war an meinem Geburtstag, dem ersten März. Marcus hatte mich an meinem Geburtstag besucht. Er hat mir eine Eidechse geschenkt.«

»Eine Eidechse?«

»Ja, die hatte er unterwegs gefangen. Wir nannten sie Liz, nach Liz Taylor, wissen Sie. Liz ist leider nach ein paar Tagen gestorben.«

»Und danach gingen Sie in diese Bar?«

»Nachdem wir das Terrarium für Liz eingerichtet hatten, ja.«

»Haben Sie sich nie gefragt, was mit Marcus passiert war? Ich meine, Sie haben sehr lange nichts von ihm gehört.«

»Ach, Sie wissen, wie das ist in Tokyo. Jeder hat immer viel zu tun. Freunde kommen und gehen. Was das betrifft, ist es eine Scheißstadt. Man hat keine Zeit für Freunde. Arbeiten muß man hier, mein Herr.« Und sie schlägt auf einen Stoffballen. »Um die Miete zu bezahlen, mein Herr.« Und sie schlägt mit der flachen Hand auf die Tatami-Matten. »Und das galt auch für Marcus. Ich dachte: Der wird schon wieder auftauchen. Ich habe ihn manchmal angerufen, aber er nahm nicht ab. Ich dachte: Der macht sicher Urlaub in Thailand, das tat er öfter.«

»In Thailand?«

»Ja.«

Mochizuki hebt autoritär die Hand, um das Gespräch zu unterbrechen, und sagt zu Watanabe: »Schreib auf.« Watanabe holt ein kleines Buch aus seiner flachen Aktentasche und setzt sich mit gezücktem Bleistift in Bereitschaft.

»Nichōme«, diktiert Mochizuki. Und zu Frau Fischer: »Wie, sagten Sie, hießen die Bars?«

»Tonoyama, SixtyNine und Zazai.«

Watanabe schreibt.

»Eine Eidechse«, sagt Mochizuki. »Schreib auf: Eidechse. Und Thailand.«

Mochizuki wendet sich wieder an Frau Fischer.

»Hatte Bopp Freunde in diesen Bars?«

»Freunde? Nein, Freunde kann man es nicht nennen. Man begegnet immer denselben Menschen, die man nur dort trifft.«

»Können Sie sich daran erinnern, mit wem Bopp an dem Abend gesprochen hat?«

»Ach je, da muß ich nachdenken, es ist schon lange her. Ja, da war ein Japaner im SixtyNine. Tomo heißt er, ein witziger junger Kerl. Und im Zazai trafen wir Johnny, einen Tänzer aus Irland, und dann war noch Raul da, ein Junge aus Südamerika; ich weiß nicht genau, wo. Marcus hat eine Zeitlang mit ihm geredet.«

»Worüber sprachen sie? Wissen Sie das noch?«

»Keine Ahnung, ich habe getanzt. Ich habe sie nur reden sehen.«

»Glauben Sie, daß diese Leute noch immer in diese Bars kommen?«

»Oh, bestimmt. Ich bin schon sehr lange nicht mehr dagewesen.«

»Können Sie uns etwas mehr über Bopp erzählen? Was für ein Mann war er?«

»Er sah gut aus. Er hatte ein auffallendes Gesicht.«

»Ja, wir wissen, wie er aussah, wir haben Fotos von ihm.«

»Ach, wo Sie das sagen, ich habe auch Fotos von ihm. Die haben wir mit dem Selbstauslöser gemacht.« Sie steht auf, sucht in einem Schrank und kommt mit einem Album zurück. »Hier, sehen Sie.«

Auf dem Foto hat Marcus Bopp den Arm um Frau Fischer gelegt. Sie machen beide ein albernes Gesicht.

»Wann sind die aufgenommen?«

»Im Januar oder so.«

»Haben Sie noch mehr Fotos von Bopp?«

Frau Fischer runzelt die Augenbrauen, während sie in einem Schuhkarton herumsucht. »Ja, hier, eins, das am Strand aufgenommen ist.«

Mochizuki beugt sich über das Foto. Bopp steht mit bloßem, braungebranntem Oberkörper lachend am Strand Er trägt weite, bunte Bermudas. Sein Haar, viel länger als auf den anderen Fotos, hat durch die Sonne blonde Strähnen bekommen.

»Wer hat das aufgenommen?« fragt Mochizuki.

»Das weiß ich nicht. Ich habe es einmal von Marcus bekommen, weil er mehrere davon hatte, glaube ich.«

»Dürfen wir diese Fotos mitnehmen?«

»Ja, natürlich«, sagt Frau Fischer.

»Erzählen Sie uns mehr, bitte.«

»Ach, er war freundlich, nahm alles nicht so schwer. Ein bißchen einsam, wie fast jeder, der hier wohnt und arbeitet, Ausländer meine ich. Er sagte manchmal, daß er deprimiert sei. Dann ging er nach Thailand. Um aufzutanken. Wenn er zurückkam, war er wieder fröhlich und konnte das Leben hier wieder ertragen, sagte er. Er verdiente Geld wie Heu. Er handelte mit Sicherheitssystemen. Er gab eine Menge Geld aus. Er bezahlte immer alles, wenn wir in Nichōme zusammen ausgingen.«

»Worüber haben Sie so geredet, wenn Sie in Nichōme ausgingen?«

»Ach, über nichts besonderes. Wir alberten herum und machten Witze. Wir aßen und tranken. Manchmal haben wir über Literatur und Theater gesprochen.«

»Schreib auf«, bedeutet Mochizuki dem bereits eifrig notierenden Watanabe. Watanabe kriecht in sich zusammen und schreibt schneller.

»Sie lassen diesen Mann zugleich übersetzen und schreiben?« Frau Fischer wendet sich direkt an Mochizuki.

»Was sagt sie?«

Watanabe schweigt.

»Was sagt sie?« wiederholt Mochizuki lauter.

»Oh, äh, nichts.«

»Ich will wissen, was sie gesagt hat.«

»Sie hat gesagt: Lassen Sie diesen Mann gleichzeitig übersetzen und schreiben?«

Mochizuki zuckt mit den Schultern. »Er ist mein Assistent«, sagt er.

»Ich bin sein Assistent«, übersetzt Watanabe.

»Ja, das sehe ich«, sagt Frau Fischer. »So ein Idiot!«

Watanabe schweigt, und Mochizuki fordert ihn nicht auf zu übersetzen. Ein Lächeln spielt um die Lippen von Bettina Welt, die noch immer interessiert von einem zum andern schaut, als folge sie einem Tennismatch.

»Können Sie uns erklären, wo diese Bars liegen, die Sie mit Marcus Bopp besucht haben?« fragt Mochizuki.

»Ja, natürlich, ich zeichne Ihnen schnell einen Plan. Sie liegen keine zwei Minuten zu Fuß voneinander entfernt. Soll ich Ihr Büchlein benutzen?«

»Gern«, sagt Watanabe höflich und reicht ihr sein Notizbuch und seinen Bleistift.

»Jungejungejungejunge«, zischt Mochizuki durch die Zähne, als sie wieder auf der Straße stehen und wirft sein Taschentuch, das er in der Hand hält, mit wütender Gebärde auf den Boden. Das zusammengefaltete Ding flattert herab auf den schmutzigen Asphalt. Bettina steigt darüber hinweg. »Jetzt müssen wir auch noch nach Nichōme. Das fehlte gerade noch.«

Watanabe schweigt.

»Wenn Sie wollen, werde ich die Bars besuchen«, sagt Bettina auf japanisch zum Rücken von Mochizukis Anzug.

»Wir werden gleich darüber reden, im Hotel«, sagt Mochizuki, wobei er sich höflich ganz zu Bettina umdreht.

»Haben Sie das Poster bei Frau Fischer an der Wand gesehen, mit einem Gemälde darauf aus dem siebzehnten Jahrhundert, ein Ehepaar mit weißen Hunden zu ihren Füßen?«

»Nicht darauf geachtet«, sagt Mochizuki, aber Watanabe nickt.

»Unter dem Bild stand ›Báthory und Nádasdy‹. Báthory, war das nicht eine der mittelalterlichen Mörderinnen, die Silva in seinem Buch beschrieben hat?«

»Keine Ahnung«, brummt Mochizuki, aber Watanabe sagt: »Um sechzehnhundert.«

»Was?«

»Erzsébet Báthory, Ungarn, Anfang siebzehntes Jahrhundert«, sagt Watanabe.

»Es ist gerade ein Buch über die Báthory erschienen«, sagt Bettina, »ist das nicht merkwürdig?«

*

Jack Fowell sitzt im Zimmer seines Hotels am Schreibtisch und schreibt: Larry Maxwell. Er unterstreicht den Namen ein paarmal und schreibt weiter: War Videokünstler und wohnte in einem kleinen Appartement im Yotsuya-Viertel im Zentrum Tokyos. Er gab Englischstunden, fand gelegentlich Arbeit als Modell für Maler und Fotografen und finanzierte damit seine experimentellen Videos.

Maxwell traf sich in Künstlerkneipen mit anderen Künstlern. Alle regelmäßigen Besucher dieser Lokale sind befragt worden.

Maxwells Leiche wurde um zehn Minuten nach halbzehn von zwei Hausfrauen in der Nähe seines Appartements im Garten eines leerstehenden Hauses aufgefunden. Die beiden Körperhälften waren auf fast künstlerische Weise auf einem Felsenstück neben einem kleinen Teich arrangiert. Die Eingeweide lagen in einer Mulde daneben.

»Witzbold«, sagt Fowell laut und schreibt weiter:

Maxwells Familie wohnt in Sydney. Er hatte kaum Kontakt zu ihnen. Seine Eltern betreiben einen kleinen Supermarkt.

»Naja, Supermarkt«, sagt Fowell zynisch und denkt an seinen Besuch bei dem aufgeregten Ehepaar in einem Außenbezirk von Sydney, kurz bevor er nach Tokyo abreiste. In dem nach Schuhcreme riechenden kleinen Laden wurde deutlich, daß die alten Leute überhaupt nicht wußten, was ihr Sohn in Tokyo trieb.

Es klopft.

Es ist eine der Shiatsu-Masseusen des Hotels. Er bittet sie herein. Sie verneigt sich vor ihm und sagt etwas. Dann macht sie ihm mit Gebärden deutlich, daß er Hemd und Hose ausziehen und sich aufs Bett legen solle. Sie setzt sich in die Höhlung seines Rückens, als beritte sie ein Pferd und drückt dann ihren Daumen an den Rand seiner Hirnschale. Fowells Schultern und Nacken schmerzen und sind völlig steif vom vielen Lesen. Außerdem hat er den ganzen Tag nach einem genau vorgegebenen System den Schalterstand zum Regulieren der Klimaanlage geändert, aber das Ding läßt hartnäckig das Zimmer entweder viel zu warm und zu feucht werden oder zu kalt und zu trocken. Er ist noch immer von den japanischen Polizeiberichten irritiert, und ihm schwindelt von den japanischen Namen, Hunderte Menschen waren eingesetzt und viele Quadratkilometer durchgekämmt worden. Man hatte Schemata ausgearbeitet, wie die Trupps organisiert sein sollten und wer innerhalb einer solchen Gruppe verantwortlich für welchen Teil der Ermittlung war. Meistens waren mehrere Menschen für einen kleinen Teil verantwortlich. So war beispielsweise eine Gruppe von drei Menschen, die alle Yamada hießen, für das Reinigen der Geräte verantwortlich gewesen, mit denen das Gelände geharkt wurde. Und dann sich vorzustellen, daß während dieser ausgedehnten Ermittlungen nichts anderes gefunden worden war, als ein paar hauchdünne Fasern von Hirschleder, das aus Handschuhen stammte, und ein paar blonde Haare! Die Handschuhe der Marke CiCi werden zu Tausenden in Warenhäusern dieses Namens verkauft. Die Haare, die an verschiedenen Plätzen gefunden wurden, scheinen nach der DNA-Analyse von ein und derselben Person zu stammen.

Das ist zwar etwas, aber nicht viel. Die DNA-Ergebnisse der Haare brauchen wir erst, wenn wir den Täter gefunden haben, denkt Fowell, während die Masseuse seine Ohren an den Ohrläppchen nach unten zieht.

Fowell denkt auch über die Schnittwunden nach, die auf den Fotos der Opfer sichtbar sind. Er hat die Fotos vorhin einer genaueren Untersuchung unterzogen und kommt zu dem Schluß, daß die Schnittwunden sehr professionell beigebracht worden sind. Sie sind fast nirgendwo zerfasert. Es sind die saubersten Schnittwunden, die er je gesehen hat. Sie erinnern ihn an das Weihnachtsfest zu Hause, wenn er das Fleisch oder das Geflügel auf einem großen Brett mit einer tiefen Mulde für das Blut schnitt. Fowell selbst ist passionierter Jäger und Fleischschneider. Früher schoß er mit seinen Freunden von der Ladefläche eines Pick-up-Trucks aus auf Känguruhs. Sie lösten dann das Fleisch von den Knochen und brieten die Tiere über einem Lagerfeuer. Er lächelt bei dieser Erinnerung, während die Masseuse ihre Daumen in seine Kniekehlen drückt. Dann sitzt sie plötzlich mit ihren bloßen Knien auf seinen Schulterblättern und massiert mit Knien und Händen zugleich den obersten Teil seines Rückens. Fowell ist erstaunt, welche Kraft sie, zart wie sie ist, auf seinen Körper ausüben kann. Er spürt eine leichte Übelkeit, als sie seine lose Nackenhaut hochzieht, weg von den Nackenwirbeln, als wenn sie eine Katze hochhöbe. Es ist schmerzhaft und angenehm zugleich. Jetzt denkt er in aller Gemütlichkeit an Lucia Valenti. Die Masseuse arbeitet sich langsam auf den Knien nach unten, an seinem Rückgrat entlang, wobei sie immer wieder die Haut hochzieht. Ihre Knie machen kreisende Bewegungen wie ein Schwingschleifer. Fowell fühlt sich entspannt und wollüstig werden, wie ein Löwe in seinem zu großen Fell in der Sonne. Er reckt sich und gähnt viermal nacheinander.

»*Good, good*«, sagt die Masseuse lachend.

»*You can stop now*«, sagt Fowell nach einiger Zeit. Sie schlägt noch kurz mit den Handkanten seinen Rücken herunter bis an die Gesäßfalte, als spielte sie auf einer Trommel, und streichelt dann, sanft und in einer Zickzackbewegung, der Länge nach über sein Rückgrat. Fowell schaudert zusammen und bekommt eine Gänsehaut. Die Masseuse wedelt mit den Händen in der Luft, als wollte sie Wasser abschütteln. Dann nimmt sie Haltung neben der Tür ein und verbeugt sich, während er sich aufrappelt und streckt. Die Boxershorts hängen ihm bis auf die knochigen Hüften. Er zieht die Hose hoch. Die kleine Frau in dem tadellosen Hosenanzug aus weißer Baumwolle kreuzt die Hände vor der Brust. Sie lächelt warm und höflich, verneigt sich nochmals und geht rückwärts aus dem Zimmer.

»Danke«, ruft Fowell ihr nach, als die Tür bereits wieder geschlossen ist und sie schon mit ihrem festen, kurzen Schritt in den weißen Turnschuhen lautlos den Gang halb hinuntergegangen ist.

»Wow«, sagt er laut, während er wild seinen Kopf schüttelt und nach seiner Hose langt. »Was für eine Dame.«

Die »Dame«, die inzwischen im Lift mit einer Geschwindigkeit von dreißig Kilometern pro Stunde nach unten saust, um in der Lobby ihre Gage abzuholen, kommt zu dem Schluß, daß Fowell Ähnlichkeit mit einem alten irischen Setter hat. Dieselbe Magerkeit, dieselbe lose hängende Haut, genauso einen Höcker auf dem fast kahlen Hinterkopf, sogar seine rotbraune Farbe. Sie kichert leise in die Schale, die sie aus ihrer schimmernden Hand geformt hat und sich vor den Mund hält. Ihre dünnen, muschelförmigen rosa Nägel glänzen im gelben Licht.

Fowell schlendert, noch genießend, zu den Fahrstühlen. Auf dem heißen Platz vor dem Hotel sieht er sich eine Zeitlang um und wählt den Weg Richtung Tamachidori, unter den Schnellstraßen hindurch, an dicken Betonpfeilern entlang und sieht dann das orange-rote Schild von Kentucky Fried Chicken an der Ecke. Ein überlebensgroßes, bemaltes Plastikstandbild von Oberst Sanders steht auf dem Fußweg. Fowell sieht es sich amüsiert aus der Nähe an. Der dicke Kopf aus Kunststoff trägt eine echte Brille. Die Bügel sind zu kurz, um bis zu den Ohren zu reichen, und verschwinden in den zu diesem Zweck gebohrten Löchern an den Seiten des Kopfes. Fowell versetzt dem hohlen Standbild einen leichten Klaps gegen den dunkelbraunen Schlips und läuft dann, während eine Gruppe uniformierter Schüler ihm neugierig nachstarrt, unter dem verzierten Tor hindurch, das ihn auf die lebendige Tamachidori führt.

Drei Kilo Beefsteak, einen Truthahn, ein großes Stück Thunfisch und ein Messer, ein *yanagiba*, denkt Fowell, während er sich umblickt. Wo finde ich das alles? Er läuft ein Stück die Straße entlang und entdeckt dann den Eingang des Bahnhofs. Dort sieht er Leute mit Plastiktüten herauskommen. Ich nehme den Zug, denkt er, dieses Viertel eignet sich nicht. Er läuft die Treppe zur U-Bahn hinunter, nimmt dabei energisch zwei Stufen auf einmal, sieht aber dann zu seinem Erstaunen, daß die Leute mit den Einkaufstüten aus einer Glastür in der Bahnhofshalle kommen. Er schwenkt behende durch die Türen, windet sich durch eine Menschenmenge zu einem weniger überfüllten Teil und blickt sich um. Er steht in der Schuhabteilung eines Warenhauses, wo es nach Eßwaren riecht. Dem Duft folgend, nimmt er die Rolltreppe zu einem gewaltigen Supermarkt. Bingo, denkt er, als er halb unten ist, eine gute Übersicht hat und sofort eine Fleischtheke entdeckt.

Das ausgestellte Beefsteak ist das beste, was Fowell je gesehen hat. Zur Zeit wird es auch in Australien für das so populär gewordenen *shabu shabu* verkauft. Die Kühe, die dieses zarte Fleisch produzieren, bekommen Bier in ihr Futter und werden täglich massiert, weiß Fowell. Dadurch ist das rote Fleisch fein geädert von weißem Fett. Es schmilzt auf der Zunge. Er hat es in einem Hotel in Honolulu während der Verhandlungen über die Zusammenstellung des internationalen Teams gegessen. Das Wasser läuft ihm im Mund zusammen, als er an dieses zarte Fleisch mit der milden Sesamsauce denkt. Fowell gibt der Verkäuferin mit Zeichen zu verstehen, daß er das ganze Beefsteak haben möchte. Am Tresen daneben findet er einen Truthahn und ein Stück weiter eine große Scheibe Thunfisch. Ohne zu zögern, gibt er in wenigen Minuten über fünfzigtausend Yen für Eßwaren aus. Zufrieden schlendert er über den Marmorboden des Luxussupermarkts. Es ist angenehm kühl und riecht nach frischen Fisch und Obst. Er beugt sich über eine Holzkiste mit zwei Melonen. Sie sind fast fluoreszierend grün und von einem regelmäßigen Netz weißer Adern bedeckt. Er sieht nach dem Preis: dreißigtausend Yen. *»Holy shit«*, sagt er laut. Er kauft ein Paket brennesselartiger Blätter in Zellophanpapier, einfach nur, weil er nicht weiß, was es ist, und eine Art Dattelpflaume. Dann hastet er über die Rolltreppen nach oben und betrachtet aus immer größerer Höhe das Warenangebot in jedem Stockwerk. Es fällt ihm auf, daß die Kassen an strategisch sehr ungünstigen Plätzen aufgestellt sind und die Waren überall zum Greifen nahe liegen. Dann erinnert er sich, gehört zu haben, daß es in Japan kaum Ladendiebstahl gibt. In einer Abteilung mit an Stöcken aufgehängten Seidenkimonos, bunte tropische Vögel mit weit ausgebreiteten Schwingen, reckt er kurz den Hals. In der Abteilung für Haushaltswaren angekommen, verläßt er die Rolltreppe. Er findet eine Wand voller japanischer Messer und zieht einen Zettel aus der Hosentasche. Immer wieder auf den Zettel blickend und vergleichend, wählt er ein Messer. Es ist das längste *yanagiba*, das hier zu finden ist. Als wenn ich Millionär wäre, denkt er, als er den Preis sieht, geht aber doch mit dem Messer zur nächsten Kasse. Die Kassiererin nimmt ihm das hauchdünn und scharf geschliffene Messer erschrocken ab und sagt etwas zu ihrer Kollegin, die am Nebentisch die Waren einpackt. Diese verschwindet mit dem Messer und kommt mit einem langen Holzkasten zurück.

Sie öffnet den Kasten und hält ihn Fowell hin. Auf violettem Samt glänzt das *yanagiba* im Kasten. Die Schneide ist mit tief eingekerbten Schriftzeichen markiert. Das Heft ist aus Holz und von der Schneide durch ein elegantes, glänzend schwarzes Band getrennt.

»Schwarzer Gürtel. Kendo. Vierter Dan«, sagt Fowell scherzhaft auf englisch zur Verkäuferin. Er macht ein paar Schwertkampfgebärden. Sie sieht ihn etwas ängstlich an, schließt den Kasten und beginnt ihn in mattrosa Papier mit weißen Wölkchen einzupacken. Fowell bedeutet ihr, daß dies nicht nötig sei. Sie blickt seine winkenden Hände an, lächelt höflich und packt, ohne sich stören zu lassen, den Kasten kunstvoll ein. Fowell schaut ihr fasziniert zu, nachdem er die Versuche, sie daran zu hindern, aufgegeben hat. Als das Paket fertig und auch noch mit einem Fächer aus Bambusstöckchen und rotem Band geschmückt ist, kommt es in eine Tüte aus grobem, grauem Papier mit zwei Henkeln aus Stoff. Mit einer tiefen Verbeugung überreicht das Mädchen Fowell die Tüte.

Wieder zurück in seinem Hotelzimmer, ruft Fowell den Zimmerservice an und bittet um ein Plastiktischtuch und ein großes Schneidebrett. Es wird sofort von einem jungen Mann gebracht, der so tut, als sähe er die Fleischstücke und das Geflügel nicht, das, mit der Plastiktüte als Unterlage, auf dem Bett liegt. Fowell bedeckt seinen Schreibtisch mit dem Plastiktuch, legt das Schneidebrett darauf und bearbeitet das Fleisch mit dem Messer. Ab und an wirft er einen Blick auf die Fotos der verstümmelten Opfer, die entlang der Fußleisten auf dem Boden liegen. Er geht äußerst präzise vor, zuerst mit der Spitze des Messers, dann mit der Schneide direkt auf dem Fleisch. Er rutscht mehrere Male ab. Das Resultat ist ein geriffelter, treppenförmiger Schnitt. Er führt ein ebensolches Experiment auf dem Geflügel und dem Fisch aus. Als alles Fleisch in kleine Stücke geschnitten und in Portionen aufgeteilt auf der Schreibtischplatte liegt, ruft er Mochizuki an und bittet um einen Fotografen. Nachdem die Stücke fotografiert wurden, ruft Fowell wieder den Zimmerservice an und befiehlt dem stoischen jungen Mann, die Stücke mitzunehmen. Der Mann tut auch jetzt wieder, als hätte er jeden Tag eine solche Arbeit zu verrichten. Während er das Plastiktischtuch mit einem saugfähigen Tuch abwischt, das sich langsam dunkelrot färbt, sitzt Fowell in der Sitzecke am Fenster und holt, noch ab und zu die Fotos ansehend, eins der im Supermarkt gekauften brennesselartigen Blätter aus der Frischhaltepackung. Er zerquetscht das Blatt zwischen den Fingern und riecht daran. Das Blatt verströmt einen überraschend frischen Duft, der ihm völlig neu ist. Er wendet sich an den Mann, hält die Tüte mit den Blättern hoch und fragt: »Was ist das?«

»*Shiso*«, sagt der Mann freundlich, »*Japanese herb. Very good.*«

Fowell nickt. Er zeigt auf die Frucht auf dem Nachtschränkchen. »Und was ist das?«

»*Kaki*«, sagt der Mann, »japanische Frucht.«

»*Kaki*«, wiederholt Fowell, und: »*shiso.*«

»*Very good Japanese*«, sagt der Mann, als spräche er zu einem Kind.

»Ja, ja, gehen Sie jetzt nur«, sagt Fowell und zeigt ungeduldig auf das Durcheinander. Der Mann schiebt Fleisch und Fisch für fünfzigtausend Yen in einen Müllbeutel.

»Nehmen Sie es mit nach Hause«, schlägt Fowell vor. Der Mann schüttelt den Kopf.

»*Saishoku-shugisha*«, sagt er.

»Pardon?«

Der Mann denkt einen Augenblick nach. »*Eat no meat*«, sagt er dann.

»Oh, Vegetarier«, sagt Fowell.

Der Mann nickt. »*Sai-shoku-shugi-sha*«, sagt er noch einmal langsam.

»Vergessen Sie's«, sagt Fowell, »das kann ich nicht aussprechen.« Dann steht er mit einem Ruck auf.

»Nicht wegwerfen«, sagt er. »Stellen Sie es irgendwo kühl, so daß ich es später am Abend zur Verfügung habe.«

Die Japaner haben ihre ausgesprochenen Fertigkeiten, denkt Fowell. Sie bauen die besten Badezimmer der Welt, sie sind gute Masseure und können gut schneiden. Fowell erinnert sich an eine Dokumentation über dekoratives Schneiden. Die Chinesen sind gut im Extremen: ganze Baumstümpfe mit Raubvögeln aus einer Wurzel, Lotusblumen aus Radieschen. Japaner können sehr gut und dünn filieren. Fowell denkt an den *fugu*, den Kugelfisch mit der giftigen Gallenblase, die er mit einigen Kollegen während der Konferenz in Honolulu gegessen hatte. Das russische Roulette der Japaner: Wenn die Gallenblase angeschnitten ist, verteilt sich das Gift in Sekundenschnelle im Fleisch. Das Gift hat keinen Geschmack. Der Esser stürzt tot von seinem Stuhl, wenn er ein falsch zubereitetes Stück Fugu gegessen hat. Der Koch muß ein spezielles Zertifikat haben, um die Gallenblase aus dem Fleisch schneiden zu dürfen. Das Zertifikat hing in dem Restaurant, wo Fowell mit seinen Kollegen gegessen hatte, an der Wand. Dennoch war es spannend gewesen, den Fisch zu essen. Das glasartige Fleisch war sehr dünn geschnitten. Es war in der Form eines Kranichs auf einem bemalten Teller arrangiert. Die Motive des Tellers hatten durch das Fleisch hindurchgeschienen: grellrot und aderblau.

Die Art, wie der Mörder seine Opfer präsentiert hatte, erinnern Fowell an die Form jenes Kranichs.

*

2. September

Es ist, als dränge das normale Leben nicht bis in dieses Hotel durch. Ich sehne mich danach, ein Kind zu sehen. Habe seit Tagen keins gesehen, nicht auf der Straße, nicht im Hotel, ich fühle mich in diesen Kasten mit Klimaanlage eingesperrt, sehe mir Eingeweide an, beschmierte Plastikplanen, durchtränkte Erde, in der Mitte durchgeschnittene Gesichter ...
Unerträglich, zu wissen, daß das melancholische Gesicht Irinas mit einem Messer bearbeitet worden ist. Bei Irina finde ich das am schlimmsten, es berührt mich am meisten, vielleicht, weil sie das einzige weibliche Opfer ist.

Ich bin jetzt drei Tage hier, habe aber das Gefühl, als wären es drei Wochen! Das liegt daran, daß ich nicht schlafen kann. Ich bin eben noch in die Bar gegangen, aber da entspann sich ein so peinliches Gespräch zwischen Jack Fowell und Gerardo Silva, daß ich mich in mein Zimmer zurückgezogen habe. Es handelte von japanischen Frauen. Bertus Hogenelst erzählte Robynne Green etwas über den Besuch des Vaters von Hendrik Mechanicus, einem der Opfer. Offenbar ist Mechanicus besessen gewesen von japanischen Frauen. Fowell behauptete, es auch zu sein und begann, gemeinsam mit Silva, zu philosophieren. Silva war heute unterwegs gewesen und hatte offensichtlich Zeit gehabt, Frauen anzusehen; Fowell hatte eine Masseuse in sein Zimmer bestellt. Es lief, um es kurz zu sagen, darauf hinaus, daß beide gern mal etwas mit einer japanischen Frau hätten. Robynne wurde wütend und fragte Fowell, ob er vielleicht denke, der Spalt liege bei japanischen Frauen horizontal. Hogenelst mußte unbändig darüber lachen. Fowell bemerkte noch, daß Japanerinnen noch nicht vom Feminismus vergiftet seien. Jaja!

Meine Handschrift ist entsetzlich. Ich muß sehr schnell schreiben, hinter meinen Gedanken herlaufen. Mochizuki hat heute merken lassen, daß er Spaß daran hat, mich außer Gefecht zu setzen. Er ist mir unangenehm. Beim Sitzen drückt er sein Geschlechtsteil so merkwürdig nach vorn. Sein gestreifter breiter Schlips hängt ihm dann lächerlich zwischen den Beinen. Viel zu lang, dieser Schlips.
Watanabe ist es auch wert, beobachtet zu werden, so aufrecht und steif wie er ist. Seinen Körper kann er nur bewegen, indem er sich auf Höhe der untersten Rippen vor- und zurückbeugt. Zum Lunch bringt er sich einen Becher *tōnyū* mit Strohhalm mit, während doch im Hotel ein gewaltiges Buffet bereitsteht. Mochizuki hat übrigens auch immer ein eigenes Lunchpaket bei sich. Watanabe aß heute *kaki*, eine unappetitliche, blutrote Frucht. Wir bekommen sowieso schon genug Eingeweide und Blut zu sehen. Er schiebt sich die Stückchen geziert in den Mund, nachdem er die Frucht so sorgfältig geschält und zerteilt hat, als handelte es sich um Heroin im Wert von mehreren Millionen. Die Schalen stapelt er säuberlich auf, genau in der Mitte eines Tellers, und mit den Kernen, die er mit Hilfe der Rückseite eines Eßstäbchens herauslöst, macht er einen kleinen Haufen daneben. Nach jedem Teil tupft

er seinen Mund mit einem Papiertüchlein ab, das er einem Etui entnimmt. Dann legt er die Papiertücher auf einen ordentlichen Stapel neben den Teller. Watanabe ist ganz in sich versunken, wenn er ißt.
Mochizuki ißt aus einer Schachtel, die in ein *furoshiki*, ein Tragetuch, eingepackt ist. Er wird mit einem Knopf verschlossen. Sein Lunch wird ihm wahrscheinlich von seiner Frau bereitet.
Was für Frauen sie wohl haben?

Bertus Hogenelst ist im Japan-Niederlande-Haus gewesen, Gerardo Silva hat den Freund von Irina Skoynich besucht.
Heute mittag habe ich mit Mochizuki eine gewisse Frau Fischer aufgesucht. Meine Aufgabe war es, zu beobachten.

Heute abend nach dem Dinner wurden wir überraschenderweise von Jack Fowell zu einer Schneidedemonstration zusammengetrommelt. Nur Bertus Hogenelst konnte nicht dabei sein; er war im Gespräch mit dem Vater von Hendrik Mechanicus. Fowell wollte zeigen, daß der Mörder ein routinierter Fleischschneider sein muß. Auf überzeugende Weise gelungen! Ist gut in seinem Fach, das merkt man. Immer faszinierend, Menschen zuzusehen und zuzuhören, die wirklich etwas von einer Sache verstehen. Er berichtete davon, wie Fisch filetiert wird und wie geschickt die Japaner darin sind, wies darauf hin, daß der Täter von daher auch ein Japaner sein könnte. Das möge Gott verhüten, denn davon haben wir allein vierzehn Millionen in dieser Stadt.
Auf die Art war sogar ein Abend mit Jack Fowell erträglich, bis er von den japanischen Frauen anfing, natürlich.
Ging in der Mittagszeit kurz einen Stift kaufen. Kam mit

einer Handvoll der Marke Animal Backstyle nach Hause. Habe Matthijs versprochen, zwanzig davon zu kaufen. Die Verbindung war wieder zu schlecht, um in Ruhe zu telefonieren. Ich vermisse Matthijs, meinen Liebsten. Ich würde mich so gern einen Augenblick an seine schönen roten Apfelwangen schmiegen.

Viertel vor drei, und der Schlaf will nicht kommen. Die Zeitung meldet, daß zwischen China und Japan eine Einigung wegen der Fischgründe erzielt worden sei, The Far East Network berichtete von der Abwertung des Yen, und im Fernsehen sah ich etwas über mißhandelte Kaninchen und Meerschweinchen in Grundschulen. Soweit ich es verstanden habe, sind regionale Meldestellen dafür eingerichtet worden, eine Kinder-Petz-Leitung. Habe mich auch durch die japanischen Soaps gezappt; die handeln oft von jungen Müttern, die Krebs haben. Unmögliche Liebesbeziehungen und daraus sich ergebende Doppelselbstmorde sind auch beliebte Themen. Ich konnte nicht alles verstehen, denn die Dialoge gehen zu schnell.

# 4

»GUTEN MORGEN«, ERÖFFNET ZHIQIANG LI DIE FRÜHstückskonferenz. Wir fangen wieder mit dem Temperaturmessen an.«

»Ich habe ein Gefühl der Beklemmung«, sagt Robynne Green.

»Aufgeregt«, sagt Silva.

»Irritiert«, sagt Mochizuki.

»Irritiert«, sagt Watanabe.

»Ich bin auch irritiert«, sagt Zhiqiang Li.

»Nervös«, sagt Lucia Valenti.

»Verwirrt«, sagt Bettina Welt.

»Endlich ein bißchen ausgeschlafen und daher frisch«, sagt Jack Fowell.

»Unsicher«, sagt Marc Croo.

»Ungeduldig«, sagt Bertus Hogenelst.

»Danke«, sagt Zhiqiang Li. »Die Frage von heute ist etwas intimer als die von gestern, und ihr könnt beschließen, sie nicht zu beantworten. Ich würde die Reihenfolge so lassen, wie wir jetzt sitzen, gegen die Uhr, angefangen mit Robynne. Die Frage lautet: Beschreib einen magischen Augenblick in deinem Leben.«

Es wird gelacht und geredet.

»Was meinen Sie mit ›magisch‹?« fragt Mochizuki.

»Ich meine einen ganz besonderen Augenblick, den man immer im Gedächtnis behalten wird, einen Augenblick, der einen verzaubert hat.«

Mochizuki flüstert mit Watanabe. »Ich denke, daß ich es begreife«, sagt er, und lächelt tatsächlich etwas.

»Wollen Sie vielleicht anfangen, Mochizuki-san, Sie sehen so fröhlich aus?« sagt Robynne Green.

Mochizuki nickt. »Ja, ich muß an einen Morgen denken, es ist sehr lange her. Ich war noch ein Kind. Mein Bruder und ich waren von zu Hause weggelaufen, warum, weiß ich nicht mehr. Wir waren in die Berge gegangen und hatten mit Hilfe von Plastikplanen und Bambusstöcken eine Hütte zwischen den Bäumen gebaut, mit dem festen Vorsatz, in der Wildnis zu leben und nie wieder nach Hause zurückzukehren. Eine ganze Nacht hielten wir durch. Gegen Morgen war nicht mehr viel von unserer Unternehmungslust übrig. Wir hatten Angst, und es war kalt. Mein Bruder war in einer merkwürdigen Stellung kurz eingeschlafen. Ich setzte mich vor die Hütte und schaute über eine Lichtung. Es hingen weiße Nebel über dem Boden. Plötzlich, wie aus dem Nichts, stand direkt vor mir ein junger Hirsch. Er atmete heftig, aus seinen Nasenlöchern kamen Wolken. Der Hirsch und ich blickten uns in die Augen. Ich war wie versteinert vor Verwunderung. Mein Körper glühte. Dann machte das Tier einen gewaltigen Satz und verschwand zwischen den Bäumen. Ich kroch in die Hütte, weckte meinen Bruder und sagte, daß ich nach Hause wolle. Mein Bruder nickte und legte den Arm um mich. So machten wir uns auf den Heimweg, wo meine Mutter händeringend vor dem Haus auf und ab lief. Natürlich bekamen wir an dem Abend eine gehörige Tracht Prügel von meinem Vater.« Mochizuki blickt verträumt vor sich hin. »Diesen Hirsch, den werde ich nie vergessen. Die Art, wie er mich anblickte. So sanft, so sanft.«

»Eine wunderschöne Geschichte, Mochizuki-san«, sagt Zhiqiang Li. »Sie sehen auf einmal ganz anders aus.«

»Wie meinen Sie das?« fragt Mochizuki wieder distanziert.

»Ach, lassen Sie nur«, sagt Zhiqiang. »Nun bitte der nächste.«

Die Blicke richten sich auf sie.

»Oh, ich bin selbst an der Reihe. Nun, eine reiche Tante hat mich einmal als etwa fünfjähriges Kind mit zum Wintersport nach Japan genommen. Es war in der Nähe der Stadt Nagano. Zuerst ging es per Flugzeug, dann mit der Bahn, danach mit dem Bus, und dann mußten wir mit Rucksäcken ein ganzes Stück zu einem Hotel hoch oben in den Bergen aufsteigen. Es war das erste Mal, daß ich Schnee sah. Ich erinnere mich an die Bergkämme mit einem Kragen aus kahlen, schwarzen Baumsilhouetten, es sah aus wie eine Federzeichnung. Beim Hotel angekommen, bekam ich einen Schlitten, mit dem ich in einer Mulde vor dem Hotel spielen durfte. Ich befühlte den Schnee mit meinen bloßen Händen, steckte ihn auch in den Mund. Ich legte mich mit dem Rücken auf den Schlitten und schaute in den Himmel. Er war hellblau. Und da begann es aus diesem blauen Himmel – fragt mich nicht, wie das möglich ist – zu schneien. Große, dicke Flocken fielen auf mich herab. Ich war wie verzaubert. Ich denke noch oft daran. Man sagt, es sei unmöglich, daß es aus hellblauem Himmel schneie. Und doch ist diese Erinnerung so lebendig, daß ich mir nicht vorstellen kann, sie mir ausgedacht zu haben. Ich bekomme noch jetzt eine Gänsehaut, wenn ich daran denke.« Zhiqiang Li streift ihren Ärmel hoch und betrachtet die Haut auf ihrem Arm. Mochizuki beugt sich höflich über den Arm.

»Es ist schon weg«, sagt Zhiqiang.

»Ich bin einmal fast im Meer ertrunken«, sagt Lucia Valenti. »Mit einer Freundin zusammen war ich am Strand nördlich von Palermo zu weit ins Wasser gegangen und hatte plötzlich keinen Boden mehr unter den Füßen. Als ich zum Strand blickte, war der sehr weit entfernt. Die Badetücher, auf denen die Leute lagen, waren nur kleine Flecken. Danach muß ich eine Zeitlang bewußtlos gewesen sein, denn plötzlich sah ich rennende Frauen. Tausende waren es, und sie hatten langes, welliges Haar. Das Haar floß in eine große, wogende Bewegung zusammen. Ich schaute von oben darauf, als schwebte ich. Es war wunderbar, dieses Haar anzusehen. Dann übergab ich mich und lag neben meiner Freundin auf dem Boden einer Schaluppe. Fischer hatten uns gesehen und waren hinausgefahren, um uns zu holen. Einer der Fischer brachte uns nach Hause. Meine Mutter war wütend und schlug mich derartig, daß der Fischer dazwischenging. Auch die Freundin bekam Schläge. Dieses Haar, dieses wunderbare Haar, das werde ich nie vergessen.«

»Gott im Himmel«, sagt Jack Fowell. »Ich bin einmal an einem Gummiseil von einer Brücke bei Sydney gesprungen. Man schreit sich die Lungen aus dem Leib, hatte ein Freund zu mir gesagt. Es kostete hundert Dollar. Was man dann erlebt! Es ist unbeschreiblich. Ich habe geschrien, aber das war nicht einmal das Befreiendste an diesem Sprung, es war das Fallen. Wie soll ich es beschreiben? Als wenn die ganze Welt vor einem zurückwiche. Ich habe es nie wieder gewagt, aber es war phantastisch. Phantastisch!« wiederholt Fowells nochmals, verklärt in die Runde schauend.

»Ich bin früher sehr dick gewesen«, sagt Bettina Welt. »Während der Pubertät kamen die Kilos nur so angeflogen. Als ich zwanzig war, hatte ich genug davon, mich dick, häßlich und unwohl zu fühlen. Ich veränderte meine Ernährung, fing mit Sport und Atemübungen an. Es war unglaublich, wie gut mir das tat. Es war eine ganze Serie traumhafter Augenblicke nacheinander. Der Augenblick, als mein Schlüsselbein sichtbar wurde, der Augenblick, als mir meine Kleider zu groß waren, der Augenblick, als ich so tief atmen konnte, daß es war, als würde ich aufsteigen, der Augenblick, als ich einen Bikini anzog und gut darin aussah, sogar im Neonlicht der Umkleidekabine, der Augenblick, als ich merkte, daß ich wieder rennen konnte ... Es war erstaunlich, wie schnell das ging. Ich mache noch immer jeden Tag eine halbe Stunde meine Übungen.«

»Darüber mußt du mir mal was erzählen«, sagt Silva.

»Das werde ich«, sagt Bettina Welt.

»Ich habe einmal einen Mann in Paris gesehen«, sagt Bertus Hogenelst, »der verrückt war. Er stand in schmutzigen Lumpen vor dem Justizpalast und sprach mit sich selber. Ich beobachtete ihn von einer Bank aus. Er stand ungefähr fünfzig Meter von mir entfernt. Er breitete seine Arme zur Seite aus, und Dutzende von Spatzen flatterten um seinen Kopf und um seine Arme. Er sprach zu ihnen. Die Vögel blieben bei ihm, was sehr ungewöhnlich für Spatzen ist. Sie schlugen hastig mit den Flügeln, wie Schmetterlinge. Es war sehr merkwürdig. Ach. Es dauerte eine Minute, glaube ich. Ich habe nie eine Erklärung dafür gefunden.«

»Ich bekam im Kindergarten zu Weihnachten ein Tablett aus Metall«, sagt Marc Croo. »Es war ein ›Mädchengeschenk‹, und ich verstehe heute noch nicht, warum man sich überlegt hatte, daß ausgerechnet ich dieses Tablett bekommen sollte. Ich heulte vor Enttäuschung. Andere Jungen hatten Dinky Toys oder Spielzeugkräne bekommen, und ich schämte mich furchtbar. Und doch freute ich mich heimlich über das Tablett. Es war feuerrot, und Tierfiguren waren daraufgemalt. Ich habe es später vom Bett aus stundenlang angesehen. Ich fand die Bilder wunderschön. Ich kann mich bis auf den heutigen Tag daran erinnern, wie Scham, Erniedrigung und Freude über die Pracht der Bilder auf diesem hellen Rot sich abwechselten, sich verdrängten, sich um die Macht in meinem Kopf stritten.«

»Du wirst nicht einmal rot, Marc«, neckt Robynne Green ihn.

Marc Croo errötet.

»Ich stand auf der Spitze eines Berges in den Rocky Mountains«, sagt Robynne. »Ich war sechzehn. Mit einem Freund zusammen war ich den ganzen Tag geklettert, um die Spitze zu erreichen. Wir blickten über eine Wolkenlandschaft, aus der in der Ferne Bergspitzen aufragten. Uns zu Füßen gähnte eine Schlucht. Ich spürte einen starken Drang, zu springen und bewegte mich tatsächlich nach vorn. Der Freund konnte mich gerade noch festhalten. Wir stiegen, beide völlig durcheinander, zu einer Berghütte ab. Der Freund wollte wissen, warum ich plötzlich hatte springen wollen. Darauf konnte ich, und kann ich bis heute, keine Antwort geben. Es war ein überwältigendes Gefühl von Macht, das von mir Besitz ergriff.«

»Ich bin dem Tod schon einmal sehr nahe gewesen«, sagt Gerardo Silva laut in die Stille, die Robynnes Geschichte folgt. »Ich hatte vor neun Jahren einen Herzinfarkt. Meine eine Körperhälfte war gelähmt, und auch meine Augen funktionierten nicht mehr richtig. Ich mußte eine Prismenbrille tragen. Nachdem ich mit dem Unfallwagen ins Krankenhaus gebracht worden war, wurde ich durch einen Scanner geschoben und in ein Zelt gelegt, angeschlossen an Schläuche und Röhren. Ich wußte genau, was mit mir gemacht wurde, konnte das aber nicht zu verstehen geben. Es war, als wäre ich im eigenen Körper gefangen. Ich geriet in Panik. Danach bin ich eingeschlafen oder sogar bewußtlos geworden. Ich träumte, daß ich schwerelos und mit ausgebreiteten Armen hoch oben in der Luft schwebte. Mit einem langen, weißen, sich im Wind bewegenden Faden, der aus meinem Nabel herauskam, hing ich an der Bauchgegend eines Taucheranzugs fest, der tief unter mir am Boden lag. Ich führte Sturzflüge auf den Anzug aus. Zuerst verfehlte ich ihn ein paarmal und flog daneben. Dann glitt ich hinein. Es fühlte sich schmutzig an, kalt, klamm. Als ich wach war, fühlte sich mein Körper immer noch gummiartig an. Es hat Monate gedauert, bevor dieses merkwürdige Gefühl völlig verschwunden war. Aber dieses Fliegen, das war zauberhaft schön.«

Silva gibt mit einem Nicken zu erkennen, daß seine Geschichte zu Ende ist.

Alle essen schweigend weiter.

»Verrückt«, sagt Robynne Green, »die meisten dieser Geschichten haben etwas mit der Natur zu tun.«

»Ja«, sagt Bertus, »komisch.«

»Ich fand es sehr interessant«, sagt Silva lachend.

Zhiqiang Li schlägt mit der flachen Hand aufs Tischtuch und sagt: »Ja, das hat sich gelohnt. Ihr werdet heute nachmittag um zwei Uhr in diesem Saal zur Evaluation erwartet. Vielen Dank.«

Das Team erhebt sich polternd, redend und lachend, aber noch bevor alle die Tür zum Flur erreicht haben, ist die entspannte, lockere Atmosphäre verflogen, und die Spannung gewinnt wieder Oberhand. Lucia Valenti sieht leichenblaß aus, Mochizuki taumelt beim Gehen, Silva hält sich immer wieder die Hand aufs Herz, bei Robynne

Green zuckt ein kleiner Muskel am linken Auge, Bettina Welt hat einen kleinen Schnurrbart von Schweißtropfen, Bertus Hogenelst und Marc Croo gehen zur Toilette ... So zerstreut sich das Team über die Flure und Fahrstühle. Zhiqiang Li steht, die Hände in die Seiten gestützt, mitten im Eßsaal und blickt ihnen nach. Sie haben wenig Anhaltspunkte, denkt sie. Nur Yvonne Lacoste, Yukiko Inoue und Watanabe fühlen sich wohl; sie haben klare Ziele: übersetzen, Berichte tippen, Informationen heraussuchen, Straßenpläne zeichnen, dafür sorgen, daß der Informationsfluß geordnet wird. Die übrigen arbeiten in großer Unsicherheit; sie wissen immer noch nicht, wonach sie suchen. Sie wissen nicht, daß ein komplettes weiteres Team sich bereit hält, falls sie es nicht schaffen.

*

Bettina Welt setzt die Erniedrigungen der ersten Tage in fieberhafte Aktivität um. Sie hat die Wände ihres Hotelzimmers noch dichter mit Fotos beklebt als Bertus Hogenelst das seine. Ihr ganzes Zimmer – das Bett, der Schreibtisch, der Fußboden und die Stühle – ist mit Mappen übersät, auf die Bettina mit Filzstift und, wenn es sich gerade ergab, mit Lippenstift in krakeliger Schrift Titel geschrieben hat. Die Badezimmertür steht etwas offen. Kleidungsstücke, Handtücher und ein paar einzelne, nicht zusammengehörende Schuhe quellen heraus. Bettina liegt auf dem Fußboden, macht Bauchmuskelübungen und betrachtet die Fotos.

Sie ist im Archiv im Büro von Yukiko und Yvonne auf die Suche nach allem zu diesem Fall existierenden Bildmaterial gegangen. So hat sie einige Fotos gefunden, die den allgemeinen, ans internationale Team verteilten Exzerpten aus den Berichten nicht beigefügt waren. Sie hat die Mappen, in denen diese Fotos lagen, mit in ihr Zimmer genommen und hat den ganzen Morgen damit zugebracht, sie durchzuarbeiten. Auf einem der Fotos, das die japanische Gastfamilie zur Verfügung stellte, ist das Opfer Hendrik Mechanicus abgebildet. Dieses Foto, hat Mochizuki entdeckt, ist im Viertel Harajuku aufgenommen worden. Mechanicus steht sozusagen locker mitten auf der Straße, die Hände in die Seiten gestemmt, auf ein Bein gestützt und lacht verkrampft in die Kamera. Wer das Foto gemacht hat, ist nicht bekannt. Daneben hängt das Foto des Opfers Marcus Bopp, das Mochizuki von Frau Fischer bekommen hat. Darauf steht Bopp gebräunt am Strand, in derselben Pose wie Hendrik Mechanicus. Wer das Foto gemacht hat, ist nicht bekannt. Der Ort ist den Berichten zufolge Kamakura. Auch gibt es drei Fotos, die Bopp zusammen mit Frau Fischer gemacht hat. Sie ziehen alberne Gesichter zur Kamera. Es gibt eine Reihe Fotos vom Opfer Irina Skoynich, 1994 von ihrem Freund Morio Abe in ihrem Atelier aufgenommen. Es sind acht künstlerische Farbfotos auf Hochglanzpapier in einem unüblichen länglichen Format: Porträts von Irina, die, ihren bunten Schal umgeschlungen, vor ihren Bildern posiert. Ihr pastellfarbenes Gesicht wird auf diese Weise von einem wilden, expressionistischen Hintergrund umrahmt und ruht, wie ein separates Objekt, einmal halb liegend, dann wieder aufrecht oder seitwärts gedreht in den weichen Stoffalten ihres Schals. Augen und Mund wirken entspannt. Abe hat die Serie geknipst, als zwischen ihnen offenbar noch alles in Ordnung war. Es sind typische von einem Liebhaber aufgenommene Fotos, denkt Bettina und steht vom Fußboden auf, um die Fotos von Nahem zu betrachten.

Es gibt eine Reihe Schnappschüsse vom Opfer Jacob Parker bei einer Weihnachtsfeier für die Kinder seiner Harvard-Akademie für internationale Kommunikation. Die Fotos sind am Mittag des ersten Weihnachtstages 1996 aufgenommen worden. »Children's English Class«, ist mit Kreide auf eine Wandtafel geschrieben. Parker trägt einen gestreiften Anzug und eine Freddy-Krueger-Serienmörder-Maske. Die Kinder haben Disney-Masken auf. Hinten im Saal steht ein Weihnachtsbaum aus Plastik mit Kerzen. Es sind skurrile Fotos, auf denen der große maskierte Mann hoch und ungeschlacht über die zierlichen japanischen Kinder hinausragt. Auf einem Foto singen die Kinder, und Parker schlägt den Takt mit etwas, das einem Gummiknüppel mit orangeroter Birne an seinem Ende ähnelt. Bettina Welt zittert. Eine nette Schule, denkt sie, Gefühl für Humor, dieser Parker. Sie pfeift eine Melodie zwischen den Zähnen. Irina hat fast immer den Schal um, denkt sie. Einmal nachsehen, ob etwas über diesen Schal zu finden ist. Sie kramt ungeduldig in den Mappen auf dem Fußboden und dann auf ihrem Schreibtisch. »Skoynich, Skoynich«, skandiert sie leise. Sie zieht eine Mappe unter einem Stapel Papiere auf ihrem Bett heraus und blättert den Inhalt durch. Kleidung des Opfers: Hose, Bluse, Jackett ... Schal. Details des Schals: zwei Meter mal ein Meter, Seide. Farbe: orange, gelb, braun. Marke: Kenzo. Vermutlich selbst gekauft? Besonderheiten: duftet nach dem Parfum White Linen der Marke Estée Lauder. Parfum gekauft von Abe in Mitsukoshi Department Store in Ikebukuro. Das Opfer besaß zwei identische Exemplare dieses Schals. Sie trug immer einen von beiden.

Tja, das hilft uns sehr, denkt Bettina Welt. Sie wirft die Mappe mit den Papieren wieder zu den anderen auf den Boden. »Scheiße!« Die Mappe rutscht ein Stück weiter über den Teppichboden und kommt plötzlich bei einem Stapel weiterer Mappen zum Stillstand. Die obersten rutschen mit der offenen Seite nach unten vom Stapel und kippen ihren Inhalt gegen die Fußleiste. »Auch das noch«, sagt Bettina und stößt leicht mit der Schuhspitze gegen die Mappen. Sie bückt sich und versucht, den Inhalt in die Mappen zurückzuschieben. Sie sind zu glatt, und der ganze Haufen stürzt noch weiter ein. Seufzend hockt Bettina sich daneben und schiebt die losen Papiere unordentlich zusammen. Sie wirft den Haufen aufs Bett zwischen die darauf ausgebreiteten Mappen und beginnt ungeduldig zu sortieren. Nach und nach werden ihre Bewegungen bedächtiger. Sie liest hier und da etwas, betrachtet Schemata und Zeichnungen. »He, noch eins«, sagt sie dann laut zu sich, indem sie erfreut ein Foto aus einem der Dossiers über Ian Wackwitz herauszieht. Und etwas leiser: »Das hatte ich noch nicht gesehen.« Wackwitz sitzt, eindeutig in gestellter Pose, am Tisch einer großen Café-Terrasse. Mit dem einen Arm stützt er sich auf den Tisch, die andere Hand ist auf die Höhe seines Kopfes erhoben und macht das V-Zeichen. Wackwitz lacht künstlich, mit steifen Lippen, als ob er *cheese* für die Aufnahme sagte. Auf der Rückseite des Fotos findet sie einen Aufkleber mit dem Text: Fotograf: unbekannt. Ort: Roppongi, Café Red Hat.

Die besten Schnappschüsse werden in Japan gemacht, denkt Bettina, während sie eine Rolle Klebestreifen aus einer Tasche zieht. Mit ihren kurzen Nägeln friemelt sie eine ganze Zeit, ab und an fluchend, am Ende der Zelluloidrolle, beißt dann mit ihren Eckzähnen vier Stückchen Klebestreifen ab, spuckt eine Ecke in Richtung Papierkorb und klebt das Foto auf die beigefarbene Textiltapete. Der Klebestreifen löst sich ein paarmal. Bettina reibt ihn energisch glatt. Es entstehen unordentliche Falten, aber das Ganze bleibt jetzt kleben. Bettina setzt sich aufs Bett und betrachtet noch einmal aufmerksam alle Fotos. Sie hat sich blindgestarrt beim Betrachten der vergrößerten Paßfotos und den Fotos der Opfer, wie sie gefunden worden sind. Sie hat genug davon. Aber darunter, direkt über der Schreibtischkante, ist eine interessante Reihe entstanden. Links von der malerischen Irina-Reihe hängen die Schnappschüsse von Hendrik Mechanicus und Marcus Bopp, dann folgt die Weihnachtshorrorserie von Parker und die Serie alberner Gesichter mit Frau Fischer, und zum Schluß das Foto von Ian Wackwitz. Die Fotos von Mechanicus, Bopp und Wackwitz haben ein unterschiedliches Format, zeigen aber alle dieselbe Art Dilettantismus. Bettina greift nach dem Telefon unter dem Bett und gibt die Nummer des Sekretariats ein.

»Yukiko! Es gibt sicher keine Negative von den Fotos von Wackwitz und Mechanicus?« fragt sie. Während des Wartens steckt sie sich eine Zigarette aus einer zerknitterten Packung an und sucht, gehindert von einer zu kurzen Telefonschnur, das Zimmer nach einem Aschenbecher ab. Ergeben setzt sie sich wieder hin und streift die Asche in ihre hohle Hand ab.

»Nein? Naja, das war zu erwarten. Wir müssen zusehen, daß wir dahinterkommen, wo die Fotos entwickelt wurden. Ah. Schade! Nein, laß nur. Bye, bye, bis nachher.« Sie steht auf, nimmt einen Aschenbecher vom Nachtschränkchen, schüttelt ihre schmutzige Hand darüber aus und läuft mit dem Aschenbecher in der einen, der brennenden Zigarette in der anderen zur Wand. Sie betrachtet die Fotos von nahem. Bestimmt von einem Japaner aufgenommen, denkt sie. In jedem Fall von einem Asiaten. Europäer und Amerikaner machen nicht solche

Fotos in Pose, die wollen doch immer eine gewisse Natürlichkeit. Die Asiaten hingegen sind berüchtigt für ihre steifen Fotos. Wie kann ich herausfinden, wer sie gemacht hat? Die Leute, die sie der Polizei gegeben haben, die Gastfamilie von Mechanicus und Frau Fischer, wissen es nicht. Das von Wackwitz hat man in seinem Appartement gefunden. Warte mal ... Sie drückt ihre Zigarette aus, stellt den Aschenbecher auf einen Stuhl, nimmt die Fotos von der Wand und betrachtet sie aufmerksam durch ein riesiges Vergrößerungsglas. Schließlich steckt sie sie in eine leere Mappe und verläßt damit das Zimmer.

Es wäre zumindest als interessant zu bezeichnen, wenn diese Fotos alle von derselben Person aufgenommen worden wären, denkt sie, aufgeregt durch den Flur laufend.

»Was sage ich: Es würde einen Durchbruch in den Ermittlungen bedeuten«, singt sie leise auf deutsch im Takt ihrer schnellen Schritte.

Auf dem Flur wird sie von Lucia Valenti angehalten.

»Stell dir vor«, sagt Valenti, »jetzt gibt es sogar schon Fischmordspiele zu kaufen. Für so eine Spielkonsole, die man an einen Fernseher anschließen kann. Ich werde es nachher im kleinen Konferenzsaal demonstrieren.« Verschwörerisch gehen sie gemeinsam weiter über den dicken Teppich des Flurs, an Fowell vorbei, der in dieselbe Richtung geht und ihnen zwischen den Zähnen nachpfeift.

»Ekel«, sagt Lucia Valenti.

»Schafskopf«, sagt Bettina.

»Affe«, sagt Lucia.

»Wildschwein«, sagt Bettina. Lachend betreten sie den Konferenzsaal.

Dort setzt sich Lucia Valenti im Schneidersitz vor einen Fernseher auf dem Fußboden. Geschickt bedient sie eine nierenförmige Plastikscheibe mit pistaziengrünen Knöpfen. Die Mitglieder des Teams kommen einer nach dem andern in den Saal und stellen sich hinter sie. Auf dem Bildschirm dreht sich aus einem schwarzen All voller Sterne und Planeten ein *yanagiba* in den Vordergrund. Dazu Geräusche wie von Peitschenschlägen. Eine muskulöse Animationshand mit auffällig hervortretenden Adern erscheint unten im Bild. Das Messer landet unter lautem elektronischem Geknatter in dieser Hand, und durch ein Zoom kommt eine blonde männliche Gestalt mit einer merkwürdig langen Nase ins Bild. Geschickt steckt er das Messer in eine Lederscheide an einem seiner cowboyartigen Stiefel, in denen lange, knochige Beine haarig und bloß verschwinden. Er trägt kurze, ausgefranste Jeans. Während Lucia Valenti, den Oberkörper einmal nach rechts, dann nach links biegend, die Knöpfe bedient, wandert der Killer auf dem Schirm drohend in ein dreidimensionales Labyrinth von Straßen. Dazu pfeift er die siebte Sinfonie von Beethoven. Sein blousonartiges Hemd ist giftiggrün und glänzend, und aus seinem Stiefelschaft schießen silberne Blitze. Grellrote Texte treiben aus den Ecken des Schirms übers Bild.

*Help Police in Tokyo*
*Kill Kill*

殺

*Have a nice time catching kill*
*Take care not get kill*

死

»Ein phantastisches Englisch mal wieder!« ruft Lucia Valenti in den Lärm.

Gelenkig und eckig zugleich schlägt der Arier auf dem Schirm die Texte mit dem Messer und läßt sie unter lautem »ploink ploink« in goldenen Blitzen verschwinden. Die engen Straßen des Labyrinths sind inzwischen mit langnasigen, rundäugigen, in Glockenröckchen gekleidete Blondinen und eckigen Männern bevölkert. Ihre Haare und Kleider flattern im digitalen Wind. Hinter Holzzäunen hocken hier und dort blaugekleidete Polizisten. Oben auf dem Bildschirm wird dem Spieler ein ganzes Arsenal von Waffen angeboten. Lucia bewaffnet einen der Hockenden mit einer Bazooka, einen anderen mit einem Ninja-Stern. Schon bald verbreitet sich auf dem Schirm ein Wirrwarr von blitzenden Messern, Explosionen, sausenden Kugeln und zischenden kleinen Bränden. Lucia löscht und fängt, wirft Schwerter und räumt Leichen fort. Das Ziel ist es, den Killer zu umzingeln, bevor er zugeschlagen hat. Mit gekrümmten Schultern, als lenke sie ein imaginäres Auto, knurrt Lucia Valenti und stößt ab und an einen Schrei aus.

»Gott im Himmel«, sagt Fowell, als Mochizuki das Spektakel durch einen Ruck am Elektrokabel zu einem plötzlich stillen vorzeitigen Ende bringt.

»Die Hersteller sind davon ausgegangen, daß der Täter ein Ausländer ist«, sagt Lucia Valenti. »Ich würde gern einmal wissen, weshalb.«

»Dann werden wir die Hersteller besuchen, Valenti-san«, sagt Mochizuki. »Sie und ich, wir gehen dorthin.«

Lucia Valenti nickt. Gemeinsam verlassen sie den Saal.

»Das hat der Stinker hübsch hingekriegt«, sagt Fowell und schaut lachend in die Runde.

»*Stop it now, Mister Fowell!*« sagt Bertus Hogenelst.

Robynne Green blickt ihn kurz an, erstaunt wegen des scharfen Tons. Bettina Welt läuft hinter Mochizuki her und gibt ihm die Mappe mit den Fotos. Mochizuki, der nichts hat, wohinein er sie tun könnte, gibt sie Lucia Valenti, die eine Tasche trägt.

»Nicht vergessen, sie unterwegs im Labor abzugeben«, sagt Bettina zu Lucia.

*

Mochizuki schiebt Lucia Valenti mit aller Kraft seines Bauches in den übervollen Zug nach Shimokitazawa. Er seinerseits bekommt von einem uniformierten Stationsbeamten einen hilfreichen Stoß in den Rücken. Und es ist noch Platz für einen jungen Mann in brandneuem Punk-Outfit. Zischend schließen sich die Türen, dazwischen klemmen seine langen orangeroten Stachelhaare. Der junge Mann wartet in aller Seelenruhe, bis sein Haar an der nächsten Haltestelle befreit wird. Niemand achtet darauf. Einige Reisende hängen, gestützt durch ihre Mitreisenden, an den Haltegriffen und schlafen im Stehen, andere lesen aufmerksam in kleinen Büchern. Das gleichmäßige Zugdonnern wird übertönt von den metallischen Geräuschfetzen aus schlecht sitzenden Kopfhörern verschiedener Walkmen. Lucia versucht mit aller Macht, einen unaufhaltsam aufsteigenden Lachanfall zu unterdrücken. Mochizuki schaut sie befremdet an.

»Hormon«, sagt sie. »Warum heißt diese Firma ›Hormon‹?« Mochizuki zuckt mit den Schultern und starrt wieder gelangweilt über die Köpfe der zusammengepreßten Menschenmenge im Zug. Stolpernd verlassen sie den Zug in Shimokitazawa. Unten an der Bahnhofstreppe studiert Mochizuki unbeirrt den Straßenplan dieses Viertels, während Lucia Valenti weiterhin versucht, ihren immer hysterischer werdenden Lachanfall zu bezwingen. Hilflos geht sie hinter Mochizuki her durch ein Wirrwarr von Sträßchen, gesäumt von Betonplatten, die als Gartenabgrenzungen dienen. Ihre Absätze kratzen hart auf dem krümelig gewordenen Asphalt. Ab und an begegnet ihnen ein entschlossen ausschreitender Passant. Ein Kind springt hin und her über ein Gummiband, das über die ganze Breite des Wegs gespannt ist. Sie müssen sich bücken, um darunter durchzukommen. Die Luft ist wie warmer Honig.

»Es ist hier wie in dem Videospiel«, sagt Lucia verkrampft. Mochizuki nickt höflich und abwesend.

»Hier ist es«, sagt er bei einem kleinen, aus Betonfertigteilen gebauten Gebäude. Auf einer blauen Tür lesen sie: »Hormon.«

Lucia prustet vor Lachen.

»Beherrschen Sie sich.«

Lucia nickt. Mochizuki drückt auf eine Messingklingel. Ein junger Mann in einem Armani-Anzug und mit einer Reihe ebenmäßiger Zähne öffnet und stellt sich ihnen mit einer Verbeugung vor: »Saitō.« Als sie ihm gegenübersitzen, ist sein Kopf wie von einer Aureole vom Geschäftslogo an der Wand hinter ihm umgeben: »Hormon! For a beautiful and enjoyable life«. Lucia konzentriert sich auf die hochstehenden Revers seines purpurfarbenen Anzugs. Eine schweigende Sekretärin in knisternden Nylons bringt Tee. Dankbar bläst Lucia auf das dampfende Grün. Sie hält die Schale in beiden Händen, als wollte sie sich wärmen.

»*You like Japanese tea?*« Saitō lacht und läßt dabei seine Reihe eindrucksvoller Implantate sehen. Lucia nickt.

»Sie können Japanisch sprechen«, sagt sie, etwas ruhiger geworden durch den heißen Tee.

»Im Videospiel ›Die Fischmorde‹ haben Sie den Mörder als einen blonden *gaijin* dargestellt«, sagt Mochizuki ernst. »Haben Sie dafür einen Grund?«

Saitō nickt bereits ebenso ernst. »Über jedes Detail des Spiels haben wir nachgedacht. Haben Sie gesehen, wie die Straßen im Spiel, genau wie die in Tokyo, Labyrinthe um leere Zentren bilden, dort, wo früher die Sitze der Herrscher gewesen sind? Die leeren Mittelpunkte werden von Scharfschützen bewacht. Sie verwenden mit Blei beschwerte Bambuswurfsterne, gefüllt mit einem tödlichen Gift. Das ist ein historischer Aspekt, subtil lehrreich für den jungen Benutzer. Für das Profil des Täters sind wir von einem westlichen Modell ausgegangen, das aus der Soziologie stammt. Es ist ein Etappenmodell. Es basiert darauf, daß das menschliche Streben sich immer über dieselben Stufen entwickelt. Zuerst ist es das Bedürfnis nach Nahrung, dann das nach einer Behausung. Sind die einmal befriedigt, kommt die Sehnsucht nach Sexualität und Liebe, und zum Schluß, und das ist die komplizierteste Phase, das Fiebern nach Respekt, Macht und Ruhm.«

»Maslows Theorie: die Hierarchie der Bedürfnisse«, sagt Lucia.

»Sehr richtig, Valenti-san«, grinsen die Implantate. »Es gibt in der Soziologie auch eine Theorie Ruhm contra Aufopferung.«

»Wilson?«

»Wieder richtig, Valenti-san.«

»Ich bin Soziologin.«

»Dann wissen Sie auch, daß im Westen eine Tradition des individuellen Ruhmes existiert, im Osten dagegen eine Kultur des Kollektivs herrscht, dem das Individuum untergeordnet ist. Wir werden lieber kleine Buddhas als

Stars. Ein Serienmörder handelt zumindest teilweise aus dem Drang nach individuellem Ruhm. Es muß also ein westlicher Mensch sein!« triumphiert das Gebiß.

»Hm, eine naive und geradlinige Hypothese«, sagt Lucia. Mochizuki sieht sie erschrocken von der Seite an.

»Gibt es auch einen Grund, warum Sie sich für einen männlichen Killer entschieden haben?«

»Ja, natürlich«, nickt Saitō. »Unser Team hat bei der Herstellung von ›Die Fischmorde‹ an alles gedacht. Ein Mann kommt bei dem Publikum, das wir erreichen wollen, besser an. Es gibt unter den Intellektuellen jetzt gerade einen Renner, ›Die Blutgräfin‹ von Tony Thorne. Das Buch handelt von dem weiblichen Killer Erzsébet Báthory. Wir wollten darauf nicht weiter anspielen. Und weil wir damit nicht direkt assoziiert werden wollten, haben wir uns für einen Mann entschieden.«

»Unterstützt das nicht eine Stereotypisierung?«

Saitō lacht. »Wir sind ein Wirtschaftsunternehmen, keine pädagogische Einrichtung. Unser Ziel ist das Gewinnmachen. Aber wo wir können, geben wir unserem Material einen pädagogischen Anstrich.«

»Dann sollten Sie aber Ihr Englisch einmal überprüfen lassen« sagt Lucia.

»Wieso?« fragt Mochizuki.

»Es steckt voller Fehler.«

»*Jinglish*«, lacht Saitō.

»Wie bitte?«

»*Japanese-English*, das wollen die Japaner.«

Mochizuki nickt zustimmend. »Dann können wir es wenigstens verstehen«, sagt er.

Draußen in der flimmernden Hitze springt das Kind noch immer über das Gummiband.

»Ich werde Bettina sagen, daß ich ein Kind gesehen habe«, sagt Lucia.

»Warum?« fragt Mochizuki erstaunt.

»Sie sagte, sie sehnte sich danach, ein Kind zu sehen. Im Hotel und auch rundherum sieht man keine, sagt sie.«

»Oh«, sagt Mochizuki vage.

Lucia schlägt sich erschrocken die Hand vor den Mund und bleibt stehen. »Mochizuki-san!«

»Was!?«

»Ich habe meine Tasche mit Bettinas Fotomappe im Zug in der Gepäckablage stehenlassen.«

»*Maaaah, shinjirarenai!*« sagt Mochizuki. Der Schweiß bricht ihm übers ganze Gesicht aus. Im Eilschritt läuft er vor Lucia her, als ob es sie gar nicht mehr gäbe. Schweigend nimmt er Züge, behende schlängelt er sich auf Bahnsteigen durch wimmelnde Menschenmassen und zieht Lucia wie an einer unsichtbaren Leine hinter sich her. Schweigend starren sie, aneinander gepreßt in Zügen, das Ocker und Umbra der vorbeisausenden Stadt an, wobei Mochizuki sich sein Gesicht mit einem gebügelten, zusammengefalteten Taschentuch abtupft. Am Schalter einer kühlen Betonhalle identifiziert er sich schroff, und sie dürfen weitergehen bis zu den Regalen »Fundsachen, heute«. Auf Metallbrettern stehen Reihen von Laptops. An einer Wand hängen Tausende von Schirmen, dann neun Ballkleider, säuberlich auf Kleiderbügeln, und daneben hängt etwas an einem Nagel, das einer mittelalterlichen Ikone ähnelt. Lucia schreit auf. In einem grün ausgeschlagenen Glasbehälter liegt ein kleines Krokodil und schnappt nach Luft. Mochizuki zieht Lucia weiter bis zu den Taschen, die nach Größe und Farbe geordnet sind.

»Suchen Sie!« sagt er.

Lucia zieht die erste aus einer unabsehbaren Reihe schwarzer Taschen aus einem Holzregal.

*

Im Hotel liefert die telefonische Sonderleitung erste Informationen. Ein Besitzer eines Ladens mit diversen Artikeln, die gerade in Mode sind, glaubt, daß er in seinem Geschäft ein winziges Foto des Opfers Larry Maxwell gefunden hat. Er meint, Maxwell anhand der in den Zeitungen veröffentlichen Paßfotos erkannt zu haben. Fowell wird hingeschickt und bittet Watanabe mitzukommen, um eventuell zu dolmetschen. Es ist halb zwölf, und sie nehmen den Zug nach Kichijōji. Verdrossen und müde sitzen sie nebeneinander. Fowell hat Ringe unter den Augen. Watanabe blickt vor sich hin. Alle paar Minuten schießen seine Augen schnell einmal seitlich zu dem griesgrämigen Profil Fowells. Der Wagen ist voller uniformierter Schulkinder, die Jungen streng getrennt von den Mädchen. Die Mädchen hängen nachlässig an den senkrechten, verchromten Haltestangen. Plötzlich vollzieht sich eine merkwürdige Zeremonie. Die Mädchen setzen sich zwischen ihre Schultaschen auf den Boden und ziehen ihre Schuhe aus. Dann folgen die weißen, engen Socken. Einige Mädchen, die auf den Bänken sitzen, folgen ihrem Beispiel, eifrig ins Gespräch vertieft, als wäre es die normalste Sache der Welt. Die Jungen schauen gelangweilt zu. Fowell riecht dreißig Paar Mädchenfüße. Aus den Schultaschen kommen lange, weite, weiße Strümpfe zum Vorschein. Fowell folgt dem Schauspiel etwas peinlich berührt. Neben ihm starrt Watanabe nichtssagend auf seine Schuhe. »Was machen die, in Gottes Namen?« flüstert Fowell.

»Oh, das ist die neueste Mode«, sagt Watanabe ernst. »Schoppersocken. Sie dürfen sie in der Schule nicht tragen. Sie kommen jetzt aus der Schule und tauschen ihre Uniformsocken mit den Schoppersocken. Morgens geht es genauso in den Zügen. Dann werden die Schoppersocken aus- und die ordentlichen Socken angezogen. Die Eisenbahngesellschaft hat schon Maßnahmen angekündigt. Es wird in Kürze sicher verboten werden, genau wie die PHS's im Zug.«

»PHS's?« fragt Fowell, seinen Blick auf die Mädchen gerichtet.

»Personal Handy System«, antwortet Watanabe. »Mobile Telefone, die ganz kleinen, grellbunten. Jeder Schüler, der etwas auf sich hält, besitzt eins. Sie stören das Kommunikationsnetz der Bahnen. Und diese Socken, die stinken.« Er deutet mit dem Kopf auf eine Gruppe am Boden sitzender Mädchen. Die Strümpfe werden in der Mitte der Unterschenkel einmal umgekrempelt und wieder nach unten, zu den Schuhen gestreift. Dort fallen sie in weiten Falten über den Fuß. Der Oberrand des Strumpfes wird mit einem Klebestift an der Haut unterhalb des Knies festgeklebt. Die Kinder hantieren mit den Stiften etwa so, wie Frauen ihren Lippenstift auftragen: geschickt, schnell und für einen kurzen Augenblick abwesend.

»Nicht zu glauben«, sagt Fowell.

Watanabe gibt keine Antwort und betrachtet das ganze Getue mit ungerührtem Gesicht.

Fowell dreht sich immer wieder um, als er aussteigt und dem davoneilenden Watanabe folgt. »Was bedeutet dieses Schriftzeichen eigentlich?« Fowell zeigt, noch immer nach hinten blickend, auf das Schild über dem Bahnhofsausgang. »Es sieht wie ein sitzender Bär aus, und drumherum ein kleines Viereck.«

Watanabe dreht sich um. »Ausgang«, sagt er lachend, ohne seinen Schritt zu verlangsamen. Sie gehen durch ein mit Plastikblumen verziertes Tor zu einer überdachten Promenade. »Sun Road«, erklärt Watanabe. Ein ohrenbetäubender Lärm einander übertönender Werbesongs hüllt sie ein. Er kommt aus riesigen Lautsprechern, die über den unzähligen kleinen Läden angebracht sind.

»Hier ist es«, sagt Watanabe und schwenkt schnell in einen bonbonfarbenen Laden. Fowell manövriert sich mit eingezogenem Kopf unter der niedrigen Ladenfassade zwischen zwei mit rosa Gummigardinen abgeteilten Kabinen hinter Watanabe her.

»Sind Sie von der Polizei?« fragt ein kleiner, magerer Mann mit freundlichem Gesicht. Watanabe nickt kurz. Dann beginnt eine Zeremonie von Verbeugungen und stockend ausgestoßenen Lauten. Die beiden Männer scheinen sich abwechselnd abzustoßen und wieder anzuziehen, wie Magneten. Sie tauschen Visitenkarten aus und Watanabe stellt Fowell vor. Der Ladenbesitzer ist es nicht gewohnt, die Hand zu geben. Seine schmale Hand fühlt sich schlaff an, und er bleibt ein ganzes Stück von Fowell entfernt stehen. Als Fowell die Hand losläßt, fällt der Arm an seinem Körper herunter, als wäre das völlig unerwartet gekommen. Dann beugen Watanabe und der Ladenbesitzer sich über einen kleinen Gegenstand auf dem gläsernen Verkaufstisch. Watanabe winkt Fowell dazu. Der Ladenbesitzer gibt ihnen ein Vergrößerungsglas. Fowell späht lange auf eine Abbildung, die noch kleiner ist als eine Briefmarke.

»Ja, das ist Maxwell«, sagt er schließlich. »Was ist dies für ein Foto?« Er versucht, das Bild vom Verkaufstisch zu nehmen, aber es ist daran festgeklebt.

»Es ist ein Print-Club-Foto«, sagt Watanabe.

Fowell schüttelt fragend den Kopf.

»Komm.« Watanabe zieht ihn mit zu den Kabinen am Eingang des Ladens. Er verschwindet hinter einer der rosa Gardinen. Fowell bückt sich und folgt ihm in die Kabine. Watanabe steht auf einer Erhöhung und bedient eine Anzahl azurblauer Knöpfe und einen feuerroten Joystick. Auf einem digitalen Bildschirm vor ihnen erscheinen Abbildungen. »Willst du mit mir auf das Foto, Fowell-san? Sollen wir uns zusammen mit dem Pandabären da fotografieren lassen?« Watanabe zeigt auf das Display. Fowell antwortet nicht, sondern sieht genau hin. »Das ist der Hintergrund des Fotos mit Maxwell«, sagt er und zeigt auf eine Abbildung von Manhattan bei Nacht. In dem Augenblick leuchtet der Pandabär groß und hell auf, es folgen noch vier helle Blitze.

»So«, sagt Watanabe, indem er Fowell aus der Kabine schiebt, »jetzt einen Moment warten.« Er verschränkt die Arme und beobachtet einen Schlitz in der Außenwand der Kabine. Nach einiger Zeit kommt ein Stück Papier in der Größe einer Ansichtskarte heraus. Darauf sind vierundzwanzig Abbildungen von Watanabe und Fowell mit dem Panda zu sehen. Fowell hat einen Mund halb geöffnet und zeigt auf etwas. Watanabe hat die Augen geschlossen. »Nicht gut gelungen«, sagt Watanabe, »noch einmal.«

»Nein, nein, laß nur«, sagt Fowell. »Ich kapier das Prinzip; ein Fotoautomat für Kinder.«

»Richtig«, sagt Watanabe, »Print Club.«

»Lächerlicher Name«, sagt Fowell, während sie zurück in den Laden gehen. Fowell beugt sich mit dem Vergrößerungsglas wieder über das kleine Foto auf dem Verkaufstisch. »Es ist noch jemand darauf«, sagt er. »Siehst du, Watanabe, da, im Schatten, genau in diesem Spalt zwischen den rosa Gardinen. Kannst du diesen Mann fragen, wo er das Foto genau gefunden hat?«

Der Mann nimmt sie mit nach draußen und zeigt auf ein Holzbrett, das mit Hunderten von Print-Club-Fotos vollgeklebt ist. »Viele Leute lassen hier eins zurück«, sagt er. »Es kommen jeden Tag so viele Menschen hier bei mir vorbei. Print Club ist die große Mode. Schulmädchen tauschen die Fotos aus. Sie haben Print-Club-Büchlein, um sie hineinzukleben. Hier stand ein kleines Mädchen und wühlte im Papierkorb. Es holte eine Print-Club-Karte heraus, zog ein Foto ab und klebte es auf dieses Brett. Ich ging zu ihm, um es zu fragen, wo seine Mutter sei; das Kind war schließlich erst ungefähr vier Jahre alt. Ich bat es, mir die Karte zu geben, damit ich sie wieder in den Papierkorb werfen könne. Das Kind fing an zu heulen, sie wolle die Karte behalten, weil ein *gaijin*, ein Ausländer, darauf zu sehen sei. Ich habe dem Kind die Karte dann gelassen und mir das Foto einmal genauer angesehen, das sie auf das Brett geklebt hatte. Es war mir noch gar nicht aufgefallen, daß es ein *gaijin* war. Da mußte ich an diese Fotos der ermordeten *gaijin* in der Zeitung denken. Ist er es?«

Fowell gibt keine Antwort. »Diese Fotos sind also Aufkleber?« fragt er.

Watanabe nickt und zieht zur Demonstration eines von der Karte herunter, die er in seiner Hand hält und klebt es auf das Brett.

»Kilroy *was here*«, sagt Fowell.

Watanabe blickt ihn verständnislos an.

»Das bedeutet, daß wir hier, in dieser grenzenlosen Wüste, ein Stück unserer Identität zurücklassen«, sagt Fowell und geht wieder in den Laden. Er friemelt den kleinen Aufkleber mit Maxwells Bild von der Glasplatte des Verkaufstisches und legt ihn in sein Portemonnaie.

»Oh, Kilroy«, sagt Watanabe begreifend, »aus dem Zweiten Weltkrieg.«

»Richtig«, sagt Fowell und stößt Watanabe freundschaftlich vor die Brust. Watanabe weicht erschrocken zurück.

»Was verkauft dieser Mann hier eigentlich?« fragt Fowell, indem er auf die unter der Glasplatte ausgestellten eiförmigen Plastikgegenstände zeigt.

»*Tamagochis*«, sagt Watanabe.

»*Tama*-was?«

»*Tamagochis.* Habt ihr die noch nicht in Australien?«

»Nicht, daß ich wüßte«, sagt Fowell, »aber ich bin schließlich auch kein Schulmädchen.«

»Dieser Mann hier handelt mit Modekultartikeln«, sagt Watanabe. »Siehst du«, er zeigt auf ein Regal an der Wand. »Schoppersocken.«

»Jesus«, sagt Fowell, »und die Spielkonsole mit den ›Fischmorden‹. Aber die Eier, was ist damit?«

« Ein *tamagochi* ist ein elektronisches Küken«, antwortet Watanabe ernst. »Es wurde entworfen, um Kindern beizubringen, wie man Tiere versorgt.«

»Wie bitte?«

»Ich werde es dir zeigen«, sagt Watanabe und bittet den Mann um eines der Eier. Er bekommt ein hellblaues Exemplar gereicht und gibt es Fowell. Die abgeflachte Vorderkante ist mit einem kleinen Display versehen. »Du mußt ihn kurz aktivieren«, sagt Watanabe und nimmt Fowell das Ei aus der Hand. Mit der Spitze eines Kugelschreibers drückt er auf ein Knöpfchen, das an der Rückwand des Gegenstandes eingelassen ist. Dann zeigt er Fowell das Display. Es zeigt ein klopfendes Ei. »*Tamago* bedeutet ›Ei‹«, sagt Watanabe, »und *-chi* ist eine Verkleinerungsform. Gleich kommt ein *tamagochi* aus dem Ei, und dieses Eilein wird um Nahrung bitten, um Unterhaltung, Säuberung und ärztliche Versorgung. Man kann ihm das mit Hilfe dieser drei Knöpfe verabreichen.« Er zeigt auf die hellgelben Knubbel auf der abgeplatteten Seite des Eies.

»Wenn das *tamagochi* schlafen will, mußt du das elektronische Licht ausmachen, wenn es sein großes Geschäft gemacht hat, mußt du den elektronischen Haufen wegräumen. Wenn du es gut versorgst, wird es wachsen, seine Form verändern und lange leben. Wenn du es vernachlässigst, stirbt es. Du kannst seine Gesundheit, seine Lebensdauer, sein Gewicht und den Grad seiner Zufriedenheit messen. Der Rekord für die Lebensdauer liegt jetzt, glaube ich, bei siebenundzwanzig Tagen. Wenn das *tamagochi* stirbt, kannst du es auf einem Friedhof im Internet begraben. Es gibt auch *tamagochi*-Ärzte und andere *tamagochi*-Experten.«

»Phantastisch«, sagt Fowell. »Ich nehme eines. Willst du auch eines, Watanabe-san?«

Watanabe kichert. »Nein, meine Tochter hat schon ein paar. Sie sind gerade wieder im Handel. Sie waren ein paar Monate lang vergriffen.«

»Was kostet es, Watanabe?«

Fowell bezahlt. »Was für ein lehrreicher Tag«, sagt er, als sie Seite an Seite zum Bahnhof zurücklaufen. »Die Kinder im Zug haben also alle ein *tamagochi*?«

»Ja«, sagt Watanabe, »und Schoppersocken und Print-Club-Fotokarten, die Mädchen wenigstens. Die Jungen haben wieder andere Sachen. Davon weiß ich weniger. Ich habe nur eine Tochter.«

»Was für eine Welt«, sagt Fowell.

Watanabe nickt unbestimmt. Während des Gehens klopft Fowell Watanabe ein paarmal leicht auf die Schulter und macht ein paar ungelenke Luftsprünge. Watanabe erstarrt bei der Berührung und geht steif weiter.

»Wir haben etwas in der Hand! Wir haben etwas gefunden!«

Watanabe nickt höflich.

*

Während der ersten Evaluation, am Nachmittag des vierten Tages, berichten Mochizuki, Lucia Valenti, Bertus Hogenelst und Jack Fowell von ihren Ermittlungen bezüglich der Opfer Marcus Bopp, Marco Polo, Hendrik Mechanicus und Larry Maxwell.

Die anderen Mitglieder des Teams sind noch nicht soweit, daß sie berichten könnten. Vor allem Robynne Green und Marc Croo sind noch mitten im Analysieren der Dossiers über die Opfer Jacob Parker und Hughes de Keuninck.

Mochizuki ist zu jedermanns Erleichterung nicht schlecht gelaunt und stört Watanabe nicht, so daß dieser in aller Ruhe simultan übersetzen kann.

Mochizuki beginnt: »Nach dem Besuch bei Frau Fischer, einer Freundin von Marcus Bopp, habe ich mit Watanabe und Welt-san die drei Bars aufgesucht, wo Marcus Bopp sich am 1. März in Gesellschaft von Frau Fischer aufgehalten hat. Welt-san hatte mir zuerst vorgeschlagen, dort allein zu ermitteln, aber ich fand es, schon allein durch den zwielichtigen Charakter des Viertels, besser, daß Watanabe und ich mitgingen. Ich kenne das Viertel ganz gut, weil ich dort schon einmal wegen Drogenhandels Nachforschungen angestellt habe. In den Etablissements, die wir besuchten, war die Luft zum Schneiden vor lauter Rauch. Aber mit Drogen hat dieser Fall wahrscheinlich nichts zu tun; keines unserer Opfer nahm Drogen, und die ganze Gegend ist schon mehrmals vom japanischen Team durchgekämmt worden, bevor Sie hier angekommen sind. Wir haben dabei etwa zwanzig Drogenabhängige festgenommen, aber nichts wies auf einen Zusammenhang mit unserem Fall.

Die drei Bars, die wir besuchten, zehren größtenteils von derselben Kundschaft, Leute, die zuerst das SixtyNine besuchen, eine Reggaebar, dann zu Tonoyama gehen, einem Club, wo man Mitglied sein muß, und schließlich im Zazai landen, einem nüchternen Betonkeller, wo, anders als im SixtyNine und Tonoyama, Platz zum Tanzen ist. Wir konnten erst sehr spät am Abend dorthin. Um zwölf Uhr saß noch fast niemand da. Gegen drei Uhr nachts wurde es erst voll. Wenn die Kunden das Zazai betreten, sind sie schon so angeschlagen, daß kaum noch etwas Starkes konsumiert wird. Daher ist man auch verpflichtet, Mindestverzehrkarten am Eingang zu kaufen. Die Kundschaft der drei Bars besteht zu neunzig Prozent aus Ausländern. Alle diese Bars werden von Japanern betrieben.

Im SixtyNine trafen wir nach einigem Herumfragen Raul, den jungen Mann, mit dem Frau Fischer Marcus an jenem Abend hatte reden sehen. Raul schien Marcus Bopp ziemlich gut zu kennen, obwohl er ihn ausschließlich in den drei Bars traf. Er erinnerte sich an den Abend des ersten März und wußte zu berichten, daß Marcus eine Frühstücksverabredung mit einem Freund hatte. Marcus hatte das Zazai gegen halb vier verlassen. Der ›Frühstücksfreund‹, über den er sich Raul gegenüber sonst nicht weiter ausgelassen hatte, ist einer unserer Verdächtigen. Rauls Alibi war wasserdicht: Er hatte in jener Nacht im Zazai einen jungen Japaner aufgegabelt und ihn mit nach Hause genommen. Rauls Appartement befindet sich über einer Pachinko-Halle, einem Spielsalon, der die ganze Nacht offen ist. Der Boß vom Pachinko hatte die beiden jungen Männer nach oben gehen sehen, als er vor seiner Tür frische Luft schnappte. Später am Morgen sahen die Leute vom Reinigungstrupp des Pachinko, wie die beiden jungen Männer nach unten kamen, die Straße hinuntergingen und kurz darauf mit Plastiktüten vom SevenEleven zurückgeschlendert kamen. Ein kurzer Besuch beim nächstliegenden SevenEleven-Supermarkt reichte aus, auch diese Geschichte bestätigt zu bekommen. Nach dem SixtyNine, wo wir Personal und Besucher ohne nennenswertes Resultat befragten, gingen wir mit Raul zum Tonoyama, einer Kneipe von der Größe eines Sechs-Matten-Zimmers, wo es schon voll ist, wenn zehn Menschen dort sitzen. Alle Anwesenden hatten Marcus Bopp schon einmal gesehen. Er fiel auf, weil er etwas älter war und sich konservativer kleidete als die meisten Besucher, er trug einen dreiteiligen Anzug; wahrscheinlich ging er direkt von seiner Arbeit zur Bar. Man muß im Tonoyama eine ganze Flasche Alkohol bestellen, die dann bis zum nächsten Mal für einen aufbewahrt wird. Die Flaschen stehen hinter der Bar mit einem Schild um den Hals, worauf der Name des Kunden und das Datum des Kaufs stehen. Es stand eine Flasche Wodka auf Marcus' Namen dort, vom 11. Januar 1997, ungefähr zwei Monate vor seinem Tod also. Die Flasche war halbvoll. Dem Barkeeper zufolge trank Marcus mäßig und oft für sich allein. Manchmal unterhielt er sich mit dem, der zufällig neben ihm saß. Einunddreißig Menschen waren in der Viertelstunde anwesend, als wir uns im Tonoyama aufhielten. Man stand zusammengedrückt wie Sardinen in der Blechbüchse. Eine Amerikanerin hatte Marcus ziemlich gut gekannt. Er hatte ihr in einem vertraulichen Gespräch erzählt, wie schwierig er es finde, sich in Tokyo einen Freundeskreis aufzubauen. Sonst brachten die Gespräche mit dem Personal und den Besuchern nichts zutage. Danach war Herr Raul so freundlich, uns zum Zazai mitzunehmen – es war dann schon gegen drei. Dort trafen wir den Japaner an, mit dem Raul an dem Morgen beobachtet worden war, an dem Marcus ermordet wurde.

Wir haben eine erste Ahnung vom möglichen Täter, meine Damen und Herren. Eine Frühstücksverabredung. Es war ein ›Freund‹, meine Damen und Herren, ein Mann also. Es ist unwahrscheinlich, daß wir diesen ›Freund‹ unter den Besuchern der Kneipen zu suchen haben; die Verabredung wurde außerhalb getroffen, nicht in einer der Kneipen.

Über die Ermittlungen zum Fall des Opfers Marco Polo gebe ich jetzt Valenti-san das Wort.«

»Ich konnte keinerlei Fortschritte in meinen Ermittlungen zum Fall Marco Polo verbuchen«, sagt Lucia Valenti, »und habe nach zwei Tagen und langen Abenden vergeblicher Durchsicht der Dossiers mit Zustimmung von Mochizuki-san beschlossen, meinen Kollegen Toni Albuixech in Perugia, Italien, einzusetzen, dem letzten offiziellen Wohnsitz Marco Polos, weil bei näherer Überlegung dort mehr Informationen zu finden sein müßten. Toni Albuixech war einer der italienischen Kandidaten für unser Team. Wir hatten verabredet, daß ich auf ihn zurückgreifen könnte, wenn es sich als notwendig erweisen würde. Toni Albuixech hält sich während der ganzen Ermittlungen bereit. Er hat also für mich unter anderem alle Fremdspracheninstitute von Perugia abgesucht und ist dabei auf fünf Japanerinnen gestoßen, die Marco Polo kannten.

Marco Polo scheint ein etwas knauseriger Hausbesitzer und Eigentümer eines Waschsalons gewesen zu sein und war offenbar ein leidenschaftlicher Liebhaber japanischer junger Frauen. Vier der fünf Japanerinnen hatten ein Verhältnis mit ihm. Zwei von ihnen fungierten als Polos Vertretung, eine im Waschsalon, die andere verwaltete zwölf Appartements für ihn. Beide gingen von der Annahme aus, eine Heirat mit Polo sei so gut wie sicher. Keine der beiden war unruhig geworden, als Marco Polo monatelang keinen Kontakt zu ihnen aufgenommen hatte, und keine von beiden weiß irgend etwas von Angehörigen. Ein Gang zum Rathaus blieb ohne Ergebnis. Unter Polos offizieller Adresse in der Via Martelli wohnte eine japanische Studentin. Zuvor war er unter der Adresse seiner Eltern in Rom gemeldet. Ein Anruf beim Standesamt in Rom ergab, daß beide Eltern nicht mehr leben.

Polo hatte die notwendigen Lizenzen für seinen Waschsalon in Perugia und war in Italien nicht vorbestraft. Seine Appartements vermietete er schwarz. Seine Aufenthaltsgenehmigung in Japan war abgelaufen. Er hielt sich in Japan regelmäßig in einem Zenkloster auf. Wo dies Kloster lag, darüber konnten die Frauen in Perugia nichts sagen, aber sie meinten, es handele sich um eine relativ unbekannte, besonders strenge Sekte.

Wie es scheint, hat Polo in Italien ein wildes Leben geführt und sich in Japan aufs Spirituelle geworfen. Das ist nichts Ungewöhnliches; es gibt viele Menschen aus dem Westen, die Japan zum ›Säubern ihrer Seele‹ benutzen. Japan und der Zen ... Sie kennen das wahrscheinlich.

Für Details wie die Namen der Japanerinnen, ihre Adressen hier, ihre Adressen in Italien, die Namen der Schulen, wo sie Unterricht nehmen, und ähnliches verweise ich auf die Berichte.

Albuixech zufolge ist auffallend, wie sehr sich die jungen Frauen ähneln und daß sie weder Zeitung lesen noch fernsehen. Das Italienisch und das Englisch, das sie sprechen, ist schlecht. Polo sprach gut Japanisch. Keine der jungen Frauen hatte bislang von den ›Fischmorden‹ gehört. Eine von ihnen gab dafür als Grund an, die Nachrichten im Fernsehen seien zu schwierig zu verstehen, und wenn in der Stadt eine japanische Zeitung zu bekommen sei, so sei diese mindestens mehrere Tage alt. Sie lasen also keine Zeitungen.

Die japanischen Mitarbeiter von Mochizuki-san haben während der letzten beiden Tage Angehörige und Freunde der fünf Japanerinnen befragt, eine nicht zu unterschätzende Arbeit, an der über hundert Personen beteiligt waren. Eins ist auffallend an allen Zeugenaussagen: Die jungen Frauen sind offenbar sehr verschwiegen bezüglich ihrer Beziehung zu Marco Polo gewesen. Nicht einmal die beiden, die dachten, sie würden ihn heiraten, haben davon Familie oder Freunden erzählt. Ich habe mich lange gefragt, was dies zu bedeuten hat. Ich denke, daß Marco Polo nach Meinung der Frauen nicht ›anständig‹ genug war, um Eltern oder Freunden vorgestellt zu werden. Irgend etwas muß mit Marco Polo nicht gestimmt haben ...«

»Darf ich Sie hier unterbrechen?« fragt Mochizuki durch Watanabe.

»Darf ich Sie darauf hinweisen, daß es einen sehr naheliegenden Grund für die japanischen Damen gegeben hat, ihre Verbindung zu Marco Polo zu verschweigen? Unsere

Kultur ist die homogenste der Welt. Man tut zwar so, als seien wir international orientiert, aber die meisten Eltern fürchten, daß ihre Töchter mit einem Ausländer ankommen. Wir haben nichts gegen Ausländer, wir finden aber, daß mit dem Eindringen der Ausländer in unsere Kultur, in unsere Familien zu viele Probleme verbunden sind. Wir wollen sicher gehen. Ich glaube, daß man dies als allgemeingültigen Grundsatz behaupten kann.«

»Können Sie wirklich so über ›wir‹ sprechen, Mochizuki-san?« fragt Lucia. »Was macht Sie so sicher, daß hundertvierzig Millionen Ihrer Landsleute dieselbe Meinung dazu haben wie Sie selbst? Ich weiß, daß immer über Japan gesagt wird, die Bevölkerung sei homogen und verhielte sich uniform, aber ist das im täglichen Leben auch wirklich so? Ich kann mir das fast nicht vorstellen.«

»Wenn Sie sich wirklich mit meinem Land intensiv beschäftigt haben, sollten Sie wissen, daß es wahr ist, was ich gerade gesagt habe. Wir Japaner haben keine Wahl. Wir wachsen nicht wie wilde Pflänzchen wie Sie im Westen auf. Vielleicht kommen wir noch wild auf die Welt, auch wenn ich persönlich sogar das bezweifle, aber dann werden wir sofort zurechtgestutzt wie die Hecken in den berühmten Gärten von Versailles. Jeder Zweig, der schief wächst oder herausragt, wird sofort resolut abgeschnitten. Wir müssen auf die Gesellschaft vorbereitet sein, in der wir leben, und da wird kein Wildwuchs geduldet. Und diese Gesellschaft ist für jeden dieselbe. Also kann man behaupten, daß wir alle dasselbe wollen; Also kann man behaupten, daß ich durchaus für meine Mitbürger sprechen kann.«

»Aber Mochizuki-san, das gilt für uns doch auch? Wir Italiener landen doch auch alle in derselben Gesellschaft? Eine Gesellschaft ist doch differenziert? Man braucht doch verschiedene Menschen, um eine Gesellschaft zu bilden?«

»Bis zu einem gewissen Grade«, antwortet Mochizuki mit ungerührtem Gesicht. »Ich habe sehr viel gehört und gesehen in meiner Berufslaufbahn und meine aufgrund dessen behaupten zu können, daß wir Japaner uns untereinander bei weitem nicht so unterscheiden wie Sie aus dem Westen.«

»Ich glaube das nicht«, sagt Lucia. »Aber nehmen wir einmal an, daß Sie recht haben, dann stimmt meine Theorie nicht. Was haben die Opfer denn Übereinstimmendes? Wir haben uns schon ausführlich über die Charakterstruktur des Täters unterhalten, was aber verbindet die Opfer? Fixieren wir uns nicht zu sehr darauf, daß sie alle Ausländer sind? Wir dürfen diesen Aspekt natürlich nicht außer acht lassen, aber es wird für mein Gefühl zu oft erwähnt, und das hat bis jetzt zu nichts geführt. Es scheint mir, daß Marco Polo nicht nur eine unzuverlässige Gestalt war, als ausbeuterischer Hausbesitzer und Schürzenjäger, es kommt mir ebenfalls so vor, als ob er gespalten gewesen wäre. Er war verlogen in Italien und suchte in Japan Zenklöster auf. Wir suchen eine einzige Person in einer Stadt von vierzehn Millionen Menschen. Wir haben keinen einzigen Hinweis auf diese Person, außer, daß es sich höchstwahrscheinlich um einen Mann handelt. Wir haben acht Opfer. Eines davon, Marco Polo, macht einen gespaltenen Eindruck. Gibt es Aspekte im Charakter der anderen Opfer, die auf eine ebensolche gespaltene Natur verweisen? Das frage ich mich.«

»Ich schlage vor, daß wir diese Diskussion auf einen späteren Zeitpunkt verschieben«, antwortet Mochizuki, »Silva-san und Hogenelst-san müssen noch berichten. Das Zenkloster, in dem Polo sich in Japan aufhielt, hat man noch nicht gefunden. Wie haben nur die bekanntesten in und um Kyoto überprüft. Die obskureren Sekten werden in den nächsten Tagen aufgesucht. Sie haben jetzt das Wort, Hogenelst-san.«

»Ich habe mit dem Vater des Opfers Hendrik Mechanicus gesprochen, weiterhin mit der japanischen Gastfamilie, einem Freund von Hendrik und dem Personal des Japan-Niederlande-Hauses, wo er arbeitete«, sagt Bertus. »Hendriks japanische Gastfamilie ist schon mehrfach vom japanischen Team Mochizuki-sans verhört worden. Ich bin auch dort gewesen, ohne viel Neues zu erfahren. Das Gespräch mit dem Vater des Opfers war schmerzlich. Die Mutter schickte mir per Fax eine Reihe von Briefen, die das Opfer von Japan aus an die Eltern geschrieben hatte. Aus den Briefen ergeben sich folgende Tatsachen.

1. Hendrik hatte nur einen guten Freund in Tokyo, Tim Smith, später mehr über ihn.

2. Hendrik war kurz vor seinem Tod in psychotherapeutischer Behandlung.

3. Er hoffte, mit einer japanischen Braut in die Niederlande zurückzukehren.

4. Er machte literarische Schreibversuche.

5. Er kam regelmäßig in das Bergdorf Daigo.

Ich habe ein Gespräch geführt mit Tim Smith, einem Amerikaner, Klassenkamerad Hendriks in der« – Bertus schaut in seine Aufzeichnungen – »Nichibei-Kaiwabakuin, einer Schule für japanische und englische Sprache und internationale Kommunikation. Ein hochtrabender Name, nicht wahr? Hendrik und Tim gingen mehrmals im Monat zusammen in die Berge westlich von Tokyo, vor allem in die Gegend von Takao und Jimba. Sie verließen Tokyo früh am Morgen, nahmen den Zug nach Hachiōji, dann den Bus zum Dorf Daigo, der Endstation des Busses.

Von dort aus liefen sie dann den ganzen Tag, einige Male auch zwei Tage. Sie hatten eine Übernachtungsmöglichkeit bei einer Tanzgruppe in dem Dörfchen Daigo. So weit so gut, ich hatte diese Fakten auch schon in den Briefen gelesen. Was aus den Briefen nicht hervorging, war, daß sie viel gesprochen haben während dieser Ausflüge. Tim Smith wußte zu erzählen, daß Hendrik sich oft nicht wohlfühlte. ›Identitätsverlust‹ sagte Hendrik selbst dazu. Er hatte oft das, was er eine ›komische Atmosphäre‹ in seinem Kopf nannte, und litt an Angstgefühlen, deren Ursprung er nicht herausbekam. Er sagte, das Adrenalin schösse manchmal wie wild durch seine Adern ohne irgendeinen Anlaß. Tim sagte, er habe sich machtlos gefühlt und nicht recht gewußt, wozu er Hendrik raten solle. Als ich fragte, ob Hendrik sich in der Schule oder überhaupt in Gesellschaft anderer auffällig verhalten habe, verneinte er und erzählte, Hendrik habe einmal gesagt, es erstaune ihn, daß ihm niemand etwas anmerke, wenn er einen Angstanfall habe. Er bekam dann Atemnot, der Schweiß brach ihm aus, und er konnte sein Herz im Kopf schlagen hören. Er hatte das häufig während der Japanischstunden und während seiner Arbeit oder wenn er mit seiner Chefin Adinda Buisman zum Lunch ging.

Tim Smith hatte eine Theorie über Hendriks Gemütszustand. Hendrik versuchte nämlich ein Buch über seine Jugend zu schreiben. Das tat er auf englisch. Tim Smith dachte, er sei der einzige, der etwas von dem Buch wußte, weil Hendrik ihn ausdrücklich und wiederholt um Verschwiegenheit gebeten hatte. Hendrik schrieb jedoch recht ausführlich darüber an seine Eltern. Hendrik und Tim trafen sich einmal in der Woche in einem Teehaus, um das Manuskript durchzugehen. Tim half ihm dann beim Englisch. Hendrik bezahlte Tim für diese wöchentlichen Sitzungen den Tarif, den ein Privatlehrer für Englisch berechnet. Tim glaubt, daß dieses Schreiben Hendrik aus dem Gleichgewicht gebracht hat. Er beschrieb, wie aufgeregt Hendrik während der Besprechungen des Textes war. Tim besaß eine Kopie des Manuskripts, das den Titel ›Broken rituals‹ trägt, und hat es mir überlassen. Ich habe es gelesen. Es ist ein nicht ungeschickt geschriebener Bericht einer Jugend in den Niederlanden. Nostalgie über vergangene Zeiten, die Hendrik selbst nicht miterlebt hat, Verherrlichung primitiver Kulturen und Zusammengehörigkeitsgefühl sind die Leitthemen, daher der Titel. Es ist deutlich, daß Hendrik selbst die Hauptrolle darin spielt, obwohl der Text in der dritten Person Singular geschrieben ist. Auffallend ist, wie Hendrik diese Hauptperson an ihr Ende kommen läßt: eine kafkaeske Geisteskrankheit überfällt ihn in einer fremden Stadt. Eine der Passagen handelt von der Angst, versehentlich nackt aus dem Haus zu gehen. Die Hauptperson kontrolliert auf der Straße und in Zügen fortwährend, ob sie überhaupt angezogen ist. Tim zufolge existierte diese Angst auch wirklich in Hendrik. Trotz seiner Ängste war er jedoch oft unwiderstehlich witzig im Japanischen, der Sprache, die er nur notdürftig beherrschte. Als er einmal während ihrer Arbeit am Manuskript einen kleinen Imbiß zu seinem Tee bestellt hatte und dieser mit einer Dekoration aus grünen Plastikblättern serviert wurde, hatte er die Serviererin gerufen, die Blätter geschickt mit seinen Stäbchen vom Teller gefischt und in fließendem Japanisch gesagt« – Bertus zieht seine Aufzeichnungen zu Rate – »›*Nihon no tabemono wa zenbu oishii kedo, kore wa mada taberarenai*‹, was bedeutet: ›Ich finde japanisches Essen köstlich, aber hieran kann ich mich noch nicht gewöhnen.‹ Die

Serviererin war zu seiner großen Freude laut lachend weggelaufen.

Tim hatte Hendrik geraten, professionelle Hilfe für seine Probleme zu suchen, aber er wußte nicht, ob Hendrik dies auch wirklich getan hatte. Aus den Briefen an seine Eltern wissen wir, daß dies der Fall war.

Hendrik und Tim haben sich oft über die Folgen des Kulturschocks unterhalten, weil auch Tim manchmal sehr nervös war, aber er hatte es dem Leben und Wohnen in einer fremden Millionenstadt zugeschrieben.

Ich finde die Theorie von Lucia Valenti also gar nicht so abwegig. Die geistige Gesundheit unserer Opfer verdient in der Tat mehr Aufmerksamkeit.«

»Ganz meine Meinung«, sagt Jack Fowell und beugt sich zu Lucia Valenti hinüber. Die lehnt sich, so weit wie möglich von ihm entfernt, schräg in ihren Stuhl zurück. Silva blickt Fowell giftig an, der mit seinem Bericht beginnt. »Ich habe das Tagebuch von Larry Maxwell untersucht. Das ist noch nicht in den letzten Bericht aufgenommen, weil ich bis gestern abend spät daran gearbeitet habe. Die Damen vom Sekretariat können kaum geschlafen haben heute nacht, denn ich habe hier schon einen Ausdruck des Berichts.«

Yukiko verteilt die Fotokopien des Berichts.

»Ich habe in diesem Bericht die Tagebuchpassagen, die äußerst abstrakt und chaotisch sind, thematisch geordnet«, beginnt Fowell. »Ich bin auf drei Hauptthemen gekommen, die ich ›Der Engel‹, ›Die Peitsche‹ und ›Der Freund I‹ genannt habe. ›Der Engel‹ ist ein Bild, manchmal auch eine Skulptur. Ich zitiere:

›Das Bild des Engels muß in der Peitsche verarbeitet werden. Die Peitsche muß komprimiert sein und nur für wenige verständlich. James Joyce muß eine Rolle darin spielen. Das Porträt von Joyce bildet den Stadtplan von Tokyo.‹ Ein anderes Zitat: ›Manchmal sitze ich auf der glatten bronzenen Schulter des Engels, in der Falte zwischen seinem Flügel und seinem Nacken. Die Kälte der Bronze dringt durch den Stoff meiner Hose. Meine Gesäßbacken und Geschlechtsteile werden eins mit ihm, und darüber erhebt sich der Himmel.‹

Ihr könnt euch vorstellen, wie schwierig es war, irgendeinen Sinn darin zu entdecken. Es wird immer über die Peitsche gesprochen. Wer oder was die Peitsche ist, weiß ich nicht, aber die Peitsche muß – ich zitiere wieder – ›komprimiert sein, darf nur von wenigen verstanden werden, wie ein Gedicht, und muß alle meine Freunde umfassen. Die Peitsche muß rasen und um sich schlagen, verbinden und strafen und muß vor allem Liebe sein.‹«

»Könnte ›Die Peitsche‹ der Titel eines Films sein?« fragt Lucia nach einer mühevollen Übersetzung und einer langen Stille. »Larry Maxwell war doch Videokünstler?«

Jack Fowell fährt aus seinem Stuhl auf und stößt dabei seine Kaffeetasse um. Den braunen Fleck anblickend, der sich durch das weiße Leinen des Tischtuchs frißt, sagt er: »Gott im Himmel. Das ist es natürlich, Lucia.«

Lucia verzieht ihr Gesicht.

»Na schön, die Geschichte wird aber dadurch nicht weniger absonderlich«, sagt Mochizuki.

»Da haben Sie recht«, sagt Jack Fowell und setzt sich wieder hin. »Was soll ich mit diesem Fleck machen?«

»Nichts«, sagt Mochizuki, »fahren Sie fort mit Ihrem Bericht.«

»›Der Freund I‹ könnte auch ein Filmtitel sein, wird mir jetzt klar. Es ist, als sei ›I‹ jemand, fiktiv oder wirklich, mit dem Maxwell alles bespricht. Ich zitiere:

›2. Februar 1997. I ist nicht erstaunt und ist mit mir einer Meinung, daß die Peitsche rasen muß. I ist im Ganzen wohl einverstanden mit der Peitsche.
4. Februar 1997. Ein langes Gespräch mit I. Ich hatte so eine Ahnung, als sei noch jemand da. I leugnete das. Er beendet manchmal einen Gedankenaustausch, bevor ich damit fertig bin.
8. Februar 1997. Ich habe I gesagt, daß ich ihm nicht vertraue, daß ich niemandem vertraue. Wir sprachen über das große Mißtrauen.
10. Februar 1997. Viele von ihnen dort beieinander, und sie haben die unmöglichsten Namen. Es sind Amerikaner (denen mißtraue ich am meisten) und Europäer, und sie reden in Zungen. Auch ein Asiate. Ich will nichts mit ihnen zu tun haben.
15. Februar 1997. I sagt, daß er mich sehen will. Wir sprachen über das Haar amerikanischer Frauen; einer der Gründe, warum man mich nicht für Geld und gute Worte in die Staaten kriegt: das Haar amerikanischer Frauen. Brrr ...‹

Soweit die Zitate aus ›Der Freund I‹. Diese Passagen tragen Daten kurz vor Maxwells Tod. Zwischen den ›Gesprächen‹ liegen zwei bis fünf Tage. Das letzte ›Gespräch‹ ist auf den 17. Juli 1997 datiert, und davon wird, wie folgt, berichtet:

›I gesehen. Die Gespräche sind besser, wenn ich ihn nicht sehe. Sein Kinn und sein Mund stoßen mich ab, und auch sein dünnes Haar. Dennoch dürften diese Dinge mich nicht stören. I fungiert schließlich doch nur als Spiegel ...?‹

›I‹ könnte, wie ich schon sagte, ein fiktiver Freund sein«, sagt Jack Fowell. »Aber nehmen wir einmal an, daß es ihn gibt. In dem Fall stellt sich die Frage, wer er ist. Maxwell sieht ihn manchmal, und dann wieder nicht. Wenn I wirklich existiert, ist er ein Verdächtiger, und wir müssen ihn aufspüren. Aus Maxwells Tagebuchaufzeichnungen ist nicht zu entnehmen, wo wir ihn finden könnten; es werden keine Orte oder Telefonnummern genannt, auch kommt in Maxwells Adreßbüchlein niemand vor, der noch nicht verhört worden wäre, auch nicht unter I. Wir wissen, daß I von Amerikanern, Europäern und Asiaten umgeben ist. Das klingt wie eine große internationale Firma. Larry kann sie sprechen hören. Er sagt, daß sie ›in Zungen reden‹. I hat dünnes Haar.

Larry Maxwell war ein Verwirrter, das kann man daraus ablesen. Und er hatte einen mysteriösen Freund. Beginnt sich hier ein Muster abzuzeichnen? Und dann die Kernfrage: Könnte mit dem Buchstaben ›I‹ das persönliche Fürwort ›ich‹ gemeint sein? Ist Maxwell selbst ›I‹?«

Die Gesellschaft ist im Laufe des Berichts immer stärker auf den Stühlen hin und hergerutscht, es wird geseufzt, Tee und Kaffee werden nachgeschenkt und gedankenlos ausgetrunken, an den Rändern der Notizblocks entstehen skurrile Zeichnungen. Watanabe ist heiser vom Übersetzen und nimmt, wie von einem Mechanismus angetrieben, alle paar Sekunden einen Schluck Wasser.

»Mein Bericht über Irina Skoynich steht auch noch auf unserer Tagesordnung«, sagt Gerardo Silva. »Ich habe das Gefühl, daß wir weiterkommen.« Man nickt, seufzt und setzt sich räuspernd in Position für die nächste Runde. Yukiko und Yvonne servieren aus gläsernen Kannen Tee mit gemahlenem Eis.

»Können wir kurz nach draußen gehen und rauchen?« fragt Bertus.

Gerardo Silva beginnt zu sprechen, sobald die Raucher sich der Gesellschaft im Konferenzraum wieder angeschlossen haben. »Während meines Besuchs bei Irinas Freund Morio Abe machte ich eine interessante Beobachtung, die ich schon mit Bertus besprochen habe, aber nun euch allen vorlegen will. Abe erzählte, daß er anders – das heißt offener und persönlicher – mit Leuten aus dem Westen spricht als mit Japanern. Er sagte, er hätte ›ein Vlies in seinem Kopf‹. Er schaltet sozusagen um von der einen Denkwelt in die andere. Ich fange an zu vermuten, daß dies weitgehend erklärt, warum die Ermittlungen, entschuldigen Sie, Mochizuki-san, stagnierten, bevor das internationale Team die Arbeit aufnahm. Es scheint, als wären unsere Befragungsmethoden anders als die der japanischen Polizei. Wollen wir hoffen, daß dies zu unserem Nutzen sein wird.

Und was die Beobachtungen von Jack Fowell, Bertus Hogenelst und Lucia Valenti hinsichtlich des Gemütszustands der Opfer betrifft: Ich kann dem hinzufügen, daß Irina Skoynich wegen ihrer Depressionen einen amerikanischen Psychiater aufgesucht hat. Ich bin mit Hilfe von Irinas Adreßbuch auf eine gute Freundin von Irina in Polen gestoßen und habe mit dieser Katharina Labovitch, die in der Stadt Poznan wohnt, eine Reihe von Telefongesprächen geführt. Sie hat mir per Fax die Briefe von Irina geschickt, die sie zwischen Januar 1995 und Mai 1996 erhalten hat. Ich habe euch Kopien der englischen Übersetzungen aller Briefe zukommen lassen, aber ich will einen Brief von Anfang 1995 vorlesen, weil er zeigt, daß Irina in den letzten Jahren ihres Aufenthalts einsam war, was die Möglichkeit der Existenz eines mysteriösen Bekannten nur noch vergrößert.«

Silva liest vor:

»›Tokyo, 12. Januar 1995

Liebe Katharina,

Ich schicke Dir einen Text, den ich geschrieben habe, um meinen ständig unruhigen Geist zu bändigen. Mit dem Malen geht es gut, aber ich brauche auch andere, intellektuellere Ventile, um meine immer wiederkehrende Verwirrung, meinen Ärger, mein Heimweh ... zu verarbeiten. Hier kommt er:

Der beste Platz der Welt, um das Phänomen Kulturschock zu untersuchen, ist ohne Zweifel Japan. Das ist so, weil die Japaner denken, daß sie einzigartig seien, von den Göttern abstammten, und konsequent alles, was anders ist, auf Abstand halten. Diese Haltung ist einfach und auf einer Insel lange durchzuhalten. Alles aus dem Ausland (Mickymaus-T-Shirts, Coca-Cola und Hamburger, Spaghetti bolognaise, weiße Oberhemden, Mozart, Andy Warhol, Wiener Jägerhüte und zur Zeit auch ethnische Artikel wie mexikanische Ponchos, afghanische Decken und afrikanische Fruchtbarkeitsstatuen) ist in dieser wahnsinnigen Stadt erhältlich. Westliche Errungenschaften (Demokratie, Individualismus, freie Beziehungen, das Recht auf Privatleben, Feminismus ...) werden bis zur Unkenntlichkeit umgeformt oder geleugnet und gefürchtet.

Jeder Ausländer ist ›anders‹ in Japan. Es gibt nur zwei Arten Menschen, Japaner und Ausländer. Das merkt man schon auf dem internationalen Flughafen Narita, dort wird die ins Land hereinströmende Menge in die beiden genannten Kategorien aufgeteilt, und dabei bleibt es. Der Ausländer muß eine Alien Registration Card bei sich tragen, seinen Fingerabdruck hinterlassen und für den Rest seines Lebens in Japan Fragen beantworten wie: Wie finden Sie Japan? Wie finden Sie die Japaner? Mögen Sie japanisches Essen? Lieben Sie die japanische Kultur? Können Sie mit Stäbchen essen? Sprechen Sie Japanisch?

Der Ausländer muß seine Werte und Normen ablegen, bei Null anfangen, wieder laufen lernen, ob er Chinese ist oder Pole. Sogar Japans nächste Nachbarn, die Koreaner, die Chinesen und die Russen haben keinerlei Halt.

Der Kulturschock ist eine Krankheitserscheinung, die genauso tiefgreifende Folgen haben kann wie andere Geisteskrankheiten, und einige Menschen entwickeln tatsächlich eine gespaltene Persönlichkeit. Auch ich bin dem zum Opfer gefallen. Die Krankheit kann erschreckende Formen annehmen. Sie scheint aus vier Phasen zu bestehen: eine Honeymoon-Phase, charakterisiert durch Erregtheit und Faszination, eine Krisisphase – das tiefe Tal –, charakterisiert durch Antipathie gegenüber der neuen Kultur und Heimweh, eine Erholungsphase und eine Anpassungsphase.

Die Honeymoon-Phase: Du bist gerade angekommen und fühlst Dich wie auf Urlaub. Alles ist anders, alles ist neu, alles ist unverständlich und deshalb interessant. Es hängt vom Charakter des Betreffenden ab, wie lange er in dieser Phase hängenbleibt. Einige kommen nie heraus, lernen nie Japanisch lesen, schreiben,

sprechen oder verstehen. Vielleicht sind sie noch am besten dran.
Der neugierigere Typ wird sich rasch in die Sprache und Kultur vertiefen, immer mehr davon verstehen, um langsam zu der Einsicht zu gelangen, daß er alles falsch eingeschätzt hat und überhaupt nichts begreift. Das erstaunt ihn zuerst, er hat so etwas noch nie erlebt. Wir haben jetzt ungefähr die Hälfte des Weges hinab ins tiefe Tal, die Krisisphase, hinter uns.
Einmal an den Gedanken gewöhnt, daß er mit seinen alten Normen und Werten nicht mehr operieren kann, beginnt es dem zutiefst erschrockenen Ausländer zu dämmern, was ihn erwartet. Er wird sich anpassen müssen, und das bedeutet, daß er sich selbst ändern muß, denn das ist weniger Arbeit, als hundertvierzig Millionen Japaner zu verändern, und nichts ist so unangenehm, so ermüdend und erniedrigend wie sich selbst zu verändern. Wir sind nun beinahe im tiefen Tal angekommen.
In der kurzen, energiefressenden Phase vor dem tiefen Tal versucht der Ausländer im allgemeinen doch, die Japaner zu verändern. In dieser Don-Quichotte-Phase tauchen unvermutete Gefühle von Vaterlandsliebe auf, und er empfindet ein heftiges Heimweh. Dieser Phase folgt das tiefe Tal, das aus einer virulenten Kombination von Selbsthaß und Japanhaß besteht. Weggehen kann er meistens nicht; er hat schon zuviel investiert, um aufzugeben. Man muß die Sache ›wieder in Ordnung bringen‹.
Eine Mischung aus Selbststudium und Japanstudium hilft dem Ausländer meistens aus dem tiefen Tal heraus. Aber genau wie in der Honeymoon-Phase gibt es Menschen, die darin stecken bleiben. Sie sind am

schlechtesten dran, denn nur Zynismus und Sarkasmus hält sie noch aufrecht. Die Menschen, die stekkenbleiben, sind aber in der Minderheit. Der größere Teil der Ausländer wird zwischen manischer Erregtheit, Wut, stummem Haß, Verträglichkeit hin- und hergeworfen, immer wieder himmelhochjauchzend und dann zu Tode betrübt ... Es kann Jahre dauern, bevor die Wellenbewegungen weniger hoch werden, die Täler weniger tief. Dieses dauernde Steigen und Sinken verursacht wiederum ein Kommunikationsproblem unter den ohnehin schon isolierten Ausländern, denn A in der Honeymoon-Phase und B im tiefen Tal befinden sich in zwei völlig verschiedenen Welten und können sich grundsätzlich nicht verstehen.

Ich gebe Dir Beispiele von zwei Ausländern, die ich kenne. Laß mich mit Antoinette, einer Engländerin, beginnen, die in der Honeymoon-Phase steckengeblieben ist. Antoinette ist unnatürlich vergnügt und sehr positiv eingestellt. Sie lächelt unaufhörlich. Sie lebt seit mindestens sieben Jahren in Japan, aber spricht aber nicht mehr als ein paar Worte Japanisch. Sie hat sehr viele japanische Freunde und ist vor allem an Sachen wie Akupunktur, Druckmassage, Zen, *reiki*, Makrobiotik und Aikido interessiert. Sie glaubt, ganz Japan sei von Anhängern dieser Richtungen bevölkert. In Wirklichkeit beschäftigt sich nur eine kleine Minderheit mit derartigen Dingen. Da Antoinette nur in den entsprechenden Kreisen verkehrt, denkt sie, daß sie Japan repräsentieren. Diese doch etwas ungewöhnlichen Japaner fühlen sich ihrerseits von Antoinette angezogen mit ihrem blonden Haar, ihren von Sommersprossen gesprenkelten

Armen, ihren offenen, spontanen Manieren, ihrer leicht schwebenden Art. Antoinette findet, daß die Japaner ein sehr spirituelles Volk seien.
Ein Beispiel für einen Dauerbewohner des tiefen Tals ist Polly aus Australien. Auch Polly spricht, nach zehn Jahren Japan, kein Wort Japanisch. Er ist Modedesigner, leicht kokainabhängig, was unter strenger Strafe steht, hat mehrere Male versucht, in die Modewelt von Tokyo ›durchzubrechen‹. Dabei kam er in Kontakt mit der schonungslosen Welt der Geschäftsleute und machte mehrere Male bankrott. Polly sieht überall Geschäftsleute, die an ihren Schlipsen ersticken und nach oben buckeln und nach unten treten. Polly denkt, alle Japaner seien gewissenlose Blutsauger.
Die meisten Ausländer werden wie Pingpongbälle hin- und hergeworfen über das grauere Feld zwischen Antoinettes Himmel und Pollys Hölle.
Ich selbst bin in Antoinettes Königreich und in Pollys Katakomben gewesen. Als ich in Japan ankam, fühlte ich mich wie im Himmel, und das ist lange so geblieben. Es war immer schönes Wetter, ich war gesund und vergnügt, konnte nächtelang aufbleiben, ohne müde zu werden, verdiente Geld wie Heu und gab es sofort wieder aus, ging mit Schurken und Versagern um und amüsierte mich überall und mit jedem. Da beispielsweise Kleidung, Frisur und Auftreten so von dem abweichen, was man kennt, ist es zu Anfang schwierig, Personen und Situationen richtig einzuschätzen. Ich erinnere mich, daß ich mir manchmal unbestimmt Sorgen machte, weil ich mich so wohl fühlte; es war etwas Unnatürliches, etwas Isoliertes an dieser Fröhlichkeit. Es gab keinen nachvollziehbaren Anlaß. Ich konnte essen, was ich wollte,

ohne dick zu werden, Alkohol trinken, ohne betrunken zu werden oder einen Kater zu bekommen. Mein Gedächtnis arbeitete gut. Ich behielt Namen, Gesichter, Telefonnummern, die von keinerlei Bedeutung waren. Nützliche Dinge, wie die japanische Sprache, entglitten mir dagegen geradezu. Es war beängstigend und herrlich zugleich.

Der Tiefpunkt kam ungefähr vier Jahre nach dem Höhepunkt. Ich war zwei Jahre zur Schule gegangen, um die Sprache zu lernen, besuchte wöchentlich einen *sumie*-Lehrer, und ich hatte Morio. Alles schien in Ordnung zu sein, ich hatte es wieder gelernt, mich so zu verhalten, wie es sich gehört. Ich hatte mich gewaltig angestrengt, um dies alles zu erreichen, und das Resultat war, daß ich nun aus zwei verschiedenen Personen zu bestehen schien: der Europäerin Irina und der Ausländerin in Japan. Diese beiden hatten unterschiedliche Meinungen zu den Dingen und lagen ständig miteinander in Streit. Im selben Jahr zogen fast alle meine guten Freunde weg. Es ist unnatürlich, wie man in Tokyo Freunde verliert, niemand bleibt, jeder ist auf der Durchreise. Als vier meiner fünf Freunde innerhalb von zwei Monaten fortzogen, begannen meine beiden Ichs, Krieg zu führen. Ich nahm innerhalb von drei Wochen sechs Kilo ab. Ein dumpfer Haß gegen alles, was japanisch war, überkam mich. Ich hatte so hart gearbeitet, um dazuzugehören, und ich fühlte mich allein. Ich färbte mir die Haare schwarz, um weniger aufzufallen und dem ewigen Angestarrtwerden zu entgehen. (Inzwischen sind sie wieder rot.) Ich hatte in jener Zeit einen interessanten Traum: Die Japaner hatten zu Hause kleine Verbrennungsöfchen, in denen sie sich selbst Millimeter um Millimeter ver-

brannten, so daß zu dem Zeitpunkt, da sie starben, der größte Teil ihres Körpers schon kremiert war. Sie fanden das so vermutlich effizient. Du siehst, ich war in der Hölle.
Das Auferstehen aus dieser Hölle wurde durch Selbsterforschung angeregt. Ich suchte einen Psychiater aus dem Westen (es war ein Amerikaner) und war sechs Monate damit beschäftigt, meine beiden Ichs zu erkennen, zu akzeptieren und sie aneinander zu binden. Wenn ich jetzt darauf zurückblicke, erscheint es merkwürdig, wieviel Anspannung das kostete. Heute, drei Jahre später, schlüpfe ich mühelos von dem einen Ich ins andere. Es ist acht Jahre her, daß ich in Japan ankam. Nun, wo ich nicht mehr alles daransetze, dazuzugehören, gehöre ich mehr dazu denn je. Das Gefühl, Berge ersteigen zu müssen, bleibt, aber die Spitzen sind abgflacht, die Täler sanfter. Das wütende junge Gebirge schleift sich ab und verwandelt sich langsam aber sicher in eine gewellte Landschaft. Es macht mich nicht glücklicher, eher melancholisch.
Liebe Katharina, schreibe mir weiterhin. Ich werde Dich auf dem laufenden halten.
Ich küsse und umarme Dich,
Irina.

PS. Ich lege eine Einladung zu meiner Ausstellung bei. Sie ist in einer kleinen Galerie. Ich muß schrecklich viel Geld bezahlen, um den Raum für eine Woche zu mieten, habe es aber doch getan. Ich muß schließlich am Ball bleiben.‹

Das war's«, sagt Silva, erschöpft vom Lesen. »Ich habe mir dank dieses Briefes ein viel besseres Bild von der Person bilden können, die Irina war. Aus diesem Brief wird deutlich, daß sie einsam und deprimiert war. Sie vergleicht das Phänomen Kulturschock mit einer Krankheit. Etwas Entsprechendes können wir mit einiger Sicherheit über Larry Maxwell und Hendrik Mechanicus behaupten und vielleicht auch über Marcus Bopp, obwohl sein Fall mir weniger klar ist.«

Mochizuki blickt erstaunt in die Runde. »Ich habe nie gewußt, daß Ausländer es hier so schwer haben«, sagt er.

Watanabe übersetzt dies und sagt anschließend verlegen: »Ich auch nicht.« Die beiden Männer verbeugen sich leicht, wie entschuldigend.

»Ich schlage vor, daß wir es für heute abend hierbei belassen«, sagt Mochizuki leise. »Ich wünsche Ihnen allen eine gute Nacht.«

Silva geht auf Lucia Valenti zu und steckt seinen Arm durch ihren. Eifrig Spanisch redend, verschwinden sie zur Bar.

*

3. September

Meine Fotountersuchung verzögert sich, weil Lucia die Tasche mit den Fotos im Zug liegenließ und den ganzen Nachmittag in einer Halle mit Fundsachen suchen mußte. Mochizuki, der allein ins Hotel zurückkam, war wütend. Watanabe hat es wieder abgekriegt. Lucia kam erst während des Abendessens wieder, den Umschlag mit den Fotos schwenkend. Nun bekommt das Fotolabor sie erst morgen.

Lucia beschrieb eine bizarre Wanderung entlang der Regale mit den Fundsachen der Bahn. Dadurch entstand während des Essens ein Gespräch darüber, wie man in Japan mit

verlorenen und wiedergefundenen Gegenständen umgeht. Eigentlich kannte jeder, der schon einmal hier war, ein Beispiel für die erstaunliche Ehrlichkeit der Tokyoter. Croo hatte einmal beim Austauschen der Linsen seines Fotoapparats eine sündhaft teure Telelinse vorübergehend auf die Bordkante an einer verkehrsreichen Straßenkreuzung mitten in Tokyo abgelegt. Erst eine Viertelstunde später entdeckte er, daß er vergessen hatte, die Fotolinse in seiner Fototasche zu verstauen. Nach zehn Minuten Laufen, fünfundzwanzig Minuten später also, war er wieder am betreffenden Platz. Die Linse stand noch da, ordentlich beiseitegestellt, damit kein Fußgänger darüber stolperte.
Yvonne Lacoste hatte ihr Fahrrad einmal irgendwo mitten in Shinjuku abgestellt, ohne es abzuschließen und hatte vergessen, es wieder abzuholen, bevor sie nach Frankreich ging, um Weihnachten und Neujahr zu feiern. Sie hatte sich damit abgefunden, daß das Fahrrad bei ihrer Rückkehr verschwunden sein würde und war nicht einmal zu dem Ort zurückgegangen, wo sie es gelassen hatte. Als sie Wochen später zufällig dort vorbeiging, stand das Fahrrad noch immer an derselben Stelle. Sie hatte aufgrund von Statistiken über die Anzahl der Besucher, die jeden Tag zum Bahnhof Shinjuku kommen, ausgerechnet, daß in der fraglichen Zeit über sechzehn Millionen Menschen an dem Fahrrad vorbeigelaufen sein mußten. Bertus und ich, beide aus Amsterdam, wo einem sogar die Gepäckträgergummis gestohlen werden, waren am meisten erstaunt.

Nach dem Essen bin ich sofort in mein Zimmer gegangen und habe noch einmal die Fotos der Opfer gründlich studiert. Die Art, wie sie daliegen, vermittelt den Eindruck, der Täter sei eine Frau, man sieht selten, daß Männer Gegenstände auf solche Art anordnen. Die Fotos von den Orten der Verbrechen erinnern an Abbildungen in Zeitschriften über Wohnungseinrichtungen und Küchen, alles so elegant arrangiert.

Das Spiel von Li hat sich wieder gelohnt. Li ist eine echte Psychologin. Sieht einem zu lange und zu durchdringend in die Augen. Trotzdem ist sie nett, und es ist angenehm, während des Spiels ihr gepflegtes Aussehen zu betrachten. Ich möchte wissen, wie viele dieser roten Kostüme sie besitzt.
Während der Evaluation fragten wir uns: Wenn der Mörder nun aber immer ein- und ausfliegt, in Indonesien wohnt und in Japan mordet, oder so? Mochizuki versicherte, die Grenzen würden sehr genau überwacht. Na und? Li wußte zu berichten, daß Täter meist in der Umgebung des Ortes bleiben, wo der letzte Mord begangen wurde. Croo sagte, er hätte noch nie von reisenden Serienmördern gehört, aber Silva kam sofort mit ein paar Beispielen aus Amerika. Aber, und das ist wahrscheinlich wichtig, in den Fällen wurden auch die Morde immer in verschiedenen Staaten begangen. Es gab kein Beispiel eines immer wieder wegfahrenden und zurückkehrenden Mörders.

Es war wieder faszinierend, Watanabe beim Essen zuzusehen. Er schält eine Mandarine, kerbt mit einem sehr scharfen kleinen Messer viermal – ratsch, ratsch, ratsch, ratsch – perfekte Rhomben in die Schale. Nimmt die Schalen an einer Spitze und zieht sie vom Fruchtfleisch ab, als öffne er ein Döschen mit Goldpulver, so konzentriert. Die Teile werden wie auf der Kirmes die Wagen von der

Raupe am Rand des Tellers aufgereiht. Dann beginnt das Enthäuten. Die dünnen Häutchen werden auf einen kleinen Haufen in der Mitte des Tellers deponiert. Zwischendurch immer – tupf tupf tupf– mit einem Papiertuch an seine Lippen.

Innerhalb des Teams beginnen sich die Beziehungen abzuzeichnen. Fowell ist hinter Lucia Valenti her, traut sich aber nicht und wirft seinen Dackelblick halbherzig auf mich. Er trägt einen abstoßenden braunen Anzug, der längst zur Reinigung muß.
Lucia und Silva scheinen sich gut zu verstehen. Sprechen spanisch miteinander, mit vielen Gebärden, bleiben am längsten in der Bar.
Robynne Green sieht ständig Bertus Hogenelst an, wird munter und geistreich, wenn er zurückblickt. Bertus ist zu jedem freundlich, ein Teamworker, jeder mag ihn.
Aus Croo werde ich nicht klug. Dieses fleckige Gesicht, diese merkwürdig karierte Kleidung, das Rotwerden.
Yvonne und Yukiko sind zuverlässig, problemlos in der Zusammenarbeit.

Ich habe angefangen die allerersten Dossiers durchzuarbeiten. Die Fotos, die Lucia in der Bahn liegengelassen hatte, kamen daraus. Ich lasse sie fünfzigfach vergrößern und hoffe, daß dann mehr darauf zu sehen ist.
Fowell war mit Watanabe unterwegs. Sah sie zusammen das Hotel verlassen. Ein prachtvolles Duo, dieser lange, schiefe, schmuddelige Australier und der kleine, ebenmäßige, propere Japaner.
Lucia Valenti ist mit Mochizuki zu einer Firma gefahren, die Hormon heißt. Ich war Mochizuki heute nachmittag also glücklich los.

Den Abend brachten wir mit dem Vergleichen der Ergebnisse von Fowell, Silva und Hogenelst zu. Wir können jetzt wohl mit Sicherheit sagen, daß sowohl Maxwell als auch Skoynich und auch Mechanicus einsam waren.

Ich bin kaputt, kann aber nicht schlafen.
Osaka möchte die Olympischen Spiele 2008 ausrichten, meldet *The Japan Times*.
Im zweiten Programm eine phantastische Dokumentation über einen Spezialunterricht für Menschen gesehen, die leicht verlegen sind. Es gibt allein in Tokyo Millionen. Es betrifft vor allem Jungen. Einige haben verwachsene Nackenwirbel vom Hinuntersehen. Sie bekommen spezielle Gymnastikstunden, um ihre Nacken- und Schultermuskeln zu üben. Andere haben den ganzen Tag eine hochrote Gesichtsfarbe. Im Vergleich dazu ist Croo ein Amateurerröter. Den Errötern wird beigebracht, ein spezielles Make-up über das ganze Gesicht verteilt aufzutragen. Es gibt eine hellgrüne Anti-Erröten-Grundierung, die unter einer hautfarbenen Schicht aufgetragen werden muß. Auch werden Rollenspiele gemacht. Schauspieler werden hinzugezogen, um die schüchternen Schüler aus sich herauszulocken.

# 5

»GUTEN MORGEN ZUSAMMEN. NACHHER FINDEN WIEder Evaluationen statt«, eröffnet Zhiqiang Li die Frühstückskonferenz.

»Die Temperatur?«

Alle geben gehorsam Auskunft über ihre Stimmung.

»Danke«, sagt Zhiqiang Li. »Wo wart ihr, als Elvis Presley starb? Robynne, willst du anfangen?«

»Ich war in Salt Lake City. Wir hörten es am frühen Abend. Die Jüngeren wollten einen Gottesdienst. Die Älteren waren dagegen, Elvis war für sie die Verkörperung des Bösen«, sagt Robynne Green gelangweilt.

»Wieso redest du so merkwürdig?« fragt Li.

»Naja«, sagt Robynne, »ich habe halt nicht jeden Tag Lust zu diesem Spiel.«

»Wir spielen es in jedem Fall heute noch«, sagt Li autoritär. »Gerardo?«

»Ich wartete gerade in einer Schlange vor der besten Bäckerei von Mexico City und las Zeitung. Es stand auf der ersten Seite. Einige Menschen in der Schlange weinten«, sagt Silva und lacht. »Elvis Presley hat mir nie viel gesagt.«

»Ich wurde an dem Tag von einer Gruppe Studenten der Tōdai, der Tokyo-University, interviewt. Es war eine Zeit großer gesellschaftlicher Veränderungen«, sagt Mochizuki. »Die Studenten wollten über die Rolle der Polizei in der modernen Gesellschaft reden. Die letzte Frage des Forums war: Wenn Sie sich hätten aussuchen dürfen, jemand anders zu sein, wer hätten Sie dann sein wollen? Ich habe damals geantwortet: Elvis Presley. Ich bekam lauten Applaus.«

Das Team applaudiert ebenfalls höflich.

»Ich hörte es zu Hause im Radio«, sagt Li. »Ich habe geheult.«

»Das ist vielleicht eine phantasievolle Geschichte«, sagt Robynne Green.

»Ja, nein, ich habe offensichtlich nicht gerade eine Sternstunde«, sagt Li säuerlich.

»Ich hörte es in der Schule von meinem Lehrer«, sagt Lucia Valenti. »Die Schüler wurden gefragt, was sie tun wollten. Die ganze Klasse sang ›It's Now or Never‹. Das hat mich sehr gerührt.«

»Elvis Presley ist nicht tot«, sagt Fowell vergnügt.

Alle lachen.

»Ich weiß es nicht mehr« sagt Croo. »Ich erinnere mich nur noch an die Zeit danach. Es kamen viele neue Alben heraus. Ich habe sie alle gekauft. Ich liebe Elvis noch immer.«

»Ich weiß es bei Gott nicht mehr«, sagt Bertus. »Elvis Presley interessiert mich nicht. Ich finde, er wird überschätzt. Es ist Blödsinn.«

Fowell sieht Bertus schief an. »*The king is alive*«, sagt er.

»Ihr seid müde«, sagt Li.

»Das ist unsere Sache«, sagt Fowell. »Ich schlage vor, daß wir mit diesem Spiel aufhören. Wir haben zuviel im Kopf.«

»Gut«, sagt Li, »denken die anderen genauso darüber?«

Alle nicken. Li verzieht das Gesicht. »Führt jeder Tagebuch?« fragt sie. »Ihr solltet die geistige Hygiene nicht vernachlässigen.«

»Warum machen wir keine Gymnastik morgens?« fragt

Mochizuki. »Im Büro tun wir das auch, und ich vermisse es, wenn ich morgens früh hier sein muß.«

»*Forget it*«, sagt Fowell laut.

Mochizuki blickt fragend in die Runde. Allgemeines Kopfschütteln, die einen lachend, die anderen heftig. Mochizuki zuckt mit den Schultern. »Wir wollen jetzt mit den Täterprofilen anfangen«, sagt er und wirft Watanabe einen Blick zu. Der setzt sich zurecht, um zu dolmetschen. »Zuerst gebe ich das Wort an Croo-san, er will erläutern, warum er denkt, die Möglichkeit sei sehr groß, daß der Täter ein Ausländer ist. Croo-san hat sich schließlich während der letzten Monate ausführlich mit der Kriminalität in Japan beschäftigt.«

»Ja«, sagt Croo, »ich möchte Ihnen zuerst ganz allgemein etwas über die Situation der Kriminalität in Japan erzählen, danach werde ich auf einige Besonderheiten eingehen. Die Kriminalitätsrate in Japan ist auffallend niedrig. Für dieses Phänomen gibt es Erklärungen der unterschiedlichsten Experten. Die einfachste, daß der durchschnittliche Japaner ehrlich und anständig ist, wird meistens übersehen. Statt dessen wird in Büchern fragwürdiger wissenschaftlicher Qualität darüber diskutiert, ob es sich um eine ›andere Gehirnstruktur‹ handele oder nicht. *The Development of the Left Side of the Brain in the Japanese*, ein vielzitiertes Buch, könnte man als Beispiel anführen.

Drogenkonsum ist ein schweres Verbrechen in Japan. Es kommt vor, wird aber streng bestraft. Es wird sehr viel Alkohol getrunken, der nicht unter das Antidrogengesetz fällt, und wir können erstaunt sein über die große Anzahl Betrunkener in den Straßen und Zügen. Dennoch ist Tokyo, egal wo und zu welcher Zeit, überraschend sicher. Man kann auch beruhigt Schuhe und Schirm vor der Haustür stehen lassen, auch teures Gartengerät. Hausfrauen können die Wäsche in unbewachten Waschsalons lassen und ihre Einkäufe in ihrem Fahrradkorb, wenn sie in einen Laden gehen. Haustüren sind oft nicht abgeschlossen. Es gibt wenige Einbrüche. Der Prozentsatz an Ladendiebstählen ist der niedrigste der Welt.

In den Außenbezirken von Tokyo gibt es unbemannte Gemüsestände, die von Bäuerinnen bestückt werden, die per Bahn mit großen Kisten auf dem Rücken in die Stadt kommen. Die Umwohnenden können Gemüse dort holen und das Geld dafür in einen Pappkarton legen. Die Eigentümerin des Gemüsestandes holt abends das übriggebliebene Gemüse und das Geld ab und kann sich darauf verlassen, daß nichts fehlt. Ich habe einmal vom Fenster eines gegenüberliegenden Hauses aus das Ganze ein paar Tage lang beobachtet.

Wenn man etwas verliert, bekommt man es im allgemeinen über den *kōban*, das Büro des Polizeireviers, wieder. Mein Portemonnaie, in dem hundertzwanzigtausend Yen an Geldscheinen war, ist von einem siebzehnjährigen Jungen im *kōban* abgegeben worden.

Es gibt kaum Schlägereien, weder auf der Straße noch in den Bars, so daß jeder sicher auf die Straße gehen kann, auch nachts.

Der verhältnismäßig niedrige Prozentsatz krimineller Delikte in Japan hat zum einen Teil etwas mit der Effizienz und der Qualität des japanischen Rechtssystems, zum andern mit dem Charakter der Gesellschaft zu tun. Ich will zuerst etwas über das Rechtssystem sagen. Sein Stellenwert innerhalb der Gesellschaft ist größer als in den meisten anderen Ländern. Kriminalität ist für die Japaner schlichtweg keine lukrative Angelegenheit. Die Gefahr, gefaßt zu werden, ist größer als irgendwo anders auf der Welt. Der Verhandlungsspielraum zwischen Anwälten und Richtern ist viel kleiner als in anderen Ländern. Dadurch werden die verhängten Strafen häufiger verbüßt und sind höher als woanders. Die Effizienz des Polizeiapparats ist hoch, teils durch die große Anzahl der Angestellten und die Mentalität dieser Angestellten, teils durch den Einsatz zahlreicher geheimer Informanten.

Die japanische Gesellschaft produziert einen starken psychologischen Druck. Es gibt einen mörderischen Wettbewerb durch die enorme Bevölkerungsdichte, vor allem in den großen Städten, und eine starke soziale Kontrolle, welche die Bürger dazu zwingt, sich konform zu verhalten. Japaner, die wegen eines Verbrechens verurteilt oder auch nur dessen beschuldigt werden, ob es sich nun um Ladendiebstahl oder um Mord handelt, empfinden eine tiefe Scham. Diese Scham berührt auch die Familie und den Freundeskreis des Angeklagten. Die Familie fühlt sich verantwortlich für das Verbrechen, und es kommt oft vor, daß Mitglieder der Familie eines Angeklagten nach dem Urteilsspruch Selbstmord begehen. Scham spielt eine sehr große Rolle in dieser Kultur.

Die Anzahl Delikte hat in den letzten hundert Jahren in Japan allerdings zugenommen, vor allem sinnlose Gewalttaten, denen jedes Motiv zu fehlen scheint. Die Japaner nennen diese Gewaltausbrüche *tōrima*, vorüberziehende Teufel. Ursache dieser Gewalt ist meistens irgendeine Niederlage, beispielsweise das Scheitern im Zulassungsexamen für eine Universität. Auch hier ist Scham das Schlüsselwort.

Außer Gesichtsverlust spielt auch ›Indirektheit‹ eine Rolle. Selbstsicherheit, weder physisch noch verbal, ist in keiner Situation erwünscht und wird als etwas unendlich Grobes erlebt. Japaner sprechen indirekt und sehr höflich miteinander – die japanische Sprache eignet sich ausgezeichnet dafür. Sie streben in Sprache und Tat nach Harmonie und gehen Konflikten aus dem Wege. Ihre Kinder werden von Geburt an so erzogen. Selbstsicherheit wird von den Eltern und in der Schule absolut nicht geduldet, und für das Kind stehen hohe Strafen darauf.

Bei einer Bewerbung beginnt der Bewerber damit, seine schwachen Seiten aufzuzählen und Gründe zu bedenken, warum er insgesamt nicht geeignet ist für den Posten, um den er sich bewirbt.

Auch die Homogenität der Bevölkerung spielt eine Rolle: Es lebt nur ein kleiner Prozentsatz Nichtjapaner in Japan, und fast kein Ausländer erwirbt die japanische Nationalität. Das schafft einen besonderen Zusammenhalt unter den Japanern. Einige gehen so weit zu behaupten, daß es sich um telepathische Kommunikation handele. Sie sehen sich selbst als Mitglied einer großen Familie und vor allem auf das Zusammenleben in der Gruppe trainiert. Die soziale Kontrolle ist hierdurch, wie schon gesagt, groß. Sie hat jedoch auch Vorteile, wie etwa das große Maß an Sicherheit für den, der sich konform verhält. Arbeitnehmer gehen im allgemeinen davon aus, daß sie ihr Leben lang gegen angemessene Bezahlung für dieselbe Organisation arbeiten. Sie klettern langsam, aber sicher nach oben. Beförderung hat vor allem etwas mit dem Dienstalter zu tun. Der Arbeitsplatz bietet der ganzen Familie viele Entspannungsmöglichkeiten. Manche Betriebe haben eigene Schwimmbäder, Golf- und Sportplätze.

Obwohl das Leben in den Städten ein ungewöhnlich hohes Tempo hat, bietet die Gruppenstruktur viel Hilfe und Unterstützung auf individuellem Niveau. Jede Gruppe, sei es ein Betrieb oder ein Wohnviertel, hat eigene Einrichtungen, welche den Bedürfnissen der Mitglieder dienen: einen Masseur, einen Verein zum Arrangieren von

Blumen, einen Teezeremonienclub, Leseclubs ... Es existieren zur Zeit auch sogenannte Lachclubs. Dort wird auf Kommando gelacht, auch wenn das Leben gerade nicht zum Lachen ist. Eine Lachstunde beginnt mit dem Aussprechen der Worte ›ha ha ha‹ und endet in einem gemeinsamen, herzlichen lauten Lachen, habe ich mir erzählen lassen.«

»Ha ha ha«, lacht Robynne Green. »Ist das wahr, Mochizuki-san?«

Mochizuki nickt ernst.

»Verbrechen werden, wenn überhaupt«, fährt Croo fort, »von Mitgliedern organisierter Banden begangen, die interne Streitigkeiten austragen, sich auf Waffen- und Drogenhandel, Prostitution, Betrug – vor allem bei Immobilien – und Erpressung werfen. Ein *yakuza*, ein Mitglied des organisierten Verbrechens, läßt sich nicht mit normalen Menschen ein und profiliert sich in der Öffentlichkeit durch farbige Tätowierungen über den ganzen Körper und einen abgeschnittenen kleinen Finger.

Im krassen Gegensatz zu der Friedlichkeit des täglichen Lebens steht die Tatsache, daß Pornohefte mit Fotos oder *manga* an jeder Straßenecke käuflich zu erwerben sind. Sie werden in gewaltigen Mengen von Jung und Alt konsumiert. Sogar in der Bahn sieht man Männer ohne jede Scham Pornohefte betrachten. Viele Zeitungen haben eine Sexseite. Abbildungen mit gefesselten, blutenden Frauen sind keine Ausnahme. Niemand scheint sich daran zu stören. In den Medien wird zur Zeit vielfach behauptet, das schamlose Ausleben gräßlicher Phantasien sei gerade die Ursache für die Friedfertigkeit der japanischen Gesellschaft.

In regelmäßigen Abständen wird eine leidenschaftliche Diskussion über die Frage entfacht, ob Pornohefte und Sex-*manga* verboten werden sollten. Dies geschah zum Beispiel in der Zeit des Miyazawa-Falls, den ich mituntersucht habe. Ich habe Ihnen schon etwas darüber erzählt: der Serienmörder, der Kleinkinder umbrachte. Miyazawa wurde von Mochizuki-san und seinem Team festgenommen, und innerhalb einer Woche gestand er fünf Morde. Als die Polizei auf der Suche nach belastendem Material sein Zimmer durchsuchte, fand man Hunderte Videos, pornographische Zeitschriften und *manga*. Es ging um blutrünstiges Horrormaterial und Lolita-Geschichten. Die Protokolle der Verhöre von Miyazawa lassen keinen Zweifel daran, daß es sich hier um einen Lustmörder handelt.

Anhand der Berichterstattung in den Medien entwickelte sich eine Debatte, an der Psychologen, Journalisten, Fernsehstars, Zeitungleser und Fernsehzuschauer teilnahmen. Es gab zwei Lager, deren Meinungen diametral entgegengesetzt waren. Die einen behaupteten, Eltern könnten ihre Kinder nicht vor Pornoheften und *-manga* schützen, denn sie seien überall erhältlich, sogar in Automaten, und lägen auch in Müllbehältern auf der Straße. Der Handel damit müsse verboten werden. Die anderen vertraten die Meinung, Serienkiller habe es immer gegeben, auch vor dem Handel mit Pornoheften und *-manga*, und es werde ihn weiterhin geben, auch wenn man ihn verböte. Mit dem Verbieten der Pornohefte gefährdete man die Pressefreiheit und leiste einem Schwarzmarkt Vorschub, wodurch das Verbrechen zu- statt abnehme. Die ersteren antworteten, nicht das Dulden von Verbrechen vermindere die Kriminalität, sondern deren Bestrafung. Die anderen entgegneten wiederum, das Betrachten von Pornographie sei Phantasie. Solange perverse und gewalttätige Gefühle in der Phantasie ausgelebt werden könnten, unterbliebe die perverse, gewalttätige Tat. Letzteres bestätigte sich im Fall von Miyazawa allerdings nicht.

Es sieht jedoch nicht danach aus, als würde ein Gesetz erlassen, das den Verkauf von Pornoheften verböte. In diesem Land wird es also noch einige Zeit bescheidene, ehrliche Leute geben, die ein Vergnügen daran haben, während der Bahnfahrt Vergewaltigungsszenen in Büchern zu betrachten. Es wird ab und an einen schrecklichen Verbrecher wie Miyazawa hervorbringen, und es wird hoffentlich weiterhin erfolgreich die Gemüsestände in den Außenbezirken unbeaufsichtigt lassen können.

Um Sie zu überzeugen, daß die Möglichkeit sehr groß ist, daß es sich um einen Ausländer handelt, folgendes: Der japanischen Polizei ist es in den letzten sechs Monaten trotz sorgfältiger Ermittlungen nicht gelungen, dem Täter auf die Spur zu kommen. Im Fall von Miyazawa wußte sie schnell, in welche Richtung sie zu suchen hatte. Sie war imstande, die Geschehnisse in einen sozial-kulturellen Kontext zu setzen und konnte sich ein Bild von der Persönlichkeit des Täters, seiner Hintergründe und seiner Triebfeder sowie der Orte, wo er sich aufhalten könnte, machen.

Zum Schluß will ich auf die konkreten Ergebnisse unserer Ermittlungen zurückkommen. Man hat auf der Kleidung von zwei Opfern einige blonde Haare gefunden, die von derselben Person stammen. Die Möglichkeit, daß die Haare dem Täter gehören, ist groß. Japaner haben keine blonden Haare. Wir suchen daher fast mit Sicherheit einen Ausländer. Eine andere Möglichkeit ist, daß beide Opfer während ihres Lebens mit derselben Person in Berührung gekommen sind und diese Person Haare auf ihrer Kleidung zurückgelassen hat. In dem Fall wären wir irregeführt und könnte der Täter dennoch ein Japaner sein. Bislang gibt es keine Hinweise darauf, daß ein solcher gemeinsamer blonder Bekannter existiert.

Ich fasse noch einmal zusammen.

1. Die japanische Polizei tastet im Dunkeln, weil sie die sozialen Hintergründe des Täters nicht einschätzen kann; der Täter ist also höchstwahrscheinlich ein Ausländer.

2. Man hat blonde Haare gefunden; der Täter ist also wahrscheinlich blond.«

»Ich meine gelesen zu haben«, sagt Bertus, »daß die Anzahl der Delikte mit perversem Charakter ziemlich hoch ist. Ich las in *The Japan Times*, daß in Yokohama ein Mann festgenommen worden ist, der von Mädchen getragene Unterwäsche in Automaten verkaufte. Ein Foto der Eigentümerin des ungewaschenen Slips wurde mitgeliefert. Wenn ich solche Dinge lese, denke ich doch: merkwürdig.«

»Das ist schon möglich«, antwortete Croo, »aber du mußt bedenken, daß Porno geduldet wird, weil man es für ein Ventil hält, wodurch Verbrechen unterbleiben. Es wird beispielsweise auch heftig gespielt in Japan. Sieh dir nur die vielen *pachinko*-Hallen und die Orte an, wo man um viel Geld spielen kann. Man ist der Meinung, daß diese kleinen ›Ausrutscher‹ die Menschen vom großen Verbrechen abhalten.«

»Entschuldige«, sagt Bertus böse, »die Drogenpolitik zeugt nicht gerade von der toleranten Haltung, die du hier beschreibst.«

»Das ist eine andere Frage, die nicht hierher gehört«, ruft Mochizuki. »Unsere Drogenpolitik ist streng, und darauf bin ich stolz.«

Niemand unterstützt Bertus. Der blickt leicht amüsiert in die Runde.

»Ich würde jetzt das Wort gern an Zhiqiang Li geben«, sagt Silva laut. »Wir machen weiter mit dem Täterprofil.«

»Ja«, sagt Zhiqiang Li, »ich will jetzt den Täter selbst ins Blickfeld rücken. Jeden Tag erscheinen in der Zeitung Berichte über unsere Ermittlungen. Das bedeutet, daß der Mörder höchstwahrscheinlich weiß, daß intensiv Jagd auf ihn gemacht wird. Das kann Konsequenzen für sein Verhalten haben.

Vielleicht beobachtet der Täter die Fortschritte der Polizei genau. Vielleicht nimmt er sogar Kontakt mit der Polizei auf, gibt telefonisch Tips, läßt sich informieren, wie es mit den Ermittlungen vorangeht. Inzwischen sieht er sich nach einem neuen Opfer um. Es kann ein bestimmter Haarschnitt, ein bekanntes Parfüm, eine bestimmte Art von Haut sein, und er ist wieder in der Phase des Beschattens gelandet. Er wird sein Spiel sehr offen spielen, denn er will die Polizei zu sich hinlocken.

Er verachtet sich selbst für das, was er tut und wie er ist. Er sehnt sich nach Strafe; die Vorstellung einer lebenslangen Haft, des elektrischen Stuhls, einer tödlichen Injektion übt eine große Anziehungskraft auf ihn aus. Die Aussicht darauf, irgendwann gefaßt und verurteilt zu werden, treibt ihn zu weiteren Taten an. Das müssen wir zu verhindern suchen. Wenn wir ihn einmal gefaßt haben, wird er aller Wahrscheinlichkeit nach seine Taten sofort zugeben und um harte Bestrafung flehen.«

Die Mitglieder des Teams sitzen schweigend da.

»Also an die Arbeit«, sagt Marc Croo abrupt, »ich muß einen Zug bekommen. Viel Erfolg alle zusammen.«

*

Croo muß am Bahnhof Shinjuku noch beinahe eine Dreiviertelstunde warten, bevor der Narita Expreß abfährt. Er beschließt, einen Spaziergang durch den riesigen Bahnhof zu machen und läßt sich von der Menge mittreiben durch gekachelte Gänge, die in Neonlicht baden, über Rolltreppen und Treppen, in Fahrstühlen und über Laufbänder bis zur untersten Ebene, vier Stockwerke unter dem Erdboden. Er landet in großen Menschenmassen. Es hat etwas Angenehmes, etwas Erotisches fast, diese leicht nach Seife riechende, wogende Menge. Es riecht auch nach erhitztem Eisen. Croo ragt mit seinem Kopf aus dem Teppich schwarzer, glatter Haare heraus. Yves Saint Laurent, Isetan, CiCi, Nec, Issey Miyake-Falten, Keiō Department Store, LoveLove ... In einem Blick liest er die waagerechten, ihm verständlichen Texte zwischen den senkrechten Spalten der lebendigen, mit dem Pinsel geschriebenen Schriftzeichen. Glänzende Reklameposter sind eingerahmt von einer vor schwarzem nassem Stadtdreck tropfenden gelben Kachelwand. Croo läßt sich mittreiben, Stockwerk nach Stockwerk, hinauf und hinunter, wie er es öfter getan hat während seiner einsamen Monate in Tokyo, an Kiosken entlang, an Läden, an Kaufleuten, die lauthals ihre Ware anpreisen, dampfenden Nudelsuppenbuden, schlafenden Stadtstreichern. Er riecht warmen Curry. Ein schmutziger Mann in Lumpen stößt sein Geschlecht gegen das vergrößerte Gesicht eines blauäugigen, sahneweißen Fotomodells. Er hat ihre roten Lippen schmutzig und feucht gemacht. Es sieht aus, als hätte sie Drops gegessen. Im Erdgeschoß gibt Croo einer am Boden sitzenden Frau hundert Yen. Ihre Füße und Beine sind mit grauen Binden umwickelt. Sie schreit ihm nach: »Amerikaner.« Das Dröhnen von Zügen und Absauginstallationen und das hohe Pfeifen kaputter Neonröhren mischen sich mit dem Lachen ihres Wahnsinns. Die Südseite des Erdgeschosses öffnet sich auf einen weiten, bleigrauen, mit schmutzigem Beton überwölbten Platz. Mitten in der wimmelnden Masse steht fast bewegungslos ein Bettelmönch. Er schlägt in regelmäßigen Abständen wie von einer Mechanik angetrieben mit einem Kupferstab an die Glocke in seiner linken Hand. Das Geräusch erklingt hell durch das Murmeln und Füßescharren auf dem Platz. Croo bleibt stehen und schaut es sich fasziniert an, blickt dann auf seine Uhr und erschrickt. Er rennt, so gut es eben geht, stolpernd, stoßend, einen großen Aufwärtsslalom, während er seine Fahrkarte aus dem Portemonnaie holt. Er hält das gelbe Ticket mit den Lippen fest, während er sein Portemonnaie wegsteckt, und springt gerade noch durch die sich bereits zischend schließenden Türen in den Zug, direkt gegen einen Zugschaffner. Croo nimmt die Karte aus dem Mund. Der Mann in der engen Uniform nimmt sie voll Abscheu in seine weißbehandschuhten Finger und kneift eine Delle hinein. Mit einer Verbeugung gibt er das »schmutzige Objekt« zurück.

Croo wird rot.

In Chiba gleich hinter den Türmen von Disney Land liegt QueBook, der Laden Hughes de Keunincks. Es ist ein kleiner, staubiger Raum mit einer Glasfront im Erdgeschoß eines grauen Hochhauses. Auf hölzernen Wandregalen stapeln sich alte Bücher bis zur Decke. Handgeschriebene Schildchen geben Hinweise. Dazwischen verblichene Poster: Patrick Süskind, »Das Parfüm«, »Die Blutgräfin« von Thorne über Erzsébet Báthory. Wieder dieser weibliche Serienmörder von Silva, denkt Croo.

Ein Reinigungstrupp, in blaue Overalls gekleidet, Metallflaschen auf dem Rücken und Masken vor Nase und Mund, ist damit beschäftigt, die Bücher mit einer Flüssigkeit anzusprühen. Es riecht nach Zimt. Die Männer verbeugen sich leicht in Croos Richtung, als er vorübergeht. Croo atmet den stechenden Geruch ein und niest.

»Entschuldigen Sie. Es gibt nichts Schöneres als den Geruch alter Bücher, aber hier ist dieser Duft für immer verschwunden. Das warme Wetter hat eine Flohplage verursacht, als hätten wir noch nicht genug mitgemacht. Guten Tag, ich bin Lambert, der beste Freund von Hughes de Keuninck.«

Ein gesetzter blonder Mann, mit kindlich roten Wangen und leicht schielenden, tiefliegenden Augen schüttelt ihm die Hand.

»Mein Beileid zum tragischen Verlust Ihres Freundes, Herr Lambert. Es tut mir leid, daß Sie auch noch von der Polizei belästigt werden.«

»Ich habe die Polizei selber angerufen«, sagt Lambert. »Wenn nur der Täter gepackt wird.«

»Die Ermittlungen sind in vollem Gange, da können Sie sicher sein«, sagt Croo. »Manchmal sind über hundert Menschen am Tag damit befaßt. Ich erfuhr vom Chefinspektor, daß Sie eine Liste gefunden haben.«

»Ja«, sagt Lambert, »ich erbe Hughes' Besitz. Seine Papiere habe ich mit nach Hause genommen. Darunter ist eine Liste mit Namen, deren Bedeutung ich nicht verstand, bis gestern. Kommen Sie eben mit nach hinten, dort werde ich Ihnen etwas zeigen. Ich wußte, daß mein Freund Hughes fasziniert war von Horrorfilmen und von Thrillern, aber ich wußte nicht, daß er sich mit Sachen wie diesen eingelassen hat. Er wird das notwendige Geld dafür hingelegt haben müssen. Schauen Sie sich das an.«

Er geht Croo zu einer metallenen Luke voraus, läuft eine Holztreppe hinunter und deutet mit der Hand rundherum in dem niedrigen, staubigen Betonraum. Zeitschriften und Videobänder sind zu unordentlichen Stapeln an den Wänden aufgeschichtet. »Alles Pornographie, Herr Croo. Ich habe den Keller gestern entdeckt, als gegen das Ungeziefer gesprüht werden mußte, und habe gleich die Polizei angerufen. Sie sind sofort gekommen, um den Laden, der schon freigegeben war, wieder zu versiegeln und den Keller zu öffnen. Sie haben das Sprühen gegen die Flöhe von dem Betrieb übernommen, den ich schon beauftragt hatte.«

»Ja, ich habe davon gehört«, sagt Croo.

An den Wänden sind mit schwarzer Farbe die verschiedenen Genres angegeben: Soft, Hard, Romantic, Violent, Sadomaso. Marc nimmt ein Heft von einem der Stapel, blättert es durch und errötet tief. Er wendet sich von Lambert ab und sagt, mit dem Rücken zu ihm: »Warum, glauben Sie, kann dies von Bedeutung für unsere Nachforschungen sein? Pornographie, nicht nur der harmlosen Art, wird in diesem Land doch geduldet, vorausgesetzt, daß sich kein Schamhaar darin befindet.« Seine Röte ist verschwunden, und mit dem geschlossenen Heft in der Hand dreht er sich nonchalant auf den Absätzen wieder zu Lambert um.

»Es ist auch Pornographie dabei, die aus Amerika und Europa stammt, und das ist illegal. Es sind sogar japanische Filme dabei, von Amateuren gedreht, die besonders gewalttätig sind. Diese Filme hier wurden offensichtlich an ein ausgewähltes Publikum verschickt. Die Liste, die ich gefunden habe, scheint die Mitgliederliste dieses Clubs zu sein. Man liest manchmal, daß Menschen, die pornosüchtig sind ...«, sagt er mit tränenerstickter Stimme, »... daß diese Menschen sich vielleicht nicht scheuen, verbrecherische Dinge zu tun. Vor einigen Jahren hatten wir hier den Miyazawa-Fall. Der Kerl hatte sein ganzes Zimmer voll von solchem Zeug. Es sind wahnsinnige Dinge dabei, Herr Croo.« Er schluckt wieder zweimal nacheinander. »Ich habe gestern abend einige Hefte angesehen. Ich hätte so etwas nie von Hughes gedacht. Bis spät in die Nacht habe ich mir die Videobänder hier angesehen. Darin werden Frauen verletzt, mit Messern, und ich dachte: Dieser Mörder, der ist doch auch verrückt nach Messern ... Kurz, ich wollte Ihnen diese Liste persönlich geben. Ich hätte sie auch einem der Polizisten hier aushändigen können, aber ich dachte, wenn Sie es mit eigenen Augen sehen ... Sie haben wahrscheinlich sehr viel Material gesammelt? Ich wollte Ihnen einen Ausschnitt aus einem Film zeigen.« Der Mann weint jetzt wirklich.

Marc legt das Heft auf den Stapel zurück, geht zu Lambert, klopft ihm tröstend auf den Rücken und nickt. »Nun zeigen Sie es schon«, sagt er.

Lambert schneuzt sich und stellt den Videorecorder an, der in einer Ecke auf dem Hocker steht. Croo setzt sich auf den Boden, seine Arme um die Knie. Lambert setzt sich mit der Fernbedienung neben ihn. Er spult hin und zurück. Die beschleunigten Bilder bilden ein Gedränge aus Leder, nacktem Fleisch, Blut und Stahl.

»Voilà«, sagt Lambert und läßt das Band in normaler Geschwindigkeit laufen. Sie sitzen schweigend und peinlich berührt nebeneinander. Marc Croo wird blaß, »Ja, ja, merci«, sagt er, »ich habe schon verstanden. Geben Sie mir die Mitgliederliste mit.«

Lambert übergibt ihm ein Blatt Papier in einer durchsichtigen Plastikhülle. Croo überfliegt die Liste:

»Yoshiaki Abe
Hiroshi Bota
Dave Daalen

Min Doi
Rai Enamlanhal
Henri Faber
Mike Feininger
Saburō Ogata
Satoru Hiroi
Kenichi Ichikawa
Hans Keslinger
Kunikazu Komamoto
Jake Limelight
Kenji Morita
Takeo Morita
Yoshi Nohara
Kōki Nohara
Hank Onodera
Adam Randell
Satoru Oguri
Jirō Tsunoi
Jonathan Wanadoo
Jeromy Wanderfogel«

Hinter den Namen sind handschriftlich Codes aus Zahlen und Buchstaben notiert.

»Alles Männer«, sagt Croo, »keine Adressen?«

Lambert schüttelt den Kopf.

»Die Kollegen von der Sitte werden dafür sorgen, daß alles sorgfältig überprüft wird«, sagt Croo. »Wenn Adressen vorhanden sind, werden sie sicher gefunden. Vielen Dank, Herr Lambert, für Ihre Mitarbeit. Es ist sehr gut möglich, daß wir hierdurch weiterkommen.« Er hebt die Liste vor Lamberts Gesicht. »Ich gehe sofort an die Arbeit und lasse die Bänder und Zeitschriften heute noch ins Hotel bringen. Ich verstehe, daß dies ein großer Schock für Sie ist. Es tut mir leid.« Die beiden Männer nicken sich leicht zu und gehen schweigend hintereinander die Holztreppe hinauf, den staubigen Keller hinter sich lassend. Sie blinzeln gegen das graue Licht, das durch die schmutzigen Scheiben in den Laden fällt. Lambert hält Croo die Tür auf.

»Ich wünschte, ich könnte Ihnen helfen bei Ihren Ermittlungen, Herr Croo. Ich fühle mich so machtlos.«

»Leider, Herr Lambert«, sagt Croo lächelnd. »Ich werde das ganze Material für mich allein ansehen müssen. Um einen Keller voll Pornographie durchsehen zu dürfen, muß man offenbar diplomierter Polizist sein.«

»Ja«, sagt Lambert und lächelt schwach zurück. »Viel Erfolg.«

Croo läuft schnell die Straße hinunter. Lambert blickt den langen Beinen in der karierten Hose nach, bis sie mit einer fast komischen zackigen Bewegung um die Ecke biegen.

*

Es ist acht Uhr abends. Marc Croo sitzt im Schneidersitz auf seinem Bett und sieht sich in seinem Hotelzimmer um. Er ist zum ersten Mal nicht mehr von den Stapeln der von Yukiko und Yvonne ins Englische übersetzten Dossiers der japanischen Polizei umgeben. Auf seinem Schreibtisch und dem Schreibtischstuhl stapeln sich die Zeitschriften aus dem Keller von QueBook, und an der Wand gegenüber sind die Videobänder aufgeschichtet. Mit leichtem Kopfnicken zählt Croo sie.

»Zweihundertvier«, sagt er laut. Ich bleibe an der Pornographie hängen, denkt er, wenn nicht durch die universitäre Forschung, dann durch die polizeilichen Ermittlungen. Seufzend streckt er seine Beine und läßt die Unterschenkel an der Bettkante herabhängen wie ein Schwimmer, der sich erst kurz ans kalte Wasser gewöhnt, bevor er hineintaucht.

»Auf geht's.« Croo stützt sich auf seine Arme, streckt seine karierten Beine einen Moment horizontal nach vorn, so daß er wie ein Nest zwischen seinen dünnen Armen hängt. Er wiegt sich ein bißchen hin und her, stößt sich ab und landet im eleganten Bogen in Strümpfen auf dem dicken Teppich. Er hat ein Loch in seiner rechten Socke. Er streckt einen Zeh heraus. Er legt das erste Videoband ein, dreht den Fernseher auf den Rädern seines Untersatzes so, daß er den Fernsehschirm vom Bett aus sehen kann, und nimmt die Fernbedienung in die Hand. Einen Moment liegt er bewegungslos mit geschlossenen Augen, den Kopf auf den Armen, da; die bloßen Ellbogen ragen rot und spitz hervor. Dann federt er energisch hoch, schaltet den Recorder ein, nimmt einen Stift und einen Schreibblock vom Nachtschränkchen und macht sich bereit für seine Aufzeichnungen, während er die schlampigen Beschriftungen zu den eingelegten Filmen liest.

Um zwölf Uhr hat Croo sich schon dreimal gegen seinen Willen und tief beschämt selbst befriedigt, während er sich die Videos ansah. Es ist lange her, daß er so schnell kam und so weit spritzte. Er hat einen roten Kopf.

Um halb vier fällt er in Schlaf, die Hose noch offen, die Fernbedienung in der einen Hand und den Stift in der anderen. Sein Kopf ruht auf einem Kissen aus Zeitschriften, die eine farbige Collage von gefesseltem, verwundetem breitbeinigem Fleisch und Wäscheteilen aus Spitze, Gummi und Leder bilden.

*

4. September

Eigentlich sollte ich schon lange schlafen. Davon kann jedoch mal wieder keine Rede sein; die durchsichtigen, tropfenförmigen Schlaftabletten, die ich von Li bekommen habe, glänzen mich verführerisch an. Ich wage sie nicht zu nehmen, habe Angst, daß ich morgen dumpf davon aufwache.

Croo hat heute über die Kriminalität in Japan gesprochen. Er weiß viel darüber und erzählte interessante Fakten über Japan, womit er zeigen wollte, daß der Täter ein Nichtjapaner sein muß. Mich hat seine Beweisführung nicht ganz überzeugt, aber ich fand die Darstellung lehrreich.

Mit Li sprachen wir das Täterprofil noch einmal durch. Das war notwendig und nützlich. Inzwischen war es Mittag, und ich ging mit Mochizuki zum Labor. Die Fotos waren noch nicht fertig; es hatte Schwierigkeiten beim Vergrößern gegeben.

Mochizuki ist allmählich freundlicher zu mir, und ich fange an, ihn sympathisch zu finden. Komisch an dem Mann ist, daß man nicht merkt, ob er Probleme hat. Er hat immer dieselbe wechselhafte Laune, ißt auch schrecklich, schlürfend, schwitzend ... Stürmt wie ein Panzer blindlings auf sein Ziel los. Das macht ihn irritierend und flößt zugleich Respekt ein. Er reagiert mit stoischer Gelassenheit, wenn er beleidigt wird.

Das gemeinsame Essen ist schwierig, diese Mischung aus Intimität und Spannung. Ich versuche mich zu zwingen, nicht auf Watanabes Zwanghaftigkeiten zu achten. Je mehr ich mich anstrenge, desto schwieriger ist es, ihn nicht anzustarren.

Ich sprach während des Essens mit Li und erzählte ihr, daß ich ein ambivalentes Gefühl gegenüber Mochizuki habe. Sie wollte mir, mich mit diesen aufgerissenen Puppenaugen anblickend, weismachen, ich hätte vielleicht ein Autoritätsproblem. »*An authority problem.*« Sie sprach es aus, als wäre es eine unangenehme Krankheit. Ich habe dann geantwortet, daß man in Amsterdam nicht überleben könne ohne ein solches »Problem«. Leider begriff sie überhaupt nicht, was ich meinte.

Die Ermittlungen konzentrieren sich jetzt auf die Aktivitäten von Croo. Bei QueBook unter dem Laden ist man auf einen Keller voll illegaler Pornographie gestoßen. Croo hat die Videos in sein Zimmer bringen lassen. Möchte wissen, was der im Moment gerade macht.

Es ist verrückt, wie Menschen trotz enormen Drucks noch Zeit und Energie finden, sich zu verführen, zu amüsieren, zu streiten. Ich sah Silva, den Arm um Lucia gelegt, durch den Flur gehen. Lucia weinte, glaube ich.
Da ich auf die Fotos warten mußte, habe ich den ganzen Nachmittag in alten und neuen Berichten gelesen. Habe sie miteinander verglichen und denke, daß wir inzwischen schneller weiterkommen.
Allerdings ist es äußerst ärgerlich, daß wir Ausländer hier wie auf einer Insel gehalten werden. Es besteht kein Kontakt zum japanischen Team, das sich für jede erdenkliche Arbeit bereithält. Mochizuki scheint alles so zu regeln, daß an keiner Stelle die Kluft zwischen den beiden Teams überbrückt wird. Als wir heute mittag in seinem Büro vorbeimußten, ließ er mich draußen vor der Tür warten!
Man sieht viel klarer, wenn alle Ermittlungsresultate der letzten Tage während der Evaluationen nebeneinander-

gelegt werden. Es scheinen sich bestimmte Muster abzuzeichnen. Die Opfer waren einsam und suchten jemanden, der ihnen Trost geben könnte.

Bin weniger nervös und angespannt, obwohl die Ermittlung an mir frißt wie eine Ratte an einem Getreidesack. Das gilt auch für die anderen; jeder sieht müde aus, außer den Mädchen vom Büro.

Sah im zweiten Programm, wie Ministerpräsident Hashimoto Ministerpräsident Li Peng von China zweihundert Billionen Yen für Entwicklungshilfe übergab. Bilder aus Shanghai von Leuten, die auf die Straße kacken, Plätze, auf denen es von Chinesen nur so wimmelte. Englische Sprachschulen auf der Straße, unter ein paar Bäumen. Es war, als wollten die Japaner mit diesen Bildern zu erkennen geben, daß sie selbst auch Asiaten, aber zivilisierter als der Rest seien.

Bertus brüllte nach dem Essen: »Wer möchte ein Butterbrot mit Schokoladenstreusel!« Hatte irgendwo Vollkornbrot gekauft. Woher die Schokoladenstreusel stammten, ist ein Rätsel. Mitbekommen von seiner Frau? Das wäre doch das Letzte. Alle aus den Niederlanden und Belgien waren merkwürdig begeistert von dem Brot mit den Schokoladenstreuseln, obwohl das Essen im Hotel ausgezeichnet ist.

»Negerzehen«, nannte Croo die Schokoladenstreusel. Vier lange Tage in Japan, und das Band mit zu Hause muß mit Hilfe von »Negerzehen« geknüpft werden. Das Telefonieren mit zu Hause ist schwierig wegen des Echos in der Leitung und der Tatsache, daß wir über die Ermittlungen schweigen müssen.

# 6

Um sechs Uhr morgens sitzt Marc Croo auf seinem Bett und vergleicht routiniert die Anzeigenseiten von Pornozeitschriften mit seinen gekritzelten Aufzeichnungen auf dem Schreibblock. Um acht Uhr erscheint er gehetzt beim Frühstück. Wenn um Gottes Willen kein Spiel gespielt wird, das würde ihn nur ablenken. Auf Robynnes Neckereien geht er nicht ein. Er ißt schnell und gedankenlos und hastet wieder in sein Zimmer. Um zehn Uhr ruft er beim Casting-Büro Kenji an, deren Telefonnummer er in einer Pornozeitschrift gefunden hat, und trifft eine Verabredung. Um zwölf Uhr soll er dortsein. Er stellt sich als Marc Mortier vor.

»Sie machen pornographische Filme«, sagt er zu dem noch verschlafenen Kenneth Curbain.

»Ja«, antwortet Curbain. Er ist ein gutaussehender, etwas schwerer Mann. Halb Japaner, halb Westler, schätzt Croo.

»Ich recherchiere für ein Buch. Ich möchte zusehen, wie Sie arbeiten, ist das möglich?«

»Das wird schwierig, Herr Mortier, es sei denn, Sie spielen mit. Ich habe heute nachmittag zufällig ein kleines Problem. Es ist jemand ausgefallen. Sie können die Rolle kriegen, wenn Sie wollen.«

»Was für eine Rolle?« will Croo wissen

»Es ist weiter nichts, alles Bluff«, sagt Curbain. »Es gibt eine amerikanische Frau, die ausgezogen wird, alles dreht sich um sie. Sie haben nur eine Nebenrolle. Sie sollen etwas Kerzenwachs über sie gießen. Wir werden Sie mit Ketten fesseln, angezogen übrigens. Sie müssen etwas hin- und herrutschen auf einem Stuhl, während Sie dort gefesselt sind. Ihr Gesicht wird nicht im Bild sein, Ihre Hände und Ihre Hüften umso mehr. Wir brauchen eine schemenhafte männliche Gestalt, die ein paar Dinge tut. Können Sie damit leben?«

»Kerzenwachs«, sagt Croo, »tut das weh?«

Curbain nimmt eine Kerze von einem Leuchter auf einem Schränkchen und sagt: »Krempeln Sie Ihren Ärmel mal auf.« Er zündet die Kerze an und läßt sie routiniert in seinen Händen kreisen. Als das Wachs flüssig wird, hält er die Kerze waagrecht über Croos Arm. Vom herabtropfenden Wachs bekommt Croo einen kurzen Schreck, fühlt aber keinen Schmerz.

»Und wie sieht es mit den zarteren Hautpartien aus, dem Bauch beispielsweise?«

»Schieben Sie einmal Ihr Oberhemd hoch«, sagt Curbain kurz. Croo gehorcht und lehnt sich gegen die Stuhllehne zurück. Curbain betropft ihn großzügig.

»Nein, es tut nicht weh«, sagt Croo.

»Es ist genau wie mit einem Nagelbrett, darauf kann auch jeder liegen. Das wissen die Leute nur nicht«, sagt Curbain. »Machen Sie's? Sie kriegen sechzigtausend Yen, das Mädchen kriegt fünfhunderttausend. Ich sage das, um Ihnen zu zeigen, daß wir ehrlich sind. Wenn Sie das Busineß beobachten wollen – welche Gründe Sie auch haben mögen –, müssen Sie mitmachen. Sie denken doch nicht, daß ich Ihnen erlaube, Ihre Nase einfach hier hereinzustecken?«

»Kann ich nicht für heute zum Kamerateam gehören?« versucht es Croo noch einmal.

»Nein, ich habe meine festen Leute, und außerdem: Verstehen Sie etwas von Kameras?«

»Nein«, sagt Croo.

»Gut«, sagt Curbain, »das wäre also klar. Sie können mitmachen, und damit haben Sie Glück gehabt. Sechzigtausend cash auf die Hand am Ende des Tages, schwarz. *Take it or leave it.*«

»Gut«, sagt Croo, »Ich mache es.«

»Dann lade ich Sie jetzt zu einem Imbiß ein.«

»Sie sind also Schriftsteller?« fragt Curbain, als sie in einem Restaurant sitzen.

»Ja«, sagt Croo, »und in meinem Buch kommt eine Szene vor, worin ein Pornofilm gedreht wird, aber ich habe keine Ahnung, wie das vor sich geht.«

»Schon lange in Japan?« informiert sich Curbain.

»Ein Jahr«, antwortet Croo.

»Spielt Ihr Buch in Japan oder außerhalb?«

»In Japan.«

»Okay. Denn Sie müssen wissen, daß das Pornobusineß in Japan anständig ist. Keine dreckigen Hinterzimmer oder unterbezahlte Sklaven. Wir mieten ein sauberes Appartement, wir haben ein professionelles Kamerateam, und wir bezahlen die Modelle gut. Ich mache es, um Geld für meine Kunstvideos zu verdienen. Und Sie kennen sicher den Fotografen Araki? Der kommt auch aus dem Pornobusineß. Ein interessanter Kerl mit internationaler Reputation. Unsere Stylistin ist eine Künstlerin aus Australien, die ihr Brot verdienen muß, und unser Visagist einschließlich Kleiderberater ist ein pleite gegangener Modedesigner, auch aus Australien. Einem Schriftsteller will ich also auch gern behilflich sein. Was für ein Buch ist es?«

»Ein Krimi«, sagt Croo.

Curbain nickt verstehend. »Sie können gleich mit mir mitfahren«, sagt er, »dann können Sie schon Seta und Polly, die beiden Australier, kennenlernen. Wir fangen heute nachmittag um drei Uhr mit dem Filmen an. Wir hoffen, gegen zehn Uhr heute abend fertig zu sein.«

Polly, denkt Croo, wo habe ich diesen Namen schon gehört.

»Hi, ich bin Seta«, sagt eine kleine, fragile Frau. Sie gleicht mit ihren goldenen Ketten und Armbändern, die klimpern, als sie auf ihn zugeht, einem Pharao in vollem Ornat. »Und dies ist Polly.«

Ein spindeldürrer, kahler Mann mit schildkrötenhaftem Kopf in einer knallorangenen Jacke schüttelt Croo herzlich die Hand. »Hi, willkommen«, sagt er. Er trägt kupferne Ohrringe in der Form von plattgeschlagenen Champagnergläsern, die so lang sind, daß sie seine Schultern berühren. Er zieht mit einem Schwung seine Plastikjacke aus, die knarrend auf einen Stuhl fällt, und sagt zu Seta: »Frida war wieder so unmöglich heute nacht!« Er wendet sich freundlich an Croo: »Frida ist meine Katze.« Er erzählt, Croo einbeziehend, indem er abwechselnd ihn und Seta anblickt: »Schlaf ich gerade friedlich, springt plötzlich Frida durch das Loch über der Klimaanlage rein, wißt ihr. Ich hatte einen Backstein auf den Gummilappen im Loch gelegt. Fällt dieser Backstein auf meinen Glastisch. Der ganze Tisch in Scherben, mitten in der Nacht. Ich schrecke hoch auf meinem Futon und sag zu mir selbst: So, die wäre also zu Hause. Er blickt weiterhin abwechselnd zu Seta und Croo und lacht unbändig mit lang anhaltenden Heultönen. Seta lacht im selben Rhythmus mit, und Croo wird davon angesteckt.

»Sollen wir dich eben fertigmachen?« fragt Polly, nach Luft schnappend.

»Ja, in Ordnung», sagt Croo, vor Lachen fast erstickend.

»Zieh dich mal aus«, sagt Polly, als sei das ganz selbstverständlich.

»Ich gehe schon mal ins Studio«, sagt Seta, wonach sie durch eine Tür verschwindet.

Croo zieht sich verlegen aus.

»Dein Haar muß ab«, sagt Polly.

»Was?« sagt Croo erschrocken.

»Kein Schamhaar in Japan, das weißt du doch?« sagt Polly amüsiert und fängt schon an, ihn zu rasieren. Croo blickt blaß vor Scheck den Kopf an, der sich über seinen Schambereich beugt.

»*Relax, man!* Was macht es denn aus? Denk einfach, ich sei dein Freund.«

Das trockene Rasiermesser schabt an Croos Schambereich entlang. Die Verlegenheit vergeht zu seinem Erstaunen schnell. Polly faltet sein Geschlecht, das noch vom Masturbieren der vorigen Nacht schmerzt, einmal nach links, dann wieder nach rechts, als behandelte er die Blätter einer kranken Zimmerpflanze.

»Ein bißchen spannen«, sagt Polly vergnügt, »so, ja, ein bißchen nach vorn drücken ...«

Polly gibt Croo einen nagelneuen weißen Bademantel und schiebt ihn, noch immer glucksend wegen der Katze Frida, freundschaftlich mit zarter Hand in Richtung Studiotür.

Im Aufnahmeraum steht Seta auf einer Leiter. Sie hängt einen leeren Bilderrahmen auf, in dem furchteinflößende Objekte an Nylonfäden aufgehängt sind. Sie schwankt etwas auf ihren Plateausohlen.

»Was ist das?« fragt Croo verlegen.

»Kleine Skulpturen, von mir«, antwortet Seta, während sie sich streckt, um den Rahmen an der Decke zu befestigen. »Ich habe sie schon ein paarmal ausgestellt, aber natürlich nicht verkauft. Viele Besucher der Ausstellung fanden sie ›teuflisch‹. Der Galeriebesitzer streute Salz neben die Tür, um böse Geister zu vertreiben. Jetzt gebrauche ich sie hier, dann werde ich doch noch dafür bezahlt.« Sie dreht sich zu Croo um und lacht, »Oh, siehst du aber charmant aus«, sagt sie.

Croo sieht verschämt seine behaarten bloßen Beine an, die aus dem zu kurzen Morgenmantel herausschauen.

»*Sorry*«, sagt Seta. Sie rafft den Stoff ihres langen schwarzen Kleides zur Höhe ihrer Knie und steigt von der Leiter. »Hast du deine Gegenspielerin schon kennengelernt?«

»Nein«, sagt Croo besorgt.

»Reg dich nicht auf, sie ist sehr nett. Jessie heißt sie. Sie braucht Geld.«

Croo nickt.

»Da ist sie«, sagt Seta. Eine gesetzte Frau, in einem ebensolchen Bademantel wie er, kommt ins Studio. Seta läuft auf sie zu und umarmt sie. »*How are you, darling?*«

»Gut gut«, sagt die Frau, breit lachend. »Sie sind Herr Mortier?«

Croo streckt seine Hand aus.

»Angenehm«, sagt die Frau freundlich. »Ist es dein erstes Mal?«

Croo nickt.

»Keine Angst«, sagt sie. »Das schafft man. Kleine Fische.«

Dann kommen die Kameraleute herein, und alles geht sehr schnell. Curbain gibt Anweisungen, die Croo blindlings ausführt. Er fragt sich, wo die Amerikanerin geblieben ist. Plötzlich ist sie mit ihrem Mund auf ihm. »Jetzt blasen«, brüllt Curbain autoritär. Das kann doch nicht wahr sein? denkt Croo, während er, halb bedeckt von Setas goldbraunem Umschlagtuch, das nach ihrem Parfum riecht, auf einem Tisch liegt. Aber es passiert nichts. Allerdings hört er schmatzende Geräusche in der Gegend seines Geschlechts. Er blickt nach unten, sieht aber nur, wie sich eine blonde Abbaperücke auf und ab bewegt. Sie lutscht auf ihren eigenen Fingern, denkt Croo. Einen Augenblick später kriecht sie über ihn. Sie küßt ihn in seinen kalten Nacken.

Croo läßt sich fesseln und schwankt mit dem Oberkörper hin und her; er zwängt sich in einen zu kleinen Lederanzug, starrt aus dem Fenster, und als Curbain ihn dazu auffordert, tröpfelt er Kerzenwachs über den sich windenden Körper Jessies, deren Augen verbunden sind. Die Aufnahmen dauern lange. Mechanisch arbeitet er mit. Seine Pobacken werden von hinten gefilmt, während sein schlaffes Glied gegen das mit Vaseline eingeschmierte Geschlecht Jessies stößt. Es fühlt sich klebrig und feucht an.

»*Slotshot*«, ruft Curbain nach dem soundsovielten Kostümwechsel, »Pinkelszene. Läßt du dir eben einen Eimer von Polly geben?« fordert Curbain den völlig erschöpften Croo auf.

Croo geht zum Umkleideraum. »Hast du einen Eimer?« fragt er Senta.

»Die Pinkelszene?« fragt sie. »Schön, dann sind wir beinahe fertig.«

Croo nimmt einen Plastikbehälter von ihr in Empfang und bringt ihn zu Curbain ins Studio. Der ruft der breitbeinig auf dem Tisch liegenden Jessie zu: »So, jetzt.«

»Es geht nicht«, sagt Jessie ruhig. »Ich muß eben auf den Balkon. Wenn ich friere, kann ich wahrscheinlich.«

Ein Kameramann hält ihr die Balkontür auf. »Ob Sie eben bitte weggehen, Herr Mortier. Ich fühle mich blockiert, wenn Sie zusehen.«

»Ja, natürlich«, sagt Croo schnell und geht zurück in den Umkleideraum.

»Das hätten wir geschafft«, sagt Senta lachend. »Müde?«

Croo nickt und setzt sich in einen tiefen Sessel in einer Ecke des kahlen Raums. Dort schläft er ein. Als die Filmcrew lärmend hereinkommt, wacht er auf. »Wie lange habe ich geschlafen?« fragt er Jessie schüchtern, die schon angezogen ist und einen dicken Briefumschlag in Empfang nimmt.

»Ein Stündchen, schätze ich«, sagt Jessie. »Kommst du noch mit, etwas trinken?«

Croo nickt. »Wie spät ist es?«

»Viertel vor zwölf.«

»Ich habe noch nie so gut geschlafen«, sagt Croo. Curbain gibt ihm einen Briefumschlag.

»*Otsukaresama deshita*«, sagt Curbain laut.

»*Otsukaresama deshita*«, sagen alle Mitarbeiter ihm nach. »... *shita*«, spricht Croo automatisch mit und verbeugt sich.

»Wohin gehen wir? Zu Andy?« ruft Curbain. »Kennst du Andy?« fragt er Croo.

Croo schüttelt den Kopf.

»Andy ist ein Engländer, der eine *yakitoriya* unter den Bahngleisen in Yūrakuchō hat«, sagt Curbain. »Er ist ein Jahr in Tokyo und kennt Andy nicht. *Shame shame*«, ruft er aus. »Sind die Lampen im Studio aus?«

Die Gesellschaft kniet sich im Umkleideraum im Kreis hin. Curbain winkt Croo. »Setz dich nur neben Jessie.«

Alle Anwesenden neigen ihre Stirn zum Fußboden. Wie eine Judogruppe, denkt Croo. Warum machen sie das? Er will Curbain danach fragen, aber der verabschiedet sich gerade mit vielen Verbeugungen von einem Teil des japanischen Kamerateams.

»Schon mal von Jeromy Wanderfogel gehört?« fragt Croo einen der übriggebliebenen Kameraleute, als die Gesellschaft, versorgt mit Bier, Sake und einem Imbiß, bei Andy sitzt. Der Mann sieht ihn verständnislos an.

»*Wandurovogeru*«, sagt er dann und winkt Polly zuzuhören.

»Hast du schon mal was von Jeromy Wanderfogel gehört?« fragt Croo.

»*Yeah*, dieses Ekel«, sagt Polly ernsthaft, »mit dem arbeite ich nicht. Es muß noch Spaß machen. Ich tue es fürs Geld, aber auch, weil ich Lust dazu habe.«

»Wo kann ich ihn finden, diesen Wanderfogel?« fragt Croo.

»Keine Ahnung«, sagt Polly und zuckt desinteressiert die Schultern. »Trink, Mann, trink. Nicht so ernst.«

»Aber wer ist dieser Wanderfogel denn?« fragt er später Curbain.

»Was weiß ich«, antwortet der, »ich sitze nicht in der Branche brutaler Porno. Er ist ein Schmutzfink, das weiß jeder. Woher hast du seinen Namen?«

»Aus einer Pornozeitschrift und von dem Vorspann zu einem Film«, sagt Croo. »Wo kann ich ihn finden?«

»Frag mal bei QueBook«, sagt Curbain.

»Da war ich schon«, sagt Croo.

»Dann vergiß es«, sagt Curbain ungeduldig. »Wofür brauchst du den Mann?«

»Ich will einen wirklich gewalttätigen Film erleben, für mein Buch.«

»Das ist nicht dein Ernst«, sagt Curbain gleichgültig.

»Doch«, sagt Croo. Sein Herz schlägt ihm bis zum Hals, der trocken vor Spannung ist.

»Polly hat eine gekannt, die mit ihm gearbeitet hat«, sagt Curbain, »aber das arme Ding ist tot. Ermordet. Noch immer Interesse an diesem Wanderfogel?«

»Hat dieser Wanderfogel sie denn ermordet?« fragt Croo.

»Wenn wir das wüßten, würden wir zur Polizei gehen. Ein Bekannter von mir ist auch ermordet worden, mußt du wissen, ein Videokumpel von mir. Du hast doch wohl von den Fischmorden gehört? Du liest doch Zeitung? Alle Casting-Büros, auch unseres, sind von der Polizei durchsucht worden, aber sie haben bei uns nichts Illegales finden können, nicht einmal ein Büschel Schamhaare. Wenn Geschlechtsteile ins Bild kommen, decken wir sie säuberlich mit einer Wolke oder einem digitalen Raster ab. Du lachst dich tot; bei eingezoomten Szenen besteht das ganze Bild aus einem Raster. Man hört nur das Gestöhne im Hintergrund. Meine Filme werden an Love Hotels verkauft. Wo die von Wanderfogel landen, kannst du nur raten. Ich weiß, daß sie in QueBook unterm Ladentisch verkauft werden, das weiß ich von diesem armen Larry, meinem Bekannten, der ermordet wurde.«

»Ist nicht der Chef von QueBook auch ermordet worden?« fragt Croo.

»Ach du Scheiße, ist das wahr?« fragt Curbain, ehrlich erschrocken. »Hört ihr das, Polly, Seta, Jessie? Marc Mortier sagt, daß der Chef von QueBook auch ermordet worden ist.«

»Hast du ihn gekannt?« fragt Croo so gleichgültig wie möglich.

»Nein, nicht persönlich, aber jeder Ausländer kennt QueBook, nicht wahr? Aber wann ist er denn ermordet worden? Du warst doch noch in QueBook?«

»Ich weiß es nicht«, sagt Croo. »Es stand offenbar jemand anderes im Laden.«

»Kanntest du ihn denn doch?«

»Nein, nicht persönlich, aber ich kenne QueBook.«

»*Jesus, Jesus, Jesus*«, sagt Curbain. »Diese Bekannte von Polly. Wie hieß sie doch noch gleich, Polly?«

»Irina«, sagt Polly.

»Und Larry und der Eigentümer von QueBook, Gott verdammt, Mortier, was ist hier los?« schreit er. Alle starren ihn an.

»Ich weiß es nicht«, sagt Croo.

»Nachher kriegen sie dich oder mich dran, Seta«, sagt Polly mit einem Ausdruck des Entsetzens im Gesicht. »Das fehlte noch. Ermordet in dieser phantastischen Stadt. Das wünschst du nicht einmal deinem ehebrecherischen, trunksüchtigen Urgroßvater aus Perth, aber mir muß das passieren, du wirst sehen.«

»Du mußt hier weg, Polly«, sagt Seta ruhig.

»Ich will diesen Wanderfogel kennenlernen«, sagt Croo.

»Du bist krank«, sagt Polly.

»Ich werde vorsichtig sein. Ich will etwas ganz Besonderes für mein Buch.«

»Das kannst du dir doch auch ausdenken, Mortier, dafür brauchst du doch keinen Kriminellen aufzusuchen.«

»Doch«, sagt Croo.

»Du bist übergeschnappt«, sagt Curbain. »Dabei mache ich nicht mit.«

»Ich will es wirklich«, sagt Croo nach einigen Augenblicken Stille.

»Weißt du was, ich frag ein bißchen herum und sehe, was ich tun kann«, sagt Seta. »Ich kenne mehr Menschen in diesem Fach. Vielleicht hat einer irgendwann für Wanderfogel gearbeitet. Ich rufe dich an, okay, wenn ich was erfahre.«

»Wahnsinn«, ruft Curbain. »Wir treffen Marc Mortier, und auf einmal wissen wir von drei Toten. Wißt ihr, was ich morgen mache? Ich gehe zur Polizei.«

Es ist still am Tisch.

»*Jesus*«, sagt Polly. Und dann, nach einer weiteren Pause: »Christus, Curbain geht zur Polizei, es ist soweit, Curbain geht zur Polizei. Ein historischer Wendepunkt in diesem Zeitalter vollzieht sich, meine Damen und Herren, Curbain ist umgekippt. Curbain geht zur Polizei.« Er lacht mit anhaltenden Heultönen.

Curbain nickt. »Und doch mache ich es«, sagt er.

»Was wirst du denen sagen?« fragt Croo.

»Daß ich dich getroffen habe und dadurch auf einmal von drei Toten weiß. Das ist mir zu gruselig, Herr Marc Mortier. Und dann sollen die mal herausfinden, wo der Hund begraben ist. Damit befaßt sich zur Zeit ein ganzes internationales Team, also, das muß ein Kinderspiel für die sein. Es hat etwas mit diesem Wanderfogel zu tun, das kann ich dir flüstern. Man geht doch zur Polizei, wenn man so etwas weiß?«

»Aber was weißt du denn?«

»Was ich weiß, Mann? Ich weiß nur, daß ich auf einmal von drei Toten weiß, und das paßt mir nicht, überhaupt nicht.«

»Wo sitzt dieses internationale Team?« fragt Croo.

»Keine Ahnung, aber das kriegt man schnell heraus, ich schwöre, ich rufe die morgen an.«

Croo sitzt mit rot umrandeten Augen auf seinem Hotelbett. Es ist halb acht Uhr morgens. Er hat Mochizuki seinen Bericht gegeben und kann jetzt ein paar Stunden schlafen. Nachlässig fegt er die Zeitschriften und Papphüllen der Videokassetten von seinem Bett, wonach er zum dritten Mal in achtundvierzig Stunden in einen tiefen, erquickenden Schlaf fällt.

*

»Ich bin eine Schlampe und eine Hure und sexsüchtig«, sagt Robynne Green aufgebracht zu Zhiqiang Li.

Das Sprechzimmer von Zhiqiang Li ist komfortabel mit einer weißledernen Sitzbank, zwei dazu passenden Sesseln, einem gläsernen Salontisch und einem weißen Langflorteppich eingerichtet. Zhiqiang Li sitzt interessiert, sogar ein bißchen beeindruckt nach vorn gelehnt in einem der Sessel, die Ellbogen genau unter die Kante ihres roten Rocks auf ihre glänzenden Nylonstrümpfe gestützt, das Kinn in den Händen, und hört Robynne zu. Robynne lehnt sich, ganz offenkundig erschöpft, im anderen Sessel zurück, die langen Beine ausgestreckt, und begleitet ihr Sprechen mit heftigen Bewegungen der Arme und Hände.

»Das hast du voriges Mal auch gesagt«, sagt Zhiqiang Li. »Was denkst du eigentlich über Schlampen und Huren? Sind die schlecht? Minderwertig? Verachtenswert?«

»Nein«, sagt Robynne. »Ich habe nichts gegen Schlampen und Huren, aber ich will nicht selbst eine sein. Ich ekele mich vor mir selbst.«

»Du ekelst dich also nicht vor anderen Schlampen und Huren?«

»Nein.«

»Wollen wir erst einmal sehen, was du unter Schlampen und Huren verstehst«, sagt Zhiqiang Li.

»Schlampen sind Frauen, die einfach mit jedem ins Bett gehen.«

»Und das tust du, also bist du eine Schlampe«, konstatiert Zhiqiang Li. »Und Huren? Soweit ich weiß, sind Huren Frauen, die Liebe gegen Bezahlung machen. Tust du das auch?«

»Nein. Ich meinte mit Huren eigentlich dasselbe wie mit Schlampen, untreue Menschen.«

»Gut, die Hälfte deiner Beschuldigung können wir also zurückziehen: Du bist eine Schlampe, aber keine Hure.«

»Also, dann los«, sagt Robynne Green amüsiert. Dann blickt sie mit starrem Blick aus dem breiten Fenster, das den Blick auf die vibrierende, dampfende Stadt bietet. Kein einziges Geräusch dringt von außen herein. Die Klimaanlage summt, und in der Ferne hört man in regelmäßigen Pausen die Liftklingeln. Zhiqiang Li schweigt.

»Der ganze Tag wird mir dadurch verdorben. Meine Konzentration leidet darunter. Ich muß den ganzen Tag an ihn denken und kann so meine Arbeit nicht gut machen. Ich muß und werde ihn im Bett haben, aber er will nicht. Das macht mich ungerecht, wütend«, sagt Robynne. »Und es ist durchaus nicht das erste Mal, daß mir das passiert. Seitdem ich verheiratet bin, verliebe ich mich in andere Männer. Das hat mir lange nichts ausgemacht, aber jetzt, ausgerechnet jetzt, werde ich verrückt davon. Die Aggressivität, die Ungerechtigkeit meines Verhaltens, unerträglich! Wäre es nicht zu verrückt, wenn es mir gelingen würde, ihn zu verführen, ich meine, ausgerechnet einen Kollegen? Und dann noch während einer so wichtigen Ermittlung. Ekelhaft!«

»Es scheint mir notwendig zu sein, daß du einen Unterschied zwischen deinem Gefühl und deinem Verhalten machst«, sagt Zhiqiang Li. »Nimmst du es dir übel, daß er dich geil macht, oder nimmst du es dir übel, daß du versucht hast, ihn zu verführen?«

»Versucht habe?« ruft Robynne. »Ich bin noch immer dabei. Wenn ich gleich aus diesem Zimmer gehe, bin ich schon wieder dabei, du wirst sehen, dann macht es ›klick‹; Robynne zieht ihre besten Kleider an, und das Lungern kann wieder anfangen. Er ist nicht unempfänglich dafür, o nein. Ich sehe genau, wie er mich anblickt. Aber er hat eine Frau, und er ist ihr treu; er ist ein Riesentrottel, und ich will ihn haben.«

»Ich frage dich: Ekelst du dich vor dem Gefühl oder vor dem Verhalten?« wiederholt Zhiqiang Li.

»Vor beidem. Wenn ich das Gefühl nicht hätte, würde ich mich nicht so verhalten.«

»Gegen das Gefühl kannst du wenig machen. Es überkommt einen.«

»Das kannst du wohl sagen.«

»Das Verhalten hast du aber selbst in der Hand. Kannst du nicht das Gefühl zulassen und das Verhalten unterlassen?«

»Ja, wenigstens theoretisch, aber ich weiß, daß ich dafür zu schwach bin.«

»Zu schwach?«

»Ja.«

»Meinst du nicht, zu unverbesserlich?«

Robynne lacht. »Ja, das meine ich. Gut geraten, Zhiqiang.«

»Du sagtest eben, daß du süchtig nach Sex seiest. Was meinst du damit genau?«

Robynnes Gesicht verfinstert sich. »Ich meine, daß Sex mir einen Kick gibt und daß ich, manchmal gegen meinen Willen, alles tue, um diesen Kick zu bekommen.«

»Das klingt wie aus einem Buch«, sagt Zhiqiang Li.

»Ja, das stimmt«, sagt Robynne überrascht. »Ich habe vor kurzem ein Buch über Frauen und Sexsucht gelesen.«

»Hör zu. Ich würde in diesem Fall das Wort süchtig vermeiden. Geil ist jeder gelegentlich, und Geilheit kann geradezu eine Obsession sein. Das ist nicht nur bei dir so. Ich möchte mit dir über den Unterschied zwischen Gefühl und Verhalten sprechen.«

»Ich nicht«, sagt Robynne, »ich will über das Gefühl sprechen.«

»Weshalb?«

»Weil es mich verwirrt und mir das Leben unerträglich macht, vor allem jetzt, in dieser Situation. Ich ekele mich vor mir selbst. Ich starre den ganzen Tag auf Fotos von verstümmelten, ermordeten Menschen, höre die ekelhaftesten Details über Serienmorde, und dazwischen stelle ich mir vor, Sex mit ihm zu haben. Appetitlich.«

»Ich weiß aus Erfahrung, daß dort, wo der Tod in der Nähe ist, sexuelle Gefühle oft verstärkt werden.«

»Oh, ist das wahr? Wieso?«

»Es ist beispielsweise bekannt, daß viele Männer, unmittelbar bevor sie sterben, eine Erektion bekommen.«

»Ja, das ist wahr, das habe ich schon gehört.«

»Und auch Menschen, die bei einer Beerdigung den Sarg tragen, bekommen oft erotische Gefühle. Und was denkst du von Nonnen, die den blutigen Leib Jesu betrachten? Es besteht manchmal eine Beziehung zwischen körperlicher Gewalt und Erotik.«

»Ja, aber das ist doch krank?«

»Findest du das krank?«

»Ja. Du etwa nicht?«

Zhiqiang denkt nach. »Es kommt darauf an. Ich bin eine unbedingte Vertreterin der, man könnte sagen, ›Freiheit der Emotionen‹. Die Gedanken sind frei, Robynne. Wir können es uns selbst und anderen nicht übel nehmen, daß wir bestimmte Emotionen haben; denn sie werden uns sozusagen aufgezwungen. Sie überfallen uns, von innen, von außen. Wer kann das sagen? Vielleicht sind es rein chemische Reaktionen, niemand weiß es genau. Wie du es auch wendest, wir können nicht beschließen, ein Gefühl nicht zu haben. Darin sind wir machtlos. Anders sieht es mit dem Umsetzen von Emotionen in Verhalten aus. Darauf haben wir sehr wohl Einfluß. Das Verhalten kann dann wirklich krank sein oder strafbar oder unmoralisch oder skrupellos, kurz, schädlich für andere.«

»Hm«, sagt Robynne.

Zhiqiang schweigt.

»Da ist was dran, Zhiqiang.«

»Es kann auch sein, daß das Verhalten schädlich für einen selbst ist«, fährt Zhiqiang fort. »Das ist auch schlimm. Stell dir vor, daß es dir gelingt, ihn zu verführen, für wen wäre das schädlich, für dich, für ihn oder für beide?«

»Für ihn, denn er hat eine Frau. Und für mich, denn ich würde mich dieser Frau gegenüber schämen.«

»Und du? Du bist doch auch verheiratet?«

»Ja, aber ich gehe schon seit Jahren mit anderen Männern ins Bett. Für mich ist das normal.«

»Hat das etwas damit zu tun, daß deine Eltern Mormonen sind?«

Robynne lacht laut. »Wenn meine Eltern das wüßten!«

»Tust du es deswegen?«

»Ach, wer kann das sagen?«

»Woher weißt du so sicher, daß er wegen seiner Frau nicht mit dir ins Bett will? Hat er dir das gesagt?«

»Nein.«

»Vielleicht findet er dich einfach nicht anziehend.«

»Das hat gesessen.« Robynnes Mund verzieht sich, und Tränen laufen ihr die Wangen hinunter.

Zhiqiang reicht ihr routiniert ein Papiertaschentuch aus einer Pappschachtel, die neben ihr auf dem Fußboden steht. »Und diese Wut«, fährt sie fort, während Robynne weint, »erzähl etwas darüber. Auf wen wirst du so böse?«

»Auf ihn. Daß er den Mut hat, mir einen Korb zu geben.«

»Ach, gut«, sagt Zhiqiang Li.

Robynne lacht und weint. »So ist es immer bei mir, wenn ich wütend bin, fange ich an zu heulen. Was soll ich tun, Zhiqiang?«

»Das weiß ich nicht. Was willst du?«

»Ich will, daß diese Obsession vorbeigeht, so daß ich mich auf meine Arbeit konzentrieren kann.«

»Die Obsession geht vorläufig nicht vorbei. Dessen kannst du dir sicher sein.«

Robynne hat aufgehört zu weinen und nickt. »Ja, du hast wahrscheinlich recht.«

»Was hast du vor?«

Robynne seufzt, öffnet gelassen ihre zur Faust geballte Hand und läßt das feuchte Papiertuch auf den Teppich fallen. »Ich weiß es nicht. Ich bin selbst so müde.«

»Hm«, sagt Zhiqiang Li.

»Was soll ich tun, Zhiqiang?«

»Ich würde, als Anfang, einmal versuchen, mir selbst nicht böse zu sein wegen des Gefühls, der Geilheit. Warte ab, was passiert, denk darüber nach, und dann reden wir in ein paar Tagen weiter. Du kannst nicht alle Probleme in einer einzigen Sitzung lösen.«

»Du hast recht«, sagt Robynne. »Danke.«

»Keine Ursache.«

*

Bertus Hogenelst läuft schwungvoll die Treppe vom siebzehnten zum achtzehnten Stockwerk des Hotels hinauf, wo er die neu hereingekommenen Hinweise im Telefonzimmer durchsehen will. Oben an der Treppe muß er einen Moment innehalten, um zu Atem zu kommen. Sein Keuchen wird von den gekachelten Wänden zurückgeworfen. Das fahle Sonnenlicht fällt schräg durch die staubigen Fenster. Es ist sechs Uhr morgens und Bertus will vor dem Frühstück noch etwas arbeiten, denn er fürchtet, daß bei Tisch keine Konferenz stattfinden wird und daß sie statt dessen wieder ein von Zhiqiang Li erdachtes Spiel spielen müssen. Er zieht eine Packung Zigaretten und ein Feuerzeug aus der Tasche seiner Kordhose und blickt das Cover auf der Packung Mild Seven Light an. Er hat seinen von zu Hause mitgebrachten Vorrat Caballeros aufgebraucht und schüttelt unwillig eine Filterzigarette aus der ungewohnten Verpackung. Er kneift seine noch geschwollenen Augen halb zusammen und blickt ins Sonnenlicht, während er sich die Zigarette ansteckt. Er verzieht das Gesicht. Weiterrauchen, denkt er. Seine Lider fühlen sich schon bald weniger dick an. Er spürt, daß das Nikotin sein Gehirn erreicht, und ist sofort imstande, klar zu denken. Er denkt an die Listen mit Telefonnummern, die er am Abend zuvor in seinem Zimmer durchgegangen ist. Auf den Listen der hinausgehenden Telefongespräche der Opfer ist keine einzige, die doppelt vorkommt. Das bedeutet, daß die Opfer keine gemeinsamen Freunde, Bekannten, Ärzte, Zahnärzte oder andere Kontakte hatten. Auch kannten sich die Opfer untereinander nicht. Es ist der sechste Tag der Ermittlungen, und keiner hat auch nur eine Stunde freigenommen. Bertus denkt einen Augenblick an Robynne und an ihre Verabredung, die Galerien in Ginza zu besuchen. Ächzend drückt er die Kippe in einem der mit Sand gefüllten Aschenbecher an der Wand aus und geht zum

Sekretariat. Die Tür ist angelehnt. Es ist noch niemand da. Er geht hinein und sieht sich in dem sorgfältig aufgeräumten Zimmer um. Die Schreibtische sind aus grauem Stahl, noch altmodischer als die, an denen er und seine Leute in Amsterdam arbeiten. Die Computer sind gewaltige, vergilbte Kolosse. Das Archiv ist in Holzkisten untergebracht, die seitlich aufgestellt sind. Die Pappmappen in den Grundfarben sind säuberlich geordnet. In einer Nische ist Hotelmobiliar gestapelt.

Aus einem der Nebenzimmer hört man eine leise Stimme. Bertus geht darauf zu und öffnet die Tür. Hinter einer Barriere sitzt ein Mitarbeiter der Sondertelefonleitung mit aufgesetztem Kopfhörer und spricht mit Anrufern, die Hinweise geben wollen. Das Gespräch wird in einer Sprache geführt, die Bertus nicht erkennen kann, koreanisch vielleicht. Hinter dem Telefonisten befindet sich eine altmodische Sitzecke mit einem niedrigen, runden Tisch, auf dem die letzten Informationen zur Einsicht ausliegen. Bertus hat diesen Raum noch nie betreten. Die Informationen werden ihnen normalerweise gegen zwölf Uhr mittags aufs Zimmer gebracht. Er setzt sich in einen der Sessel. Der Wollstoff des Bezug sticht unangenehm durch die Hosenbeine. Er sieht ein paar Stapel Mappen durch und liest schließlich den Inhalt einer gelben Mappe genauer, auf der »neueste Anrufe« steht. Seine Schenkel jucken unerträglich, und im Stehen liest er die Berichte in der Mappe durch. Auffallend viele Geständnisse sind darunter, Menschen, die behaupten, sie hätten die Morde begangen. Bertus zählt drei in den letzten zwölf Stunden, fünf während der zwölf Stunden davor. Merkwürdigerweise wurden alle Geständnisse von Japanern männlichen Geschlechts abgelegt. Dann fällt Bertus' Auge auf folgenden Bericht:

> Frau mit buntem Schal beobachtet in Telefonzelle BC983 in Iitabashi von Bewohner im Etagenhaus gegenüber der Telefonzelle, im Frühjahr 1997. Die Frau mit dem Schal telefonierte häufig, manchmal sogar jeden Tag, von dieser Zelle aus. Zu Anfang telefonierte sie lange, ungefähr eine Stunde, später wurden die Gespräche häufiger, aber kürzer; ungefähr eine Viertelstunde pro Gespräch. Anrufer meinte, die Farben des Schals auf einem Foto in der Zeitung wiedererkannt zu haben.

Bertus nimmt den Bericht aus der Mappe und geht damit ins Sekretariat. Der Fotokopierer ist noch nicht angestellt, und es kostet ihn einige Zeit, das hypermoderne Ding in Gang zu setzen. »Das dürfen wir wohl den Tip der Woche nennen, denke ich«, sagt er leise, während er um den Kopierer herumläuft, um die richtige Öffnung zum Einlegen des Dokuments zu finden. »Zelle BC983 in Iitabashi. Ich mache mich auf die Suche nach Mochizuki.«

Er meinte sich zu erinnern, daß Mochizuki die Nacht im Hotel durcharbeiten wollte. Vielleicht ruht er sich jetzt in einem der Zimmer für die externen Mitglieder aus. Er klopft auf gut Glück an. Mochizuki schaut durch einen Spalt, öffnet die Tür dann mit einem Schwung und läßt Bertus ein. Er sieht in seinem hellblauen Pyjama und grellgrünen Slippern entwaffnend aus. Verschlafen hört er Bertus zu, greift aber sofort zum Telefon, als er die Nummer der Telefonzelle erfährt. Das Japanisch, das er in den Hörer bellt, klingt merkwürdig stockend in Bertus' Ohren. Nichts in den Klängen kommt ihm auch nur vage bekannt vor.

»Ich habe NTT angerufen«, sagt Mochizuki in seinem Englisch mit den Kehllauten, als er den Hörer wieder aufgelegt hat. »Es wird überprüft. Wir bekommen vor fünf Uhr heute nachmittag einen Ausdruck der Nummern, die von Januar bis Juni 1997 von dieser Zelle aus angewählt worden sind.«

»Setzen Sie Silva in Kenntnis?« fragt Bertus.

»Ja«, sagt Mochizuki. »Ich sehe ihn gleich im Eßsaal.«

*

Während das Personal von NTT die Daten der Telefonzelle BC983 in Iitabashi ermittelt, stehen Mochizuki und Watanabe im Bahnhof Akasakamitsuke auf dem überfüllten Bahnsteig der Ginza-Linie. Lange Schlangen geduldig wartender Menschen stehen ordentlich aufgereiht zu den Zügen der Rush-hour an. Ein scharfes Klingeln kündigt die Ankunft jedes braunen Zugs der Ginza-Linie an. Bei jedem Zug schiebt sich die Reihe ein Stück weiter und drücken die Bahnangestellten, mit weißen Segeltuchdecken bewaffnet, diejenigen, die noch auf der Schwelle der metallenen Schiebetüren balancieren, kräftig nach drinnen. Dann schließen die Türen sich zischend, und die Menschenmassen in den Waggons werden noch stärker zusammengepreßt. Teile von Oberhemden, Sakkos und Handtaschen ragen hier und da nach draußen. Die Türen schieben sich wieder auf, und die Bahnangestellten, die Segeltuchdecken zwischen beiden Händen ausgebreitet, stopfen hinein, was herausragte.

Mochizuki flucht leise, als der Zug sich in Bewegung setzt und er Watanabe in hilfloser Gebärde noch auf dem Bahnsteig stehen sieht. Er läßt sich der Länge nach vorwärts fallen, klappt das Fenster auf und ruft: »Aoyama Ichome, Ausgang B4, ich warte dort!« Watanabe nickt und hebt seine Arme in stummer Verzweiflung. Mochizukis Mitreisende helfen ihm aus seiner diagonalen Position, und er zieht ein kleines Buch aus der Tasche und beginnt konzentriert zu lesen, das Buch zehn Zentimeter von seinem Gesicht entfernt. So verschließt er sich vor der Außenwelt.

»Es tut mir leid, ich kam nicht mehr hinein«, keucht Watanabe Mochizuki entgegen, als er erhitzt bei Mochizuki vor dem Ausgang B4 ankommt.

»Ich stehe hier seit einer Viertelstunde«, sagt Mochizuki böse.

Watanabe verbeugt sich schweigend.

»Sieh mal auf der Karte dort nach, wo das Goethe-Institut liegt«, befiehlt Mochizuki.

Watanabe studiert auf der Säule vor dem Bahnhofsausgang die Straßenkarte dieses Viertels. »In die Richtung, dritte rechts, zweite links, vierte rechts«, zeigt er und läuft vor Mochizuki her. Dieser folgt schimpfend und tupft sich mit dem Taschentuch die Stirn.

In der Halle des Goethe-Instituts herrscht ein ungewohntes Chaos. Auf dem marmornen Fußboden liegt ein Erdhaufen, in den Spaten gesteckt sind, und japanische Jungen und Mädchen, junge Leute in verschmutzten Kleidern, bemühen sich, ein von der Decke hängendes Mobile aus dicken Bambusstöcken mit Hilfe roter Stoffstreifen mit den Zweigen eines der Bäume draußen vor dem Gebäude zusammenzuknüpfen. Die roten Bänder werden immer wieder zwischen den sich automatisch öffnenden und schließenden Glastüren eingeklemmt.

»Was ist hier los?« schnauzt Mochizuki Watanabe an.

»Warten Sie, ich werde mich informieren«, sagt Watanabe. Mochizuki sieht unterdessen mit den Händen in den Hosentaschen voller Schadenfreude zu, wie es den jungen

Leuten einfach nicht gelingen will, das an Nylonfäden sich drehende und wirbelnde Mobile in den Griff zu bekommen. Ein Junge auf einer Leiter bekommt einen Bambusstab gegen den Kopf und krümmt sich vor Schmerz, ein Mädchen, das draußen auf einem hin- und herpeitschenden Ast des Baumes sitzt, schreit gellend auf. Immer, wenn jemand in die Nähe der gläsernen Eingangstüren kommt, schieben diese sich lautlos auf und zu und geben damit dem Mobile drinnen und dem Baum draußen einen neuen Bewegungsimpuls.

»Frag nach, ob man die Türen feststellen kann«, schreit der Junge auf der Leiter. Ein Mädchen rennt fort in Richtung einer Reihe geschlossener Türen in einem Seitenflur. Watanabe erscheint mit einem hochgewachsenen Mann in dezentem Grau.

»Mochizuki-san, entschuldigen Sie das Durcheinander, wir haben hier heute abend eine Performance. Ich bin Uwe Solle, Chef der kulturellen Abteilung. Kommen Sie mit in mein Zimmer? Frau Welt wartet dort schon.«

Mochizuki verbeugt sich, winkt Watanabe mitzukommen und folgt dem Mann durch ein paar Flure in ein luxuriöses, helles Zimmer mit Möbeln aus Kiefernholz und vielen Pflanzen. Dort sitzt Bettina Welt. Man tauscht Visitenkarten aus. Uwe Solle spricht ausgezeichnet Japanisch.

»Du schreibst mit«, schnauzt Mochizuki Watanabe an.

Watanabe holt einen kleinen Kassettenrecorder aus der Tasche und schaut Mochizuki fragend an.

»Gib ihn Frau Welt.«

Bettina übernimmt den kleinen Apparat, ohne eine Spur ihrer Verärgerung zu zeigen. »Haben Sie etwas dagegen, wenn wir dieses Gespräch aufnehmen?« fragt sie Solle. Der schüttelt den Kopf.

»Goethe-Institut, Herr Solle, 5. September 1997, neun Uhr morgens«, spricht sie leise ins Mikrofon des Apparats.

»Sie haben Ian Wackwitz gekannt?« fragt Mochizuki.

»Ja. Ich wußte nicht, daß er tot war, bis ich sein Foto in der Zeitung sah. Ich kannte ihn nur oberflächlich, aber ich weiß, wo er sich meistens aufhielt. Wir organisieren hier ziemlich viele kulturelle Veranstaltungen. Wackwitz gehörte zu einer Gruppe japanisch-deutscher Performer, die von einem Japaner geleitet wird und ihr Hauptquartier in Hachiōji hat. Man kann es nicht Tanz nennen und nicht Theater, sie machen eine Art Totaltheater. Die Mitglieder nennen es Performance, aber ihre Vorstellungen sind nicht zu vergleichen mit dem, was wir in Europa unter Performance verstehen. Es ist eine Mischung aus japanischem und europäischem Theater, modern und traditionell; *butō* nennen sie es. Sie treten heute abend hier in der Halle auf. Wir haben einen ausgezeichneten Theatersaal, aber im allgemeinen meiden sie Theatersäle. Sie sind nicht sehr bekannt, aber ich finde sie interessant und will ihnen eine Chance geben. Sie ziehen viel junges Publikum an. Ich nehme an, daß Sie mit ihrem Leiter sprechen wollen?«

»Sehr gern«, sagt Mochizuki, »aber erzählen Sie mir zuerst, was Sie von Wackwitz wissen.«

»Ich weiß nicht viel über ihn«, sagt Solle. »Er lief hier herum, baute Installationen auf und machte manchmal bei den Performances mit. Er besorgte die neuen Materialien für die Vorstellungen. Er stellte einen Kostenplan auf, wir gingen ihn zusammen durch, ich bezahlte ihm, was er zu brauchen meinte. Nach der Vorstellung, wenn wir die Eintrittsgelder bekommen hatten, machten wir die Endabrechnung. Meistens bekam ich Geld zurück, denn er kaufte sparsam und wohlüberlegt ein. Die Bezahlung eventueller Gastartisten regele ich mit dem Leiter der Gruppe.«

»Wer ist der Leiter, und wo kann ich ihn finden?«

»Kazuo Yamaguchi. Er kommt am späten Nachmittag. Wenn Sie wollen, rufe ich ihn an und versuche, eine Verabredung für Sie zu machen.«

»Wenn Sie so freundlich sein wollen.«

Solle telefoniert in gutem Japanisch. Er legt seine Hand auf den Hörer und sieht Mochizuki fragend an. »Heute abend nach der Vorstellung?«

»Geht es nicht früher?«

»Am Nachmittag, um halb vier beispielsweise?«

Mochizuki zuckt mit den Schultern. »Geht es noch früher?«

»Yamaguchi-san ist jetzt noch in Hachiōji, er braucht mindestens zwei Stunden von Haus zu Haus.« Mochizuki reckt seine Hände in die Luft, macht einen Schritt auf Solle zu, nimmt ihm den Hörer aus der Hand und spricht laut zu Yamaguchi. Wütend wirft er den Hörer auf den Apparat. »Er hat aufgelegt.«

»Wollen Sie die Vorstellung sehen?«

Mochizuki lehnt mit einer Kopfbewegung ab.

»Sie könnten dieses Zimmer für das Gespräch benutzen«, sagt Solle.

Mochizuki nickt und bedeutet Bettina, daß sie den Recorder ausschalten kann.

»Wo man nicht überall landet bei einer solchen Ermittlung«, sagt er, als sie wieder auf der Straße unter einem hohen Baum stehen, wo sich eine Gruppe von Mädchen niedergelassen hat. »Ich bin mal gespannt, ob das irgend etwas bringt.«

»Wir wollen es hoffen«, sagt Watanabe leise.

»Ich habe wenig Zeit, Mochizuki-san«, sagt ein paar Stunden später der große, kahle Yamaguchi fast drohend. »Ich muß die Generalprobe leiten.«

»In Ordnung, dann fassen wir uns kurz. Woher kannten Sie Herrn Wackwitz?«

»Ich kannte ihn nicht gut. Er machte all die kleinen Arbeiten für meine Gruppe, wenn wir auftraten. Er übernachtete oft im Haus der Gruppe, in Daigo. Mehr weiß ich nicht. Kann ich gehen?«

Mochizuki steht auf und wirkt geradezu unscheinbar im Vergleich zu dem muskulösen Riesen, der ungeduldig vor ihm steht. »Können wir uns in dem Haus umsehen?«

»Das ist keine Frage, sondern ein Befehl«, entgegnet der Mann. »Hier die Adresse und eine Wegbeschreibung.« Er schreibt und zeichnet auf ein schmuddeliges Stück Papier, das er aus seiner Hosentasche gezogen hat, wie eine Berühmtheit, die Autogramme verteilt. »Fragen Sie in dem Geschäft am Ende der Buslinie nach Saburō. Er hat einen Landrover und kann sie hinbringen. Sie müssen ihn allerdings bezahlen. Die Tür des Hauses ist offen.« Er verbeugt sich und geht aus dem Zimmer.

Mochizuki läuft ihm wütend in den Gang nach. »Sie bestimmen nicht, wann dieses Gespräch beendet ist, Yamaguchi-san.«

Der Mann bleibt abrupt stehen. »Ach nein?«

»Sie hätten mir die Informationen ebensogut per Telefon geben können. Statt dessen lassen Sie mich hier ein paar Stunden warten.«

Yamaguchi legt seine schmutzigen, vierschrötigen Hände auf Mochizukis Schultern und versetzt ihm einen Stoß. Mochizuki schlägt mit dem Rücken gegen die Wand des schmalen Ganges. Bettina Welt kommt aus Solles Büro, auf dem Fuß gefolgt von Watanabe. Bettina stürzt Yamaguchi nach.

»Laß ihn laufen«, ruft Mochizuki, mit dem Kopf in die Richtung des sich davonmachenden Yamaguchi deutend.

»Laß ihn laufen«, ruft Watanabe auf englisch.

Bettina dreht sich um und geht zu dem keuchenden Mochizuki zurück.

»Scheißkerl, Pseudokünstler, den kriege ich noch«, sagt er. »Wir gehen! Watanabe-san, du gehst zurück ins Hotel, Welt-san und ich werden jetzt zusammen dieser Sache nachgehen.«

Bettina blickt ihn erstaunt an.

*

5. September

Es ist zehn nach eins, nachts.

Heute mittag bestellte Mochizuki mich zum Goethe-Institut. Er würde dort mit Watanabe auf mich warten. Sie kamen zu spät! Ich verbrachte zuerst eine äußerst ungemütlich halbe Stunde bei Uwe Solle, Chef der kulturellen Abteilung des Goethe-Instituts, denn ich wußte eigentlich selbst nicht so recht, was ich da sollte. Ich war wütend auf Mochizuki. Auch Watanabe, dem freiwilligen Sklaven, hätte ich heute eins über seinen großen quadratischen Schädel geben können. Da wir gerade beim Schlagen sind: Mochizuki ist heute ziemlich in die Mangel genommen worden vom Leiter der Tanzgruppe: Yamaguchi. Mochizuki, selber kein Zwerg, wirkte geradezu unscheinbar neben dem Riesen mit dem kahlen, glänzenden Schädel, der ihn mit Wucht gegen die Wand schmiß. Es war das erste Mal, daß ich ihn seine Selbstbeherrschung verlieren sah. Er fing sich sofort wieder und forderte mich auf, mit nach Daigo zu kommen, einem Dorf in den Bergen. Nach einer Reise per Bahn und Taxi wurden wir von einem gewissen Saburō weiterbefördert. Saburō, den Mochizuki in einem kleinen Laden direkt bei der Bushaltestelle gefunden hatte, roch nach Alkohol, brachte uns aber sicher zum Haus der Tanzgruppe, wo wir etwa zehn junge Japaner und zwei deutsche Mitglieder der Tanzgruppe befragten. Sie wußten zu berichten, daß Wackwitz oft in dem Haus übernachtet hat. Mechanicus kam auch gelegentlich hierher, mit einem gewissen Tim Smith auf ihren gemeinsamen Wanderungen. Mechanicus und Wackwitz kannten sich also vielleicht! Den Bericht muß ich noch schreiben und im Sekretariat abgeben.

Marc Croo ist gefeuert! Niemand weiß, wann und wie er abgereist ist. Mochizuki wollte sich nicht darüber auslassen, aber soviel ist sicher: Dieser seriöse Croo hat im Zuge der Ermittlungen in einem Pornofilm mitgespielt und Geld dafür genommen. Es wäre zum Schreien komisch, wenn es nicht so ernst abgelaufen wäre. Bertus Hogenelst war sehr angeschlagen; er kennt Croo von einer früheren Ermittlung und mag ihn offenbar gern. Er wiederholte gegenüber jedem, der es hören wollte, was für ein dummer Streich dies von Croo gewesen sei nach all den Presseberichten der letzten Zeit über Pornographie in Belgien, fand aber auch, daß Croo nicht so einfach und so schnell hätte gefeuert werden dürfen. Mochizuki sagte, daß er den Statuten zufolge, die auf der Konferenz in Honolulu aufgestellt worden seien, zu dieser Suspendierung befugt sei. Daß Croo in dem Film mitgespielt habe, gehe noch gerade, aber daß er Geld dafür angenommen habe, sei

unverzeihlich. Was hätte Croo denn tun sollen? Sagen, daß er es gratis mache?
Mochizuki hat natürlich eine Heidenangst vor der Presse. Das scheint mir der tiefere Grund der Suspendierung zu sein. Er plant eine Razzia beim Casting-Büro Kenji, um alles Bildmaterial zu beschlagnahmen. Wenn die Presse Wind von Croos Abenteuer kriegt, bricht für Mochizuki die Hölle los. So sehe ich das.
Schluß für Marc Croo also. Über einen Ersatz besteht noch keine Klarheit. Gott verhüte, daß wir Lis Spiel noch einmal spielen müssen!

Ich habe heute abend einen Spaziergang in Richtung Shinjuku gemacht. Nach acht Uhr war es noch sehr warm und schon stockdunkel. Ich habe versucht, immer parallel zur Hauptstraße durch die Wohnviertel zu gehen, aber das ist nicht so leicht: Seitenstraßen verlaufen in Spiralen oder enden in einer Sackgasse, einfach so, am Ende ist nicht einmal eine Kehre. Diese Viertel bilden in ihrer anachronistischen Friedlichkeit einen gewaltigen Kontrast zu den überfüllten Hauptstraßen. Es wohnen Kinder dort, kleine Mädchen, die bunte *yukata* tragen und mit Wunderkerzen spielen, kleine Jungen, die Insektenkäfige besitzen. Das Zirpen der *semi* ist ohrenbetäubend. Kleine Supermärkte sind bis spät abends geöffnet. Leute mit Plastikschlappen sind mit Handtuch und Seifendose in der Hand auf dem Weg zum *sentō*. Koch- und Badegeräusche, Babygeschrei, Fernsehgebrüll, der Geruch nach grüner Seife – häuslich vertraut und exotisch fremd zugleich. Auch stehen kleine rote Feuerlöscheimer vor den Häusern.
Das Ziel meiner Unternehmung: Büroklammern, Heftzwecken und Kühlschrankmagneten für mein Zimmer kaufen. In einem riesigen Bürogeschäft beim Bahnhof

habe ich länger als eine Stunde gebraucht, um mich unter tausend Sorten Heftzwecken zu entscheiden. Die Büroklammern und die Magnete habe ich dann mit geschlossenen Augen ausgesucht; mir war schwindlig von dem Angebot. Ich schreibe mit einem neuen Stift aus weichem Gummi. Ich habe auch einfach so sieben Radiergummis gekauft.

Nachher werde ich noch ein bißchen zappen, die Vorbereitungen für Diana's Memorial Day ansehen. Diana war in Japan wahnsinnig populär. Jetzt, nach ihrem Tod, gibt es Friseurläden, die sich auf Diana-Frisuren spezialisiert haben. Man sieht sie auf der Straße und in den Zügen, asiatische Versionen von Lady Di.

Auch die österreichische Kaiserin Elisabeth Amalie Eugenie Habsburg-Wittelsbach von Bayern, genannt Sissi, kommt gut an. Ich sah, auch im Fernsehen, einen Delikatessenladen, der ausschließlich Sissi-Artikel führte: Kuchenbleche, Sissi aus Schokolade in buntem Silberpapier wie ein Osterhase, Sissi-Torten, Sissi-Eis.

Ich darf nicht vergessen, mir die Sendung über den Sektenführer, der des Mordes an einem Anwalt und seiner Familie in Yokohama beschuldigt wird, anzusehen. Sekten machen in Japan gute Geschäfte. Einige haben mehrere zehntausend Mitglieder und besitzen Wolkenkratzer mitten in Tokyo. Ich frage mich manchmal, ob der Fall, in dem wir ermitteln, etwas mit einer Sekte zu tun haben könnte.

Meine Fotos sind immer noch nicht da!

# 7

Robynne Green hat im Bahnhof Shinjuku den Romance-Car nach Odawara genommen. Der Lokomotivführer des fast geräuschlosen Zugs sitzt hoch oben in einer Kuppel über der Lokomotive, die kugelförmige Zugspitze besteht ganz aus Glas. Mochizuki hat Robynne geraten, einen der Plätze eins bis zehn zu reservieren. Sie hat sich auf Platz vier in der durchsichtigen Zugspitze gesetzt, die sich pfeilschnell ihren Weg durch die bergige Landschaft bahnt. Als sie am Bahnhof Odawara aussteigt, ist die Luft überraschend klar und frisch. Dankbar, daß sie die sausende, brodelnde Stadt einmal hinter sich lassen konnte, atmet sie ein paarmal tief durch. Der Bahnhof und die niedrigen Häuser mit kobaltblauen Dächern an den felsigen Berghängen sind von freundlicher, provinzieller Einfachheit. Robynne Green kauft am Kiosk auf dem Bahnsteig eine Schachtel aus Balsamholz mit kaltem Reis und Fisch, dazu eine Dose gekühlten Oolong-Tee und setzt sich damit auf eine Bank. Der Reis ist wunderbar klebrig, der Fisch frisch, kalt und erfrischend. Während eine mechanische Damenstimme mit regelmäßigen Pausen die Ankunft eines Zuges ankündigt, stochert Robynne mit den mitgelieferten Stäbchen in dem orange-weißen Gericht. Sie lächelt über die vielen Ratschläge und Wünsche für die ein- und aussteigenden Reisenden: »Bleiben Sie bis zum Stillstand des Zuges hinter der gelben Linie stehen. Denken Sie an die Stufe und an die Lücke zwischen Zug und Bahnsteig. Vergessen Sie nicht, Ihr Gepäck, Mantel und Schirm aus dem Gepäcknetz zu nehmen. Wir wünschen Ihnen einen angenehmen Tag und eine gute Reise. Wir danken Ihnen, daß Sie mit Romance-Car gefahren sind, und wir hoffen, daß Sie auch in Zukunft den Romance-Car benutzen werden.«

Robynne wirft die leere Schachtel und die Teedose in einen Abfallkorb und streckt sich einmal in der Bergluft. Endlich, denkt sie, Arbeit auf dem Land an der frischen Luft. Glänzende Taxis stehen in langen Reihen vor dem Bahnhof. Sie geht zum ersten.

Der Chauffeur kreuzt die Arme vor dem Gesicht.

»Du kannst mich mal«, sagt Robynne laut und läuft zur zweiten Reihe Taxis. Sie beugt sich hinunter ans Fenster. Der Chauffeur blickt sie halb neugierig, halb ängstlich an.

»*Harvard International Kaiwa Gakuin wo shitteimasuka?*« fragt sie.

»*Nono, no English*«, sagt der Mann.

»*Demo watashi wa nihongo ga dekimasu yo.*«

»*Nono, no English*«, wiederholt der Mann in Panik.

»Aber ich spreche gerade Japanisch zu Ihnen«, sagt Robynne.

Der Chauffeur schüttelt den Kopf.

Robynne gibt der Tür einen wütenden Stoß und blickt sich verloren um. Ein dritter Taxichauffeur ist ausgestiegen und kommt auf sie zu.

»Kann ich Ihnen behilflich sein?« fragt er auf englisch.

»Gern. Wissen Sie, wo die Harvard-Akademie für internationale Kommunikation ist?«

»Die Schule ist geschlossen«, sagt der Chauffeur. »Dort hat es einen Unfall gegeben.«

»Ja, das weiß ich«, sagt Robynne, »aber ich will trotzdem hin.«

»Sind Sie sicher?« fragt der Chauffeur mit besorgtem Gesicht. »Wissen Sie überhaupt, was da passiert ist? Da haben sich böse Geister herumgetrieben.«

»Ich will trotzdem dorthin«, wiederholt Robynne. »Können Sie mich dorthin bringen?«

»Wenn es sein muß. Wir, die Bewohner von Odawara, meiden den Ort. Sie wissen, was mit dem Direktor passiert ist?«

Robynne nickt kurz.

»Sind Sie von der Polizei?« Er blickt sie neugierig an.

»Wollen Sie mich hinbringen oder nicht?« fragt Robynne, scharf jetzt.

»Ja, Lady, wie Sie wünschen, ich habe Sie gewarnt. Entschuldigung.«

»Danke.«

Es ist eine Fahrt von knapp zehn Minuten landeinwärts durch die schnell steiler werdende Berglandschaft. Hinter ihnen glänzt das Meer. Der Chauffeur hört nicht auf zu fragen: Woher sie komme – Amerika –, wie sie Japan finde – schön –, was sie über die Japaner denke – nett –, ob sie mit Stäbchen essen könne – ja –, ob sie rohen Fisch möge – herrlich! – und ob sie *nattō* möge – nein.

»Ah, das mag kein einziger Ausländer, unsere stinkenden Sojabohnen«, lacht er, »der Käse der Japaner sozusagen, was? Das mögen wir Japaner wiederum nicht, diesen Stinkkäse aus dem Westen. Wie ist das bei den Amerikanern? Mögen die französischen Käse?«

»Manche ja, manche nicht«, antwortet Robynne geduldig.

»Hm«, sagt der Mann nachdenklich und vergnügt. »Sie sprechen sicher nicht Japanisch?«

»Doch, aber ich komme in Japan nicht damit zurecht«, sagt Robynne giftig.

»Schlechte Aussprache sicher. Sagen Sie mal was auf Japanisch!«

»Nein«, sagt Robynne und stößt einen Seufzer aus, als das Auto vor einem niedrigen Betongebäude anhält.

»Die Schule«, sagt der Chauffeur, »Sie müssen sich Salz über die Schulter werfen, wenn Sie wieder nach draußen kommen. Sie dürfen das Unglück nicht herausfordern.«

Robynne nickt.

»Haben Sie Salz?«

»Ja«, lügt sie. »Kann ich Sie wegen der Rückfahrt anrufen? Haben Sie eine *meishi*?« rattert sie in ihrem besten Japanisch herunter.

»Aaah. Seeehr gut«, jubelt der Mann und gibt ihr augenzwinkernd seine Visitenkarte.

Robynne geht über den mit Ziegelsteinen gepflasterten Weg zur Tür des Schulgebäudes. Die Tür wird ihr von einem ungewöhnlich kleinen Mann in dreiteiligem, gestreiftem, braunem Anzug geöffnet. »Kommen Sie herein, Frau Green. Ich bin Joshua Popenoe.« Er gibt Robynne die Hand. Er überreicht ihr seine Visitenkarte und sie ihm die ihre. Sie studieren ein paar Sekunden lang höflich die Visitenkarten. »Angenehm«, sagen beide zugleich. Popenoe lacht breit. »Jeder nennt mich JoshPop«, sagt er.

»Der Name paßt zu Ihnen.« Robynne lacht ihrerseits den kleinen, lustigen Amerikaner an. »Woher kommen Sie, JoshPop?«

»Boston«, sagt Popenoe.

»Sie waren der Assistent von Herrn Parker, nicht wahr? Mein Beileid zum Tod Ihres Arbeitgebers, JoshPop«, sagt Robynne, jetzt wieder formell, als sie sich an einem Stahlschreibtisch gegenübersitzen.

Popenoe neigt den Kopf. »Danke.«

»Ich möchte gern, daß Sie mir alles erzählen, was Sie über Ihren Arbeitgeber wissen.«

»Ja, das verstehe ich. Also, um es gleich zu sagen, Jacob Parker war kein angenehmer Mensch, Frau Green. Unsere Beziehung war rein geschäftlich. Ich war offengestanden schon seit einiger Zeit, ohne daß er es wußte, auf der Suche nach einer anderen Stelle. Von seinem Privatleben weiß ich nichts.«

»Wieso war Jacob Parker kein angenehmer Mensch?«

»Er war hart und unehrlich in Geschäften, behandelte sein Personal schlecht und betrog seine Kunden. Er log. Sehen Sie sich einmal diese Fotos an.« Popenoe zeigt auf eine Pinwand. »Es sind die Bilder aller Lehrer und Lehrerinnen, die hier gearbeitet haben. Sie haben alle ein Diplom der Harvard University in der Hand, sehen Sie? Und dies hier sind Fotos vom Campus von Harvard. Parker machte seinen Kunden weis, sein ganzes Lehrpersonal käme von Harvard. Die Diplome hatte er selbst drucken lassen. Unsere Angestellten kamen nicht von Harvard, oh nein, sie waren alle Rucksacktouristen, die einen Job brauchten. Den konnten sie hier bekommen, wenn sie bereit waren, ein solches Foto von sich machen zu lassen. Für einige war Englisch nicht einmal die Muttersprache. Für die Polaroids vom Campus ist Parker irgendwann nach Harvard gefahren. Er lief einfach herum und knipste den Campus. Mich hat er auch gezwungen, zu lügen und zu betrügen. Einmal war eine Lehrerin nicht zum Unterricht erschienen, also rief er eine Lehrerin an, die hier in der Umgebung wohnte und ihren freien Tag hatte. Er schrie sie an, sie hätte ihren Unterricht versäumt und sollte sofort kommen. Die Dame blieb ruhig und sagte, sie wäre gerade dabei, ihre Haare zu färben und hätte die Farbe im Haar, daher könne sie nicht. Parker schrieb normalerweise selbst den Stundenplan für die Lehrer auf kleine Zettel ab. Er ließ den Lehrer unten abzeichnen und kopierte die Stundenpläne für sich. Nach dem Telefongespräch mit der Lehrerin begann er vor meinen Augen einen neuen Stundenplan zu schreiben. Er fälschte ihre Handschrift und kopierte den neuen Stundenplan, nach dem sie doch an dem Tag hätte arbeiten müssen. Als sie am nächsten Tag in sein Büro kam, um zu beweisen, daß sie wirklich frei gehabt hatte, beschuldigte Parker sie, den Stundenplan gefälscht zu haben. Sie kündigte stehenden Fußes und ging nicht eher weg, bevor Parker sie bis auf den letzten Pfennig ausbezahlt hatte. Sie saß einfach da, wo Sie jetzt sitzen, bis er ihr wütend einen Umschlag mit Geld in den Schoß warf. Das Verrückte war, daß er glaubte, sie und nicht er hätte einen Betrug begangen. Er war wütend.«

»Wissen Sie den Namen der betreffenden Lehrerin noch?«

»Ja, es war eine Deutsche, Leonore Schmitt.«

»Wissen Sie, wo sie wohnt?«

»Sie wohnte hier in Odawara, in der Nähe des Bahnhofs, aber ich weiß nicht, ob das noch stimmt. Ich kann Ihnen das Haus zeigen.«

»Fahren Sie dann nachher eben mit mir im Taxi dorthin? Sind noch Dokumente aufgetaucht, seit die Polizei hier alles leergeräumt hat?«

»Nein, nicht daß ich wüßte«, antwortet Popenoe. Er steht energisch auf. »Soll ich ein Taxi rufen?«

»Oh, nein, bitte nicht«, antwortet Robynne. »Das tue ich gleich selbst. Ich habe die Karte eines Taxichauffeurs, den ich, wenn auch nur mit Mühe, ertragen kann. Erzählen Sie weiter.«

»Es gibt wenig zu erzählen«, sagt Popenoe. »Parker war ein grober Klotz, der sich kein Bein ausriß. Er stank immer nach Alkohol und telefonierte stundenlang.«

»Telefonierte? Mit wem telefonierte er?«

»Was weiß ich? Freundinnen sicher? Er schloß sich immer mit dem Telefon in seinem Zimmer ein.«

»Wo war sein Zimmer? Ist das noch intakt?«

»Mehr oder weniger. Kommen Sie nur mit.«

Auf Parkers düsterem, braunem Schreibtisch aus Holzimitation steht ein überproportional großes, rosa Telefon mit Wählscheibe.

»Junge«, sagt Robynne, »das ist aber altmodisch. Die sieht man nicht mehr oft. Ist es nicht ein altes *pay phone*?«

»Ja«, sagt Popenoe. »Hier konnten die Schüler telefonieren. Parker verdiente an allem.«

»Welches ist die Nummer dieses Telefons?«

»Äh, das weiß ich nicht, es wurde nicht für hereinkommende Gespräche benutzt, sondern nur, um nach draußen zu telefonieren.«

»Ich muß diese Nummer haben«, sagt Robynne hastig. »Haben Sie ein paar Zehn-Yen-Münzen für mich, Josh-Pop?«

Popenoe sucht in seiner Hosentasche.

»Danke.«

Popenoe verbeugt sich in einer für Amerikaner ungewöhnlich untertänigen Weise.

Ungeduldig dreht Robynne Mochizukis Nummer, legt auf und dreht die Nummer noch einmal. »Verdammt.« Sie schlägt wütend gegen die orangefarbenen Gardinen. Muffige Luft schlägt ihr aus dem hin und herwehenden Stoff entgegen. Los, komm, Mochizuki, antworte, denkt sie. »Würden Sie mich bitte eben allein lassen?« fordert sie Popenoe in autoritärem Ton auf. Er verläßt hastig das

Zimmer. Robynne probiert Mochizukis Nummer noch einmal. Ungeduldig wirft sie den Hörer auf die Gabel und blickt sich im Zimmer um. Ein metallener Archivschrank steht an der Wand. Sie öffnet eine der Türen. Die Regale sind leer und staubig. Auf dem Boden des Schranks steht ein Pappkarton. Sie zieht ihn an einer Ecke heraus. Er ist vollgestopft mit zusammengerollten Socken. Sie zieht ein paar von ihnen auf: Es sind kurze, lose gestrickte Mädchensocken in Pastellfarben. Sie läuft mit einer Handvoll Socken auf den Flur und ruft: »JoshPop!«

Popenoe kommt eilfertig angelaufen.

»In dem Schrank von Parkers Zimmer steht ein Karton mit Socken.«

Popenoe nickt. »Parker wollte, daß die Kinder im Klassenraum ihre Schuhe auszogen; sie bekamen dann extra Socken von Parker.«

»Nur die Mädchen? Es sind alles Mädchensocken.«

»Nein, die Jungen auch, aber sie schämten sich wegen der Bonbonfarben. Parker versprach immer, daß er einen Jungenkarton einrichten wollte, aber dazu ist es nicht mehr gekommen.«

»Kaufte er die Socken selbst ein?« fragt Robynne. »Ließ er Sie das nicht machen? Sie waren doch sein Assistent?«

»Ja, äh, nein, er hat die Socken selbst eingekauft«, sagt Popenoe verdattert. »Ist daran etwas merkwürdig?«

»Das kann ich Sie besser fragen: Ist das merkwürdig?«

JoshPop denkt kurz nach. »Ja, das ist tatsächlich merkwürdig, der Herr Direktor, der selbst Socken kauft.«

»Sehen Sie?«

»Was meinen Sie?«

»Es ist eben merkwürdig, das meine ich nur.«

Popenoe nickt.

»Darf ich jetzt ein Taxi anrufen?« fragt Robynne.

»Natürlich.«

Robynne läuft wieder in Parkers Büro, wirft die Socken in den Karton zurück und geht mit dem Karton unterm Arm zur Haustür.

»Sie wollen die mitnehmen?« Er nimmt ihr den Karton ab.

Der Taxichauffeur ist ausgestiegen und öffnet den Kofferraum. Popenoe stellt den Karton hinein.

»Zum Haus der Lehrerin«, sagt Robynne zu Popenoe, der sich neben sie auf den Rücksitz schiebt und sofort eine Konversation mit dem Chauffeur beginnt. Robynne versucht nicht auf das Gerede der beiden Männer zu hören.

Beim Haus von Leonore Schmitt steigt Popenoe aus dem Taxi und bedeutet Robynne, sie solle sitzenbleiben. Nachdem er geklingelt hat, sieht Robynne ihn eifrig gebärdend mit jemandem reden, der die Tür nur einen Spalt öffnet. Einmal geht die Tür beinahe zu. Popenoe drückt sie wieder auf und zeigt auf das Taxi. Eine magere Frau mit eingezogenen Schultern und hennarot gefärbtem Haar blickt feindselig in Robynnes Richtung.

Robynne steigt aus und geht schnell auf sie zu. »Ich bin Green, Polizei«, sagt sie und gibt der Frau die Hand.

»Ich will nichts mit diesem Theater zu tun haben«, sagt die Frau ängstlich.

»Sie müssen, Frau Schmitt. Darf ich hereinkommen?«

»Nun, nein, eigentlich nicht. Haben Sie einen Hausdurchsuchungsbefehl?«

»Jetzt haben Sie sich nicht so, Frau Schmitt. Ich kann sofort einen Hausdurchsuchungsbefehl bekommen oder Sie zwingen, mit zur Polizei zu kommen. Wenn Sie mitarbeiten, geht es für uns beide viel schneller und ist einfacher.«

Leonore Schmitt hält schweigend die Tür auf.

»Es handelt sich um Parker«, sagt Robynne.

»Ja, natürlich«, sagt Leonore Schmitt.

»Ich habe von JoshPop gehört, wie Parker Sie behandelt hat.«

»Ja, er hat danebengestanden und zugeschaut«, sagt Leonore Schmitt und sieht Popenoe feindselig an.

»Tut mir leid«, sagt er.

»Ich habe also keine angenehmen Erinnerungen an diesen Mann, Frau Green. Er war ein widerlicher, abstoßender Mann und brutal. Vom ersten Tag an, als ich für ihn arbeitete, habe ich ihn gehaßt. Er spähte durch die Scheiben in den Türen der Klassenräume, während ich unterrichtete. In alles mischte er sich ein: Wie ich mich anzog und zurechtmachte, niemals war es richtig. Er zwang mich sogar, mit einem Diplom von Harvard für ein Polaroidfoto zu posieren, das in der Schule aufgehängt wurde.«

»Ja, die Geschichte habe ich von JoshPop gehört.«

»Auch war er paranoid, wenn es um Privatstunden für Schüler ging. Er hatte Angst, daß ich heimlich Geschäfte mit seinen Schülern machte. Darin hatte er recht. Vier meiner Schüler baten mich, ihnen Privatunterricht zu geben und verließen die Schule. Ich empfing sie zu Hause, ohne daß Parker es wußte. Diese Leute kommen noch immer einmal in der Woche zu mir. Möchten Sie Tee, Frau Green?«

»Ja, gern.«

»Ich werde mal wieder gehen«, sagt Popenoe.

Robynne nickt. »JoshPop, ich nehme noch Kontakt mit Ihnen auf. Vielen Dank für Ihre Hilfe und Ihre Informationen.«

»Keine Ursache, jederzeit. Hier ist die Karte mit meiner Privatadresse, dann können Sie mich auch zu Hause erreichen«, sagt Popenoe und geht schnell aus dem Zimmer.

»Ist er weg?« fragt Leonore Schmitt, als sie mit Tee und Tassen auf einem Tablett wieder hereinkommt.

Robynne nickt.

»Der Feigling«, sagt Leonore Schmitt und stellt das Tablett auf einen niedrigen Tisch. »Parker war nicht nur unangenehm«, sagt sie, während sie sich über das Tablett beugt, »er war auch ein Jammerlappen. Er leckte nach oben und trat nach unten. Er wurde schnell durchschaut. Die Leute machten sich über ihn lustig. Er merkte das und unternahm auf einmal gewaltige Anstrengungen, um seinen Arbeitnehmern und Kunden zu gefallen. So hat er einmal eine Weihnachtsfeier in der Schule veranstaltet, einen Nachmittag für Kinder. Zuerst saß er an der Tür und zog allen Kindern Söckchen an, danach tanzte er mit ihnen. Sie hatten Disney-Masken auf. Er selbst hatte übrigens eine Maske des Serienmörders Freddy Krueger aufgesetzt. Er spielte immer dasselbe dümmliche Lied *Rudolph the Red-Nosed Reindeer* und ermunterte die Kinder, den ganzen Nachmittag herumzuhopsen. Sie gerieten völlig außer sich. Mir war das unheimlich. Parker schlug wie ein Verrückter den Takt mit einem Polizeiknüppel oder etwas Ähnlichem. Es wundert mich, daß er selbst das Opfer eines Serienmörders geworden ist. Er hätte meiner Meinung nach genauso gut der Täter sein können. Zu Anfang habe ich ihm sogar noch mit seinem Institut geholfen! Die erste Telefonleitung, die er beantragte, steht noch immer unter meinem Namen. Er hatte damals selbst noch keine Aufenthaltserlaubnis, und ich konnte, weil ich ein Studentenvisum hatte, eine Telefonleitung bei NTT beantragen. Ich bin für ihn zum NTT-Büro gegangen, habe die Leitung auf meinen Namen gekauft und dafür bezahlt. Das Geld habe ich nie ersetzt bekommen. Die Papiere habe ich noch.«

»Darf ich die sehen?«

»Ja, Sie dürfen sie sogar haben, wenn Sie dafür sorgen, daß ich das Geld vergütet bekomme. Eine Leitung kostet immerhin sechzigtausend Yen.« Sie sucht die Formulare in einem Nebenzimmer und gibt sie Robynne.

»Vielen Dank. Darf ich bitte auch die Adressen und Telefonnummern der vier Privatschüler von Ihnen bekommen?«

Leonore Schmitt schaut sie an. »Da krieg ich Ärger, Frau Green.«

»Nein, Frau Schmitt, da kriegen Sie keinen Ärger, Parker ist tot.«

*

Robynne war noch rechtzeitig zur Nachmittagsevaluation aus Odawara zurückgekommen, hat ihren Kollegen gerade von ihrem Besuch der Harvard-Akademie für internationale Kommunikation berichtet und erzählt jetzt von Frau Schmitt.

»Leonore Schmitt besaß noch die Papiere vom Erwerb der ersten Telefonleitung, die Parker beantragt hatte. Die Telefonnummer kommt nicht auf den von der japanischen Polizei zusammengestellten Gesprächslisten vor, weil die Nummer nicht unter Parkers Namen geführt wurde, sondern unter dem Namen von Frau Schmitt. Alle anderen Telefone im Gebäude stehen unter Parkers Namen. Ich habe Mochizuki-san deswegen gleich um halb zwölf vom Bahnhof Odawara aus angerufen, und als ich im Hotel ankam, waren die Schüler von Schmitt schon befragt worden – ja, das Team von Mochizuki-san ist schneller als der Teufel. Eine Schülerin wohnte offenbar neben der Schule und wußte zu berichten, daß Jacob Parker bis spät in der Nacht in seinem Büro saß. Sie konnte Parker von ihrem Haus aus deutlich sehen. Mit einer Flasche Alkohol saß er in seinem erleuchteten Büro und telefonierte«, schloß Robynne.

Es herrscht eine gespannte Stille im Konferenzraum.

»Mochizuki-san hat eben gerade in Zusammenarbeit mit NTT herausgefunden, welche Nummern in den Monaten vor Parkers Tod mit dem *pay phone* in Parkers Büro angerufen wurden. Eine Nummer kam sehr oft vor. Es ist die Nummer der Stiftung Help!, eine Not- und Informationsleitung für Ausländer in Tokyo.«

»So«, sagt Bertus Hogenelst dann, »allmählich machen wir Nägel mit Köpfen. Aber warum kommt diese Nummer nicht in Parkers Adreßbuch vor?«

»Weil es die Nummer 03 03 03 03 03 03 ist. Die kann jeder behalten.«

»Dann kann es sein, daß andere Opfer diese Nummer auch auswendig kannten«, bemerkt Bertus.

»In der Tat.«

»Sehr gut, Green-san«, sagt Mochizuki. »Haben Sie irgendeine Vorstellung davon, wo der Zusammenhang mit dem Karton voller Socken ist?« Er bückt sich und stellt den Karton mit den zusammengerollten Socken, die Robynne in Parkers Schrank gefunden hat, auf den Tisch.

»Nein, aber ich komme schon noch dahinter, Mochizuki-san.«

Mochizuki nickt.

»Davon bin ich überzeugt, Green-san. Ich will Ihnen jetzt etwas mehr von den Abenteuern Croo-sans berichten«, sagt er mit ungerührtem Gesicht. »Ich möchte eines der Videobänder aus dem Keller von Hughes de Keuninck zeigen. Die Aufnahme ist in Japan gemacht. Es ist nichts, was man unterhaltend nennen könnte. Croo-san hat Dutzende dieser Bänder angesehen. Halten Sie sich gut fest.« Mochizuki stellt den Videorecorder an. Eine nackte Brust kommt groß ins Bild. Die Brustwarze richtet sich unter einem Strahl von dampfendem Kerzenwachs auf. Die Szene wird von einer widerlichen Berieselungsmelodie begleitet.

»Oh Gott!« sagt Lucia Valenti. Die Melodie schwillt an, und die Kamera zieht sich etwas zurück. Jetzt kommen beide Brüste ins Bild und die glänzende Spitze eines langen, scharfen Messers. Die Spitze durchbohrt das weiche, weiße Fleisch direkt neben der Brustwarze, dann wird die Bewegung beschleunigt und die Brustwarze wird mit einem schnellen Schnitt von der Brust abgeschnitten. Das Bild füllt sich mit Blut. Lucia stößt einen Schrei aus und schiebt ihren Stuhl abrupt zurück. Sie läßt ihren Kopf zwischen den Beinen hängen und stöhnt.

Mochizuki stellt das Gerät ab. »*Uih*«, sagt er.

Silva nimmt sich Lucias an; er reibt ihr über den Rücken. »Tut mir leid«, sagt sie keuchend, »ich kann kein Blut sehen.« Yukiko bringt ihr ein Glas Wasser.

»Wir wissen genug«, sagt Mochizuki. »Den Rest des Films kann man sich vorstellen. Sie erinnern sich vielleicht an den Fall in England, wobei zwei kleine Jungen ein Kleinkind ermordeten. Croo-san hat den Fall untersucht; er untersucht alles, was mit der Kombination Medien und Verbrechen zu tun hat. In den Medien flackern in regelmäßigen Abständen Diskussionen auf über den Einfluß von Bildmaterial mit Gewaltszenen auf die Gesellschaft. Man vermutet beispielsweise, daß der Film *Child's Play*, worin Gewalttaten von einer Puppe begangen werden, großen Einfluß auf diese englischen Jungen gehabt hat.

Interessant ist, daß Croo-san zusammen mit den Videobändern eine Mitgliederliste des Videoclubs in die Hände bekommen hat, auf der nur Namen stehen, die Adressen aber fehlen. Dennoch hat mein Team es geschafft, alle Mitglieder, bis auf einen, aufzuspüren. Einige von ihnen haben kein Alibi für den Abend, an dem Hughes de Keuninck ermordet wurde. Ich lese die Namen dieser Leute – nur Männer – vor:

»Min Doi: Professor an der Universität für Ökonomie in Tokyo, Japaner.
Kunikazu Komamoto: Geschäftsmann, Japaner.
Jirō Tsunoi: Fotograf, Japaner.
Jonathan Wanadoo: Psychiater, Amerikaner.«

Und zum Schluß der Unbekannte:

»Ein gewisser Jeromy Wanderfogel.«

Nach dem Tun und Treiben der ersten vier Männer laufen Ermittlungen. Über den auf der Liste erscheinenden Jeromy Wanderfogel wissen wir noch nichts. Der Name Wanderfogel erschien auch im Abspann des Films, aus dem sie soeben ein Fragment gesehen haben, sowie auch bei einigen anderen. Wie Sie in Croo-sans Berichten haben lesen können, hat er sich an das Statistenbüro Kenji gewandt. Die Telefonnummer dieses Büros hatte er in den von ihm untersuchten Pornozeitschriften gefunden und sich dort von einem gewissen Curbain, Filmemacher von Softpornos, einschreiben lassen.«

Man lacht amüsiert. Mochizuki räuspert sich und fährt fort: »Croo-san hoffte so in Kontakt mit den Pornodarstellern der Filme von Wanderfogel zu kommen. Das ist nicht gelungen, aber Curbain war offenbar ein Freund des Opfers Larry Maxwell, und Curbains Assistent Polly hat das Opfer Irina Skoynich oberflächlich gekannt. Es handelt sich um den Polly, der in Irinas Brief an Katharina aus Poznan auftaucht. Polly meint, daß Irina Skoynich mit Wanderfogel gearbeitet habe.

Als Curbain von Croo-san hörte, daß Hughes de Keuninck von QueBook ermordet worden war, erschrak er heftig. Er sagte, er wolle am nächsten Tag zur Polizei gehen. Das hat er nicht getan, also hat die Polizei ihn aufgesucht. Auch die beiden Australier Polly und Seta und die Amerikanerin Jessie sind inzwischen befragt. Die Folge war, daß Croo-san das Band des Vertrauens, das er an dem Tag der Filmaufnahmen aufgebaut hatte, nicht weiter ausnutzen konnte; sie wußten zwar immer noch nicht, wer Croo-san in Wirklichkeit war, aber würden sich wohl hüten, ihm noch zur Telefonnummer von Wanderfogel zu verhelfen. Da wir Curbain nur einen Tag, nachdem Croo-san nach Wanderfogel gefragt hatte, verhört haben, vermutete Croo-san, Curbain würde ihn verdächtigen, ihn bei der Polizei angezeigt zu haben. Croo-san war wütend darüber. Nicht nur die Tatsache, daß er in einem Pornofilm mitgemacht und dafür Geld angenommen hat, war ein Grund, ihn zu suspendieren, auch seine Wut über meine Entscheidung, Curbain selbst zu befragen, spielte dabei eine Rolle. Er folgte zu sehr der eigenen Spur, konnte dadurch nicht mehr klar denken und machte Fehler. Das ist ausgeschlossen in einem Team, das derartig genau beobachtet wird. Wenn die Presse hiervon Wind bekommt ...«

Bertus Hogenelst räuspert sich nachdrücklich. Robynne legt ihm beruhigend eine Hand auf die Schulter.

»Was hätte er denn tun sollen, Mochizuki-san?« fragt Bettina. »Sagen, daß er es umsonst täte?«

»Er hat mir das Geld gegeben«, sagt Mochizuki-san. »Was sollte ich damit machen? Es in die eigene Tasche stecken?«

»Für eine gute Sache spenden«, schlägt Bertus vor.

»Die Presse. Das können wir nicht gebrauchen. Alles zusammengenommen, heißt das aber«, fährt Mochizuki fort, »daß Wanderfogel zur Zeit unser Hauptverdächtiger ist und daß jede Spur von ihm fehlt. In den letzten zwanzig Jahren ist kein Jeromy Wanderfogel ins Land gekommen. In der Pornowelt kennt man seinen Namen und seine Filme, aber offensichtlich operierte er nicht von da aus.«

»Jeromy Wanderfogel. Der Name fängt leider nicht mit einem I an«, seufzt Gerardo Silva.

»Viele Mörder operieren unter verschiedenen Namen. Es ist gut möglich, daß dieser das auch getan hat«, sagt Zhiqiang Li. »Ich halte es sogar für wahrscheinlich.«

»Ja«, sagt Mochizuki, »aus Seta, Polly, Jessie und Curbain haben wir nicht mehr herausbekommen, als wir schon wußten: Irina Skoynich und Larry Maxwell waren depressiv. Auch hier handelte es sich um oberflächliche Beziehungen. Polly kannte Irina aus der Kneipe, und Curbain kannte Maxwell aus einem Lokal, das von vielen Filmern aufgesucht wird.

Alle Psychiater und Psychologen in Tokyo, japanischer oder anderer Nationalität, sind zum zweitenmal befragt worden, diesmal in Zusammenhang mit den Opfern Irina Skoynich, Hendrik Mechanicus, Larry Maxwell und Hughes de Keuninck. Sie haben mit Psychiatern irgendwann einmal über eine SOS-Telefonleitung gesprochen.

Welt-san wird jetzt von dem berichten, was auf unseren Besuch beim Goethe-Institut folgte.«

»Der Bus zum Dorf Daigo war schon weg, als wir am Bahnhof Hachiōji ankamen«, beginnt Bettina. »Daigo liegt sehr abgelegen, der letzte Bus dorthin war also schon fort. Wir haben dann ein Taxi genommen, für eine Fahrt von mehr als einer Stunde. Bei dem Dorfladen baten wir jenen Saburō also, uns mit seinem Landrover weiter in die Berge zu bringen. Als die Straße kaum noch mehr war als ein Feldweg, setzte er uns vor einem schwarz angemalten hölzernen Bauernhaus mit Strohdach ab. Dort hielten sich etwa zehn junge Japaner und zwei Deutsche auf, die berichteten, daß Wackwitz oft in diesem Haus übernachtete. Auch Mechanicus kam gelegentlich mit Tim Smith auf ihren Wanderungen in diese Gegend.

Sowohl Wackwitz als auch Mechanicus verrichteten kleine Arbeiten im Haus als Gegenleistung für die Unterkunft. Im Haus befinden sich etwa dreißig Garnituren Bettwäsche. Gekocht wird auf einem großen Feuer draußen in einer Mulde. Es ist eine kommunenartige Gemeinschaft, wo Menschen kommen und gehen. Sie können gratis am Unterricht Yamaguchis teilnehmen, der seinerseits Laien auswählt, die bei seinen Performances neben der Kerngruppe mitspielen dürfen. Es ist eine Ehre, mitmachen zu dürfen. Die Laien werden ausgebeutet und von der Kerngruppe verachtet. Yamaguchi selbst nimmt in dieser Gemeinschaft den Status eines Gurus ein. Die Tänzer bekommen keinen Lohn, aber Kost und Unterkunft.

Ein Team von Mochizuki-san wird das Haus in Daigo heute auf Spuren untersuchen. Auch werden die Umwohnenden befragt. Heute abend spät werde ich die Ergebnisse mit Hilfe von Watanabe evaluieren.

Die Leute aus Yamaguchis Kerngruppe beschrieben Wackwitz als einen untertänigen, eifrigen Jungen mit mittelmäßigem Talent«, fährt Bettina fort. »Yamaguchi hätte es lieber gesehen, wenn er nicht bei den Vorstellungen mitgemacht hätte, aber Wackwitz bettelte so lange, bis er zur Gruppe der Auserwählten zugelassen wurde. Weil er für die Gruppe alle möglichen Arbeiten verrichtete, wurde er geduldet. Und, nun kommt es, er telefonierte oft stundenlang vom Münztelefon im Studio aus. Wir haben es also wieder mit einem Dauertelefonierer zu tun. Wir haben heute nachmittag die Liste der herausgehenden Gespräche dreier Telefone verglichen: von Jacob Parker, das unter dem Namen von Frau Schmitt stand, von der Telefonzelle beim Atelier von Irina Skoynich und von der Tanzgruppe. Es gibt eine gemeinsame Nummer: 03 03 03 03 03 03, die Nummer der Stiftung Help!«

Im Konferenzsaal wird jetzt eifrig durcheinandergeredet.

»*Wij komen dichterbij*«, sagt Bertus aufgeregt zu Robynne.

»Was sagst du?«

»*Wij komen dichterbij.*«

»Du sprichst deine Sprache, Idiot, du sprichst Niederländisch.«

»Ach«, sagt Bertus perplex und wiederholt den Satz auf englisch.

»Ja«, sagt Robynne.

»Lächerlich«, sagt Fowell zu Bertus, »daß die japanische Polizei nichts von der Existenz einer Notrufleitung für Ausländer wußte.«

»Und daß wir nicht darauf gekommen sind«, sagt Bertus.

»Das ist es!« sagt Bettina und klopft laut mit den Knöcheln auf den Tisch.

»Die Aufgaben müssen neu verteilt werden«, überschreit Mochizuki den Lärm. »Wir werden auch in den nächsten Tagen durcharbeiten müssen. Es ist keine Zeit für Freistunden. Bitte alle einmal still«, ruft er autoritär. »Ich fasse zusammen: Wir haben jetzt drei Verdächtige, den Frühstücksfreund, die Person ‚I' und Wanderfogel, drei Männer.«

*

6. September

Ich habe mir heute am späten Abend eine Vorstellung der Yamaguchi-Gruppe angesehen. Sie haben ein eigenes kleines Theater in einem Keller in Nakano-Fujimichō, »Plan Z« heißt es. Die Performance (im Japanischen wird es »paafoomansu« ausgesprochen) wurde von einem ziemlich wirren Journalisten angesagt, der sich auf die Kommentierung von *butō*-Darbietungen spezialisiert hatte. Er erzählte, zu Anfang noch einigermaßen klar, von den Gründern dieser Tanzform, *ankoku butō,* Tanzgruppe der Finsternis. Nach einem verlorenen Krieg und den Atombomben auf Nagasaki und Hiroshima habe nur noch ein verrenkter, auf die Erde gerichteter, grotesker Tanz entstehen können, erzählte er. Die Namen der Gründer kann ich wiedergeben, weil ich nach Ende der Vorstellung eine schmuddelige Broschüre mitbekam: Hijikata und Ono; der erste ist tot, der andere in den Achtzigern und quicklebendig, er tanzt noch!
Die Erläuterungen des Journalisten wurden verschwommener, je weniger er sich auf Fakten bezog, und endeten schließlich in einem hoffnungslosen Wirrwarr aus Metaphern, wofür er vom etwa sechzig Köpfe zählenden Publikum donnernden Applaus bekam.
Die Vorstellung war in all ihrer Bizarrheit fesselnd: ein Durcheinander aus weißgepuderter Nacktheit, zerrissenen Kimonos, aufgesperrten Mündern ohne Zähne, verdrehten

Augen, verrenkten Rümpfen, klauenartigen Händen, verdrehten Füßen, einknickenden Knien ... Dies alles elektronisch begleitet von einem ernsten jungen Mann an einem Mischpult. Man muß zugeben, daß *butō* eine gewisse Schönheit besitzt, wenn sie von Japanern ausgeführt wird, sobald aber Leute aus dem Westen mitmachten, wurde es Grimassenschneiderei.
Yamaguchi kam, um den Applaus für die Choreographie in Empfang zu nehmen, die dem Journalisten zufolge ganz von den Tänzern improvisiert worden war, und lud das Publikum ein, in einem Raum neben dem Theater mit den Tänzern zusammen ein Glas zu trinken. Ich habe mich kurz dazugesetzt, an einen großen Holztisch, aber der Journalist fing jetzt derartig an zu faseln, daß ich es nicht mehr aushielt und mit der Bahn hotelwärts fuhr. Unterwegs wurde ich von einem betrunkenen *sararīman* beinahe vollgekotzt.

Obwohl wir nicht mit Familienangehörigen über die Ermittlungen sprechen dürfen, sagte ich Matthijs heute am Telefon, daß Filme und Bücher über Serienmörder alle an der Wahrheit vorbeigehen, deshalb schlecht sind. Die Jagd auf einen Serienmörder hat viel mehr Ähnlichkeit mit einem Bürojob als mit einem Wildwestfilm. Es läuft auf sehr viel Lesen, Konferieren und Evaluieren heraus, man ißt pünktlich, und es gibt viele Überstunden, die Räume, von denen aus operiert wird, sind bedrückend, und man bedient sich eines etwas schalen Humors.
Aber die Ermittlungen beginnen interessanter zu werden. Ich will die Sache nacheinander darstellen, so daß ich mich später, wenn ich alt, weise und grau bin, noch einmal damit beschäftigen kann, indem ich an diese Zeit zurückdenke. Unsere Welt ist auf den einen Wunsch

zusammengeschrumpft: wissen, wer der Täter ist. Wir sind alle von ihm besessen.

Das Opfer Wackwitz führte uns zu dem abgelegenen Haus der Performancegruppe von Yamaguchi in der Nähe des Dörfchens Daigo in den Bergen. Opfer Mechanicus kam ebenfalls gelegentlich in dieses Haus, mit Freund Tim Smith, auf Wanderungen.
Von diesem Haus aus ist die 6x03-Nummer der Stiftung Help! angerufen worden.

Croo findet auf der Mitgliederliste eines illegalen Pornovideoclubs den Namen Wanderfogel. Dieser Name erscheint auch im Abspann einiger Pornofilme. Croo spielt in einem Pornofilm mit; Croo nennt Wanderfogels Namen im Gespräch mit der Filmcrew. Einige von ihnen kennen Wanderfogel dem Namen nach; er ist anscheinend Hersteller von brutalen Pornofilmen.
Vielleicht besteht eine Verbindung zwischen Wanderfogel und dem Opfer Irina. Sie soll für ihn gearbeitet haben.
Bei den Pornofilmaufnahmen mit Croo assistierte Polly.
In Irinas Briefen an Freundin Katharina (Poznan, Polen) wird ein Polly genannt.
In den letzten zwanzig Jahren ist kein Jeromy Wanderfogel nach Japan gekommen.

Bertus geht einem Hinweis nach, der über die Tipleitung hereingekommen ist: Eine Frau mit buntem Schal ist in einer Telefonzelle in der Nähe von Irinas Atelier gesichtet worden. Von dieser Zelle aus ist die 6x03-Nummer der Stiftung Help! angerufen worden.

Robynne Green untersucht den Fall Parker, findet einen

alten Telefonapparat, der nicht auf Parkers Namen angemeldet ist, sondern auf den Namen von Schmitt, einer früheren Arbeitnehmerin. Die 6x03-Nummer von Help! ist von diesem Apparat aus oft angerufen worden.

Von einem geheimnisvollen »Frühstücksfreund« Marcus Popps ist die Rede und von einem ebenso geheimnisvollen Gesprächspartner »I« in den Tagebüchern Larry Maxwells.
Dieser Gesprächspartner ist: ein Mann, vermutlich mit blondem Haar, trägt Leder, hat ein weiches Kinn, arbeitet an einem Ort, wo viele Sprachen gesprochen werden (spricht »in Zungen«), ist sympathisch und/oder unauffällig, macht(e) vielleicht pornographische Filme, ist befreundet gewesen mit Opfern, traf sie zum Frühstück in der Stadt.

Die Stiftung Help! wird noch heute nacht aufgesucht.
Die Atmosphäre im Team ist nach Croos Suspendierung angespannter geworden. Ich bin mit Bertus einer Meinung, daß die Suspendierung zu drastisch war, denn Croo hat uns vielleicht trotz allem näher an die Wahrheit herangebracht. Wir dürfen keinen Kontakt zu ihm aufnehmen.
Heute ist der sechste Tag der Ermittlungen.
Im Fernsehen viel über Aki-Basho, das Herbstturnier im Ringen. Man befaßte sich mit der Diät der Sumoringer. Man sah sie Unmengen von Nudeln und Reis verschlingen. Auch die Art, wie ihr Haar aufgesteckt wird, wurde ausführlich behandelt. Ich habe mir ein paar Übungskämpfe angesehen. Akebono ist mein Favorit. Er hat eine schöne, glatte Haut und einen eleganten, fast weiblichen Stil. Er warf Kyokushōzan in elegantem Bogen aus dem Ring. Mit Takanohana hatte er mehr Mühe.

Ich nehme jetzt, in diesem Augenblick, mit einem großen Glas nach Chlor riechendem Wasser zum ersten Mal eine Schlaftablette. Mein Herz fängt dabei ängstlich an zu schlagen. Es ist, als gäbe ich die Kontrolle aus der Hand. Das ist mir zuwider.

# 8

Am nächsten Morgen um halb sieben, dem siebten Tag der Ermittlungen, trifft sich das Team zu einer Eilkonferenz. Die Stimmung ist bedrückter als je zuvor. Ein zu Tode erschöpfter Mochizuki hat gerade bekannt gegeben, daß ein neunter Mord begangen worden ist. Der Leichnam von Pater Arturo Adel, neununddreißig Jahre alt, philippinischer Missionar, ist von zwei Wachmännern eines Einkaufszentrums in Shibuya-ku gefunden worden. Die sterblichen Überreste fand man auf einem brachliegenden Grundstück am Fuß des Hügels, auf dem das Einkaufszentrum vor noch gar nicht langer Zeit gebaut worden ist. Die Verletzungen und die Weise, wie der Körper in einer »Schale« aus zusammengesammelten Steinen vorgefunden wurde, lassen keinen Zweifel daran, daß es sich hier um ein weiteres Opfer des Serienmörders handelt.

Angespannte Stille herrscht im Konferenzsaal. Man reibt sich die Augen und den Hals und massiert die Schläfen.

»*Shit shit shit*«, sagt Robynne Green.

Schweigend wird der Kaffee getrunken. Das verfrüht servierte Frühstück bleibt so gut wie unangerührt. Mochizuki ergreift das Wort.

»Das Verbrechen muß gegen zwei Uhr heute Nacht begangen worden sein. Ich habe neunzehn Männer eingesetzt, um die ersten Informationen über das Opfer einzuholen. Sobald sich herausstellt, wer befragt werden kann, schicke ich einen von Ihnen dorthin.

Der Ort des Verbrechens und die sterblichen Überreste sind bereits von unserem Gerichtsmediziner untersucht worden. Am Ort des Verbrechens hat man große Blutlachen gefunden; in diesem Blut ist der HIV-Virus festgestellt worden. Der HIV-Virus ist jedoch nicht in dem Blut nachweisbar, das den sterblichen Überresten des Opfers entnommen worden ist. Das bedeutet, daß an dem Ort des Verbrechens Blut von zwei Personen lag. Das ganze Terrain wird jetzt gründlich untersucht, unter anderem auf Schleifspuren. Ich fürchte, daß heute nacht zwei Menschen ermordet worden sind und daß einer woandershin gebracht worden ist.«

»Das ist nicht charakteristisch für den Mörder, den wir suchen«, sagt Bertus Hogenelst scharf. »Warum haben Sie uns nicht geweckt, Mochizuki-san? Warum haben Sie den heikelsten Teil der Ermittlung dem japanischen Team überlassen? Ist das verabredungskonform?«

»Ich fand, daß Sie Ihren Schlaf brauchten«, antwortet Mochizuki ungerührt.

»Wie bitte?« sagt Fowell.«Seit wann sind Sie nicht nur unser Chefinspektor, sondern auch unsere Amme?«

»Amme?« wiederholt Mochizuki verständnislos.

»Ihre Mutter«, übersetzt Watanabe mit hilfloser Gebärde. »Ihre Pflegerin.«

»Die Zeit dieses Mordes stimmt nicht mit der des vorigen überein«, sagt Robynne.

»Gott behüte, ist etwa eine *copycat* aufgetaucht?« fragt Li laut.

»*Copycat?*« Mochizuki läßt das Wort prüfend durch seinen Mund rollen. »Jemand, der den Mörder nachmacht?« fragt er erschrocken.

»Es kommt oft vor«, sagt Li.

»Das wäre eine Katastrophe«, sagt Fowell.

»Wir dürfen uns nicht zu Spekulationen verführen lassen«, sagt Mochizuki. »De facto können wir heute nicht an diesem letzten Fall arbeiten. Bis alle notwendigen Fakten hereingekommen und ausgewertet sind, werden wir bei der Tagesordnung bleiben müssen.«

Bertus seufzt verärgert. »Ich verklage ihn beim Konferenzkoordinator, diesen eigensinnigen Schwachkopf«, flüstert er Robynne ins Ohr.

»Eins nach dem anderen«, flüstert sie zurück und bedeutet Bertus, daß er jetzt zuhören soll.

»Gestern abend spät haben unsere Leute die Direktorin der Stiftung Help! aus dem Bett geklingelt, und es wurden Verabredungen für erste Befragungen und Ermittlungen innerhalb der Stiftung getroffen«, sagt Mochizuki. »Bei der Stiftung sind zweihundertzweiundfünfzig ehrenamtliche Mitarbeiter beschäftigt. Wir können heute nachmittag nach zwei Uhr dorthin kommen, wenn das gesamte feste Personal zusammengetrommelt ist. Deshalb möchte ich jetzt die Aufgaben neu verteilen. Im Zusammenhang mit diesen plötzlichen Entwicklungen muß ich zu meinem Bedauern die Freistunden von Lacoste-san heute und die von Inoue-san morgen streichen.« Yvonne und Yukiko nicken.

»Die Direktorin von Help! ist Amerikanerin und heißt Molly Tender. Sie wird das Personal nicht vorweg über den Inhalt unserer Befragungen informieren. Molly Tender hat mir den Aufbau der Stiftung erklärt, also welche Abteilungen es gibt, und versicherte mir, daß wir uns überall frei umsehen könnten. Sie machte allerdings darauf aufmerksam, daß die Stiftung sich verpflichtet hat, die Namen der Klienten geheimzuhalten.

Im Sekretariat von Help! arbeitet ein fester Stab von fünf Frauen, einschließlich Molly Tender. Es ist in einem Nebengebäude der Lutherischen Kirche im Iidabashi-Bezirk untergebracht. Ich will Green-san heute nachmittag dorthin schicken.«

Robynne Green nickt. »In Ordnung«, sagt sie.

»Dann gibt es eine kleine Abteilung, wo ein Team von vier Sozialarbeitern, vor allem Seelsorger, Klienten persönlich empfängt. Die Aufnahme der Klienten geschieht über das Sekretariat. Die Berater arbeiten als Teilzeitbeschäftigte auf Abrufbasis. Alle haben sich bereiterklärt, heute nachmittag anwesend zu sein. Die Abteilung befindet sich bei den Baptisten im Shibuya-Bezirk in einem Nebengebäude der Kirche. Hierhin möchte ich Valenti-san schicken.« Lucia nickt schweigend.

»Es gibt auch ein Anleitungstraining für ehrenamtliche Mitarbeiter. Dieses Training ist verpflichtend für alle ehrenamtlichen Mitarbeiter, bevor sie ihren Dienst am Telefon aufnehmen. Heute abend findet eine solche Trainingssitzung im Keller derselben Kirche statt. Kann Silva-san dorthin?«

»Prima«, sagt Silva.

»Und schließlich gibt es ein Büro für die Telefonberatungen. Es handelt sich um die 6x03-Nummer, die von unseren Opfern angerufen wurde. Das Büro ist im dritten Stockwerk des schon erwähnten Gebäudes der Lutherischen Kirche in Jidabashi untergebracht. Kann Hogenelst-san dorthin, und zwar heute mittag, nach zwölf Uhr? Dann werden eine Person aus dem Stab von Molly Tender und außerdem zwei ehrenamtliche Mitarbeiter, die die Telefonanrufe entgegennehmen, dort sein.«

Bertus blickt mürrischvon seinen Aufzeichnungen auf und nickt.

»Die Informationen, die Sie heute brauchen, wie Adressen und nähere Angaben zu den Örtlichkeiten, Namen der Mitarbeiter von Help! und so weiter können Sie ab neun Uhr von den Damen Lacoste und Inoue in ihrem Büro erfragen.

Welt-san und Fowell-san möchte ich bitten, heute meine Vertretung hier wahrzunehmen, so daß ich mich zusammen mit meinem japanischen Stab in meinem Büro mit dem Fall Arturo Adel beschäftigen kann.«

Bettina Welt und Jack Fowell nicken zustimmend, nehmen ihre Aufzeichnungen und setzen sich nebeneinander an einen Tisch. Fowell beugt sich zu Bettina und sagt etwas. Bettina erwidert etwas, während sie sich zurücklehnt, um Fowells Atem auszuweichen.

Bertus stellt sich hinter die beiden. »Wegen dieser Sache kriegt Mochizuki Ärger«, sagt er, »dafür werde ich sorgen.«

Bettina dreht sich freundlich zu ihm um. »Die Ermittlungen gehen voran. Nicht noch eben zwischendurch versuchen, die Japaner zu verändern, Bertus. Dafür ist jetzt nicht der richtige Augenblick.«

»Es ist eine Schande, wie dieser Mann, Japaner oder nicht, uns verschaukelt, und jeder läßt mich auflaufen, wenn ich versuche, etwas dazu zu sagen. Einfach idiotisch!« Bertus' Gesicht ist rot vor Wut.

*

Als Mochizuki zum Hauptbüro entschwunden ist, nutzt Bettina die Gelegenheit, dem Haus der Performer in Daigo noch einmal einen unangekündigten Besuch abzustatten. So entgeht sie auch einem gemeinsamen Tag mit Fowell im Hotel. Es ist Mittag, und es ist heiß auf den

Bahnsteigen vom Bahnhof Hachiōji. In dem beigefarbenen Bus, der sie nach Daigo bringt, ist es so feucht, daß die Fenster dicht beschlagen sind und sich nicht abwischen lassen. Bettina erkennt gerade noch rechtzeitig den Platz im Grünen, wo ein Baum umgefallen ist; sie drückt auf den Knopf mit dem rosa Lämpchen, damit der Bus anhält.

Auf der schattigen Rotunde ist es angenehm kühl. Das Rauschen der Bäche in der Tiefe klingt Bettina unwirklich vertraut in den Ohren, als käme sie nach Hause. Vor dem staubigen Laden bleibt sie stehen. Soll sie Saburō bitten, sie zu dem Haus zu fahren? Sie tritt in die Dunkelheit des Ladens. Dort ist es still und riecht, wie die Pappdeckel der Eisbecher schmecken, wenn man sie ableckt. Sie ruft ein paarmal, zuerst schüchtern, dann lauter. Keine Bewegung. Auch im Raum hinter dem Laden bleibt es still. Bettina geht zwischen altmodischen Tiefkühltruhen und den niedrigen Regalen mit Nahrungsmitteln durch zum Hinterzimmer. Sie schiebt behutsam die Holztüren auf. Auf dem Tatami im dunklen Hinterzimmer, das bis auf ein paar Pappkartons leer ist, liegt Saburō in tiefem Schlaf. Eine Wolke von Alkohol steigt von seinem Körper auf. Whiskey, schätzt Bettina. Sie zuckt die Schultern, schleicht nach draußen und macht sich zu Fuß auf den Weg nach Daigo.

Das Rauschen der Bäche wird immer lauter. Bettina bleibt ab und an stehen, um zu lauschen. Oder ist es der Wind in den Bäumen? Es tut ihr gut, nach den Aufregungen in dem zu kalten Hotel und zu heißen Tokyo in der Kühle unter den Bäumen zu laufen. Sie spürt, wie eine Welle der Erregung durch ihre Magengegend läuft.

Daigo ist weiter, als sie gedacht hatte, und sie spürt ihre Füße, als sie den Punkt erreicht, wo die Straße in einen unbefestigten Weg übergeht. Vorsichtig schlägt sie den ungepflegten Pfad zum Haus ein und sieht sogleich, daß einige der Schiebetüren zur hölzernen Außengalerie offenstehen. Sie ruft, bevor sie zur Galerie hinaufgeht: »*Gomenkudasai!*«

Eine magere Frau kommt heraus und schaut sie aus kurzsichtigen Augen durch eine schmutzige Metallbrille an.

»Ist Herr Yamaguchi da?« fragt Bettina. Die Frau schüttelt den Kopf und bleibt abwehrend ganz still stehen, die Arme schlaff herabhängend, fast geistesabwesend.

»Sind Sie allein hier?«

Die Frau nickt. »Wer sind Sie?«

»Ich gehöre zum internationalen Polizeiteam, das die Fischmorde untersucht«, sagt Bettina. »Ich war schon einmal hier, mit Mochizuki-san, sagt der Name Ihnen etwas?«

Die Frau verneint.

»Und wer sind Sie?«

»Momo Ashikawa«, sagt die Frau und verbeugt sich. »Ich bin die Assistentin von Yamaguchi-san und Erste Tänzerin.«

»Darf ich Ihnen einige Fragen stellen?«

Momo Ashikawa nickt steif und läuft dann abrupt nach drinnen. Bettina will ihr folgen, aber Momo steht schon wieder draußen mit zwei flachen viereckigen Kissen. Sie legt sie sorgfältig nebeneinander auf die hölzerne Veranda und bedeutet Bettina, sie solle sich hinsetzen. Bettina sieht sie scharf von der Seite an. Auf ihre Fragen antwortet Momo mit monotoner Stimme. Sie blickt immer geradeaus und starrt über ihre Brille zu dem bewegungslosen Bambuswäldchen, aus dem das ohrenbetäubende Zirpen der *semi* aufsteigt.

»Ich interessiere mich vor allem für die Ausländer, die sich ab und an hier aufhalten«, sagt Bettina. »Wie viele Ausländer ungefähr kommen hierher zu Besuch?«

»Oh, das ist unterschiedlich«, sagt Momo. »Es gibt Zeiten, in denen es viele sind, und Zeiten, in denen es wenige sind. Ein paar sind dabei, die schon sehr lange kommen.«

»Wie lange ist dieses Haus schon im Besitz der Gruppe?«

»Etwa zehn Jahre. Warum?«

»Können Sie sich erinnern, welche Ausländer sich hier in den, sagen wir letzten anderthalb Jahren aufgehalten haben?«

»Ja«, sagt Momo und denkt lange nach. »Ianu-san natürlich, aber der ist tot, das wissen Sie.«

»Ja«, sagt Bettina. »Wann haben Sie es gehört?«

»Vor ein paar Tagen von Yamaguchi-san. Wir waren sehr überrascht. Dann fiel uns auf, daß wir ihn schon seit einiger Zeit nicht gesehen hatten.«

»Haben Sie ihn denn nicht vermißt? Er hat doch für diese Gruppe eine Menge kleiner Arbeiten verrichtet?«

»Ja, aber wir sahen ihn sowieso lieber gehen als kommen. Wir fanden, daß er nicht in unsere Gruppe paßte.«

»Warum nicht?«

»Weil er einen labilen Eindruck machte, und um in unserer Gruppe bestehen zu können, muß man einen starken Charakter haben und Yamaguchi-san gut zuhören. Wir fanden Ianu-san zu eigenwillig und zu schwach. Unsere Gruppe muß weiterkommen, zu einem Durchbruch kommen, auch im Ausland. Dafür muß man stark sein.«

»Wieso machte Wackwitz einen labilen Eindruck?«

»Er hielt sich sehr für sich, und abends telefonierte er zu oft und zu lange. Das machen wir hier nicht. Wir haben beispielsweise kaum Kontakt zu unseren Familien.«

»Und wer war noch da?«

»Äh, ein Mann aus den Niederlanden.«

»Hendrik Mechanicus?«

»Äh, nein, ja, der auch, *Hendurikku-san*, aber auch ein *Pitteko-san*.«

»Pieter?«

»Ja.«

»Pieter, und wie weiter?«

»Weiß ich nicht, ich kenne sie alle nicht bei ihren Nachnamen. Die Ausländer werden hier nur mit dem Vornamen angeredet.«

»Und dieser Hendrik?«

»Ja, der kam manchmal mit einem großen Amerikaner vorbei. Sie blieben eine Nacht, um am nächsten Tag weiterzuwandern.«

»Tim?«

»*Timmu-san!* Ja, so hieß er.«

»Und noch?«

Momo legt die Stirn in Falten und zählt dann auf: »*Pitteko-san, Hendurikku-san, Jeromi-san, Timmu-san, Ianu-san* ...«

»Pieter, Hendrik, Jeromy, Tim und Jan? Wer ist dieser Jeromy, kommt der noch manchmal?« fragt Bettina so unbeteiligt, wie sie kann. Sie fühlt ihre Wangen glühen. Momo nickt und scheint nichts von Bettinas Aufregung zu merken.

»Er hilft uns manchmal mit der Videoapparatur. Er kann gut filmen und Kameras reparieren. Er filmt das Training manchmal für uns, wenn wir hier draußen arbeiten.«

»Wie sieht er aus? Wie heißt er mit Nachnamen?«

»Ich weiß wirklich nicht, wie er mit Nachnamen heißt. Er ist lang und mager. Er trägt ein Tuch um den Kopf. Abends verkleidet er sich manchmal. Ich glaube, daß er eine Lederschwuchtel ist. Er zieht dann einen Motorradanzug an und läuft zur Stadt, glaube ich. Später bringt er die Kleider wieder zurück.«

»Wem gehören die Kleider?«

»Sie gehören zu unserem Kostümfundus. Aber wir haben sie schon jahrelang nicht mehr benutzt. Wir tragen jetzt mehr Kimonos, oder wir tanzen nackt. Früher trugen wir oft Uniformen und so. Es ist ein alter Polizeianzug, glaube ich.«

»Ist dieser Anzug hier?«

»Keine Ahnung. Ich denke, daß Jeromi-san ihn als sein Eigentum ansieht. Er benutzt ihn schon ungefähr zwei Jahre. Uns stört das nicht.«

»Darf ich den Anzug suchen?«

»Das mache ich besser selbst«, sagt Momo. »Kommen Sie mit?« Sie steht auf, und Bettina geht hinter ihr her ins dunkle Haus. Hinter einer Schiebetür in einem Raum, ausgelegt mit sechs Tatamis, liegen lauter bunte Kostüme. Viele sind zerrissen, und der Geruch von Mottenkugeln steigt aus den Kleiderhaufen. Bettina schaut zu, wie Momo hier und da einen Haufen umwühlt. »Es ist kein Leder dabei, das fühlt man sofort«, sagt sie, während sie auf die Knie geht und beginnt, Kleidungsstücke zusammenzufalten. Bettina setzt sich neben sie und hilft ihr beim Zusammenlegen. Schweigend verbringen sie etwa zwanzig Minuten.

»Nein«, sagt Bettina dann, »es ist wirklich nicht dabei.« Momo steht auf und winkt Bettina, ihr zu folgen. Sie gehen über den hölzernen Fußboden der Galerie, Bettina auf Strümpfen, Momo auf ihren kräftigen, braunen bloßen Füßen. Sie springt behende vom Umgang hinunter und reicht Bettina eine Hand. Sie springt auf Strümpfen in die abgestorbenen Fichtenzweige und bückt sich wie Momo, um unter das Haus zu schauen. Dort sieht man die Umrisse eines dunklen Bündels mitten unter dem Haus.

»Genau, was ich dachte«, sagt Momo. »Er versteckt es. Er schämt sich bestimmt.«

Bettina nickt. »Wie oft kommt er hierher, um es abzuholen?«

»Keine Ahnung, ich bin nicht immer hier. Aber er ruft immer an, bevor er kommt.«

»Können Sie mich anrufen, wenn er anruft?« fragt Bettina, während ihr der Atem stockt.

Momo nickt bedächtig.

Bettina gibt ihr eine Visitenkarte. »Ich erlege Ihnen von jetzt an Schweigepflicht auf. Sie dürfen mit niemandem über das reden, was zwischen uns vorgefallen ist.«

»Nicht einmal mit Yamaguchi-san?« fragt Momo, ihre Augen hinter der Brille sind kreisrund vor Erstaunen.

»Nicht einmal mit Yamaguchi-san«, bestätigt Bettina.

*

Am selben Tag um zwei Uhr stellt Robynne Green sich der Direktorin der Stiftung Help!, Molly Tender, vor. Molly Tender ist eine dicke Frau von Ende vierzig. Sie trägt ein wunderschönes, etwas mädchenhaftes Sommerkleid mit einer Schleife auf dem Rücken. Ihre Füße in den orthopädischen weißen Sandalen sind krumm von Arthritis. Schwer atmend geht sie Robynne in ein kleines Büro voran. Ihre blauen Augen blicken selbstbewußt aus dem breiten, weichen Gesicht, und ihre Stimme ist auffallend hell, herzlich und kräftig, als sie zu Robynne sagt: »Nehmen Sie Platz, Frau Green. Was kann ich für Sie tun? Kaffee?«

»Sehr gern, Frau Tender, und ein Glas Wasser, bitte.«

»Eine Cola light vielleicht? Ich trinke selber zwölf pro Tag oder mehr. Eine Sucht, könnte man sagen. Nehmen Sie.« Sie beugt sich in ihrem Stuhl zu einer Pappkiste mit Dosen, die unter ihrem Schreibtisch steht.

»Nein, danke, lieber Wasser.«

»Soweit ich verstanden habe«, sagt Molly Tender, »sind Sie hier in Zusammenhang mit diesen abscheulichen Morden. Ich werde Sie nicht fragen, wie Ihre Ermittlungen Sie bis zu dieser bescheidenen Organisation geführt haben. Ich stehe Ihnen zur Verfügung. Es scheint mir am besten, wenn ich Ihnen erkläre, wie wir hier arbeiten.«

»Sehr gern, Frau Tender.«

Eine Asiatin kommt herein und stellt ein Tablett auf den Schreibtisch.

»Dank dir, March«, sagt Molly und blickt die Frau mütterlich an. »Stört es Sie, wenn ich meine Schuhe ausziehe, Frau Green? Sie tun mir weh.«

»Bitte sehr.«

Molly Tender zerrt sich die Sandalen von den Füßen. Während sie ihre verknorpelten Zehen massiert, erzählt sie: »Die Stiftung Help! wurde 1973 von einigen Missionsfrauen gegründet, die sich immer wieder mit Menschen aus der Ausländergemeinde befassen mußten, die völlig aus dem Gleichgewicht geraten waren. Sie holten die Gestrandeten und Obdachlosen zu sich ins Haus, wenn ihnen von niemandem mehr geholfen wurde, wenn japanische Kliniken, die Heilsarmee und andere Instanzen keine Unterstützung mehr bieten konnten. Sie bekamen an ihren Küchentischen, vorzugsweise nachts und zu Weihnachten oder Neujahr, die Geschichten von Isolierung, Kulturschock, Depression und Einsamkeit zu hören. Damals waren zehn Missionarsfamilien in Tokyo, viel zu wenige, um all das Leid auffangen zu können. Die Frauen beschlossen, sich zu organisieren und eine telefonische Notrufleitung einzurichten. Sie besetzten das Telefon abwechselnd. Zu Anfang arbeiteten sie von zu Hause aus.

Infolge des ökonomischen Aufschwungs kamen in den siebziger Jahren immer mehr Ausländer nach Tokyo, vor allem Europäer und Amerikaner, in den achtziger Jahren dann auch aus anderen Teilen Asiens, Thailand, den Philippinen, Korea, Indonesien. Zu Beginn der neunziger Jahre, als die ökonomische Rezession eigentlich schon eingesetzt hatte, kamen noch einmal viele Menschen aus dem mittleren Osten dazu. Zu Tausenden kamen sie an, aus Pakistan, dem Irak, Iran, um auf dem Bau zu arbeiten, bei der Müllabfuhr, als Straßenkehrer ... Viele kamen mit einem Touristenvisum und arbeiteten illegal. Eine besondere Gruppe bildeten die Animiermädchen und Prostituierten. Sie stammten vor allem aus Thailand und den Philippinen. Die Not unter diesen Mädchen war groß. Um den permanenten Strom Notleidender auffangen zu können, begannen die Missionsfrauen, andere Frauen für die Arbeit an den Telefonen auszubilden. Daraus entstand unser Anleitungstraining, das inzwischen von hoher Qualität ist und zweimal im Jahr abgehalten wird. Es sind noch immer vor allem Frauen, die sich für dieses Training anmelden, Ehefrauen von Managern und Industriellen, Frauen, die durch die Versetzung ihrer Männer nach Tokyo selbst in eine Isolation geraten sind, Frauen, die es vorher gewohnt waren, innerhalb einer Gemeinschaft etwas zu bedeuten.

Weil ihnen die unterschiedlichsten Lebensauffassungen begegneten, beschlossen sie, die Beratung nicht mehr auf der Basis christlicher Inhalte durchzuführen, sondern eine ›nicht sektiererische‹ Herangehensweise zu wählen. Hieraus ist Help! entstanden. Wir haben jetzt zweihundertfünfzig ehrenamtliche Mitarbeiter, und die Leitungen sind vierundzwanzig Stunden pro Tag besetzt. Unsere ehrenamtlichen Mitarbeiter arbeiten pro Monat mindestens eine Schicht. Wir beraten in Krisensituationen, bei persönlichen, juristischen und finanziellen Problemen. Wir stehen mit einem Netzwerk von Anwälten, Krankenhäusern und anderen Hilfseinrichtungen in Verbindung. Wir haben einen guten Ruf, auch im Geschäftsleben. Wir werden immer noch von keiner staatlichen Stelle gefördert, bekommen aber das nötige Geld, um diesen Betrieb aufrechtzuhalten, von den Kirchen, von der Wirtschaft und auch von Organisationen und Privatleuten. Und wir veranstalten jährlich eine Aktion, um Geldgeber zu finden: ›Freunde von Help!‹.

Im Augenblick erhalten wir an die vierzigtausend Anrufe pro Jahr; das sind gut hundert pro Tag. Die Probleme reichen von ganz einfachen – Menschen, die sich mit den öffentlichen Verkehrsmitteln verfahren haben – bis zu sehr schweren – Selbstmordversuchen, Verbrechen ... Wir bekommen Anrufe von Tätern und Opfern, von Alten und Kindern, von Geschäftsleuten und Stadtstreichern ... Und wir tun selbstverständlich unser Möglichstes, um aufmerksam zuzuhören und, wenn Menschen es sich erlauben können, eine Beratung von Angesicht zu Angesicht anzubieten. Den Ärmsten helfen wir gratis. Wir haben vier Berater auf Abrufbasis im Dienst. Bei weitem nicht genug, aber es ist ein Anfang. Dauernd ringen wir mit finanziellen Problemen. Ich habe junge Frauen im Dienst, die mit japanischen Männern verheiratet sind. Gegen einen viel zu niedrigen Lohn arbeiten sie viel zu viele Stunden. March Ogino von den Philippinen, die uns den Kaffee brachte, ist unsere Buchhalterin. Dann haben wir Emma Doi, eine Niederländerin, sie ist meine persönliche Sekretärin, Stephany Dan, Amerikanerin, Koordinatorin der ehrenamtlichen Mitarbeiter, und Henriette Kuwahara, auch aus den Niederlanden, sie ist verantwortlich für die Geldbeschaffung und Aufnahme der Klienten. Sie sprechen Japanisch und wissen, was es bedeutet, als Ausländer in dieser Gesellschaft zu leben. Wir fünf bilden eine feste Gemeinschaft, und ich möchte Sie bitten, sie so vorsichtig wie möglich mit Ihren schrecklichen Ermittlungen zu konfrontieren. Sie sind sozusagen meine Kinder und ich verdanke ihnen viel.«

»Ich will sie befragen. Ich verspreche Ihnen, es so kurz wie möglich zu machen.«

»In Ordnung«, sagt Molly Tender. »Kann ich sonst noch etwas für Sie tun?«

»Später vielleicht, Frau Tender. Vielen Dank für Ihre Erläuterungen. Wenn Sie nichts dagegen haben, würde ich jetzt gern mit diesen Damen sprechen.«

Molly Tender begleitet Robynne zu dem kleinen Büro, wo die Frauen konzentriert bei der Arbeit sind. Das Mobiliar ist ramponiert, die Computer veraltet.

»Meine Lieben«, sagt Molly Tender mütterlich, »dies ist Robynne Green.«

Die Frauen von Help! sehen müde aus, aber sie haben denselben selbstbewußten Blick wie Molly Tender. Sie unterbrechen ihre Tätigkeiten und fordern Robynne auf, am Tisch im Nebenraum Platz zu nehmen. Es ist ärmlich und kahl dort, aber ordentlich und sauber. An der Wand, auf einem Brett aus Eichenholz, hängt ein orangefarbenes emailliertes Medaillon mit einer betenden Maria.

»Ich muß Sie befragen. Eine Spur hat uns zu Ihrer Organisation geführt. Ich bitte Sie um Ihre Mitarbeit.«

Die Frauen am Tisch blicken sie ernst an.

»Ach, sie müssen nicht so finster gucken. Erzählen Sie mir erst einmal, was Sie tun«, sagt Robynne.

»Es ist eigentlich nichts Besonderes«, beginnt March mit einem schwachen Lachen. »Wir versuchen, den Laden hier in Gang zu halten. Wir sind Monate zurück mit der Verwaltung und den Finanzen, aber daran gewöhnt man sich. Wir tun, was wir können.«

»Ich begreife selbst nicht so genau, was mich treibt, diese Arbeit zu machen«, sagt Henriette Kuwahara, »lange Tage und schlecht bezahlt, aber ich habe mich noch nie vorher so nützlich gefühlt. Diese Arbeit ist wirklich notwendig. Es gibt viel Not. Ich selbst bin ein getreues Mitglied der Tokyo Union Church, aber ich frage mich, ob die Kirchen genug für die Obdachlosen, die Einsamen tun können. Ich glaube, nein. Unsere ehrenamtlichen Mitarbeiter sind so gut ausgebildet, so kompetent, so motiviert ... Helfen ist noch immer Sache der Frauen. Schrecklich, nicht wahr?«

»Du schweifst ab, Henriette«, sagt March, die kleine Filipina. »Ich verwalte die Finanzen zusammen mit Molly«, sagt sie zu Robynne. »Wie ich schon sagte: Es ist ein Chaos. Die Telefonrechnungen werden immer pünktlich bezahlt, so daß wir arbeitsfähig bleiben. Unsere Gläubiger werden uns nicht lästig, und sie sind diskret, dank unseres guten Namens in der Ausländergemeinde. Wenn es durchsickert, daß innerhalb dieser Organisation polizeiliche Ermittlungen stattgefunden haben, habe ich Sorge, daß es mit dem Wohlwollen vorbei ist.«

»Ich bin Mollys Sekretärin. Ich regele ihre Verabredungen und schreibe ihre Briefe. Ich bin ein zuverlässiger und pünktlicher Mensch. Wenn Molly mich nicht hätte ...«, sagt Emma.

»Das ist wahr«, sagt Molly von dem zentralen Büroraum herüber, wo sie in den Papieren herumkramt. »Ich bin ein Chaot, emotional und impulsiv.«

»Und Sie?« fragt Robynne Henriette.

»Ich trete an Stiftungen und Betriebe heran. Ich regele die jährliche Sammelaktion und organisiere kulturelle Veranstaltungen wie Konzerte und Ausstellungen. Außerdem arbeite ich vier Stunden am Tag bei der Aufnahme von Klienten für unser Psychiater- und Psychologenkollektiv. Ich arbeite also teils für Molly und teils für die klinische Abteilung, die einen eigenen Direktor hat.«

»Was bedeutet diese Aufnahme genau?«

»Ich halte telefonisch Kontakt zu den Menschen, denen seitens der Notrufleitung dazu geraten wurde, sich einer Therapie zu unterziehen. Sie rufen mich an, und ich schreibe einen Bericht über ihre Problematik. Aufgrund dieser Berichte weise ich sie einem auf ihr Problemgebiet spezialisierten Berater zu.«

»Sie stehen also in engem Kontakt zu den Klienten und wissen von ihren Problemen.«

»Ja, aber Sie verstehen, daß diese Informationen vertraulich sind und auch an die Polizei nicht einfach weitergegeben werden können.

Alle unsere ehrenamtlichen Mitarbeiter arbeiten unter Decknamen. Die Ausländergemeinde ist relativ klein, und unsere Arbeit muß anonym bleiben, solange sie im Stadium der Telefonberatung ist.«

»Ich verstehe«, sagt Robynne Green.

»Dann muß ich noch erklären, wer ich bin und was ich mache«, sagt Stephany. »Ich bin Koordinator der ehrenamtlichen Mitarbeiter. Ich leite unser Trainingsprogramm, mache den monatlichen Arbeitsplan und koordiniere die Überlegungen wegen der Wiederholungsanrufer.«

»Was sind Wiederholungsanrufer?«

»Menschen, die uns beispielsweise regelmäßig ein paarmal am Tag anrufen, und das manchmal jahrelang. Wir haben für sie spezielle Richtlinien entwickelt. Für sie gilt, im Gegensatz zu den normalen Anrufern, beispielsweise ein Zeitlimit, sonst würden sie auf die Dauer alle Leitungen besetzt halten. Es sind oft Menschen, die aus ihrer Depression einen Lebensstil gemacht haben, unsere ›Berufsopfer‹. Sie weigern sich meistens, sich einer Therapie zu unterziehen und rufen uns weiterhin wegen ihrer akuten Ängste an.«

»Ich bin beeindruckt von Ihrer Organisation«, sagt Robynne.

»Ich hoffe, daß das so bleiben kann«, sagt Henriette scharf, »eine Ermittlung wie die Ihre, das ist nicht gerade das, was wir uns wünschen, das verstehen Sie sicher.«

»Ja, das verstehe ich«, sagt Robynne.

*

Lucia Valenti wartet in einem Zimmer des Nebengebäudes der Baptistenkirche in Shibuya auf die vier Berufsberater von Help!. Gelangweilt schaut sie sich in dem mit verschiedenen alten Stühlen und Tischen eingerichteten Raum um. Ein fleckiger hellgrüner Teppich liegt auf dem Boden. Lucia zieht Spuren mit ihren Absätzen hinein und zupft an einem herausstehenden Stück Rattan der Stuhllehne. Sie läßt es rhythmisch gegen den gebogenen Bambus zurückschießen: knarr, knarr, knarr. Das Geräusch knallt unheimlich durch das düstere kleine Zimmer. Durch ein Fenster aus drahtverstärktem Glas fällt fahles Licht auf die vergilbte Textiltapete. Eine kaputte Neonleuchte flackert irritierend. Die Klimaanlage rast ohrenbetäubend. Es ist kalt und feucht hier, und es riecht nach alten Matratzen. Lucia zittert. Die vier Berater kommen gleichzeitig, zwei Männer und zwei Frauen. Einer der Männer stellt sich als Ron Sullivan vor, Direktor der klinischen Abteilung, und dann die anderen drei Berater: Bob Thomson, Pastor, Ginny Cohen, spezialisiert auf Drogen und Alkohol, und Grace de Vries, spezialisiert auf Systemtherapie. Etwas später kommt Henriette Kuwahara, die noch von Robynne Green befragt worden war, außer Atem herein.

»Kann ich Einsicht in die Berichte bekommen?«

»Das hängt davon ab, welche Berichte Sie meinen«, sagt Ron Sullivan, »aber wenn Sie damit die Informationen über unsere Klienten meinen, sage ich heute ›nein‹ und werde mich morgen mit einem Juristen beraten.«

»Was ich wissen will, ist, ob unter den ehrenamtlichen Mitarbeitern von Help! oder unter Ihren Klienten jemand ist, auf den folgende Beschreibung paßt:

– männlichen Geschlechts

– glattes, dünnes Haar

– trägt Leder

– Mund und Kinn weich

– Englisch sprechend mit südamerikanischen oder nordeuropäischen Akzent

– eine Faszination für Messer

– ein normales soziales und gesellschaftliches Leben

– sein Name beginnt möglicherweise mit einem I, oder er gibt sich als Jeromy Wanderfogel aus.«

»Nein« sagt Ron Sullivan. »Hören Sie, Frau Valenti. Sie müssen verstehen, daß wir die Dossiers über unsere Klienten nicht ohne weiteres öffnen. Ich sehe keinen Grund anzunehmen, daß sich unter meinen Klienten einer befindet, der die Fischmorde auf seinem Gewissen hat. Ich bin bereit, diese Erklärung unter Eid zu wiederholen, und was die ehrenamtlichen Mitarbeiter betrifft, kenne ich sie bei weitem nicht alle. Über sie sollten Sie besser Molly Tender befragen.«

»Dann weiß ich vorläufig genug«, sagt Lucia. »Ich würde heute nachmittag noch eine Verabredung mit einem Juristen treffen, Herr Sullivan, denn wir werden doch die Dossiers öffnen müssen, fürchte ich.«

»Das werde ich tun«, sagt Ron Sullivan.

Die Berater sehen sich kurz an, dann ergreift Grace de Vries das Wort. Sie ist eine große, dunkelhaarige Frau mit langem, offenem Haar. Ihre Stimme ist laut, sie artikuliert genau und deutlich. »Henriette führt ein erstes Gespräch per Telefon. Der Klient ist von einem ehrenamtlichen Mitarbeiter der Notrufleitung an sie weiterverwiesen. Sie erkundigt sich nach der Art der Probleme und bringt den Klienten in einer bestimmten Problemkategorie unter. Aufgrund dieser Einteilung überlegt sie mit Ron Sullivan, bei wem der Klient am besten aufgehoben ist. Dann spricht man mit dem betreffenden Berater. Ist dieser einverstanden, wird eine Reihe von Gesprächsterminen verabredet.«

»Wird auch einmal ein Klient abgelehnt?« fragt Lucia.

»Nein, im Prinzip nicht. Allerdings gibt es manchmal eine Warteliste.

Unsere Klienten werden, wie krank sie auch sein mögen, selten an die psychiatrischen Krankenhäuser überwiesen, weil sie dann in einer japanischen Einrichtung landen und noch mehr isoliert werden. Wir versuchen unseren Klienten so lange wie möglich ihre Selbständigkeit zu erhalten. Solange jemand dazu in der Lage ist, sich als Ausländer in dieser Stadt recht und schlecht durchzuschlagen, sieht es mit ihm noch nicht so übel aus, wie er selbst denkt.

Henriette, Ginny, Bob Thomson und ich sind Psychologen und werden supervidiert von Ron Sullivan, der Psychiater ist. Medikamente dürfen wir nicht verschreiben, nicht einmal Ron, weil wir unsere Examen an amerikanischen Universitäten abgelegt haben. Deshalb arbeitet Ron mit einem japanischen Psychiater zusammen, der Rezepte ausschreibt und abzeichnet.

Die Klienten müssen zu uns kommen, wir machen keine Hausbesuche. Auch das gehört zu unserer therapeutischen Strategie. Allerdings gibt es ein Krisenteam. Wenn jemandem auf der Straße schlecht wird, durch Drogen beispielsweise, geht das Krisenteam dorthin. Dies Team steht wiederum in enger Verbindung mit der Polizei und einem Krankenhaus. Wir sind auf alle möglichen Situationen vorbreitet.«

*

Am selben Mittag bekommt Mochizuki-san die Information, in welchem Zenkloster Marco Polo sich gelegentlich aufhielt. Es handelt sich um ein Kloster der Rinzai-Sekte, in den Bergen bei Minakami. Watanabe setzt ihn an der Klosterpforte ab und bleibt selbst im Auto sitzen. Mochizuki ist noch nie in einem Kloster gewesen und blickt sich unsicher um. Er wird von einem Oberen in schwarzem Gewand eingelassen. Behutsam betritt er diese andere Welt und wird vom Oberen über den Holzfußboden des *dōjō* geführt. Vom Klostergebäude her klingt heftiger Lärm: Stampfen, Geschrei, der scharfe Ton einer Glocke. Das Arbeitsritual, erklärt der Obere. Im Außenhof liegt ein Mann auf dem Boden. Zu Mochizukis Schreck schlägt der Obere ihn mit einem langen Stock, woraufhin der Mann ein Stück wegläuft, um sofort wieder zurückzukehren und sich, die Stirn gegen das Holz gedrückt, wieder bewegungslos hinzulegen.

»Das ist gegen das Gesetz, Sie dürfen keinen Menschen mit einem Stock schlagen«, sagt Mochizuki zum Oberen.

»Dieser Mann unterwirft sich diesem Ritual völlig freiwillig«, antwortet der Obere trocken.

»Ritual? Sie haben richtig hart zugeschlagen.«

»Was glauben Sie, Mochizuki-san, ist ein Ritual etwas, das den Körper oder den Geist betrifft?«

»Den Geist«, sagt Mochizuki.

Der Obere schüttelt den Kopf. »Den Körper«, sagt er, »ein Ritual muß man fühlen.«

Sie gehen durch lange Gänge weiter, an deren Ende der Obere die Tür eines Waschraums öffnet. In einem steinernen Raum sind kahle Mönche in tiefer Stille damit beschäftigt, sorgfältig Reis zu waschen. Sie sehen wie Standbilder aus, genauso steinern wie der Waschraum, still und unberührbar. Mochizuki will hineingehen, um mit ihnen zu reden, aber der Obere hält ihn zurück und sagt, daß er warten müsse.

Von draußen erklingt dumpfes Läuten und das schwache Geläut von hellen Messingglöckchen.

»*Zazen* hat angefangen«, sagt der Obere.

Vierzig Minuten lang schauen sie auf Abstand zu, wie dreißig Mönche, in schwarze Kimonos und weiße Unterkimonos gekleidet, bewegungslos in Reihen auf niedrigen Podesten sitzen, mit dem Rücken zur Mitte des Raumes. Ihre Hände sind so zusammengelegt, daß die vier Finger der einen Hand auf denen der anderen liegen und die Spitzen der Daumen sich berühren. Mochizuki versucht es ihnen mit seinen großen, quadratischen Händen nachzutun. Ein Mönch läuft mit einem Stück Holz in der Hand zwischen den Sitzenden auf und ab und verteilt Schläge auf die Schultern derer, die sich für auch nur einen Augenblick ablenken lassen.

Nach der Meditation beginnt in einem anderen Raum eine Andacht, wobei durchdringend gesungen wird. Mochizuki lauscht angespannt auf die fremden Töne.

Dann wird gegessen. Im Eßsaal hängt ein hölzerner Fisch an der Decke, auf den jemand mit einem Klöppel schlägt, während die Reissuppe aus Holzeimern in schwarze Schüsseln gefüllt wird. Auf niedrige Tische werden Schalen mit eingelegtem Gemüse und Schüsseln mit Misosuppe gestellt. Vorsichtig nippt Mochizuki an der dünnen Suppe, während in der Küche schon wieder ein Tumult ausbricht. Einige Mönche füllen Eimer mit Wasser und säubern in rasendem Tempo und mit lautem Füßestampfen Fußboden und Wände. Der Obere erzählt, daß die verschiedenen Dienste im Rhythmus von vier Monaten rotieren: Kochen, Saubermachen, Köpfe rasieren, auf dem Land arbeiten, Schneeräumen ...

Mochizuki wendet sich einer Gruppe zu. Der Obere läßt ihn gewähren.

»Ist das Leben hier schwer?«

»Die ersten Monate sind am schwierigsten, da werden viele krank«, antwortet ein Mann mit einem sonnigen Lächeln im Gesicht.

»Kommt es vor, daß jemand stirbt?«

»Das ist einmal passiert«, sagt ein anderer lachend.

»Warum sind Sie hier?«

»*Sō ne*«, sagt der Mönch darauf und kratzt sich nachdenklich das Kinn.

»Hat es etwas mit Erleuchtung zu tun?«

»Erleuchtung? Was meinen Sie?«

»Äh, *satori*, geistige Befreiung.«

»*Sō ne.*«

Mochizuki dreht sich zum Oberen um, der immer direkt hinter ihm stehenbleibt, und fragt:

»Warum, in Himmels Namen, haben Sie den Mann dort geschlagen?«

»Um ihm die Gelegenheit zu geben, eben seine Beine auszustrecken.«

»Wozu liegt er da?«

»Er fleht darum, als Mönch aufgenommen zu werden.«

»Hat Marco Polo das auch tun müssen?«

»Ja, natürlich.«

»Wie lange liegt dieser Mann da schon?«

»Drei Tage.«

»Wann wird er eingelassen?«

»*Sō ne.*«

»War Marco Polo ein guter Schüler?«

»*Sō ne*, nicht wirklich. Er war nicht diszipliniert genug. Das Klosterleben machte ihn unglücklich, aber das wußte er selbst noch nicht.«

»Gibt es hier ein Telefon?«

»Nein, auf der Straße draußen steht eine Telefonzelle.«

»Dürfen die Mönche abends nach draußen?«

Der Obere denkt einen Augenblick nach. »Es ist nicht in unserem Sinne, aber es ist auch nicht verboten.«

»Ging Marco Polo abends manchmal weg?«

»Keine Ahnung. Das kontrollieren wir nicht.«

Nach dem Gespräch, wobei sich die Mönche neugierig um Mochizuki drängten, teilen sie sich, jetzt wieder diszipliniert, in Gruppen auf. Einige, um Laub zu harken, andere, um auf dem Feld zu arbeiten, erzählt der Obere. Mochizuki und der Obere folgen einer Gruppe ins Klostergebäude, wo ein alter Mönch in gelbem Kimono auf einem Holzstuhl sitzt. In feierlichem Ton stellen die Mönche ihm Fragen, auf die er irre Antworten gibt, die er ihnen laut zuruft, obwohl sie dicht bei ihm stehen. Mochizuki hört voller Verwunderung zu. »Wie war die Form deines Gesichts, bevor du geboren wurdest? Wie klingt eine Messingglocke ohne Klöppel? Wie viele Millimeter nutzt sich die Kopfdecke pro Jahr ab? Kommt eine Schnecke, die auf dem Rücken einer Katze in die Richtung des Schwanzes der Katze kriecht, während die Katze auf dem Dach eines fahrenden Zuges in Gegenrichtung des Zuges rennt, voran?«

Dann beginnt abrupt ein neuer Dienstblock, und danach wird wieder gegessen, erzählt der Obere. Mochizuki findet, daß er genug gesehen hat, und verabschiedet sich. Im Auto gibt er Watanabe, der die ganze Zeit auf ihn gewartet hat, einen atemlosen Bericht.

Sie fahren nach unten zur Telefonzelle an der Straße. Dort angekommen, steigt Mochizuki aus und diktiert Watanabe die Nummer der Zelle. Schweigend fahren die beiden Männer zurück nach Tokyo, Mochizuki in Gedanken, Watanabe respektvoll.

Später am Abend berichten sie dem internationalen Team. Mochizukis Erstaunen ist sogar da noch nicht ganz verschwunden und klingt in seiner Stimme nach.

»Ich habe NTT prüfen lassen, ob von der Telefonzelle an der Straße aus oft dieselbe Nummer angerufen wurde. Das konnte man schnell herausfinden, weil die Zelle kaum benutzt wurde. Bis auf einen Zeitraum. Die Telefongespräche wurden alle in den Abendstunden geführt, und die ersten Gespräche dauerten lange, eine Stunde oder sogar länger. Danach wurden sie häufiger, aber kürzer, zehn oder zwölf Minuten. Die Gespräche wurden mit Help! geführt.

Marco Polo war unglücklich in dem Kloster, aber wußte es selbst noch nicht, hat der Obere gesagt. Meine Damen und Herren, ist das nicht eine beachtenswerte Bemerkung dieses Mannes?«

»Wie kommt es, Mochizuki-san, daß das Leben in einem Zenkloster Sie so überrascht?« fragt Bertus erstaunt.

»Ich wußte kaum etwas von der Existenz derartiger Klöster«, sagt Mochizuki. »Es sieht fast so aus, als wüßten Ausländer mehr über unsere traditionelle Kultur als wir selbst. Es sind immer Ausländer, die sich über No- und Kabuki-Theater, über *taiko*, über Zenbuddhismus äußern. Ich bin selbst nie mit diesen Dingen in Berührung gekommen. Ein Teil von Marco Polos Leben hat sich in der merkwürdigen Welt eines Zenklosters abgespielt.

Ich brauche Zeit, um darüber nachzudenken«, sagt er dann. »Ich wünsche Ihnen allen eine gute Nacht. Ich bin in meinem Zimmer hier im Hotel zu erreichen. Da die Ermittlungen sich jetzt in einer Phase der Beschleunigung befinden, werde ich von nun an im Hotel wohnen.

*

7. September

Das Unglaubliche ist geschehen: Ein neuer Mord ist begangen worden. Das Opfer ist Pater Arturo Adel. Die Verwirrung ist groß, weil am Ort des Verbrechens zwei Sorten menschlichen Bluts gefunden wurden. Nicht nur das von Pater Adel also. Gibt es zwei Opfer und ist eines irgendwo anders hingelegt worden? Ist dies überhaupt das Werk »unseres« Killers? Der Mord ist einige Stunden früher als die anderen Morde begangen worden. Hat ein Nachäffer zugeschlagen? Oder ist der Mörder in Panik, weil man ihn jagt, und wird unvorsichtig?

Es wird allmählich belastend, daß ich Matthijs, je mehr passiert, desto weniger erzählen kann. Unsere Telefongespräche haben dadurch etwas Unwirkliches.

Ich bin auf gut Glück zum Haus der Tanzgruppe in Daigo gegangen. Daß Wackwitz und Mechanicus sich dort aufgehalten haben, wußten wir, daß aber auch dieser Wanderfogel dort herumläuft, ist neu. Sollte dieser Pornofilm von Croo denn doch seinen Sinn gehabt haben? Wenn ja, ist es um so bitterer, daß Croo gefeuert wurde.
Ich habe das Kleiderbündel unter dem Haus nicht angerührt.
Mochizuki konnte sich nicht genug tun mit Lobeshymnen und Verbeugungen. Das Unglaubliche ist geschehen: Mochizuki nimmt mich ernst.

Green und Valenti haben heute die Spur zur Stiftung Help! verfolgt. Meine Fotos bereiten dem Labor noch Probleme. Wütendwerden hilft nicht.
Von dieser Schlaftablette von Li war mir ganz schlecht, als ich wach wurde, aber vielleicht kommt es auch, weil wir so früh herausgetrommelt wurden. Viele aus dem Team leiden Li zufolge an Schlaflosigkeit.
Vor einer Stunde hörte ich im Zimmer von Lucia, gleich nebenan, Geräusche. Valenti war bisher sehr ruhig, aber jetzt ist Silva offenbar zu Besuch. Es scheint dort sehr vergnügt und gemütlich zuzugehen. Valenti erzählt Silva mit lauter Stimme, daß »kommen« im Japanischen »gehen« heißt. Der Japaner sagt: »Ich gehe«, wenn er »kommt«! Schreiendes Gelächter der beiden.

Ich fand Mochizuki heute äußerst sympathisch, wie er über das Zenkloster erzählte. Er hatte keine Ahnung, daß so etwas in seiner Kultur noch existiert. Das ist verrückt, im Westen wirst du überschüttet mit Zen.

Ich bin heute beim großen Bürogeschäft in Shinjuku vorbeigegangen und schreibe dies mit wieder einem neuen Stift, einem »My Kitty« diesmal. Ich habe jetzt zwölf neue Stifte.

The Far East Network meldete:
– Kondolenzliste für Mutter Theresa in der Indischen Botschaft.
– Eröffnung eines amerikanischen Supermarkts in Osaka.
– Schwangerschaftskurse für Ausländer in Tokyo.

Der Prozeß gegen den Sektenführer Asahara nimmt eine merkwürdige Wendung. Asahara soll das Wort »phowa« in Zusammenhang mit den Morden an dem Rechtsanwalt und seiner Familie, aber auch mit anderen Morden gebraucht haben. Es soll ein religiöser Ausdruck aus dem Sanskrit sein und auf eine »Umwandlung der Seelen auf dem Weg in höhere Sphären« verweisen. Asahara hat gute Anwälte, die, obwohl seine Schuld jedem klar ist, versuchen, die Schuld auf einen seiner Jünger abzuwälzen.

# 9

DIE KIRCHE DER BAPTISTEN IST EIN HÄSSLICHES GEBÄUde aus den sechziger Jahren. Der Turm, der kaum das Dach des Kirchenschiffs überragt, ist mit beigefarbenen, dreieckigen Ziegeln gedeckt. Tiefe Risse in der Mauer, durch Erdbeben verursacht, wurden nachlässig mit Zement ausgebessert. Im Beton der Treppenstufen zu den verschiedenen Eingängen sind bizarr geformte, flache rosa Natursteine eingelassen. Auf einer der Treppen im Lichtschein des Haupteingangs stehen ein paar Leute zusammen und rauchen.

»Pardon, wissen Sie vielleicht, wo das Help!-Training stattfindet?« fragt Silva in die Runde.

»Im Souterrain«, sagt eine üppig mit Schmuck behangene Frau mittleren Alters. »Sind Sie ein neuer Kursteilnehmer?«

»Nein«, sagt Silva und läuft schnell die Treppe weiter hinauf, weg von ihrem Poison-Parfum, und geht durch die große gläserne Eingangstür. Nach einigem Suchen, wobei er in einer riesigen Küche mit Schränken, auf die Etiketten geklebt sind, landet, findet er eine moosgrün ausgelegte Treppe nach unten. Er geht an einer Reihe summender Getränkeautomaten entlang in Richtung gedämpfter Stimmen, drückt eine Tür auf und kommt in einen grell erleuchteten großen Raum, wo Menschen auf Plastikklappstühlen sitzen und leise in kleinen Gruppen miteinander reden. Einen Moment bleibt er auf den beigefarbenen Vierecken des Linoleums stehen und blickt sich verloren um, aber dann geht er auf eine Frau zu, die in der Ecke des Raumes auf dem Deckel eines Konzertflügels Papierstapel ordnet.

Sie blickt auf. »Herr Silva? Ich bin Stephany Dan, ich koordiniere das Anleitungstraining für ehrenamtliche Mitarbeiter.« Sie schütteln sich die Hand. Stephany Dan, eine blasse, dicke Frau mit flammendrotem Haar, schaut ihn freundlich an. Silva sieht indianische Züge, eine große Nase, von der zwei tiefe Furchen zu den Winkeln eines breiten Mundes laufen. Sie ähnelt mir, denkt er erschrocken.

»Was genau kann ich für Sie tun?« fragt sie. »Ich bin gestern schon von Ihrer Kollegin, Frau Green, befragt worden.«

»Ich möchte zunächst wissen, wie Sie hier arbeiten. Haben Sie etwas dagegen, wenn ich der Trainingsstunde beiwohne?«

»Die Frage werde ich der Gruppe vorlegen müssen. Unsere ehrenamtlichen Mitarbeiter legen Wert auf Anonymität, wissen Sie.«

»Was geschieht, wenn ein Klient anruft und an einen Berater am andern Ende der Leitung gerät, dessen Stimme er zu erkennen glaubt oder umgekehrt, daß ein Berater die Stimme eines Klienten erkennt?«

»Dann sagt der Berater: Ich vermute, daß wir uns kennen. Wollen Sie einen anderen Berater? Meistens lautet die Antwort dann ja.«

»Gut.«

»Ich werde der Gruppe Ihre Anwesenheit erklären, und wenn niemand etwas dagegen hat, können Sie dableiben«, sagt Stephany. »Wir sprechen heute abend über Aids. Setzen Sie sich. Wir fangen in fünf Minuten an.«

Sie stellt Silva als einen interessierten Pfarrer aus Mexico vor.

Aus der Gruppe kommen keine Einwände gegen seine Anwesenheit. Er hat seinen Klappstuhl etwas abseits neben den schwarzen Flügel in die Ecke gestellt und holt ein kleines Notizbuch aus der Hosentasche.

Nachdem Stephany eine einleitende Ansprache gehalten und Papierstapel ausgeteilt hat, gibt sie einem kahlen, hageren Mann das Wort. Er wird der Gruppe als Frank Laing vorgestellt. Frank fängt sofort in rasendem Tempo an zu sprechen.

»Die ausländische Männergemeinschaft in Tokyo hat sich einen neuen Mythos geschaffen. Ein hartnäckiges Gerücht geht um: Japanische Kondome sollen angeblich zu klein für westliche Männer sein. Um Sie ein für alle Mal vom Gegenteil zu überzeugen, möchte ich, daß Sie jetzt unter die Sitze Ihrer Stühle fassen.«

Die Teilnehmer fühlen mit ungläubigen Gesichtern unter ihren Stuhlsitzen und holen mit einiger Mühe einen Briefumschlag zum Vorschein. Auch Frank Laing hat einen unter seinem Sitz hervorgezogen und holt jetzt den Inhalt heraus.

Einige Frauen im Kreis kichern, und ein dicker Mann lacht anhaltend mit hoher Stimme. Frank Laing hat seine Schuhe und Socken ausgezogen und bittet seine Zuhörer, dasselbe zu tun. Er setzt sich auf den stählernen Schreibtisch vor der schlecht gewischten Wandtafel und rollt langsam und konzentriert ein hellgrünes Kondom über die nackten Zehen seines linken Fußes. Er zieht es bis über seinen Spann, über seine Ferse und rollt es bis knapp unter sein behaartes Knie. Dann schaut er triumphierend in den Raum.

»Unsinn also!«

Während die Heiterkeit wächst, werden rosa, schwarze, fleischfarbene, gestreifte und gepunktete Kondome über bloße Füße, Nylonstrümpfe, Socken und Hosenbeine gerollt. Über sein rechtes Bein, das mit einem dicken Verband umwickelt ist, zieht Frank Laing einen mit der amerikanischen Flagge dekorierten Pariser.

»Wir haben mit diesem Experiment bewiesen, daß die Behauptung, japanische Kondome seien zu klein für westliche Männer, nicht stimmt. Das Kondom ist bis jetzt das einzige Mittel, ich wiederhole: das ein-zi-ge Mittel gegen Aids. Lassen Sie sich nicht durch Berichte in den Medien verwirren. Seit 1990 schon läßt man etwas verlauten von einem Heilmittel gegen Aids; es ist jetzt mehr als sieben Jahre später, und das Heilmittel ist immer noch nicht da. Lassen sie sich nicht von Berichten über den neuen Medikamentencocktail verführen. Diese Cocktails verlängern und verbessern das Leben eines Aidspatienten, haben aber schwere Nebenwirkungen, und über ihre Wirkung auf lange Sicht wissen wir nichts.

Dreißig Prozent der bei uns einlaufenden Telefonate handeln von Aids und den Problemen, die damit zusammenhängen. In dieser und den drei folgenden Trainingssitzungen werden Sie deshalb gründlich über die medizinischen, sozialen und psychologischen Aspekte dieser Krankheit informiert. Diese erste Sitzung ist dazu da, Sie an ein Thema zu gewöhnen, das insgesamt nicht einfach oder witzig ist. Ist jemand hier im Raum, der Freunde von Freunden oder Freunde von Angehörigen hat, die an Aids gestorben sind?« Dreizehn Hände heben sich.

»Ist jemand hier im Raum, der Freunde hat, die an Aids gestorben sind?«

Sieben Hände heben sich.

»Ist jemand hier im Raum, der Angehörige hat, die HIV-positiv sind oder an Aids leiden?«

Zwei Finger werden gehoben.

»Ist jemand hier im Raum, der Aids hat oder HIV-positiv ist?« Niemand reagiert.

»Aids kommt immer näher«, sagt Frank Laing. »Sie werden viele ängstliche Menschen ans Telefon bekommen. Menschen, die ungeschützt geliebt haben oder bei denen das Kondom gerissen ist, Menschen, die sich mit Fragen herumquälen. Sie werden über ihre Geschlechtsteile und die ihrer Partner sprechen. Sie werden für die Geschlechtsteile verschiedene Namen gebrauchen, in verschiedenen Sprachen, denn nicht für alle unserer Anrufer ist Englisch die Muttersprache. Auch unter Ihnen sind unterschiedliche Nationalitäten repräsentiert. Ich möchte, daß sie sich in Fünfergruppen zusammensetzen und gemeinsam Listen anlegen von allen feinen und ordinären Namen, die Ihnen einfallen für:

1. das weibliche Geschlechtsorgan,
2. das männliche Geschlechtsorgan,
3. den Geschlechtsakt.«

Die Teilnehmer bleiben sitzen. Einige lachen verlegen.

»Nicht so lange zögern«, sagt Frank Laing. »Sie müssen sich über Ihre Hemmungen hinwegsetzen.«

Nun verteilen sich alle in Gruppen im Raum und beschäftigen sich mit dem Schreibpapier, das sie auf dem Schoß liegen haben.

»Sie haben eine halbe Stunde«, ruft Frank Laing. »Danach schreibe ich alle Ausdrücke an die Tafel, damit Sie sie nie wieder vergessen.«

Aus jeder leise murmelnden Gruppe hört man ab und zu Lachen. Frank setzt sich arbeitslos an seinen Schreibtisch und wartet. Silva geht zu ihm.

»Wie viele dieser Menschen gehören schon seit längerer Zeit zu Help!?«

»Äh, das sind Stephany und ich und Griepsimee Essayan dort, die dunkle Frau in der Gruppe hinten im Saal, sie ist Beraterin, und Walt Pebbles, der Mann mit dem schütteren Haar dort links, und Peter Tate, der Mann mit dem langen Haar.« Frank zeigt jeweils auf die Menschen.

»Ich möchte Sie und diese Menschen nachher gerne noch sprechen.«

»Ich werde es ihnen sagen«, sagt Frank, »aber bitte nach der Beraterkonferenz; die halten wir nach jeder Trainingseinheit ab.«

»In Ordnung«, sagt Silva. »Wann seid ihr fertig, und wo soll ich warten?«

»Setzen Sie sich ruhig oben in die Küche », sagt Frank. »Dann treffen wir uns dort gegen elf.«

»Ich habe nicht so große Lust«, sagt Silva gedämpft, »eine Stunde lang beim Herunterbeten von Bezeichnungen für Geschlechtsteile und -verkehr anwesend zu sein. Ich setze mich jetzt schon einmal in die Küche.«

»In Ordnung«, sagt Frank lachend. »Kennen Sie ein schönes Synonym für ›weibliches Geschlechtsorgan‹?«

»*Hairburger*«, sagt Silva und macht sich, den glucksenden Frank zurücklassend, über das glänzende Linoleum zur Tür davon.

»Ich will Ihre Zeit und Energie nicht mit unnötigem Reden vergeuden«, sagt Silva, als die Berater mit ihm um den großen Küchentisch sitzen.

»Unsere Ermittlungen nach dem Täter der Fischmorde haben uns in Ihre Organisation geführt. Ich habe für jeden von Ihnen eine Mappe mit Informationen über die Morde mitgebracht. Lesen Sie diese Mappe sorgfältig durch und lassen Sie in Gedanken das letzte Jahr Revue passieren. Denken Sie während der kommenden Tage an alle Menschen, mit denen Sie in Zusammenhang mit der Organisation in Kontakt gekommen sind.« Silva zählt an den Fingern ab: Berater, ehrenamtliche und feste Mitarbeiter, Klienten, Kursteilnehmer, Mitglieder der Stiftung, Führungsmitglieder, Spender ...

Es gibt ein bislang unbekanntes Opfer. Im Blut dieses Opfers ist der HI-Virus festgestellt worden. Ihre Organisation bekommt viele Anrufe in Zusammenhang mit HIV und Aids. Machen Sie sehr ausführliche Notizen dieser Gespräche. Rufen Sie uns sofort an, wenn Sie denken, daß es irgend etwas, aber auch wirklich irgend etwas mit den Morden zu tun haben könnte. Besser einmal zuviel angerufen als einmal zu wenig.

Ich habe auch einen groben Steckbrief des vermutlichen Täters in die Mappen gelegt.«

Frank Laing sagt: »An einem Steckbrief haben wir nicht viel. Wir sind ein telefonischer Hilfsdienst. Wir sehen unsere Klienten nie.«

»Haben Sie mich sagen hören, daß der Täter ein Klient sei?« fragt Silva.

»Auf welche Art von Zeichen sollen wir achten? Ich verstehe es noch nicht richtig«, sagt einer der Berater.

»Alles mögliche. Sie müssen jeder für sich, nicht zusammen mit Kollegen, darüber nachdenken, ob es auch nur irgend etwas im letzten Jahr gab, das« – Silva zählt wieder an den Fingern ab – »Ihre Aufmerksamkeit erregt hat, Sie nicht verstanden haben, Ihnen ein merkwürdiges Gefühl vermittelte, Sie erschreckt hat, eine unerklärliche körperliche Reaktion bei Ihnen auslöste ...«

»Was dann? Was sollen wir dann tun?« fragt Frank.

»Mich sofort anrufen«, sagt Silva. »Meine Visitenkarte liegt in der Mappe.

»Machen wir«, sagt Frank und blickt in die Runde. Die Berater nicken ernst.

Frank erhebt sich aus seinem Stuhl, wobei er sich mühsam auf die Hände stützt. »Und vielen Dank für das Wort«, sagt er grinsend.

»Keine Ursache. Ich verlasse mich auf Sie.«

»Noch etwas«, sagt Silva, während er sich an der Tür umdreht, »existiert ein Diagramm der Struktur dieser Organisation auf Papier?«

»Nein«, sagt Frank Laing, »aber ich könnte es für Sie erstellen. Ich arbeite schon elf Jahre hier. Wenn Sie die anderen Berater jetzt nach Hause gehen lassen, zeichne ich Ihnen die Organisationsstruktur an die Tafel.«

»Gut.«

Silva geht hinter Frank her in den Trainingsraum. Ihre Stimmen klingen jetzt, wo er leer ist, hallend. Frank Laing zeichnet mit einem quietschenden Stück Kreide an die Tafel und erklärt. Als er sich streckt, um ganz oben »Leitung« hinzuschreiben, sieht Silva, daß er die Kondome, einen über dem Verband, noch an den Beinen hat.

*

Bertus Hogenelst wird aus dem gelben Zug der Chūō-Linie auf den Bahnsteig vom Bahnhof Iidabashi gedrängt. Er landet mit seinem Fuß in der Spalte zwischen Zug und Bahnsteig und stößt sich dabei schmerzhaft den Knöchel. Hinkend und leise vor sich hinjammernd läßt er sich von der Masse zum Ausgang schieben. An den blonden Pferdeschwänzen der in schottische Karouniformen gesteckten Mädchengruppe einer höheren Schule ist zu erkennen, daß sich in diesem Distrikt eine französische Schule befindet. Überheblich und laut redend, würdigen die Kinder die Menschenmenge keines Blicks.

Bertus läßt seine Fahrkarte von einer metallenen Schleuse am Bahnhofsausgang aufsaugen und preßt sich durch die schmalen, kunststoffüberzogenen Klapptürchen. Endlich aus der Menge heraus, reibt er mit verzogenem Gesicht seinen schmerzenden Knöchel. Dann zieht er den kleinen Straßenplan aus der Tasche, den Yvonne und Yukiko für ihn gezeichnet haben, und studiert ihn stirnrunzelnd. Ein Polizist kommt aus dem *kōban* gleich neben dem Bahnhofsausgang.

»*Can I help you?*«

Bertus nickt. »*Do you speak English?*«

Der Polizist schüttelt verlegen den Kopf. »*Can I help you only.*«

»*Church*«, sagt Bertus.

»*Church*«, wiederholt der Polizist nachdenklich.

Bertus zeigt ihm den von Yukiko gezeichneten Stadtplan.

»*Ah, kyōkai. Yes yes yes.*« Er zeigt deutlich mit Händen und Fingern den Weg: den Hügel hinauf, dritte Straße links. »*Kentukki Furaido Chikken*«, sagt er.

Bertus denkt kurz nach. »Ah, Kentucky Fried Chicken.«

Geradeaus, zweite Straße rechts. Der Polizist zieht mit seinem Zeigefinger eine waagerechte Linie in seine Hand und deutet auf die Mitte der Linie: da. Er zeigt vor sich und zeichnet mit beiden Händen die Form einer Kirche in die Luft.

»*Dōmo arigato gozaimashita*« sagt Bertus. Es ist das erste Mal, daß er diese Phrase tatsächlich ausspricht. Er hat sie in seinem Hotelzimmer häufig geübt. Schwitzend begibt er sich hügelaufwärts. Sein Oberhemd zeigt große nasse Flecken, wofür er sich schämt, und er hat plötzlich einen unerträglichen Juckreiz zwischen den Beinen.

Die Lutherische Kirche ist ein plumpes, weißgekalktes Gebäude. In den mit roter Auslegeware bedeckten Fluren, wo es nach Bohnerwachs und Chlorwasser riecht, ist niemand zu sehen. Bertus blickt sich vorsichtig um und kratzt sich dann erst einmal ausgiebig. Dann steigt er eine breite Holztreppe hinauf und landet in der dritten Etage in einem Wirrwarr enger Flure, von denen kleine Büros abgehen. Ein Japaner mit schütterem Haar sitzt hinter drei ihn überragenden Papierstößen und starrt vor sich hin.

»Help!?« fragt Bertus. Der Mann macht eine vage Gebärde nach links und blickt dann wieder geistesabwesend vor sich hin. Eine dicke Dame in viel zu engem weißen Rock kommt Bertus entgegen.

»Help!?« fragt Bertus noch einmal. Sie nimmt ihn liebevoll an der Hand und führt ihn durch das Labyrinth. Bertus kann nicht neben ihr gehen, weil der Flur dafür zu eng ist und hinkt ungeschickt hinter ihr her. Mit ihrer freien Hand zeigt sie auf seinen Fuß.

»*Itai*?« fragt sie.

Bertus nickt auf gut Glück.

Sie zeigt auf eine Tür. »Help!«

»Vielen Dank«, sagt Bertus und drückt die kleine Hand freundschaftlich.

»*Atsui*?« fragt sie und weist ohne jede Verlegenheit auf die Schweißflecken seines Oberhemds. »*Bye*«, sagt sie dann und winkt mädchenhaft.

»*Bye*«, sagt Bertus und winkt, mit denselben kleinen Bewegungen zurück. Dann klopft er an die angegebene Tür. Ein flammendrotes Büschel Haare erscheint. Stephany Dan legt sofort einen Finger auf ihre Lippen.

»Herr Hogenelst?« flüstert sie und macht eine einladende Handbewegung. In einem kleinen Zimmer, dessen Wände voller Wandtafeln und Papierbögen mit Mitteilungen, Zetteln, ausgeschnittenen Comics und Fotos hängen, sprechen zwei Telefonberater, durch einen schalldichten Schirm voneinander getrennt, konzentriert ins Mikrophon, das an ihren Kopfhörern befestigt ist. In einer Ecke des kleinen Raums brummt ein mit Kaffeeflecken übersäter Kühlschrank. Stephany nimmt zwei Klappstühle, die in einer Ecke stehen und winkt zur Tür. Bertus nimmt ihr die Stühle ab und stellt sie nebeneinander unter einen sich wild drehenden Ventilator auf dem engen Flur.

»Hier können wir wenigstens in Ruhe sprechen«, sagt Stephany. Sie nehmen auf den Stühlen Platz. Beider rote Haare wehen auf und ab im Rhythmus des Ventilators, ihre glänzend und feurig, seine stumpf und dünn.

»Rück ein bißchen aus dem Wind, *red head*«, sagt Stephany lachend.

»Was geht da vor sich in dem Zimmer?« fragt Bertus.

»Ich werde Ihnen zuerst alles hier draußen erklären, dann können Sie sich das in Ruhe selbst ansehen. Die Berater glauben, daß Sie der Direktor der Notrufleitung in den Niederlanden sind, wissen Sie, und daß Sie uns besuchen, um von uns zu lernen. Sie werden ruhig weiterarbeiten. Sie haben Kopfhörer, wie Sie gesehen haben, und wir haben heute nachmittag keine Anfänger aus den Kursen kommen lassen.«

»Anfänger aus den Kursen?«

»Ja, die hören mit, und später tun sie selbst Dienst. Dann hört der erfahrene Berater mit. Nach drei Zuhördiensten und drei Arbeitsdiensten und wenn der erfahrene Berater zufrieden ist, dürfen die Anfänger eine Leitung übernehmen.«

»Wie lange dauert eine Schicht?«

»Tagesdienste vier Stunden, Nachtdienste sechs.«

»Sie sagten, daß mitgehört werden könne, darf ich das nachher auch?«

Stephany denkt kurz nach. »Ja, ich sehe nicht ein, warum nicht«, sagt sie schließlich. »Sie müssen dann allerdings eine Erklärung zur Geheimhaltung unterschreiben.«

»Gibt es Protokolle der hereinkommenden Anrufe?«

»Ja. Sie werden kurz auf den dafür bestimmten Formularen beschrieben, die werden in Schubladen aufbewahrt, geordnet nach Art der Probleme. Die Berater müssen eine Stunde, bevor ihr Dienst beginnt, anwesend sein, um die Formulare des Monats davor durchzulesen, damit sie sich gut einprägen, welcher Art die besprochenen Probleme sind, und der Klient seine Geschichte nicht immer wieder neu zu erzählen braucht. Auf dem Formular werden Name, Geschlecht, Alter und die Nationalität des Klienten eingetragen, wenn der Klient diese Informationen von sich aus preisgibt. Wir fragen nicht danach. Oft raten wir die Nationalität und das Alter. Meistens geben wir dem Klienten einen Spitznamen. Das tun wir vor allem bei den sogenannten Wiederholungsanrufern, um es für uns zu vereinfachen. Der Klient weiß natürlich nichts von seinem Spitznamen. Unsere Berater arbeiten unter Decknamen, um nicht sofort als Berater in der ausländischen Szene erkannt zu werden. Listen mit solchen Decknamen liegen in den Schubladen der Büros.«

»Helfen Sie auch Japanern?«

»Ja, solange sie Englisch sprechen. Wir haben einen kleinen Kreis japanischer Klienten, auch unter den Wiederholungsanrufern, und eine Anzahl japanischer Berater. Meistens haben diese Menschen lange im Ausland gelebt.«

»Haben Sie auch Adressen oder Telefonnummern von Klienten?«

»Nein, der Klient wird nie von uns zurückgerufen.«

»Kann ich jetzt einmal mithören?«

»Ja«, sagt Stephany. »Ich hole eben eine Erklärung.«

Bertus nimmt seinen Stuhl und geht ins Zimmer. Er setzt sich neben einen der Berater. Der Berater zeigt auf ein zweites Telefon. Bertus nimmt den Hörer ab, und der Berater drückt auf einen Knopf.

»Da habe ich meine Hand ins Aquarium gesteckt«, hört Bertus eine zitternde Frauenstimme.

»Hm«, sagt der Berater.

»Und da sah ich erst, daß der Fisch blutete. Auch hing eine Kotschliere aus seinem Körper. Kann ein Fisch auch Aids haben? Ich habe solche Angst gehabt heute nacht!«

»Sie meinen, Sie haben Angst, Aids von einem Fisch bekommen zu haben?«

»Ja. Ist das möglich?«

»Nein, da kann ich Sie beruhigen, das ist absolut ausgeschlossen.«

»Wissen Sie das genau?«

»Ja, das weiß ich ganz genau.«

»Wissen Sie genau, daß Sie es genau wissen?«

»Ja, ich weiß genau, daß ich es genau weiß.«

»Oh, Gott sei Dank. Hui, was für ein Stein fällt mir da vom Herzen. Vielen herzlichen Dank.«

»Keine Ursache.«

»Tschüß.«

»Auf Wiederhören.« Das Telefon klingelt sofort wieder.

»Help!, guten Tag, kann ich etwas für Sie tun?«

»Ja«, sagt eine Frauenstimme, »ich will selbst Schirme machen. Sie wissen schon, die aus Papier, japanische.«

»Ja?«

»Und nun habe ich mich gefragt, wo ich die Rippen kaufen kann, Sie wissen schon, diese Stangen unter dem Papier. Einen Stock habe ich schon. Aus Bambus, der war leicht zu finden.«

»Einen Augenblick.« Der Berater blättert, ohne eine Miene zu verziehen, in Windeseile in einem dicken, roten Buch.

»Ich gebe Ihnen ein paar Adressen.« Bertus schaut ihn ungläubig an. Der lacht.

»Keine Ursache. Auf Wiederhören.«

Wieder klingelt der Apparat, sobald die Verbindung beendet ist.

»Haaai, hier ist Yuki«, hört man eine Mädchenstimme mit schwerer Zunge.

»Hallo, Yuki, wie geht's?« fragt der Berater. »Dies ist ein Wiederholungsanrufer«, schreibt er für Bertus auf den Notizblock.

»Naja, nicht so gut. Wer bist du?«

»Ich bin James«, sagt der Berater.

»Kann ich Iman sprechen?«

»Nein, der ist jetzt nicht da. Willst du nicht mit mir sprechen? Du hast zehn Minuten, das weißt du, ja?«

»Jaja«, sagt das Mädchen schnell.

»Hast du getrunken, Yuki?«

»Nein, ich habe Tabletten genommen.«

»Was für Tabletten?«

»Schlaftabletten.«

»Hast du viele geschluckt?«

»Nee, ungefähr zehn.«

»Zehn? Das ist viel, Yuki. Wann hast du die geschluckt?«

»Vor einer Viertelstunde.«

»Ich will, daß du versuchst zu brechen, Yuki. Nimm das Telefon mal mit zum Klo.«

»Nee«, quengelt Yuki.

»Los, Yuki, das haben wir schon mal gemacht. Zehn ist zuviel. Mach etwas lauwarmes, salziges Wasser in der Küche. Bist du bei dir zu Hause? Okay, machst du jetzt etwas Salzwasser?«

»Jaa«, jammert Yuki. Man hört durchs Telefon, wie sie herumhantiert. »Sie hat ein mobiles Telefon«, schreibt der Counsellor für Bertus auf den Schreibblock. »Wie alle japanischen Mädchen«, fügt er später hinzu.

»Ich gehe jetzt zum Klo, James.«

»Ja, Yuki, mach das. Einen tüchtigen Schluck und dann den Finger in den Hals.«

Man hört Würge- und Brechgeräusche. Dann das Ziehen der Toilette.

»Gut so. Das war schnell. Ist alles draußen, meinst du?«

»Jaa.«

»Fühlst du dich jetzt besser?«

»Jaa. Ich habe solche Angst, James.«

»Ja, Yuki, ich weiß, daß du Angst hast. Kannst du auch sagen, wovor du Angst hast?«

»Nein.«

»Yuki, zum soundsovielten Mal: Warum kommst du nicht einmal zu einem von unseren Psychologen?«

»Alles Betrüger«, ruft Yuki böse.

»Es sind wirklich sehr gute Leute. Ich denke, daß du eine Therapie brauchst.«

»Das sagt ihr alle. Es ist ein Komplott. Meine Zeit ist um. Tschüß, James.«

»Tschüß, Yuki.« Der Berater stöhnt und nimmt seinen Kopfhörer ab. »Das war also Yuki«, sagt er. »Und so geht es jedes Mal. Ich werde verrückt davon.«

»Wie lange ruft sie schon an?« fragt Bertus.

»Zehn Jahre oder so«, sagt der Berater und stöhnt

noch einmal. »Mein Kollege dort führt ein schwieriges Gespräch, wie mir scheint, hören Sie dort einmal zu.« Er zeigt auf seinen Nachbarn. Bertus stellt seinen Stuhl dorthin und nimmt den Hörer. Ein leises Schluchzen ist zu hören. Der Berater bleibt still. Das Schluchzen geht ununterbrochen weiter. Bertus kann nicht erkennen, ob es ein Mann oder eine Frau ist, die dort so weint.

Dann kommt eine Stimme: »Sie trägt eine Kette um den Hals, mit einer Metallspitze.«

»Ja?«

»Heute nacht kam sie nach Hause ... « Wieder ist ein langes Intervall von regelmäßigem Schluchzen und Nase hochziehen.

»Lassen Sie es ruhig angehen«, sagt der Berater. »Ich habe Zeit genug.«

»Sie hat mich mit dieser Spitze gestochen«, sagt die Stimme. »Sie stürzte sich auf mich, riß sich die Kette vom Hals und legte wie eine Rasende los. Ich bin über und über von Wunden bedeckt.«

»Ihre Frau hat Sie mit einer Eisennadel mißhandelt?«

»Ja, heute nacht.« Der Mann weint mit hoher Stimme.

»Wo sind Sie jetzt? Sind Sie in Sicherheit?«

»Ich bin zu Hause.«

»Und wo ist Ihre Frau?«

»Das weiß ich nicht.«

»Sind Sie beim Arzt gewesen?«

»Nein.«

»Sind es schlimme Wunden?«

»Nicht so schlimme, daß ich zum Arzt müßte, denke ich. Es ist mehr der Schreck, wissen Sie. Wie eine Rasende legte sie los ...«

Bertus legt den Hörer leise auf und seufzt. Warum hören sich Leute freiwillig vier Stunden lang solche Geschichten an? Wie kommt es, daß ich in einem weit entfernten, fremden Land einen Serienmörder suchen will? Er öffnet die Schublade unter der Schreibtischplatte. Der Berater schiebt hilfsbereit seinen Stuhl ein Stück zurück. Eine abgegriffene, mit Plastik überzogene Namensliste liegt in der Schublade. Bertus läßt seinen Blick nach unten gleiten zum I:

| »DECKNAME | WIRKLICHER NAME | SPRACHEN |
|---|---|---|
| Ida | Emma Rabinowitz | Englisch, Russisch |
| Idi | Hideo Nøre | Englisch, Finnisch, Eskimo-Sprachen |
| Igmar | Boris Norg | Englisch, Dänisch, Schwedisch, Japanisch Portugiesisch |
| Iman | Frank Laing | Englisch, Spanisch, Portugiesisch, Japanisch, Deutsch, Französisch |
| Inder | Radi Komas | Englisch, Japanisch, Spanisch, Französisch, Norwegisch, Hindi |
| Ingeborg | Kaatje Visser | Englisch, Niederländisch |
| Irdin | Shikil Mohammed | Englisch, Punjabi |
| Irma | Griepsimee Essayan | Englisch, Armenisch, Japanisch, Griechisch |
| Isaac | David Mayflower | Englisch, Hebräisch |
| Iwan | Vladimir Seki | Englisch, Russisch, Polnisch« |

Bertus macht auf dem Flur eine Fotokopie der Liste. Dann setzt er sich in eine Ecke des Beraterzimmers an einen leeren Schreibtisch und schaut sich um. Stephany kommt herein und schenkt ihm aus einer schmuddeligen Thermoskanne eine Tasse Kaffee ein. Sie gibt ihm Zuckertütchen und Milchpulver, dazu ein Umrührstöckchen aus Plastik und verschwindet wieder aus dem Zimmer. Bertus trinkt nachdenklich, beißt auf den Papprand des Bechers und betrachtet die Wandtafel, die ihm gegenüber an der Wand hängt. Auch darauf sind Listen mit Namen. Unwillkürlich macht Bertus eine Bewegung mit der Hand. Er verschluckt sich an seinem Kaffee, läßt den Becher fallen, hält den heißen Stoff seiner Hose, so gut es eben geht, von seinen Schenkeln weg und starrt mit aufgerissenen Augen auf die Tafel. Dann rennt er aus dem Zimmer auf den Flur. Wild blickt er herum und ruft: »Stephany – !«

Überall werden Türen geöffnet, Menschen starren ihn an.

»Stephany!« schreit Bertus noch einmal heiser. Stephany kommt angerannt. Ihr großer Busen schwingt auf und ab.

»Seien Sie doch still«, zischt sie böse.

Bertus legt seinen schweren Arm um Stephanys kräftige Taille und schleppt sie mit ins Beraterzimmer. Sie sieht ihn erschrocken an.

»Da«, zeigt er. Die Berater lassen sich nicht stören und hören konzentriert ihren Klienten zu.

»Da!«

»Was?« fragt Stephany. »Seien Sie doch bitte still.«

»Da, da, da steht ›Marc 'O Polo‹«, flüstert Bertus heiser. »Warum steht da ›Marc 'O Polo‹?«

Stephany zieht ihn am Arm auf den Flur. »Das ist die Liste der Wiederholungsanrufer«, sagt sie. »Die Namen sind nicht echt. Es sind die Namen, die wir ihnen geben. Das habe ich Ihnen gerade erklärt.«

Bertus schluckt. »Bitte entschuldigen Sie.« Er dreht sich um und geht wieder ins Beraterzimmer. Stephany geht hinter ihm her. Bertus stellt sich vor die Tafel und liest aufmerksam.

»Ich habe aber auch eine Liste der Wiederholungsanrufer auf Papier«, flüstert Stephany. Sie kramt in einer Schreibtischschublade. »Kommen Sie mit auf den Flur.«

Bertus nimmt seinen Stuhl wieder mit, stellt ihn wieder unter den Ventilator und reißt Stephany die Liste aus der Hand. Stephany setzt sich neben ihn und legt ihm ihre Hand auf den Arm.

»Was ist denn los, Herr Hogenelst?« Ihre Haare wehen in gemeinsamem Rhythmus. Keiner von beiden bemerkt es. Bertus beugt sich über die Liste und liest sie schnell durch.

»›Faids‹?« fragt er.

»*Fear of aids*«, sagt Stephany.

Bertus liest schon wieder:

| »WH-ANRUFER | NATIONALITÄT | ANZAHL MINUTEN | PROBLEM-KATEGORIE |
|---|---|---|---|
| Äffchen | China | 15 | Faids |
| Anko | Japan | keine | Hechler |
| Beethoven | Deutschland | 15 | Einsamkeit |
| Boris Jelzin | Rußland | 15 | Alkohol |
| Cowboy | England | 10 | psychisch |
| Desert Storm | Vereinigte Staaten | 10 | ? |
| Elvis | Vereinigte Staaten | 10 | ? |
| Engel | Australien | 15 | psychisch |
| Flipper | ? | 15 | Einsamkeit |
| Goethe | Deutschland | 10 | Einsamkeit |
| Hercule | Belgien | 15 | Porno |
| Imelda | Philippinen | 15 | Depression |
| John Lennon | Vereinigte Staaten | 15 | psychisch |
| Karton | Schweden | 10 | Aids |

| | | | |
|---|---|---|---|
| Lassie | ? | 10 | Sex |
| Liz Taylor | Vereinigte Staaten | 20 | Selbstmord |
| Manolito | ? | 15 | Einsamkeit |
| Marc 'O Polo | Italien | 10 | psychisch |
| Maria | Vereinigte Staaten | 10 | Religion |
| Nakasone | Japan | 5 | psychisch |
| Napoleon | ? | 10 | psychisch |
| Picasso | Schweizer | 10 | Sex |
| Raufbold | Finnland | 15 | (F)aids |
| Regenmantel | Vereinigte Staaten | 10 | ? |
| Rembrandt | Niederlande | 20 | Einsamkeit |
| Saddam | ? | 5 | Macht, Waffen |
| Samowar | Rußland | 25 | Heimweh |
| Schwan-kleb-an | Polen | 20 | Einsamkeit |
| Skippy | Australien | 5 | Heimweh? |
| Socken | Vereinigte Staaten | 5 | Sex |
| Tokyo Runner | Vereinigte Staaten | 5 | Sex |
| Unterwäsche | ? | keine | Hechler |
| Wetterfrosch | ? | 10 | (F)aids |
| Yuki | Japan | 10 | Angst« |

Bertus stöhnt.

»Das ist es dann endlich«, sagt er und schaut Stephany an. »Das ist es!«

»Wollen Sie die Beschreibungen dieser Menschen sehen?« fragt Stephany und legt nochmals ihre Hand auf Bertus' Arm.

Sie geht ins Beraterzimmer, während Bertus geistesabwesend die Kaffeeflecken auf seiner Hose ansieht. »Kann ich kurz telefonieren?« fragt er, als Stephany mit einem Stoß bunter Mappen zurückkommt. Stephany nickt und packt ihn ruhig an der Schulter. »Dort.« Sie zeigt auf ein Telefon, das am Ende des Flurs an der Wand hängt.

»Es werden ein paar Leute kommen«, sagt Bertus, als er wieder neben ihr auf seinem Stuhl sitzt. »Gibt es hier einen Konferenzraum, den wir benutzen können?«

»Das werde ich regeln«, sagt Stephany und legt Bertus den Stoß bunter Mappen in den Schoß.

»Ach, ach«, sagt Bertus leise, und er öffnet die erste Mappe.

*

Robynne Green liegt in ihrem *nemaki* auf dem Hotelbett, die Hände hinter dem nassen Kopf gefaltet, und denkt über ihren Besuch bei Molly Tender und ihren Mitarbeitern nach. Sie hat ihren Bericht über diesen Besuch zu Yukiko und Yvonne gebracht und ist dann über die Treppen wieder nach unten gegangen. Ihre Gedanken schweifen ab. Oben, genau hinter der Tür zum Treppenhaus, hatte sie Bertus Hogenelst gerochen. In dem an der Wand festgeschraubten Aschenbecher hatte sie eine halb aufgerauchte Filterzigarette bemerkt, sie hatte die Kippe mit zwei Fingern aus dem Sand gefischt und nach der Marke gesehen: Mild Seven Light, tatsächlich die Marke, mit der Bertus herumlief, seitdem seine Caballeros aufgeraucht waren. Sie hatte den Filter einen Augenblick zwischen ihre Lippen geklemmt und sich mit dem ganzen Körper an die Wand gedrückt, an die Stelle neben dem Aschenbecher, wo er sich vielleicht an die Wand gelehnt und eine Zigarette geraucht hatte. Erschrocken vom eigenen Verhalten und froh, daß niemand sie überrascht hatte, war sie in ihr Zimmer zurückgegangen, um zu duschen und ein paar Stunden zu ruhen.

Im Nebenzimmer sitzt Lucia Valenti noch an ihrem Schreibtisch und schreibt ihren Bericht über die Stiftung Help!.

Mochizuki ist im Kasumigaseki-Bezirk im Polizeipräsidium mit dem Artur-Adel-Fall befaßt. Man hat Schleifspuren an dem Ort des Verbrechens gefunden, vermutlich von der Ferse eines Fußes.

In dem kleinen Konferenzsaal des Hotels studieren Bettina Welt, Jack Fowell und Gerardo Silva die riesigen Vergrößerungen, die Bettina von allen auf den Fotografen gerichteten spiegelnde Flächen auf den Fotos von Bopp, Mechanicus und Wackwitz hat machen lassen. In den Augen von Mechanicus, dem Bierglas von Wackwitz und der etwas schief an einem Kettchen um seinen Hals hängenden Sonnenbrille von Bopp wird die immer wieder auf andere Weise verformte, schemenhafte Gestalt derselben fotografierenden Person reflektiert. Er ist lang und dünn auf den Augäpfeln von Mechanicus, kurz und dick zwischen den gläsernen Rippen des Bierglases von Wackwitz und diagonal ausgestreckt in dem Ray Ban von Bopp. Man erkennt halblanges, dünnes, glattes Haar, das vom Wind hochgeweht wird, auf dem Foto mit Bopp. Eine schwarze Lederjacke hängt offen über einem weißen T-Shirt. Die silbernen Knöpfe der Jacke reflektieren die Sonne.

Neben der Serie von Bettina liegt eine auf A3-Format vergrößerte Kopie des kleinen Print-shop-Fotos von Maxwell. Im Hintergrund ist ein kleines Stück einer schwarzgekleideten Gestalt zu erkennen, die sich scheu hinter die rosa Gardine zurückzuziehen scheint.

»Der Schatten hier, der Täter also, begriff, daß er versehentlich auf einem Foto mit seinem zukünftigen Opfer verewigt war und hat die Print-shop-Karte verschwinden lassen«, sagt Fowell.

»Man hätte doch erwartet, daß er die Karte erst zerreißen würde«, bemerkt Silva. Fowell nimmt die Karte, auf der er und Watanabe mit dem Panda abgebildet sind, und gibt sie Silva. »Versuch es einmal«, sagt er. »Das Papier ist so steif, daß das Zerreißen die Aufmerksamkeit von Wackwitz erregt hätte.«

»Tatsächlich«, sagt Silva, während er mit beiden Händen kräftig an der Karte zerrt. Er nimmt ein Vergrößerungsglas vom Tisch und besieht sich das Bild. »Es sieht aus, als ob er eine Mütze trägt, seht mal.« Er gibt Bettina das Vergrößerungsglas.

»Das ist schwer zu sagen«, sagt sie. »Man kann es nicht genau genug erkennen. Es könnte auch ein Schal sein. Nun haben wir sogar Bilder des Täters, aber er bleibt ebenso schemenhaft wie zuvor. Es ist zum Verrücktwerden.« Sie beißt sich nachdenklich auf die Lippe. »Ich könnte schwören, daß diese Fotos von einem Asiaten gemacht sind. Dieser schemenhafte Mann, unser Täter also, lebt bestimmt schon lange in Japan und hat Gewohnheiten von hier übernommen: Er bittet seine Opfer, *cheese* zu sagen, wenn sie aufgenommen werden.«

Die drei schieben sich weiter entlang dem auf dem Tisch ausgebreiteten Material.

»Dies sind die Fotos von dem Fleisch und Geflügel, dem die Knochen entnommen sind«, sagt Fowells. »Ich habe die Stücke geschnittenes Fleisch in drei Gruppen eingeteilt: die, bei denen das Schneiden gut gelungen ist, die bei denen es einigermaßen gelungen ist und die bei denen es mißlungen ist. Wenn das Messer nicht sehr schnell und geschickt benutzt wird, entstehen faserige Ränder, sowohl im Fleisch als auch im Geflügel. Sogar bei den am besten gelungenen Stücken sieht man ab und an ein paar von diesen Fasern. Seht euch jetzt noch einmal die Wunden der Opfer genau an: die sind perfekt, noch besser als meine gelungensten Schnitte. Der Täter muß einen Beruf ausüben oder irgendwann ausgeübt haben, der etwas mit Schneiden zu tun hat, ein Schlachter, ein Fischer, ein Chirurg, was weiß ich. Auf dem Video von De Keuninck wird auch sehr geschickt geschnitten, ist mir aufgefallen. Die Brustwarze konnte nach der Aufnahme sofort wieder angenäht werden, denke ich.«

Bettina wird kreidebleich.

In Fowells Jackettasche beginnt etwas zu piepsen. »*Shit*«, sagt er grinsend. »*tamagochi* ruft, mal sehen, was er nun wieder will.« Er hält sich das Ei mit dem Display dicht vor die Augen.

»Eben das Licht ausmachen«, sagt er. »*tamagochi* will schlafen.« Geschickt drückt er auf ein paar Knöpfe unter dem Display. »So, wo waren wir stehengeblieben?«

»Das Pornovideo« sagt Bettina.

»Welcher Pornofilm? Der, in dem Croo brilliert? Wann kriegen wir den endlich zu sehen?« fragt Fowell heuchlerisch.

»Das Video, bei dem Lucia Valenti umkippte«, erwidert Bettina Welt kühl. »Wir wissen, daß eine der Personen auf der Mitgliederliste der Pornothek von Hughes de Keuninck auch etwas mit der Herstellung des Videos zu tun hatte, das wir gesehen haben: Jeromy Wanderfogel. Er operiert zweifellos unter falschem Namen, denn in den letzten zwanzig Jahren ist in Japan niemand unter diesem Namen ein- oder ausgereist. Das Video ist vor drei Jahren gemacht. Wenn Wanderfogel der Täter ist, stimmt Croos Theorie von der Entwicklung des Zuschauers zum Mörder. Zwischen Wanderfogel und Irina Skoynich ist ebenfalls eine Verbindung herzustellen, und zwar über Polly. Außerdem ist Wanderfogel in dem Haus in Daigo gewesen und hat dort vielleicht Wackwitz und Mechanicus getroffen.«

Die vier sind jetzt bei dem von Bertus Hogenelst ausgestellten Material angekommen, die Paßfotos der Opfer. »Bertus hat entdeckt, daß sie einen gemeinsamen Zug um den Mund haben, eine gewisse Weichheit, einen schmollenden, vielleicht unzufriedenen Zug«, sagt Silva. »Sogar bei De Keuninck kann man ihn erkennen, obwohl er lacht.«

»Ja«, sagt Bettina, »jetzt, wo du's sagst.«

»Aber nun kommt das Dilemma«, sagt Silva. »Wir wissen fast mit Sicherheit, daß der Täter sich unter den Mitarbeitern der Stiftung Help! befindet. In Fowells Berichten über Maxwells Tagebuch kommt folgender Satz vor: ›Viele von ihnen sind dort beieinander, und sie haben die unmöglichsten Namen. Sie reden in Zungen.‹ Wir haben bis jetzt an einen großen internationalen Betrieb gedacht, aber auch bei Help! arbeiten Menschen verschiedener Nationalitäten. Alle Opfer haben zuerst telefonischen Kontakt mit dem Täter gehabt. Dabei kann er ihre Münder nicht gesehen haben. Er hat sie also nicht nach ihrem Äußeren ausgesucht!«

»Es ist unglaublich«, sagt Fowell händereibend. »Es ist nur noch eine Frage von Tagen, von Stunden vielleicht, denkt an meine Worte.«

»Ich hoffe, daß du recht hast«, sagt Bettina Welt.

Die Tür wird aufgestoßen, und Mochizuki kommt keuchend herein. Er stellt zwei runde Glasbehälter auf den Tisch.

»Hier sind die Haare, die bei den sterblichen Überresten von Irina Skoynich und Maxwell gefunden wurden«, sagt er. »Blonde Haare. Ich habe sie gerade aus dem Labor geholt.«

Jack Fowell, Bettina Welt und Gerardo Silva blicken abwechselnd mit dem Vergrößerungsglas forschend in die Glasbehälter.

»Unheimlich«, sagt Bettina, »wenn ich sie betrachte, habe ich das Gefühl, dem Täter ganz nahe zu sein.« Jack Fowell versucht ihr eine Hand auf die Schulter zu legen. Bettina wendet sich schnell ab, um der Geste auszuweichen. Dann läutet das Telefon.

*

Mochizuki, Watanabe, Jack Fowell, Gerardo Silva und Bettina Welt setzen sich zu Stephany Dan und Bertus Hogenelst an einen abgeblätterten Tisch im feucht-klammen Souterrain der Lutherischen Kirche. An einer der Wände steht eine Bar. Es riecht nach schalgewordenem Bier und Zigarettenkippen.

»Und das in einer Kirche«, sagt Jack Fowell, einen vollen Aschenbecher von sich wegschiebend.

»Hier trifft sich der Internationale Jugendclub«, sagt Stephany.

»Wir haben ihn, wir haben ihn!« sagt Bertus heiser. Er hat fast keine Stimme mehr.

Mochizuki sagt in seinem autoritären Ton etwas auf japanisch. »Zeigen Sie die Mappen«, übersetzt Watanabe, beinahe ebenso barsch. »Bitte«, fügt er leise hinzu.

Mochizuki blickt ihn ärgerlich an. »*Please, yes, please*«, sagt er giftig.

»Sehen Sie, dies hier ist die Liste der Wiederholungsanrufer«, sagt Bertus krächzend. »Alle Nationalitäten unserer Opfer kommen vor: ein Schweizer, Deutsche, Amerikaner, eine Polin, ein Niederländer, ein Belgier, ein Filipino, Australier, ein Italiener: Marc 'O Polo.«

»*Holy shit*«, sagt Jack Fowell.

»Das kannst du wohl sagen, Jack«, flüstert Bertus.

»Wie kommt es, daß Marco Polo einfach Marc 'O Polo

heißt und die übrigen Spitznamen haben?« fragt Mochizuki.

»Wir dachten, daß es ein Deckname sei. Ich meine: Wer heißt denn auch Marc 'O Polo? Das glaubt man doch nicht?« sagt Stephany.

»Gott im Himmel«, sagt Jack Fowell. »Das haben wir zu Anfang der Ermittlungen auch gedacht, weißt du noch, Bertus? Wir haben auch gedacht, daß der Name nicht echt sei.«

Bertus nickt. »Eine Anzahl dieser Menschen ist bereits tot, Stephany. Wie kommt es, daß ihr nicht gemerkt habt, daß sie nicht mehr anrufen?«

Stephany schlägt ihre beiden dicken Hände vor ihren vor Entsetzen weit geöffneten Mund. »Oh«, sagt sie, »wie furchtbar.« Sie läßt die Hände sinken. Sie blickt in ihre offenen Hände auf dem Schoß, als würde sie beten. »Wir sind mit der Archivierung der Monatsübersichten im Rückstand, Monate. Geldprobleme, es ist ein Chaos. Oh, alle diese Menschen sind tot?« Sie blickt auf von ihren Händen und läßt sie langsam an ihren Hüften nach unten sinken. »Ich habe sie alle bestimmt einmal am Telefon gehabt«, sagt sie verstört.

»Lesen Sie vor, was in den Mappen steht«, sagt Mochizuki.

Bertus schiebt den Stapel zu Fowell. »Lies du vor, Mann, ich habe fast keine Stimme.«

»Lassen Sie mich lesen«, sagt Stephany wieder ruhig, »dann können Sie sich vielleicht besser konzentrieren.«

»Vielen Dank, Dan-san«, sagt Mochizuki. »Nimm es auf, Watanabe-san!«

Watanabe stellt einen Kassettenrecorder auf den Tisch.

»Sollen wir mit Marc 'O Polo anfangen?« fragt Stephany. Es wird zustimmend genickt. Stephany liest:

»›Mann
Italiener
Alter: 30 – 40
Problemkategorie: psychisch; einsam, verwirrt, Schuldgefühle usw.

Marc ist ein intelligenter Mann, der ab und zu in Japan wohnt. Manchmal hält er sich bei Freundinnen auf, dann benutzt er ihr Telefon, um uns anzurufen, manchmal ruft er von einer Zelle aus an. Er hält sich immer wieder eine Zeitlang in einem Zenkloster auf. Es muß viele Frauen in Marcs Leben geben; er spricht abwechselnd verächtlich und zärtlich von ihnen. Es handelt sich immer um Japanerinnen.
Marcs Problem ist nicht ganz deutlich. Er ist einsam, verbittert über ›die Japaner‹, leidet an einem Kulturschock und scheint mehrere Leben zu kombinieren: Er hat wahrscheinlich eine gute Ausbildung, macht ›Geschäfte‹ in Italien, schmarotzt bei Freundinnen, spricht von Treue, Heiraten und Kinder bekommen, fühlt sich bestimmten (schwangeren?) Freundinnen gegenüber schuldig, ist an spirituellen Fragen interessiert.
Marc scheint, trotz seiner Probleme, in Tokyo einigermaßen zurechtzukommen: Er ißt, schläft und wäscht sich.

Richtlinien für den Berater:
Gib Marc nicht mehr als zehn Minuten, um ›Dampf‹ abzulassen. Versuch ihm deutlich zu machen, daß seine Probleme zu umfassend sind, um sie per Telefon zu besprechen. Betone die Notwendigkeit eines Besuchs bei einem Psychiater oder Psychologen. Gib

ihm dazu klare Informationen, auch wenn du das schon mehr als einmal getan hast.«

»›Äffchen‹«, fährt Stephany fort.

»Nein«, sagt Mochizuki laut, »zuerst die Opfer suchen. Der Australier?«

»›Engel‹«, macht Stephany weiter.

»›Mann
Australier
Alter: 30 – 35
Problemkategorie: psychisch

Engel ist sprachgewandt, intelligent und verwirrt. Er spricht oft von Engeln, daher sein Name. Er macht Filme und scheint selbst immer wieder durcheinander zu kommen mit den Personen, die er sich für diese Filme ausdenkt.
Engel ist wahrscheinlich sehr krank (schizophren?) und braucht dringend professionelle Hilfe und/oder Medikamente.
Einige immer wiederkehrenden Themen in seiner Konversation: Peitsche, James Joyce, das Haar amerikanischer Frauen ...

Richtlinien für den Berater:
Versuche, zu Engel durchzudringen und gib ihm die Nummer der In-take-Leitung. Geh nicht auf seine Phantasien ein. Sag ihm, daß er eine Viertelstunde hat und sag ihm, wann diese Viertelstunde um ist. Sag ihm, daß du den Eindruck hast, daß er krank ist und Hilfe braucht.‹«

»Er ist es«, sagt Fowell, »unser Maxwell!«

»Lesen Sie jetzt ›Goethe‹ vor«, sagt Mochizuki, von seinen Aufzeichnungen aufblickend.

»›Mann
Deutscher
Alter: 30 – 35
Problemkategorie: Einsamkeit

Goethe wird Goethe genannt wegen seines romantischen Idealismus'. Er ist nach Japan gekommen, weil er dachte, hier eine ›sauberere‹ Welt vorzufinden. Manchmal kann er wochenlang vertreten, daß dies wirklich der Fall sei. Er läßt sich dann in hitzigen, phantastischen Geschichten über die Schönheit und den ›erhabenen Charakter‹, beispielsweise der japanischen Frau aus. Wenn eine derartige Manie vorbei ist, spricht er düster über die ›Welt im allgemeinen‹. Goethe gibt sich alle Mühe, ein soziales Netz zu finden, arbeitet u. a. für das Goethe-Institut, hat da etwas mit Theater zu tun. Er behauptet jedoch, ›nirgendwo akzeptiert oder verstanden zu werden‹. Er besucht regelmäßig Freundschaftsklubs für Ausländer und Japaner, ohne jedoch je einen wirklichen Freund oder eine Freundin zu finden.

Richtlinien für den Berater:
Es ist nicht sicher, ob Goethes Probleme derart sind, daß sie ein Therapie erfordern. Eine Reihe von fünf bis zehn Gesprächen wäre vielleicht gut, weil er so oft anruft. Sag ihm das. Weil nicht ganz klar ist, weshalb er anruft, ist seine Zeit auf zehn Minuten reduziert. Er darf aber bei jeder Schicht einmal anrufen, und wenn

er weniger oft anruft, darf er auch länger in der Leitung bleiben. (Vgl. letzte Beschlüsse in Anmerkungen zu Wiederholungsanrufern in entsprechender Schublade.)‹«

»*Pinpon!* Und nun ›Hercule‹«, sagt Mochizuki. Stephany sucht schnell in der Liste.

»›Mann
Belgier
Alter: 30 – 35
Problemkategorie: Porno

Hercule wird Hercule (nach Hercule Poirot) genannt, weil er aus Belgien kommt und Kriminalromane liebt. Er ist süchtig nach Pornofilmen, wobei er masturbiert. Er läßt oft bis zu sechs Filmen pro Abend laufen, sagt er, und schämt sich hinterher immer. Auch werden die Filme, die ihn erregen, immer gewalttätiger. Vermutlich handelt er auch mit Filmen.

Richtlinien für den Berater:
Laß ihn merken, daß du ihn wegen seines Problems nicht verurteilst. Geh nicht auf pornographische Details ein.‹«

»Ach«, sagt Bertus schockiert.

»Der Mann von den Philippinen jetzt«, sagt Mochizuki. Stephany blickt ihn kurz an und liest weiter:

»›Imelda
Mann
Philippinen

Alter: ?
Problemkategorie: Depression, Angst

Spricht viel über die ›Habgier der Menschen in dieser Welt‹. Gibt Beispiele dafür, unter anderem Imelda Marcos, die Frau des Expremiers von den Philippinen, die mehr als tausend Paar Schuhe besaß. Auch der sichtbare Reichtum in Tokyo flößt ihm große Angst ein. Er lebt in großer Einfachheit, sagt er, und versucht, so wenig wie möglich zu essen.
Er macht einen erschöpften Eindruck.
Er könnte Geistlicher sein; er weiß selbst viel über Beratung.

Richtlinien für den Berater:
Gib ihm eine Viertelstunde bis zwanzig Minuten. Weise ihn auf unsere In-take-Leitung und auf die Philippinische Katholische Kirche hin, wo ein gutes Team von Sozialarbeitern und Helfern arbeitet.‹«

»Ach, das ist Pater Adel«, sagt Bertus.

»Ja, natürlich«, sagt Mochizuki auf englisch. »Jetzt der Schweizer.«

Stephanys Blick geht über die Liste:

»›Picasso
Mann
Schweizer
Alter: 35 – 45
Problemkategorie: Sex

Picasso wird Picasso genannt, weil er das Gespräch fast immer mit einem kleinen Vortrag über Malerei beginnt. Danach behauptet er, daß seine Probleme vom Tisch wären, wenn er nur malen könnte. Wenn man ihn nach der Art seiner Probleme fragt, antwortet er vage und in allgemeinen Begriffen. Sie scheinen mit seiner Sexualität zusammenzuhängen. Er läßt sich oft über ›die Sensibilität und den Kunstverstand von Homosexuellen‹ aus. Auch hat er einmal gefragt, ob der Berater die Ansicht verträte, jeder sei bisexuell. Er arbeitet in der Sicherheitsbranche.

Richtlinien für den Berater:
Gib Picasso zehn Minuten pro Schicht. Versuche ihn soweit zu bekommen, daß er seine Probleme, deren er sich vielleicht schämt, deutlich beschreibt. Laß ihn merken, daß du ihn nicht verurteilen würdest, wenn er sich zu seinen homosexuellen oder bisexuellen Gefühlen bekennte. Erzähl ihm von der Möglichkeit einer Therapie. Geh nicht auf persönliche Fragen ein. Er fragt oft nach deiner sexuellen Orientierung. Sag ihm, daß das nicht zum Thema gehört.‹«

»Marcus Bopp«, klingt es wie aus einem Munde.
»Jetzt dieser ›Rembrandt‹«, sagt Mochizuki.

»›Mann
Niederlande
Alter: 25 – 30
Problemkategorie: Einsamkeit

Wir haben Rembrandt so genannt, weil er vermutlich aus den Niederlanden kommt.
Rembrandts Probleme sind vage, allerdings derart, daß er das Bedürfnis verspürt, uns beinahe jeden Abend

anzurufen. Er scheint seine Angelegenheiten in Ordnung zu haben: Er studiert (Japanisch), hat einen Job.

Richtlinien für den Berater:
Gib Rembrandt zwanzig Minuten. Er spricht gern über seine Erfahrungen mit den Japanern. Er liebt Japanerinnen. Mach ihm klar, daß er eine Stunde lang sprechen könnte, wenn er nicht so oft anriefe. Versuche, ihn über seine Einsamkeit sprechen zu lassen und über seine Situation. Er verliert sich gern in Gemeinplätzen.‹«

»Das ist Mechanicus«, sagt Bertus.

»Ja«, sagt Mochizuki. »Und wir werden wohl auch erfahren, warum Parker einen Karton mit Socken in seinem Schrank stehen hatte.«

»Socken«, sagt Stephany.

»›Mann
Vereinigte Staaten
Alter: 35 – 45
Problemkategorie: Sex

Wenn Socken einen Mann am Apparat hat, will er reden. Wenn er eine Frau am Apparat hat, will er hecheln. Er erzählt dann immer dasselbe: eine pornographische Phantasie über nackte Mädchen, die weiter nichts als Socken anhaben. Er schämt sich seiner Obsession und sagt, daß er aufhören will mit den Hecheltelefonaten. Socken behauptet auch, daß er sich öffentlich vor jungen Mädchen zeige.
Socken ist Direktor einer Schule für englische Sprache. Niemand weiß von seinen Absonderlichkeiten.

Richtlinien für den Berater:
Verurteile ihn nicht und betone die Möglichkeit der Hilfe. Sei sehr deutlich, geh nicht auf die Details seiner Phantasien ein.‹«

»Schwan-kleb-an« befiehlt Mochizuki schnell.
»›Schwan-kleb-an‹«, liest Stephany.

»›Frau
Polin
Alter: 30 – 35
Problemkategorie: Einsamkeit, kulturelle Anpassungsprobleme

Wird so genannt wegen ihrer starken Neigung, sich mit dem Berater anzufreunden. Hat kaum Freunde, spricht Englisch und Japanisch schlecht. Malt und zeichnet, stellt manchmal aus. Ruft ab und zu betrunken an (trinkt viel, auch wenn sie allein ist), wird dann dem Berater gegenüber anhänglich und einladend, sowohl bei einem Mann als auch bei einer Frau.

Richtlinien für den Berater:
Mach sie darauf aufmerksam, daß sie zu oft anruft. Das ist ein Zeichen dafür, daß es ihr nicht gut geht. Such sie davon zu überzeugen, daß sie ihre Situation verändern muß, weil niemand anders das für sie tun wird. Geh nicht auf ihre Einladungen zu Ausstellungen oder zu gemütlichen Abenden in Bars ein.‹«

»Arme Irina«, sagt Silva.
Stephany schweigt, der Kassettenrecorder knackt rhythmisch in der Mitte des Tisches. Die fünf Polizeileute blic-

ken vor sich hin, reiben sich übers Gesicht, schließen ungläubig die Augen.

»Wir haben ihn«, sagt Bettina Welt.

Stephany schließt die bunten Mappen und schiebt den Stapel langsam über den kühlen, braunen Kunststoff zur Mitte des Tisches. Watanabe steht auf und stellt den Kassettenrecorder ab. Mochizuki streckt sich und zieht seine Hose hoch. Bertus Hogenelst räuspert sich. Er hat Tränen in den Augen. Jack Fowell schlägt mit der Faust auf den Tisch und dann mit der flachen Hand gegen seine Wange. Stephany Dan weint lautlos. Bettina Welt steht auf, um sie zu trösten.

»Beinahe«, sagt sie, »beinahe haben wir ihn.«

»Das waren unsere Opfer«, sagt Mochizuki scharf. »Es gibt auch noch ein unbekanntes Opfer mit Aids. Wie viele Menschen auf dieser Liste haben Aids, Dan-san?«

Stephany zählt.

»Drei sagen, daß sie Aids haben: Karton, Raufbold und Wetterfrosch. Nur von Karton wissen wir sicher, daß es nicht nur Angst vor Aids ist; er hat uns seine Testresultate zugeschickt.

»Wo wohnen diese Menschen?«

»Das wissen wir nicht.«

»Dann müssen wir jetzt nach den potentiellen Opfern schauen. Frau Dan, lesen Sie bitte die übrigen vor?«

»›Äffchen‹«, beginnt Stephany mit zitternder Stimme.

»›Frau
China
Alter: 25 – 30
Problemkategorie: Faids

Äffchen sagt, daß sie Aids hat, ungeachtet der Tat-

sache, daß sie keine sexuellen Beziehungen hat oder gehabt hat. Sie meint, daß sie Aids von einem Hund, einer Katze, einer Ratte und so weiter bekommen haben kann. Vor allem vor Affen hat sie eine Todesangst, weil sie irgendwo aufgeschnappt hat, daß Aids von den Affen auf die Menschen übertragen worden sei. Äffchen ist ein sehr kindliches Mädchen, und obgleich wir ihr viele Male alles erzählt haben, was wir über Aids wissen, beherrscht diese Angst weiterhin ihr Leben. Sie zeigt Krankheitssymptome.
Sie läßt sich regelmäßig testen und ist negativ.

Richtlinien für den Berater:
Mach ihr ganz klar, daß korrektes Wissen wichtig ist. Sag ihr, daß sie sich keine Informationen aus den Klatschspalten und der Sensationspresse holen soll. Verweise sie auf Apotheken und Krankenhäuser, die Informationen auf chinesisch geben (siehe Liste).‹«

»Jetzt bitte nur noch die wichtigsten Fakten«, sagt Mochizuki. »Die Japaner können Sie weglassen. Und auch die Menschen, die nicht an Depressionen leiden.«

Stephany zählt auf:

| | | | | |
|---|---|---|---|---|
| »›Äffchen | Frau | China | 25-30 | Faids, Einsamkeit |
| Beethoven | Frau | Deutschland | ? | Einsamkeit |
| Cowboy | Mann | England | 40-45 | psychisch |
| Flipper | Frau | ? | 25-30 | Einsamkeit |
| Liz Taylor | Frau | Vereinigte Staaten | 45-55 | Depression, Selbstmord |
| Napoleon | Mann | ? | ? | Multiple Personality Desease? |

Yuki ...‹«

»Das ist eine Japanerin«, sagt Mochizuki schnell.

»Ich habe sie reden hören«, sagt Bertus.

Mochizuki nickt kurz. Er denkt schnell nach. »Keine Zeit mehr zu verlieren. Einer dieser Menschen ist in Gefahr. Wir wissen nicht, wo sie wohnen; wir können sie nicht verfolgen lassen. Wir setzen die Besprechung im Hotel fort. Gehen Sie alle schon einmal nach draußen, ich rufe die Taxis. Dan-san, fühlen Sie sich dazu in der Lage, mit uns zu kommen?«

Stephany Dan nickt.

»Noch einmal zur Verdeutlichung«, sagt Mochizuki, als sie wieder im Hotel sind, »ihr ›Socken‹ ist unser Jacob Parker, ihr ›Picasso‹ ist unser Marcus Bopp, ihr ›Goethe‹ ist unser Ian Wackwitz, ihr ›Schwan-kleb-an‹ ist unsere Irina Skoynich, ihr ›Rembrandt‹ ist unser Hendrik Mechanicus, ihr ›Hercule‹ ist unser Hughes de Keuninck, ihr ›Imelda‹ ist unser Pater Artur Adel, ihr ›Engel ist unser Larry Maxwell und schließlich: ihr ›Marc 'O Polo‹ ist unser Marco Polo.

Jetzt, passen Sie auf: Unter den übriggebliebenen Wiederholungsanrufern sind potentielle Opfer unseres Täters, der vielleicht ein Telefonberater ist, höchstwahrscheinlich männlichen Geschlechts, dessen Deckname mit einem I beginnt. Die Wiederholungsanrufer bekommen zwar jedes Mal einen anderen Telefonberater an den Apparat, aber wenn unser Täter auf einen Wiederholungsanrufer trifft, dann lockt er den irgendwie zu sich. Wir haben sieben Verdächtige:

| | | |
|---|---|---|
| »›Hideo Nøre | Deckname: Idi | kommt aus Finnland |
| Boris Norg | Deckname: Igmar | kommt aus Dänemark |
| Frank Laing | Deckname: Iman | kommt aus Venezuela |
| Radi Komas | Deckname: Inder | kommt aus Indien |

| | | |
|---|---|---|
| Shikil Mohammed | Deckname: Irdin | kommt aus Pakistan |
| David Mayflower | Deckname: Isaac | kommt aus Israel |
| Vladimir Seki | Deckname: Iwan | kommt aus Rußland‹« |

Hideo Nøre, Boris Norg, David Mayflower und Vladimir Seki sind blond. Frank Laing ist kahl.« Hier macht Mochizuki eine kurze Pause und fragt Stephany: »Seit wann ist Laing kahl?« Stephany erschrickt, denkt nach und sagt: »Seit ein paar Wochen.«

»War er davor blond?« fragt Mochizuki.

»Grau.«

»Wir rechnen ihn mit«, sagt Mochizuki schnell. »Angenommen, der Täter trägt während seiner Aktionen keine Perücke, kommen wir damit auf fünf Verdächtige. Keiner von ihnen ist jemals innerhalb von Help! mit einer schwarzen Lederjacke oder anderer Lederkleidung beobachtet worden. Auch ist keiner von ihnen jemals ganz in Schwarz gekleidet. Auf den Fotos können wir nicht erkennen, ob der Täter dick oder dünn, groß oder klein ist. Wir wissen nicht, wo die Wiederholungsanrufer wohnen, also können wir sie nicht beschützen.«

Die Sonne scheint erbarmungslos auf die großen Fenster des Konferenzsaales, aber dennoch ist es kalt. Die Frauen haben dünne Schals um, die Männer tragen Jacketts. Die Klimaanlage summt, Eiswürfel klirren in den Gläsern, wenn jemand einen Schluck Wasser nimmt. Das Tischtuch ist blütenweiß und gestärkt. Darunter liegt ein dickes Moltontuch, wodurch die Gläser, Tassen und Untertassen tiefe kreisförmige Mulden hinterlassen. Die Ermittler lehnen sich in ihre braunen, kunstledernen Stühle zurück, einige beugen sich dann und wann über den Tisch, um in ihren Papieren zu blättern. Sie sehen müde aus.

»Die Frage ist, wie wir jetzt weiter vorgehen«, sagt Mochizuki.

»Wir dürfen in diesem Stadium nicht festnehmen und nicht verhören«, sagt Bertus heiser.

Die anderen nicken, schütteln verneinend die Köpfe.

»Wir müssen ihre Gespräche mit den Klienten abhören«, sagt Robynne.

»Richtig, Green-san«, läßt Mochizuki Watanabe übersetzen.

»Sag doch Robynne«, sagt Robynne seufzend.

Zhiqiang Li lacht ein kurzes, helles Lachen. Watanabe sieht sie vorwurfsvoll an.

»Können Sie das mit Frau Molly Tender regeln?« fragt Mochizuki Robynne.

Sie nickt und steht auf. »Sind alle mit dieser Arbeitsweise einverstanden?« fragt sie und blickt einmal rundum, während sie sich mit ihren langen Händen auf den Tisch stützt.

»Ja«, klingt es siebenmal.

Robynne geht aus dem Saal. Die Raucher ziehen sich auf den Flur zurück. Zhiqiang Li, Yvonne Lacoste und Yukiko Inoue setzen sich zu einem aufgeregten Gespräch zusammen. Fowell, der sich zu ihnen stellt, wird ignoriert.

Robynne kommt wieder herein, die Raucher folgen ihr. Sie geht auf Yvonne Lacoste zu, die ihr Gespräch unterbricht und in ihren Papieren sucht. Dann teilt sie blaue Formulare aus.

»Vertraulichkeitserklärung von Help!«, sagt Yvonne. »Würdet ihr bitte alle eines unterschreiben?«

»Es folgen die Arbeitspläne der fünf Berater«, sagt Robynne, als sie sich wieder gesetzt haben.

»Idi: übermorgen tagsüber von zehn bis zwei.

Igmar: Dienstag in zwei Wochen, abends von sechs bis zwölf.

Iman: nächste Woche Montag, morgens von sechs bis zwölf.

Isaac: morgen früh von sechs bis zehn.

Iwan: übermorgen von nachts zwölf bis sechs Uhr morgens.

Würden Sie die Aufgaben verteilen, Herr Mochizuki?«

»Ja«, sagt Mochizuki, der mitgeschrieben hat. »Idi: Valenti-san. Igmar: Welt-san. Iman: Green-san. Isaac: Silva-san. Iwan: Fowell-san.« Er steht auf und geht aus dem Saal.

»Gut, das wissen wir also«, sagt Bettina Welt.

Mochizuki dreht sich an der Tür um und sieht sie ausdruckslos an. Dann geht er weiter und verschwindet.

»Arschloch«, sagt Bettina leise. Watanabe sieht sie erschreckt an. Zhiqiang Li lacht.

»Konferenz unterbrochen bis morgen früh«, sagt Silva. »Ich werde nicht dabeisein, ich muß zu Isaak. Hoffentlich versucht er Napoleon zu einem Frühstückscafé zu locken.«

»Mochizuki will den Täter auf frischer Tat ertappen, und darin gebe ich ihm recht«, sagt Robynne Green, »dann ist die Gefahr, daß ein geschickter Anwalt den Täter jemals freibekommt, am geringsten.«

*

8. September

Ich muß ins Bett, denn ich werde verrückt von der Grübelei. Die Spannung ist entsetzlich. Ich denke, daß wir alle heute nacht mahlen, rühren und kneten werden,

wie eine Reihe Brotmaschinen. Wir sind jetzt ganz dicht an der Aufklärung. Wir haben heute nacht alle bis nach zwölf gearbeitet. Ich habe überall Schmerzen, und mir ist, als hätte ich einen Kater von zu vielem Trinken. Der Täter kommt immer näher, aber er bleibt schemenhaft, bekommt keine Konturen. Das ist gespenstisch. Mein Kopf steckt voller nutzloser Bilder: Croos Ofen, Irinas Schal, Robynnes flirtendes Gesicht, Menschentrauben auf Zebrastreifen, glitzernde Steinchen in den Treppen der Metro ... was für ein Zustand!
Und um die Katastrophe vollständig zu machen, gab es eben noch ein tüchtiges Erdbeben. Das Telefon fiel vom Schreibtisch. Ich erschrak wie verrückt. Meine Nerven sind so angespannt.

Bin am späten Nachmittag spazierengegangen. Habe wunderbare Atom-Boy-Hefte gekauft und noch ein paar Animal-Backstyle-Artikel. In derselben Straße gibt es einen Laden mit Artikeln für Kinder: Köfferchen, Becher, *bentō*-Schachteln, T-Shirts, was man will, alles rosa mit einer albernen Katze darauf: my Kitty.

Im Fernsehen ausschließlich Sendungen über Lady Di.
Im Radiosender The Far East Network diskutieren Herren über den Nutzen von Visitenkarten in Form von Stickern, erhältlich in Automaten; Nana Club heißen sie. Nana Club ist von demselben Konzern entwickelt, der Print Club lanciert hat. Ich sah ein Interview mit dem Begründer dieses Betriebs, ein Mann, der überfloß von Sentimentalität. Gerührt von der eigenen Güte erzählte er, daß sowohl der Print Club als auch der Nana Club von Arbeitnehmern ausgedacht worden seien. Ich hatte nicht den Eindruck, daß die betreffenden Arbeitnehmer

dadurch finanzielle Vorteile gehabt hätten, es war wohl eine Ehrensache.
Hups, noch eine Reihe Erdstöße. Es scheint, als würde die Erde unsere Aufregung teilen.

## 10

Am nächsten Morgen wird die Frühstückskonferenz von Mochizuki eröffnet: »Silva-san sitzt in diesem Augenblick ein Stockwerk unter dem Telefonberaterraum von Help!. Meine festen Mitarbeiter haben dort heute nacht in einem der Büros eine Abhöranlage installiert. Die Help!-Leitungen werden vierundzwanzig Stunden pro Tag angezapft werden. Hier im Hotel sind zwei Zimmer mit Aufnahme- und Empfangsapparaturen eingerichtet worden, so daß man auch hier die Beratungsgespräche der Help!-Leitungen mithören kann. Ich werde Sie in zwei Gruppen aufteilen, jede Gruppe nimmt eine Leitung. Wir übernehmen genau die Dienststunden von Help!: morgens von sechs bis zehn, dann von zehn bis zwei, von zwei bis sechs Uhr nachmittags, von sechs bis zwölf Uhr nachts, und von zwölf bis sechs.

In den kommenden Tagen nehmen Valenti-san und Hogenelst-san Leitung eins, in Zimmer zwölf in diesem Stockwerk, Silva-san und Green-san nehmen Leitung zwei in Zimmer vierzehn, ebenfalls in diesem Stockwerk. Jeder von Ihnen hat vier oder sechs Stunden Dienst. Während der Stunden, in denen unsere Verdächtigen Dienst bei Help! haben, wird jemand im Büro unter dem Telefonberaterraum von Help! in der Lutherischen Kirche sein. Lacoste-san und Inoue-san werden jede in einem Abhörzimmer hier im Hotel sitzen und Ihre Fakten verarbeiten. Unser Ziel ist es, den Täter seine Verabredung machen zu lassen und ihm zu folgen. Wir wollen ihn, falls möglich, auf frischer Tat ertappen, in Begleitung seines Opfers und im Besitz seiner Waffe. Ich werde Sie mit Schußwaffen ausstatten. Gehen Sie zum Schießstand meiner Abteilung, um mit diesen Waffen vertraut zu werden. Ich werde Ihnen heute Ausweise besorgen, damit Sie dort hineinkommen. Ab heute nachmittag werden vierundzwanzig Stunden am Tag unauffällige Polizeiwagen mit Chauffeur in Zivil beim Eingang des Hotels bereitstehen. Wenn Sie unter starker Spannung stehen, zögern Sie nicht, Li-san zu konsultieren.«

Mochizuki schaut auf seine Uhr. »Es ist zehn vor sechs, Silva-san sitzt, wenn alles geklappt hat, an seinem Platz. Ich bitte Sie, zu den Zimmern zwölf und vierzehn zu gehen und die Apparatur anzustellen, dann können wir alle Zeuge sein von Isaacs Dienst bei Help!«

*

Einige Stunden später laufen Bettina Welt und Mochizuki über die gewundene Bergstraße zum Dorf Daigo. Erleichtert, daß sie die Hitze der Stadt hinter sich lassen können, schreiten sie gut aus. Beide tragen einen kleinen Rucksack. Die Luft ist erfüllt vom Duft der Nadelbäume und der feuchten Erde. Die Geräusche um sie herum sind ohrenbetäubend: das Rauschen des Windes in den Tannen und Fichten, das Zirpen der Baumgrillen, das Plätschern eilig fließender Bäche und kleiner Wasserfälle. Ganz entspannt und schnell spricht Mochizuki jetzt mit Bettina auf japanisch. Er scheint vergessen zu haben, daß sie keine Japanerin ist.

»Am besten stecken Sie Ihre Hosenbeine in Ihre Strümpfe«, sagt er. »Manchmal gibt es hier Hornissen, die fürchterlich stechen, vor allem in die Beine.« Er geht mit gutem Beispiel voran und stopft seine Khakihose in seine dunkelgrünen Socken. Er stellt seinen Rucksack auf den Boden, holt ein hellblaues Handtuch heraus und hängt es sich lose um den Hals. Dann laufen sie weiter. Schwarze Schmetterlinge, groß wie Fledermäuse, flattern ab und an direkt vor ihrem Gesicht herum.

»Wir sind früh dran«, sagt Mochizuki, »es ist noch lange nicht dunkel. Es dauert eine Stunde und fünfzehn Minuten zu Fuß zum Haus?«

»Ja«, antwortet Bettina.

»Da haben wir unterwegs Zeit für eine Pause zum Ausruhen«, sagt Mochizuki. »Ein Stück weiter oben befindet sich laut Karte ein kleines Heiligtum. Es liegt etwa auf halber Strecke. Sollen wir da gleich etwas essen?«

»Wo bekommen wir dort etwas zu essen?« fragt Bettina.

Mochizuki klopft triumphierend mit beiden Händen auf seinen Rucksack. »Meine Frau hat eine schöne *bentō*-Schachtel für uns beide vorbereitet.«

»Wie nett von Ihnen, danke schön.«

Mochizuki lächelt freundlich und entspannt. Schweigend wandern sie auf der steil ansteigenden Straße weiter, links die nasse Felswand des Berges, in den die Straße hineingeschlagen ist, rechts eine Schlucht. Hier und da liegt gesägtes Holz aufgestapelt. Es verbreitet einen scharfen, süßlichen Duft. Als sie fünfundvierzig Minuten gegangen sind, taucht links ein hellrotes hölzernes Tor auf, dahinter ein Weg, der in die Felsen hineingeschlagen ist.

»Hier ist das Heiligtum«, sagt Mochizuki und geht vor Bettina her durch das Tor. Ein Stück weiter steht ein kleineres rotes Tor, hinter dem sie in den langen Schatten der Bäume vage ein Holzgebäude sehen. Alte Stümpfe von dicken Laubbäumen stecken im Boden. Die Lichtung ist mit gelbem, fettem Sand bestreut und sauber geharkt. Mochizuki stellt seinen Rucksack auf einen der Baumstümpfe und geht zum Eingangsportal des Heiligtums. Das Gesicht zum Portal gewendet, verbeugt er sich, klatscht dreimal in die Hände, hält sie sich dann aneinandergelegt vors Gesicht und betet. Er verbeugt sich nochmals und geht wieder zu seinem Rucksack. Bettina hat sich auf einen der Baumstümpfe gesetzt. Mochizuki öffnet seinen Rucksack und holt eine flache, mit einem Leinenband umwickelte Holzschachtel heraus. Er knotet das Band auf und nimmt die Schachtel in zwei gleichen Teilen auseinander. In jeder Hälfte liegen Eßstäbchen, eingerollt in eine Serviette.

»Bitte«, sagt Mochizuki und überreicht Bettina einen Teil. Sie atmet den herrliche Duft ein, der daraus aufsteigt.

»Vielen Dank«, sagt sie erstaunt, und sie schämt sich, weil sie Mochizuki so oft verflucht hat. »Wie schön das aussieht, und wie lecker es riecht!« sagt sie verlegen.

Mochizuki lächelt freundlich. »Ja, meine Frau kann sehr gut kochen.«

Sie essen schweigend. Dann sagt Mochizuki. »Ich bin gespannt, ob Sie recht haben, Welt-san.«

»Mhmm«, sagt Bettina, kaut schnell, schluckt herunter. »Entschuldigung. Es ist eigentlich nicht anders möglich«, sagt sie, als ihr Mund leer ist. »Lederkleidung und auch Haare, vielleicht ein Messer, Mochizuki-san, das liegt unter dem Haus da oben, nicht darin. Und überlegen Sie: Welcher Ort wäre geeigneter, um sich zu verstecken, als das Haus? Sie sind da gewesen. Es ist dort ein Kommen und Gehen von verschiedenen Menschen. Es ist schmutzig dort. Es quillt über von Haaren und Kleidern und Fingerabdrücken. Man kann in einer der Futongarnituren schlafen. Solange man mithilft und sich selbst mit Essen und Trinken versorgt, fragt einen keiner was. Jeden Abend wird gesoffen, gegessen, diskutiert, gestritten, gekämpft manchmal, nach den Performances. Niemand kriegt richtig mit, wer bleibt und für wie lange. Ein perfekter Ort für jemanden, der sich versteckt hält. Es erinnert mich an die Hausbesetzer in den Niederlanden und Deutschland. Einige Mitglieder der Baader-Meinhof-Gruppe hielten sich in den siebziger Jahren in Häusern versteckt, die besetzt waren, und es dauerte verflixt lange, bis ihnen die Polizei überhaupt auf der Spur war.«

Mochizuki nickt kauend.

Bettina holt eine dünne Nylonhose aus ihrem Rucksack und läuft damit an die Seite des Heiligtums. »Wird es nachher sehr abkühlen, was meinen Sie?« fragt sie, als sie hinter einem Busch steht, an dessen Zweige Papierstreifen wie Bänder gebunden sind.

»Ja«, sagt Mochizuki. »Ziehen Sie sich auch einen Pullover an.«

»Sollen wir einen Wunsch hier aufhängen?« fragt Bettina, als sie die schwarze Hose anhat und wieder zum Vorschein kommt.

Mochizuki nickt erfreut. »Ich habe Papier hier.« Er reißt zwei Seiten aus einem Schreibblock, schreibt schnell ein paar Zeichen auf das obere Blatt, steckt es hinter das zweite und gibt Bettina das Papier und einen Stift.

Sie hebt den Kopf etwas, denkt einen Augenblick nach und schreibt dann konzentriert einen Satz auf. Sie gibt Mochizuki seinen Wunsch und den Stift zurück, und zusammen gehen sie zu dem Busch neben dem Heiligtum. Sie falten ihre Wünsche wie Fächer zu schmalen Streifen und knoten das Papier um einen der Zweige, zwischen alle anderen. Mochizuki macht noch einmal die betende

Bewegung, wobei er seine Hände ganz leicht und schnell auf und ab bewegt. Dann steckt er die Eßschachteln in den Rucksack. »Gehen wir?«

Bettina sieht ihn verschmitzt an. »Sollen wir die anderen Bittbriefe lesen? Vielleicht hat er einen geschrieben.«

Mochizuki dreht sein Gesicht mit einem Ruck zu ihr um. »Nein! Nicht, wenn es nicht notwendig ist. Wenn wir heute nichts finden, können wir es immer noch tun. Dieser Ort gehört den Dorfleuten. Ich möchte lieber nichts daran stören.«

»Sie haben recht«, sagt Bettina. »Ich wäre so gespannt gewesen, ob Bittbriefchen von Tim Smith, Wackwitz oder Mechanicus daran hängen.«

»Die haben sich längst in Wind und Regen aufgelöst«, sagt Mochizuki. »Es geht gerade darum, daß unsere Wünsche den Göttern des Wetters vorgebracht werden.«

Die hölzernen Luken des Hauses sind vor die Verandatüren geschoben. Alles sieht fest verschlossen aus.

»Es ist niemand da, schön!« sagt Mochizuki. Er geht auf die Veranda und schiebt eine der Außenwände zur Seite. Dann bleibt er stehen und streckt seinen Finger warnend in die Luft. Bettina erstarrt mit ihrem einen Bein auf der Veranda. Aus dem Haus hört man Stöhnen. Mochizuki schiebt die schwere, hölzerne Wand jetzt mit einem Knall ganz auf und danach eine Schiebetür aus Papier. Sie spähen in ein dämmriges Zimmer mit Tatamimatten. Dahinter ist noch eine Papiertür. Das Stöhnen hat aufgehört. Plötzlich geht die Tür drinnen auf und zwei Menschen kriechen unter einer Decke hervor. Mochizuki gibt Bettina ein Zeichen, daß nichts Ernsthaftes los ist.

»Guten Abend zusammen«, sagt ein junger Japaner. Er geht auf Socken zu Mochizuki, während er den Reißverschluß seiner Hose schließt. Hinter ihm erhebt sich eine untersetzte blonde Frau. Sie schlägt die Decke um sich.

»Wohnen Sie hier?« fragt Mochizuki.

»Nein«, sagt der junge Mann. »Wir wollten gerade weggehen, eine Wanderung machen.«

»Sie brauchen unseretwegen nicht weg«, sagt Mochizuki. »Sind noch mehr Leute hier?«

Der junge Mann schüttelt den Kopf. »Die sind in Tokyo«, sagt er. »Performance. Sie kommen erst spät zurück. Um drei oder vier Uhr heute nacht, denke ich.«

Mochizuki nickt. Bettina ist erstaunt, wie natürlich er seine Rolle spielt, als ob er und sie hier auch eben eine Nummer schieben wollten. Sie lächelt, stellt sich neben Mochizuki und gibt ihm den Arm. Er drückt ihn kurz an sich.

»Komm, wir gehen, Kiki«, sagt der Junge. Die Frau nickt. Der Junge geht ins Zimmer zurück und schiebt die Tür zu. Nach dem, was man von hier aus hört, packen sie schnell ihre Sachen. Die Frau kommt zuerst nach draußen, jetzt in eine dicke Nylonjacke gekleidet. »Es wird kalt heute abend«, sagt sie zu Bettina. Die nickt freundlich und setzt sich auf den Rand der Veranda.

»Wollt ihr ein Stück Wassermelone?« fragt der junge Mann, der ein paar Taschen aus dem Zimmer holt und sie auf die Veranda stellt.

»Gern«, sagt Mochizuki. Die Frau holt zwei große Stücke in Zellophan verpackte Wassermelonen aus einer der Taschen, zieht die Verpackung herunter und schneidet beide Teile in zwei Stücke. Sie gibt jedem eins und setzt sich neben Bettina auf die Veranda. Mochizuki und der junge Mann setzen sich ein Stück weiter nebeneinander. Sie essen schweigend und spucken ihre Kerne in die aufkommende Dämmerung.

»Es wird so schnell dunkel«, sagt Mochizuki. »Nicht so gut für eine Wanderung.«

»Unser Auto steht unten«, sagt der junge Mann. »Und wir kennen den Weg genau, was, Kiki?«

Kiki nickt.

Nach ein paar weiteren schweigenden Minuten Kernespucken sammelt Kiki die Melonenschalen ein und steckt sie in eine Plastiktüte in ihre Tasche. »Ihr müßt das Haus aber sauberhalten«, sagt sie. Bettina nickt. Kiki und der junge Mann erheben grüßend ihre Hand und gehen den Weg vom Grundstück herunter zur Straße. Sobald sie einige Haarnadelkurven weiter ihren Blicken entschwinden, beginnen Mochizuki und Bettina mit ihren Vorbereitungen. Sie fegen gemeinsam eine flache Mulde hinter dem Haus. Die Dunkelheit kriecht vom Bambuswald her schnell auf sie zu.

»Wir sollten besser zuerst unter dem Haus nachsehen, bevor wir unsere Taschenlampen benutzen müssen«, sagt Bettina. Mochizuki nickt und unterbricht seine Tätigkeit.

»Ich warte hier. Kriechen Sie bitte unter das Haus. Sie sind viel kleiner als ich.«

Bettina nickt und zwängt sich zwischen den Balken unter der Veranda durch zum Kriechraum unter dem Haus. Es riecht dort nach warmem Sand. Mitten unter dem Haus liegt ein Paket.

»Es liegt noch da«, ruft sie Mochizuki leise zu.

»Nicht berühren«, ruft er vorsichtig zurück.

»Leder, ich rieche es.«

»Kommen Sie jetzt lieber wieder her.«

Als Bettina sich zwischen den Balken etwas festklemmt, reicht er ihr jungenhaft die Hand, um zu helfen.

»Gott, wie kalt es auf einmal wird«, sagt Bettina.

Mochizuki holt zwei Aluminiumdecken aus seinem Rucksack und legt sie in die Mulde. »Damit müssen wir auskommen.«

»Man sieht sie ziemlich deutlich«, sagt Bettina, während sie einen kritischen Blick in die Mulde wirft. »Ich hole eine Decke von drinnen, um sie darüberzulegen, ja?«

»Ziehen Sie die Schuhe aus, wenn Sie hineingehen.«

Bettina schlurft, ihre Schuhe hinten mit den Fersen heruntertretend, zur Mulde zurück. Sie breitet die Decke über dem Aluminium aus. »So. Wir können ins Bett.«

Mochizuki zieht sich neben der Mulde eine schwarze Nylonjacke an und gibt Bettina eine Mütze.

Bettina stellt zwei Nachtferngläser ans Kopfende in die Mulde. Sie tasten nach ihren Waffen und zerren an den Riemen der Halfter.

»*Yoshi*«, sagt Mochizuki, »es kann los gehen.«

Bettina kriecht neben ihn unter die Decke. Beide liegen auf dem Bauch.

Als beide abwechselnd schon mehrere Male leise aus der Mulde gekrochen sind, um sich die steifen Beine zu vertreten oder hinter einem Strauch Wasser zu lassen, hören sie Schritte auf dem Weg. Mochizuki stößt Bettina mit dem Ellbogen an. »Diese Momo von Ihnen hatte recht. Da kommt er. Das hatte sie gut eingeschätzt.«

»Ja«, flüstert Bettina und bewegt ihre Hand langsam zum Fernglas.

Im Licht der Sterne ist schemenhaft die magere Gestalt, einen Schal um den Kopf gebunden, zu erkennen. Er läuft seelenruhig bis zur Seite des Hauses und setzt sich auf die Veranda. Er holt ein Stück eingewickelter Wassermelone aus einer Plastiktüte, zieht das Zellophan herunter und ißt und spuckt. Mochizuki und Bettina spähen angespannt durch ihre Ferngläser. Der Mann hustet. Es klingt unheimlich laut und nahe. Mochizuki bewegt seine Hand zur Waffe. Der Mann ißt wieder und spuckt Kerne. Er trägt ein gestreiftes T-Shirt mit langen Ärmeln und eine ärmellose Jeansjacke. Er zittert in der kalten Bergluft. Dann wirft er die Schale der Wassermelone in die Sträucher und verschwindet mit aalartigen Bewegungen zwischen den Balken der Veranda nach unten.

»*Yoshi*«, sagt Mochizuki, dicht an Bettinas Ohr. Sie nickt und holt langsam ihre Waffe zum Vorschein. Sie stützt sich auf den Ellbogen und zielt auf die Stelle, wo der Mann verschwunden ist. Mochizuki blickt weiterhin durch das Fernglas. Sie bleiben totenstill liegen.

»Er kriecht zur Vorderseite des Hauses«, sagt Mochizuki in Bettinas Ohr. »Er nimmt das Paket mit.«

Nach einigen Minuten sehen sie die Gestalt von der Seite her ins Haus schlüpfen, das Paket unterm Arm. Sie liegen steif vor Anspannung nebeneinander. Eine dunkle Gestalt gleitet lautlos und beinah unsichtbar durch denselben Spalt der Veranda wieder nach unten. Er geht mit vor Kälte hochgezogenen Schultern den Weg hinab und schreitet jetzt kräftig aus.

Mochizuki steht langsam und steif auf und blickt in die Richtung, wo die Straße ins Tal führen muß. »Noch einen Augenblick warten und dann anrufen«, sagt er und gibt Bettina eine mobiles Telefon.

»Wir warten hier noch eine Stunde«, sagt er, »bis er fast im Tal ist. Dann laufen wir los, und Watanabe fährt nach oben. Es ist fünf nach elf. Wenn wir Glück haben, ist die Tanzgruppe noch nicht auf dem Weg nach Hause, und wir begegnen ihr nicht einmal.«

Bettina ruft im Licht der Laterne Watanabe an, der unten im Tal in einem Auto wartet. Als der Mann in Schwarz am Auto vorbei ist, fährt Watanabe die Straße nach oben bis etwa zur Hälfte des Weges zum Dorf Daigo. Dort hält er auf der stillen Bergstraße an, um Bettina und Mochizuki einsteigen zu lassen. Sie strecken dankbar ihre steifen Muskeln.

»Stehen die Verfolger an ihren Plätzen?« fragt Mochizuki Watanabe.

Er nickt. »Vier entlang der Straße. Und im Tal stehen zwei Taxis mit Polizeileuten am Steuer.«

»Der Bahnhof Hachiōji ist auch gedeckt?«

Watanabe nickt. »Zwölf Mann.«

»Schön«, sagt Mochizuki konzentriert, »es kann nicht schiefgehen.«

Der erste Verfolger meldet sich per Telefon im Auto.

»Verdächtiger ist vor zwei Minuten hier vorbeigekommen. Ich laufe jetzt hinter ihm her.«

*

Der Verfolger trägt einen eng anliegenden elastischen Anzug aus Camouflagestoff. Er gehört zu Mochizukis mobiler Einheit und ist als Heckenschütze ausgebildet und in den letzten Wochen zum Übungstraining gewesen. Gut ernährt und ausgeruht, ist er aus dem Training zurückgekommen. Mochizuki hat ihn wegen seines Mutes und seines Durchsetzungsvermögens ausgewählt und hat zwölf weitere Männer seines Niveaus in Reserve. Gesicht und Hände sind mit einer Teigmasse dunkelbraun geschminkt. Die Augen sind mit einer Brille aus Plexiglas bedeckt, damit sie im Dunkeln nicht glitzern. Ein breites Gummiband um den Kopf hält die Brille fest. Die Hosenbeine verschwinden in Baumwollstiefeln, die Sohlen wurden von einem bekannten Sportschuhfabrikant speziell für diese Arbeit entworfen, eine Kombination aus Polyeutan und eingeschweißtem Gel. Für den großen Zeh ist in der Zehenpartie ein extra Teil angebracht, so daß der Fuß einer Teufelskralle ähnelt. Eine Reihe metallener Laschen die Wade entlang hoch bilden den Verschluß. Diese *jikatabi* sind ideal, um damit zu schleichen und auf Bäume und Pfähle zu klettern. Wie ein Aal läuft der Verfolger im Slalom durch den Wald.

Der Mann, den er verfolgt, zögert einen Moment, als er auf der Straße im Tal zwei Taxis stehen sieht. Der Verfolger bleibt reglos hinter ihm im Wald stehen. Der Mann blickt, die Hand über die Augen gelegt, erst in das eine dunkle Taxi, dann in das andere. Der Verfolger weiß, daß beide Taxichauffeure sich schlafend stellen. Der Mann tickt gegen die Scheibe des zweiten Taxis. Nichts geschieht. Er klopft lauter, mit einem Gegenstand, einem Ring oder Schlüssel. Ein Lämpchen geht an, und der Fahrer kommt mühsam aus seiner liegenden Haltung hoch.

»Taxi?« fragt der Mann in Schwarz.

»Ich schlafe gerade«, sagt der Taxichauffeur unfreundlich.

»Würden Sie mich bitte zum Bahnhof bringen?« fragt der Mann höflich und in perfektem Japanisch. Der Taxichauffeur zuckt die Schultern. »Sonst muß ich das ganze Stück laufen. Es ist schon zu spät, um per Anhalter zu fahren, kein Hund kommt hier noch vorbei. Es fährt auch kein Bus mehr. Ich brauche die ganze Nacht dazu.«

Die rückwärtige Tür schwingt auf, der Mann steigt ein, der Chauffeur läßt den Motor an und fährt langsam weg. Im Wald zieht der Verfolger ein mobiles Telefon aus seiner Brusttasche und meldet, welches Taxi der Mann genommen hat. Dann steigt er in das andere Taxi neben den Fahrer, der sich inzwischen aufgesetzt hat, und beginnt dann die Metallhaken von seinen *jikatabi* zu lösen.

»Sie fahren zum Haupteingang, an der Stadtseite«, sagt der Chauffeur. »Hast du das dazugesagt?«

Der Verfolger nickt. »Es wimmelt da von Menschen.«

Auf dem Bahnsteig vom Bahnhof Hachiōji, wo die gelbe Chūō-Linie noch bis spät in die Nacht nach Shinjuku fährt, sitzen zwei betrunkene Geschäftsleute auf einer Bank und schlafen. Bei einem von ihnen klafft der Hosenschlitz. Der Zug steht schon am Bahnsteig, der Mann in Schwarz setzt sich hinein. Er stellt sich eine Leinentasche auf den Schoß und sieht sich um. Der Zug ist halb voll, die meisten Passagiere schlafen, einige lesen. Auf dem Bahnsteig schüttelt ein Schaffner einen der betrunkenen *sararīman*. Einer übergibt sich, als sie versuchen aufzustehen. Als das geschehen ist, zieht er das Röhrchen ab, das mit einem Pflaster an seiner Wange befestigt ist, und steckt es sich in die Tasche, zu der Gummipumpe mit dem nachgemachten Erbrochenen. Die beiden schwanken in den Zug und setzen sich dem Mann in Schwarz gegenüber. Der lächelt sie freundlich an. Er zieht ein Buch aus seiner Leinentasche und schlägt es auf. Es ist *Cold Blue Fire* von Silva, stellt der Mitarbeiter Mochizukis fest, der das Erbrochene in seiner Tasche hat.

Auf einem Bahnsteig im Bahnhof Shinjuku, wo der gelbe Zug anderthalb Stunden später abbremst, wird die Verfolgung komplex wie eine Choreographie. Mochizuki hat eine immense Anzahl von Verfolgern eingesetzt. Trotz der späten Stunde sind in diesem Bahnhofsgebäude noch Tausende von Menschen auf den Beinen. Dreihundert davon arbeiten für Mochizuki. Sie sehen wie *sararīman*, Hostessen und Studenten aus, wie so viele, die eilen, um zu dieser späten Stunde einen letzten Zug nach Hause zu erreichen. Sie sind in drei Gruppen aufgeteilt, die teils oben, teils unten an den drei Treppen dem Mann in Schwarz auflauern.

Als der Mann den Zug verlassen hat und auf dem Bahnsteig eine der Treppen nach oben nimmt, können zwei Drittel von Mochizukis Verfolgungstrupp nach Hause. Die Gruppe, die sich auf dem Bahnsteig aufgehalten hat, kann sich auch entspannen, sobald der Mann oben an der Treppe ist und in die Halle geht. Vierundvierzig Männer und Frauen gehen vor, hinter und neben dem Mann in Schwarz. Von denen fallen die vordersten sechs ab, als er eine andere Richtung einschlägt. Als er nach links geht, fallen die Verfolger auf der linken Seite ab, zwölf insgesamt; sie wurden instruiert, geradeaus weiterzugehen. So scheint der Mann in Schwarz der Mittelpunkt eines Fischschwarms zu sein, von dem sich Grüppchen verselbständigen, die hierhin und dorthin schwenken. Sechsundzwanzig Verfolger bleiben übrig, um unbemerkt mit dem Mann in Schwarz mitzulaufen, hinein ins Kabukichō-Viertel. Dort geht der Mann durch eine Tür. Zwei Verfolger gehen auch hinein. Es ist ein großes Speiselokal, das Sin heißt und Tag und Nacht geöffnet hat. Drinnen ist eine drückende Fülle. Die beiden, die dem Mann jetzt noch folgen, sind Hiroshi Onitsuka und Kyōko Sakai, junge, vielversprechende Assistenten von Mochizuki. Sie tragen unauffällige Studentenkleidung: Jeans und Kord, Asics-Turnschuhe, weiße Kolosse, dicht bemalt mit Schlangenlinien. Beide bestellen einen Sin High Ball. Der Mann in Schwarz hat einen frisch gepreßten Orangensaft bestellt und liest in *Cold Blue Fire*. So passiert eine ganze Weile gar nichts. Jede Stunde wird Kyōko Sakai mit ihrem giftgrünen mobilen Telefon zur Damentoilette gehen, um Mochizuki anzurufen. An der Bar eines Lokals in derselben Straße stehen Robynne Green, Lucia Valenti und Jack Fowell und nippen an ihren Getränken. Gerardo Silva und Bertus Hogenelst sitzen in unauffälligen Autos mit Chauffeur, die in der Umgebung plaziert sind. Watanabe befindet sich im Hotel im Zimmer mit der Abhörinstallatur an einem Tisch voller Telefone. Als Kyōko Sakai zum dritten Mal von der Toilette, wo sie gemeldet hat, daß die Situation unverändert ist, zu ihrem Tischchen geht, kommt eine kleine Asiatin ins Lokal. Sie bleibt stehen, blickt sich unsicher um und geht dann auf den Tisch des Mannes in Schwarz zu. Er winkt ihr, küßt sie dann herzlich auf beide Wangen. Es folgt ein üppiger japanischer Imbiß, mit Suppe, Fisch und Algen. Die Frau redet fast unaufhörlich. Sie sieht ernst aus und reibt sich manchmal die Augen, als weinte sie. Sie zeigt ihm etwas auf ihrem Arm. Der Mann beugt sich kurz über den Arm, nickt mitfühlend und sagt selbst nur ab und an etwas. Er füllt den Teller der Frau immer wieder aus den Schälchen nach, die auf dem Tisch stehen. Nach dreiundvierzig Minuten stehen sie auf. Der Mann bezahlt an der Kasse beim Eingang. Bevor sie aus der Tür gehen, legt er ihr den Arm um die Schulter.

Kyōko Sakai und Hiroshi Onitsuka beginnen mit der Verfolgung. Erstere hat einen kleinen Apparat in der Hand, wodurch Watanabe genau verfolgen kann, welche Route sie nehmen.

»Sie gehen in Richtung Sendagaya go-chome«, meldet Watanabe Mochizuki per Telefon, »sie sind nun in Meiji-dōri in Höhe des Shinjuku-Park-Hotels. Sie überqueren die Straße und gehen nach links, vorbei an der Holzhandlung und dem *bentō*-Kiosk, auf die Rückseite des Parks zu. Sie gehen parallel zum Parkzaun.«

»Sie gehen zu der Stelle, wo Wackwitz ermordet wurde«, sagt Bettina zu Mochizuki.

Er nickt. »Er wird unvorsichtig«, sagt er. »Rufen Sie Green-san an. Halten Sie sie in der Leitung. Ich ziehe eine rote Linie hier auf dieser Karte, sehen Sie. Sagen Sie Green-san genau, wie sie, Valenti und Fowell gehen müssen. Sie können jetzt losgehen. Watanabe-san, rufen Sie die anderen in den Autos an. Welt-san, wenn Sie telefoniert haben, schließen Sie sich dem Team an. Ein grauer Toyota steht unten für Sie bereit.«

»Sie gehen zur Parallelstraße«, sagt Watanabe. »Sie gehen jetzt dicht am Parkzaun. Die Straße ist hier unbefestigt, es stehen nur Holzhäuser hier, die meisten leer. Es wird gefährlich für das Mädchen.«

Watanabe und Bettina reden laut durcheinander, jeder in den Hörer eines Telefons. Mochizuki signalisiert zum Apparat von Kyōko Sakai, daß sie und Hiroshi Onitsuka die Verfolgung abbrechen sollen. Sie werden langsamer, drehen mit einer geschmeidigen Bewegung um und gehen zurück.

Bettina schließt sich Robynne Green an und gibt ihr eine detaillierte Wegbeschreibung. Robynne beschreibt Fowell die Route ihrerseits. Lucia Valenti beobachtet über seine Schulter mit, während er schreibt, und rechnet dann schnell die Getränke ab. Vorbei am Shinjuku-Park-Hotel, die Straße bei Shinjuku-dōri überqueren, zwischen Holzhandlung und *bentō*-Kiosk nach links bis Parkzaun, dort am unbefestigten Weg nach rechts.

»Kommt, wir gehen.«

Sie gehen die Route in zwei Paaren mit einem gehörigen Abstand dazwischen. Es sind fast keine Menschen mehr auf der Straße, in den kleinen Parallelstraßen ist es dunkel, und bis auf das Zirpen der Baumgrillen herrscht tiefe Stille. Sie erreichen die verwilderten Gärten einer Reihe leerstehender Holzhäuser. Dort werden sie von den Leuten des japanischen Teams erwartet. Jeder aus dem westlichen Team wird von diesem Moment an gedeckt von einem Japaner. Sie steigen über einen Stacheldrahtzaun und ziehen ihre Waffen. Sobald jeder eine Waffe in der Hand hat, brechen sie auf. Die Leute des internationalen Teams schleichen in Richtung des Zauns an der Rückseite des Shinjuku-Parks, in ihrem Kielwasser die japanische Deckung. Bettina Welt und ihr japanischer Schatten sind die ersten, die den Schlammweg sehen können, den Ort, wo Wackwitz ermordet wurde. Bettina läßt ihre Waffe sinken und bedeutet dem, der sich hinter ihr befindet, dasselbe zu tun. Niemand ist auf dem Weg zu sehen. Schnell zieht die Gruppe sich wieder in die verwilderten Gärten zurück, sie steigen über den Stacheldraht zu dem befestigten Weg dahinter.

»Sie müssen hier irgendwo sein«, flüstert Bettina. »Sie können doch nicht etwa zurückgegangen sein?« Ihre Stimme klingt unsicher, beinahe flehend.

»Jesus Christus«, flüstert Fowell, »wir haben sie verloren.«

»Nicht sofort verzweifeln«, antwortet Lucia Valenti flüsternd. »Dieser Weg am Parkzaun endet in einer Sackgasse. Sie können nicht zurückgegangen sein. Es gibt nur drei Möglichkeiten ...« Sie zählt sie an ihren Fingern auf: »der Weg, die Häuser oder die Gärten. Wir müssen uns aufteilen, jeder für sich, durch die Gärten in die Häuser. Wir haben keine Wahl. Wer sie findet, nimmt sie sofort unter Beschuß und ruft.«

Die anderen nicken. Sie steigen wieder über den Stacheldraht in die Gärten und schleichen lautlos, beide Arme gestreckt, die Waffe mal nach der einen, dann nach der anderen Seite gerichtet. Fowell kann noch gerade ein panisches Brummen unterdrücken, als er auf eine tote Katze tritt, und merkt, daß sein japanischer Kollege hinter ihm erschrickt. In die Gärten fällt das dünne Licht der Straßenlaternen. Die Vegetation ist dicht, und vor allem der Bambus macht viel Lärm, wenn sie daran entlangstreichen.

Fowell glaubt hinter dem Mattglas der Schiebetüren in einem der baufälligen Häuser das Flackern eines Lichts zu sehen. Er ruckelt mit einer Hand an der Schiebtür. Die Tür gleitet über die mit Wachs geschmierten hölzernen Schienen beinahe lautlos auf. Drinnen dreht sich ein Mensch oder Tier auf einem Bett aus Zeitungen zu ihnen um. Fowell riecht die Druckerschwärze und spürt eine Ader auf seiner Stirn wie wild klopfen. Hinter sich hört er das verhaltene Keuchen seines Schattens. Er stellt seine Taschenlampe auf die niedrigste Stufe und richtet den gebündelten Schein auf die Gestalt. Ein verschrumpeltes braunes Gesicht blickt ihn verstört an. Fowell riecht den Alkohol und die gerade angesteckte Zigarre. Er legt den Finger an die Lippen. Die Frau mit dem Eichhörnchengesicht lächelt, nickt und läßt den Kopf wieder auf ein buntes Kleiderbündel fallen. Fowell sieht noch eben, bevor er seine Taschenlampe ausknipst, daß sie auf die Zeitungen gepinkelt hat. Er schleicht wieder in den Garten.

Bettina Welt ist ein paar Häuser weiter durch eine Spülküche mit Lehmfußboden geschlichen und geht durch einen schmalen Flur mit Holzfußboden. Obwohl das Haus nicht bewohnt ist, stehen noch alle Sachen von seinen früheren Bewohnern an ihrem Platz: zwei Paar grellgrüne Plastikslipper an der Tür, ordentlich nebeneinander, ein abgeblätterter roter Waschzuber an einem Haken an der Wand, ein Aluminiumkessel auf einem Butangaskocher, die Gasflasche ordentlich daneben, der

Gummischlauch verrottet wie die Haut einer Schlange zwischen Kocher und Flasche auf dem Boden. Überall eine dicke Staubschicht. Das Haus wird schwach von den Straßenlaternen und einer Laterne im Park vor dem Haus erleuchtet. In dem Staub auf dem Holzfußboden des Flurs sind frische Fußspuren sichtbar. Bettina läßt den ausgestreckten Arm mit der Waffe sinken und blickt, sich Millimeter für Millimeter nach vorn beugend, ins Zimmer am Ende des Flurs. Ihr japanischer Schatten beugt sich synchron mit ihr mit und hält seine Waffe im Anschlag.

Bettina sieht dort den Mann zusammen mit der kleinen Asiatin sitzen, vermutlich der Chinesin, die in der Liste der Wiederholungsanrufer von Help! »Äffchen« genannt wird. Sie sitzen dicht nebeneinander auf Kissen, die mit ein paar weiteren einen Kreis bilden. Der Mann sitzt mit dem Rücken zum Flur. Er holt das Messer aus seiner Tasche und zeigt es der Chinesin. Sie hat, wie es scheint, überhaupt keine Angst. Sie beugt sich zu ihm hin. Er legt ihr seinen Arm um die Schulter. Bettina tut ein paar Schritte zurück und schreit, so laut sie kann: »Fünf, fünf, fünf, sie sind in Haus fünf.«

Als sie nach vorn springt und das »Sie sind verhaftet!« herausschreit, ist das Messer nur noch etwa zwölf Zentimeter vom Kehlkopf der Frau entfernt. Bettinas japanischer Schatten steht inzwischen auf der anderen Seite des Paares und schreit etwas auf japanisch.

»Halt! Halt! Keine Bewegung! Halt!« ruft Bettina, während sie auf die beiden zielt. Sie wiederholt es immer wieder, scharf und monoton, wie ein Mantra. So treffen Fowell und Valenti sie an: wie ein bewegungsloses lebendes Bild, das den Augenblick unmittelbar vor dem zehnten Mord darstellt. Gleich darauf sind auch Bertus Hogenelst, Robynne Green und Gerardo Silva zur Stelle.

# 11

Robynne und Bertus stehen aneinandergepresst im übervollen Zug der Ginza-Linie. »Wir verabreden, daß wir nicht über Frank Laing sprechen heute.«

»Okay«, sagt Bertus heiser.

»Statt dessen machen wir Spiele. Magst du Spiele, Bertus?«

»Nein, außer Monopoly hasse ich alle Spiele.«

»Auch, wenn ich sie mir ausgedacht habe? Ich bin nämlich verrückt auf Spiele.«

»Was bist du bloß für eine komische Frau, Robynne Green.«

»Dann fangen wir mit dem Geschichten-Erzählen-Spiel an. Ich erzähle dir eine Geschichte und dann du mir eine.«

»Fang du aber an.«

»Gut. Weißt du, warum jeder das Haar von jemand anderem hat?«

»Was?«

»Niemand hat eigenes Haar. Ich hasse mein Haar. Du deins nicht?«

»Nie darüber nachgedacht«, krächzt Bertus.

»Na, ich schon. Ich bin davon überzeugt, daß ein anderes Mädchen mein Haar hat. Selbstverständlich ist ihr Haar lang, voll und rot.«

»Und solches Haar wolltest du also haben«, sagt Bertus.

»Wollte ich haben? Es gehört mir! Ich erkenne es! Ich habe Heimweh danach! Ich habe ein Recht darauf! Die

Sache ist nämlich die: Vor langer Zeit, noch vor unserer Geburt, waren wir im Himmel. Der Himmel war eine Turnhalle, und der Turnlehrer war Gott. Wir durften den ganzen Tag Hockey spielen. Man verteidigte einen Stapel Holzklötze. Wer als letzter übrigblieb, war der Gewinner. Der Gewinner mußte ein Zeichen geben. Auf das Zeichen hin rannte jeder, der sich in der Turnhalle befand, zur Mitte, warf sein Haar auf den wachsenden Haufen und rannte zurück an die Wand. Das waren die Spielregeln. Auf das nächste Zeichen hin, das der Verlierer des letzten Spiels gab – man mußte also sehr gut aufpassen –, rannten alle zurück zum Haufen und versuchten, das eigene Haar wiederzubekommen. Ich paßte nie richtig auf. So verlor ich mein Haar an ein anderes Mädchen. Schlimm, was?

Du brauchst dich nur mal umzusehen, Bertus. Widerlich, findest du nicht? All die Poloshirts von Lacoste. Und all die Lacktaschen! Sieh dir das an, ich zähle auf der Bank da drüben schon fünf Poloshirts mit kleinen Krokodilen.« Robynne zeigt hin.

»Nicht mit dem Finger zeigen«, flüstert Bertus und wird rot.

»Es wird Zeit, daß eine Invasion von Krokodilsjägern kommt«, sagt Robynne, »Leute, die Lacoste tragen, dürften nicht zum Club zugelassen werden.«

»Zu welchem Club?«

»Dem Club der netten Leute.«

»Club der netten Leute«, wiederholt Bertus müde. »Darf ich denn hinein?«

»Dann müssen wir erst die Regeln aufstellen.«

»Robynne.«

»Was möchtest du lieber sein, Bertus, ein Bär oder eine Schlange?«

»Keine Ahnung.«

»Los, komm, ein Bär oder eine Schlange?«

»Ein Bär.«

»Warum?«

»Das weiß ich nicht.«

»Du bist langweilig. Aber du schuldest mir trotzdem eine Geschichte.«

»Jesus, Robynne, ich weiß keine Geschichte und bestimmt keine so verrückte Geschichte wie die von dir. Außerdem habe ich fast keine Stimme mehr.«

»Du kannst dir eine Geschichte ausdenken, wenn du dir Mühe gibst.«

»Nein, Robynne, ich tue das nicht, ich habe keine Lust dazu. Aber erzähl du ruhig, soviel du willst.«

Robynne blickt einen Augenblick beleidigt vor sich hin, wendet sich Bertus dann wieder zu. »Ich würde so gern ein richtiges Abenteuer mit dir erleben. Sollen wir beide durchbrennen?«

Bertus wechselt die Farbe und sieht sie dann ruhig an. »Davon kann keine Rede sein, und das weißt du, Robynne.«

»Höre ich da ein Bedauern in deiner Stimme?«

»Nein«, sagt Bertus zögernd.

»Schade.«

»Es kann keine Rede davon sein.«

»Bedeutet das, daß du es aber doch gern wolltest?«

»Nein. Das bedeutet es nicht.«

»Nun kapiere ich dich nicht mehr. Würdest du es nun eigentlich wollen oder nicht?«

»Ich will es nicht.«

»Ja, aber würdest du es gern wollen?«

»Nein.«

»Weshalb nicht?«

»Weil ich zu alt dazu bin. Und weil ich meine Frau liebe. Sind wir bald da?«

»Ja«, sagt Robynne. »Wir gehen zuerst Kaffeetrinken, bei Mozart.«

»Mozart?«

»Ein bekanntes Kaffeehaus in Shibuya.«

»Hört sich gut an. Ich kann jetzt gut eine Tasse Kaffee vertragen.«

»Ich kann jetzt gut eine Tasse Kaffee vertragen«, wiederholt Robynne höhnisch. »Du bist tatsächlich ein alter Mann, wenn du so redest.«

»Das hab ich dir doch gesagt.«

»Nicht schlecht«, sagt Bertus, als sie im kleinen Kaffeehaus Mozart nach einem Tisch suchen. »Ich hoffe, daß ich an eins dieser Tischchen passe.«

»Laß uns da zu einem Platz am Fenster gehen«, sagt Robynne. Sie gehen, ob sie wollen oder nicht, im Takt der Musik an Mozartporträts und kleinen Mozartbüsten entlang.

»Schade, daß die Ober keine Mozartperücken aufhaben«, sagt Robynne.

»Ich hasse diese Musik überall. Man geht unwillkürlich im Takt«, sagt Bertus, »eigentlich gegen den eigenen Willen.«

»Ah, Bertus kennt das ›Gegen-ihren-Willen-Spiel‹.«

»Ach, hör auf, Christus!«

»Sag ruhig Robynne. Nein, hör zu, das ›Gegen-ihren-Willen-Spiel‹ ist wirklich gut. Ich habe es monatelang mit einer Freundin gespielt. Wir haben uns Titel für Liebesromane ausgedacht. Die Titel mußten auf die Worte ›gegen ihren Willen‹ enden. Robynne zählt langsam und rhythmisch auf: ›Sie fühlte sich von Eiskunstläufern magnetisch angezogen, gegen ihren Willen. Sie verwandelte sich in eine Französin, gegen ihren Willen. Er wurde Zenpriester, gegen ihren Willen. Er warf sie wie eine Eidechse an die Wand, gegen ihren Willen. Jetzt du, Bertus.«

Bertus denkt nach. »Sie tanzte mit Jesus Tango, gegen ihren Willen.«

»Gut so«, sagt Robynne, »du lernst es allmählich.«

»Er trug eine Rolex, gegen seinen Willen«, sagt Bertus.

»Nicht so gut. Was wollen wir bestellen?«

»Wiener Mozart Spezial«, sagt Bertus, die Karte studierend, »gegen meinen Willen.«

»Würdest du nicht auch gern gegen deinen Willen ein Verhältnis mit mir haben?« fragt Robynne. »Ach, Bertus«, fügt sie ernst hinzu, »ich bin wirklich verknallt in dich. Ich fühle mich so wohl mit dir.«

»Ich denke auch jede Nacht an dich. Gegen meinen Willen.«

»Wirklich?« fragt Robynne, und Bertus hat den Eindruck, daß ihre Augen feucht werden.

»Tja«, sagt Bertus, »so ist es. Aber wir machen nichts daraus. Einverstanden?«

Er langt über den Tisch und streichelt Robynne über die Wange. Die Geste hat etwas Väterliches und zugleich Trauriges.

Robynne blickt ihm in die Augen und sagt: »Einverstanden, wir machen nichts daraus.«

»Eins möchte ich noch wissen«, sagt Bertus. »Du bist auch verheiratet. Wie ist es damit?«

Ein Schatten zieht über Robynnes Gesicht. »Meine Ehe ist mein Anker. Im übrigen tue ich, was ich will.«

»Und das geht gut?«

»Nein, das geht nicht gut, aber auch nicht schlecht.«

Schweigend trinken sie ihren Kaffee aus geblümten Tassen, die auf silbernen Tabletts gebracht wurden.

Sie schlendern durch eines der vornehmsten Viertel Tokyos. Robynne zeigt auf die Pinselmacher. Es hängen Quaste dort in der Größe eines Besens, ganze Pferdeschwänze sitzen wie Bärte in Messingbuchsen auf Mahagonistielen. Beim Messermacher stehen sie dicht nebeneinander, um die Klingen mit ihren Daumen zu befühlen.

»Was für eine Fertigkeit«, sagt Bertus.

»Was für eine Fertigkeit«, murmelt Robynne ihm nach. Sie lachen zusammen, als hätten sie jemandem einen Streich gespielt.

»Ich will jetzt zur Galerie Lunami«, sagt Robynne, »dir zu Ehren. Sie stellen die Arbeiten von Hans Van Olmen, einem niederländischen Maler, aus. Kennst du ihn? Er wohnt in Amsterdam. Er muß in deinem Alter sein.«

»Nein, aber es wohnen so viele Maler in Amsterdam, daß der Beruf eigentlich eine Zeitlang verboten werden sollte.«

»Ich finde ihn interessant. Er hat in den letzten Jahren viel Erfolg in Tokyo.« Sie geht Bertus durch eine Glastür in ein riesiges Etagenhaus voran. Sie nehmen einen Fahrstuhl und eine Lieferantentreppe, laufen durch ein kompliziertes Netz von grauen Gängen, kommen an einem riesigen Fahrradunterstand und einem kleinen leeren Theatersaal vorbei. Dann öffnet Robynne eine graue Metalltür, und sie stehen in einer kleinen Galerie.

»Wie wissen die Leute, wie sie hierher kommen?« fragt Bertus. »Woher wußtest du den Weg?«

»Ich kenne die Galerielandschaft auswendig. Dies ist die Dependance einer größeren Galerie. Es gibt Hunderte solcher Orte, versteckt in großen Gebäuden.«

»Schön, wirklich«, sagt Bertus und geht langsam an den stillen, strengen Bildern Van Olmens entlang.

»Ja, ich kann mir vorstellen, warum die Japaner seine Arbeiten lieben. Sie sind so einfach, so ästhetisch.«

»Ja«, sagt Bertus nachdenklich, »und dennoch nicht dekorativ. Das ist komisch. Und doch auch sehr niederländisch.«

»Wieso?« fragt Robynne. Sie steht dicht neben ihm und sieht ihn an.

»Das Werk hat eine gewisse Eintönigkeit, die man sonst selten findet. Ich mag das. Es gibt einige niederländische Maler, deren Werke so zurückhaltend sind. Es ist nichts Barockes darin.«

»Ein solches Bild ist wie eine Nische«, sagt Robynne, »eher abwesend als anwesend.«

»Ja«, sagt Bertus überrascht, »und das ist überhaupt nicht niederländisch.«

»Nein, eher japanisch.«

»Ich werde, wenn ich wieder in Amsterdam bin, ein Bild von ihm kaufen, zur Erinnerung an diesen Tag mit dir.«

Robynne sieht ihn überrascht an. »Wirklich?«

»Ich schicke dir ein Foto von mir und dem Künstler, wetten?«

Die nächsten Galerien auf Robynnes Programm liegen auch verborgen in Labyrinthen von Gängen und Treppen. Sie betrachten, immer dicht beieinander stehend, zeitgenössische koreanische Objektkunst, japanische Malerei und die Videoinstallation eines thailändischen Künstlers.

»Sehr interessant, Robynne«, sagt Bertus. »Wirklich, ich genieße es. Darf ich dich zum Essen hier irgendwo in der Gegend einladen, und, wenn ja, weißt du etwas?«

»Ja, das darfst du. Aber laß uns in ein anderes Viertel gehen. Ginza ist teuer. Es gibt ein gutes *shabu-shabu-*

Restaurant in Akasakamitsuke, eine Haltestelle von unserem Hotel entfernt. Dann sind wir nach dem Essen schnell zu Hause. Es heißt Shabu Gen.«

»Was ist *shabu shabu* noch gleich?«

»Das wirst du sehen. Komm mit. Wir nehmen ein Taxi.« Robynne stellt sich mit gebietend erhobenem Arm an die Fahrbahn. Sofort hält ein Taxi.

»Wenn er fährt, kann der Taxichauffeur nicht so schnell sehen, daß es ein *gaijin* ist, der da steht«, sagt Robynne grinsend.

Im Shabu Gen werden sie zu zwei hohen Hockern an einer glatten, hölzernen, kreisförmigen Bar geführt, an der man den Köchen in der Mitte zusehen kann, die in strahlend weißen Schürzen laut schreiend bei der Arbeit sind. Sie lassen dünn geschliffene, scharfe Messer pfeilschnell auf dicke hölzerne Hackbretter sausen. Weiß geädertes Fleisch wird in dünne Scheiben geschnitten. Breit lachende Köche füllen duftende klare Bouillon mit riesigen Schöpflöffeln in Messingschüsseln. Rasch werden Teller mit verschiedenen Sorten dünn geschnittenen Fleisches, Körbe mit Pilzen, Chrysanthemenblättern, Tofu und rohen Nudeln vor sie hingestellt. Dampfender grüner Tee wird in hohe Tassen eingeschenkt und den Gästen über das glatte Holz zugeschoben.

»Zuerst senkst du das Fleisch in die Bouillon«, sagt Robynne, »dann das Gemüse, den Tofu und die Pilze, und zuletzt die Nudeln. Dies hier sind Saucen für das Fleisch: eine scharfe Misosauce und eine milde Sesamsauce. Wenn du die Nudeln aufgegessen hast, hat die Bouillon durch das darin Gegarte einen herrlich abgerundeten Geschmack bekommen. Dann wird eine Suppentasse gereicht, und man nimmt die Bouillon als Dessert zu sich. Was möchtest du dazu trinken? Ich empfehle dir Bier.«

»Dann Bier. Ach, wie ist es schön hier, Robynne. Ein wunderbarer Nachmittag war das. Herzlichen Dank.«

»Gern geschehen. Hast du Tagebuch geführt während der Ermittlungen?«

»Nein.«

»Ich auch nicht. Zhiqiang Li legte aber großen Wert darauf.«

»Wir wollten nicht über die Arbeit sprechen.«

»Das ist wahr. Wie wär's mit noch einem Spiel?«

»Nein. Immer noch ein Spiel. Das wird mir zuviel.«

»Schade.«

»Diese Mistmusik überall«, sagt Bertus, als sie dicht nebeneinander das Lokal verlassen. »Hör dir das an: *You are the sunshine of my life*«, singt er mit hoher Piepsstimme und läuft übertrieben im Takt. »*You are the apple of my eyehahahahahay.* Dann läufst du in einer Einkaufsstraße neben einer wildfremden Frau und schwenkst, ehe du dich's versiehst, im selben Takt mit ihr deine Einkaufstasche nach irgendeinem Liebeslied. Schrecklich.«

»Was redest du da?«

»Laß nur«, sagt Bertus. Seine Stimme ist nun beinahe völlig verschwunden. Sein sonst so schwerer Schritt ist federleicht.

*

Im Keller des Polizeipräsidiums im Kasumigaseki-Bezirk öffnet ein Bewacher Silva die dicke Eisentür der Zelle.

Frank Laing steht von einer Betonpritsche auf, geht in der Haltung eines Hausherrn auf Silva zu und schüttelt ihm herzlich die Hand. Seine Augen strahlen, er lacht freundlich.

»*Hairburger*«, sagt er. »Ich habe noch den ganzen Tag darüber lachen müssen.«

»Ja«, sagt Silva und wundert sich über die Sympathie, die er für Laing empfindet. Er hätte ihm am liebsten freundschaftlich den Arm um die mageren Schultern gelegt. Statt dessen setzt er sich auf den geschlossenen Deckel eines niedrigen Klos. Frank Laing läßt sich wieder auf die Pritsche fallen. Es befindet sich kein Mobiliar in der Zelle.

»Warum, Laing?« sagt Silva hart.

Laing wendet abrupt den Kopf von Silva zur geschlossenen Zellentür. Er bringt seinen Körper in eine merkwürdige, extrem abgewandte Haltung und sagt: »Das ist nicht so einfach.« Seine Stimme klingt anders, höher als zuvor.

Silva bewegt unwillkürlich seine Hand kurz in Richtung der Innentasche seines Jacketts, wo unhörbar ein Kassettenrecorder läuft. Draußen vor der Zellentür sitzt Bertus Hogenelst auf einem Holzstuhl, einen rotorangenen Ohrstöpsel im linken Ohr.

»Was haben Sie da in Ihrer Tasche, Kommissar? Einen Revolver? Sie brauchen vor mir keine Angst zu haben, das wissen Sie doch? Wie sollte ich Ihnen etwas tun können?«

Silva ignoriert dies. »Was ist nicht so einfach, Frank?«

»Nennen Sie mich nicht Frank, reden Sie mich lieber mit ›Iman‹ an.«

»Oder Jeromy Wanderfogel. Soll ich dich so nennen, Laing?«

»Nein. Nicht Wanderfogel jetzt.«

»Wo hast du das letzte Opfer gelassen, Iman?«

»Haben Sie mal etwas von *butō* gehört, Kommissar?«

Silva sieht, daß Laing noch immer einen weißen Verband um sein Bein trägt. »*Butō*?«

»*Ankoku butō*, sagt Ihnen das etwas?«

Silva schüttelt den Kopf.

»Der Tanz. Der japanische Tanz, womit die Toten zum Leben erweckt wurden nach der Bombe, Kommissar. Der dunkle Tanz, der Tanz, der das Leben nach der Atombombe darstellt. Der zur Erde gerichtete, schwere Tanz, der verrenkte Tanz, der die Innenseite des Körpers zeigen will anstelle der Außenseite.«

»*Ankoku butō*«, sagt Silva, »ist das nicht die Tanzgruppe Yamaguchis?«

Laing dreht sich langsam wieder aus seiner verschlungenen Haltung und stellt sich hin. Er geht etwas in die mageren Knie, rollt die Augen soweit nach oben, bis nur noch das Weiß zu sehen ist, sperrt den Mund weit auf und berührt mit der Zungenspitze sein Kinn. Seine mageren Hände wehen wie Fledermäuse weit oben über seinem Kopf. So geht er, auf den Außenkanten seiner Füße schwankend, ganz langsam auf Silva zu. Sein Bauch ist eine Höhlung, sein Rücken krumm wie der einer wütenden Katze. Silva macht ein paar Schritte rückwärts.

Laing hört plötzlich auf und setzt sich wieder hin.

»Ich habe gefragt, wo du das letzte Opfer gelassen hast«, sagt Silva.

»Es gibt drei große *butō*-Meister«, sagt Laing.

Silva schweigt.

»Hijikata ist gestorben. Ono ist in den Achtzigern und tanzt noch, und schön, Kommissar, schön! Mit seinen alten, faltigen Beinen unter einem zerrissenen Spitzengewand. Und dann gibt es Yamaguchi, natürlich. Er betrachtet Hijikata als seinen Vater. Hijikata hat noch im Gefängnis gesessen, wissen Sie das?«

Silva schüttelt den Kopf.

»Er hat nackt getanzt, und sich dabei einen gewaltigen goldenen Penis vorgebunden. Das war nicht erlaubt, so kurz nach dem Krieg.«

»Warum erzählst du mir das, Laing?«

»Iman«, verbessert Laing ihn.

»Iman«, sagt Silva brav.

»Die Schönheit des Todes«, sagt Laing, »davon sprechen diese Menschen. Das ist faszinierend, Kommissar. Hijikata sprach am Ende seines Lebens fast ausschließlich mit seiner toten Schwester. Er hatte sich seit ihrem Tod das Haar nicht mehr geschnitten. Es hing ihm bis zur Erde, wenn er es lose trug. Er steckte es mit zwei großen Kochstäben zu einem Knoten auf.«

»Was hat das mit dir zu tun?«

Frank Laing stellt sich wieder hin und erhebt sich hoch und schwankend auf die Zehen. Den Kopf läßt er weit nach hinten hängen. So trippelt er auf Silva zu. Er dreht Silva den umgedrehten Kopf zu. Der kahle Kopf sieht befremdlich aus. Silva macht sich klar, daß er noch nie ein Gesicht über Kopf betrachtet hat. Der Mund, der in der Stirn zu sitzen scheint, öffnet sich, und eine Piepsstimme sagt: »Die Innenseite des Körpers ist sehr schön.«

Er hebt seinen Kopf wieder, kommt aus seiner schwankenden Position wieder auf die Fußsohlen und steht Auge in Auge mit Silva. Er läßt seine Hände schlaff an seinen erhobenen Unterarmen herabhängen, als ob Wasser von ihnen herabtropfte, und tritt dabei mit hochgezogenen Knien auf der Stelle.

»So liefen sie in Hiroshima direkt nach der Bombe herum«, sagt er und macht weiter mit dieser wunderlichen Bewegung. »Die Haut lief von ihren Händen herab. Sie war geschmolzen.«

Silva muß zugeben, daß es genau so aussieht.

»Es muß ausgesehen haben wie nach Armageddon. Die Tänzer von Yamaguchi stellen ihn dar, den sinnlosen Augenblick des Jüngsten Gerichts. Großartig machen sie das: mit verdrehten Körperteilen, ihre Energie zur Erde gerichtet.«

»*The night of the living dead*«, sagt Silva sarkastisch. »Ich begreife immer noch nicht, was das mit dir zu tun hat.«

»Das Jüngste Gericht, Kommissar, Gerechtigkeit, das fasziniert mich.«

»Was hat das mit den Toten zu tun?«

»Alles.« Laing blickt Silva direkt in die Augen. »Es gibt kein verborgenes Opfer«, sagt er dann.

»Beim Körper von Pater Adel wurde Blut von zwei verschiedenen Personen gefunden, Laing, Blut mit und Blut ohne den HIV-Virus.«

»Das infizierte Blut ist von mir, Kommissar. Ich habe Aids.«

Silva schweigt.

»Ich habe mir ins Bein geschnitten bei Pater Adel. Das ist mir vorher noch nie passiert.«

»Und die Schleifspuren?«

»Das wird wohl mein schleifendes Bein gewesen sein. Ich habe nichts davon gespürt. Töten macht ekstatisch.«

»Du kannst gut schneiden. Wo hast du das gelernt?«

»Mein Vater war Schlachter.« Laing setzt sich hin, als würde er eine hübsche Geschichte erzählen. Er legt seine Arme um die hochgezogenen Knie. Silva schweigt. Sein Herz klopft.

»Sehen Sie, Kommissar«, sagt Laing ruhig, »ich gehöre zu einer dreifachen Minderheit: Ich bin Ausländer, ich bin homosexuell und ich habe Aids. Nie habe ich mich beklagt, immer habe ich mich für meine Mitmenschen eingesetzt, zum Beispiel als einer der aktivsten ehrenamtlichen Mitarbeiter der Stiftung Help!. Wenn meine Gesundheit es erlaubt, halte ich Vorträge für andere Aidspatienten auf englisch, französisch, deutsch, spanisch, portugiesisch oder japanisch. Ich schone mich selbst nicht. Ich bin bettelarm und wohne in einer Kaninchenhöhle von Wohnung, wo ich jeden Tag alles mit Chlor desinfizieren muß.«

»Und ab und an, zur Abwechslung, einen Klienten ermorden, Laing?«

»Wenn Sie wollen, daß ich weitererzähle, dann werden Sie mich doch mit ›Iman‹ anreden müssen«, sagt Laing.

»Iman«, sagt Silva laut.

»Am Beratertelefon von Help! bekomme ich Anrufe von Heterosexuellen, nicht diskriminierten, kerngesunden, jungen Weißen, daß sie sich elend fühlen. Sie rufen jeden Tag an. Wiederholungsanrufer, Menschen, denen überhaupt nichts fehlt. Die denken, daß sie sich Aids holen können, wenn sie aus einer schlecht abgewaschenen Tasse trinken, während sie die letzte Ausgabe der *Encyclopedia Britannica* in Leder gebunden in ihrem Bücherschrank stehen haben. Dummheit, Kommissar, muß bestraft werden. Und Hochmut, Kommissar, muß auch bestraft werden. Hochmut kommt hier sehr häufig vor. Typisch Tokyo ist er. Erfüllt sind sie, Kommissar, von der eigenen Wichtigkeit. Das kommt, weil die Ausländer von den Japanern so besonders behandelt werden. Oh, wie sind sie interessant!«

»Du hast sie gerichtet?«

»Äh, ja, das Jüngste Gericht nachgespielt. Was Gott darf, darf ich auch.«

»Und warum diese Arrangements mit den toten Körpern? Warum mußten sie serviert werden wie aufgeschnittener Fisch auf einer Schale?«

»Es ist Theater, Kommissar, und zum Theater gehört Dekoration.«

»Also siehst du dich selbst als Künstler?«

»Ja, ich bin Filmer gewesen.«

»Jeromy Wanderfogel, Hardporno«, sagt Silva.

»Der Darsteller von Armageddon. Der ultimative *butō*-Tänzer. Ich habe den Körper von innen nach außen gedreht.«

»Wie bist du nach Japan gekommen, Iman?«

»Ich bin der Sohn eines Schlachters«, sagt Laing im Plauderton. »Meine Mutter kam ursprünglich aus Schweden, daher der Name Wanderfogel. Als ich zehn war, konnte ich von allen in der Familie am besten schneiden. Später bin ich Assistent des Gerichtsmediziners im Leichenschauhaus eines Krankenhauses in Rio gewesen. Ich habe die Leichen gewaschen und die Temperatur der Kühlräume konstant gehalten. Es gab keinen besseren Job damals für einen verfolgten Homo.«

»Wurdest du verfolgt in Rio?«

»Ja, wegen Intimitäten mit einem Minderjährigen. Ich wurde festgenommen und in der Zelle von einem Polizisten vergewaltigt. Danach bin ich ständig auf der Flucht gewesen. Hier in Japan konnte ich ein neues Leben anfangen. Ich habe innerhalb der Ausländergemeinde viel Gutes getan, auch als Hypnotherapeut.«

»Donnerwetter, auch noch Hypnotherapeut!«

»Ich habe hier mein Diplom gemacht.«

»Eine feine Kombination, Iman, Leichenschneider und Hypnotherapeut.«

»Eine sehr gute Kombination«, bestätigt Laing vergnügt. »Das kollektive Unbewußte und der Tod. Der Tod ist sehr interessant, Kommissar, wirklich, er ist nichts, wovor man Angst haben muß.«

»Das wirst du alles haarklein deinem Psychiater erzählen, später. Wie fühlst du dich jetzt, Iman?«

»Ich habe Aids, Kommissar, da fühlt man sich nie gut. Aber ich bin nicht krank im Kopf, wie Sie es in *Cold Blue Fire* beschreiben.«

Er zitiert auswendig: »Fließende Grenzen des Ego. Limbisch psychotisch getriggerte Reaktion. Archaische automatische Handlungen. Anomalien am Frontalhirnlappen ...« Silva bemerkt mit Schrecken, daß Laing sein Buch äußerst genau gelesen hat.

»Nein, Kommissar«, fährt Laing fort, »Sie unterschätzen mich. Ich bin nicht eine bloße Maschine, die, gefüttert mit archaischem Brennstoff, um sich schlägt. Ich bin ein Künstler, der, geläutert durch Krankheit, über allen Gesetzen steht. Haarscharf sehe ich, was verkehrt ist. Mir hat sich das Dritte Auge geöffnet. Das geschieht nur bei Menschen, die lange meditieren und physisch sehr leiden.«

»Und wo sitzt dieses dritte Auge?« fragt Silva.

»Mitten auf der Stirn, das werden Sie doch wissen, Kommissar, da sitzt es bei Ihnen auch, nur ist es bei Ihnen geschlossen.«

Silva unterdrückt das Bedürfnis, mit der Hand an der Stelle zu fühlen. »Keine Schuldgefühle?« fragt er beiläufig.

Laing zählt rhythmisch wie mit Trommelschlägen auf: »Ich tue, was ich tue, weil ich es tun will, ich tue, was ich tue, weil ich es tun muß, ich tue, was ich tue, weil es getan werden muß, ich tue, was ich tue, weil irgend jemand es tun muß, und ich fühle, daß ich auserwählt bin, es zu tun. Wenn ich bald vor dem Thron stehe, wird unser aller Führer, wie er auch aussehen mag, über mich richten. Ich habe Vertrauen, daß er mich einlassen wird in das Reich seiner ewigen Freude.«

»Ich werde für dich beten.«

Laing läßt seine Knie aus dem Griff seiner Arme gleiten, dreht sich langsam zu Silva um. Er stellt seine Füße nebeneinander auf den Boden, legt seine Hände in den Schoß, beugt den Kopf elegant etwas schräg nach vorn, wie ein Ballettänzer, der einen Augenblick ausruht.

»Darauf lege ich großen Wert, Kommissar«, sagt er strahlend.

»Arbeitnehmer im Dienste des Kosmos«, sagt Silva finster.

»Sehr gut ausgedrückt, Kommissar«, sagt Laing immer noch strahlend. »Sie sind ein sensibler Mensch.«

*

11. September

Ich spreche nun zu der alten Frau, die ich sein werde, wenn ich dies wieder lese:

Nein, ich habe im entscheidenden Augenblick kein Tagebuch geführt. Das ist bedauerlich und unverzeihlich, denn für dich, alte Frau, schreibe ich das alles auf.

Ja, wir wissen, wer er ist, und warum er es getan hat. Frank Laing, besessen von dem Tanz der Finsternis, Armageddon ...

Ich spreche nun zu dem Kind, das ich einst war und das stolz auf mich wäre.

Ja, ich habe ihn verhaftet. Weißt du, wie ich mich fühlte, als alles vorbei war? Ich fühlte überhaupt nichts. Ich war nur irgendwie froh, daß ich jetzt bald nach Hause darf.

Ich habe geschlafen, zweimal sogar, bei Tage. Auf Kosten von Mochizuki habe ich am hellichten Tag zweieinhalb

Stunden nach Hause telefoniert und endlich mit Matthijs über die Ermittlungen sprechen dürfen.

Wir werden morgen mit einem Flugzeug nach Helsinki gebracht. Von dort wird jeder seines Weges gehen.
Ich stelle für dich, alte Frau, alles noch einmal chronologisch dar:
In der Nacht vom 9. auf den 10. September habe ich mein Bett nicht gesehen, denn am 9. September bekam ich einen Anruf von Momo Ashikawa, erste Tänzerin von Yamaguchi, der ihr, so hörte ich, alle Zähne hatte ziehen lassen, um so einen optimalen Kopf für seinen Tanz der Finsternis zu kreieren. Sie vermutete, daß Jeromy Wanderfogel wegen des Motorradanzugs vorbeikommen würde. Er hatte sie angerufen, um zu fragen, ob die Gruppe am Abend zu Hause sein würde. Auf diesen hauchdünnen Hinweis hin sind Mochizuki und ich zum Haus gegangen. Wir haben eine riesige Falle für Frank Laing aufgestellt, an der Hunderte Personen mitwirkten. Eine menschliche Maschine kam in Gang. Ich habe Frank Laing am frühen Morgen des 10. September verhaftet. Das werde mich berühmt machen, sagte Mochizuki. Es wird Frank Laing allerdings auch berühmt machen.

Mochizuki hatte einen fröhlichen Abend in einem Nachtclub geplant. Dahin mußten wir gestern nach dem Abendessen mitkommen. Der Club ist in einem Keller und heißt Pussy Cat. Es rührt mich zu wissen, daß Mochizuki dort seine freien Stunden verbringt, vielleicht in Gesellschaft Watanabes, vielleicht auch nicht. Mahagonitäfelung, gestickte Wandteppiche, Schäferidylle, roter Plüsch. In der Ecke ein Flügel, daran ein Pianist mit Haarausfall. Das Etablissement wird von einer Mama-san geführt, die

Midori heißt, weil sie sich immer in Grün kleidet. Sie ist kurzsichtig, trägt eine große Brille und hat einen zu jugendlichen Pagenschnitt. Außerdem ist sie fast taub – durch einen Unfall mit einer Flinte in ihrer Jugend, erzählte Mochizuki – und bewegt deshalb den Kopf immer hin und her; die Ähnlichkeit mit einer Eule war frappierend. Dennoch sang sie spanische Lieder – »Granada« auf Bitten Mochizukis – in ein Mikrofon; ihre Stimme kam mit zuviel Hall aus den Lautsprechern. Echte Hostessen gab es dort, die unsere Herren aufgeilten und die Frauen links liegen ließen. Fowell hatte eine gewisse Yōko auf dem Schoß. Auch sie sang, eine Art Jazz. Das Schlimmste war, daß wir immer wieder aufgefordert wurden, zur Klavierbegleitung zu singen. Es war ein lebendes *karaoke*. Es wurden Bücher herumgereicht mit Liedertexten. Fowell sang völlig falsch »Let it Be« zusammen mit Yōko. Mochizuki und Mama-san sangen zusammen das Liebesduett »Ginza no koi no monogatari«. Er war zu dem Zeitpunkt schon ziemlich betrunken, sang aber noch sehr sauber. Es war fast rührend. Refrain (todernst gesungen): »Einsam in Tokyo, einsam in Ginza, dies ist die Geschichte einer Liebe in Ginza«. Hinterher jubelte Watanabe und klatschte wie ein Idiot. Er hatte feuerrote Ohren, war betrunkener als Mochizuki. Die beiden schlugen sich gegenseitig auf den Rücken, als wären sie einander gleichgestellt.

Ich glaube, gesehen zu haben, wie Mochizuki Mama-san am Schluß über zweihunderttausend Yen überreichte. Mama Midori und ihre ganze Schar verabschiedeten uns mit viel Tamtam. Aber sie waren diskret. Sie müssen geahnt haben, wer wir sind, haben sich jedoch nichts anmerken lassen. Für die fünfhundert Meter zum Hotel nahmen wir auf Drängen Mochizukis Taxis.

Heute habe ich den Ort der Verhaftung noch einmal aufgesucht und ihn mir genau angesehen. In der gespenstischen Umgebung ist Wackwitz an sein Ende gekommen. Ein Stück Tokyo, das zufällig der Aufmerksamkeit der Stadtsanierer entgangen ist. In einem Jahr wird dort ein Wolkenkratzer stehen. Keine zehn Minuten zu Fuß entfernt befindet sich ein riesiges Tokyū Hands. Dort habe ich Geschenke für Matthijs und Andenken für mich gekauft. Eine Säge mit Zähnen auf beiden Seiten, Socken, bei denen jeder Zeh extra ist, *jikatabi*, Tintenstein, Stempelkissen, kupfergrünes Löschpapier in Tierumrissen, handgeschöpftes Papier, ostindische Tinte in Literflaschen aus Plastik, Füllpinsel.

Silva und Lucia Valenti sind heute essen gegangen. Bertus und Robynne sind den ganzen Tag in der Stadt. Mochizuki und Watanabe sitzen zu Hause bei ihren Frauen. Fowell hat die Damen vom Sekretariat und mich, um sich heute abend in der Bar zu amüsieren. Mal sehen, wie das wird mit dem alten Bock.
Morgen bricht der Medienzirkus los, und ich komme im zweiten Programm (NHK), glaube ich.
Hoffentlich sehen meine Haare gut aus. Was soll ich anziehen?

# 12

WÄHREND FRANK LAING UNTER SCHWERER BEWACHUNG in einer extra dafür gecharterten Boeing der Japan Airlines nach Honolulu übergeflogen wird, wo ihn die Verurteilung durch eine internationale Jury erwartet, ist das internationale Ermittlerteam in einem Spezialbus auf dem Weg zum Flughafen Narita. Mochizuki, Watanabe, Zhiqiang Li und Yukiko Inoue fahren mit, um sie dort zu verabschieden.

Jack Fowell sitzt allein und grinst das Plastikei in seiner Hand an. »Siehst du, *tamagochi* hat einen Schwanz gekriegt.« Er wendet sich an Bettina hinter ihm. Sie linst höflich zu dem kleinen Display auf dem Ei. Das Ei piepst jetzt. »Zeit, den Dreck wegzuräumen«, sagt Fowell. In der Ecke des Displays dampft ein digitaler Haufen. Fowell drückt auf einen kleinen Knopf und lacht laut. Bettina, sorgfältig frisiert und in neuer Designerkleidung, dreht peinlich berührt den Kopf weg, weil Fowell sie wieder einmal mit seinen Platitüden belästigt.

Zhiqiang Li, wie immer in Rot, ist mit Yvonne Lacoste und Yukiko Inoue in eine Frauenzeitschrift vertieft. Sie lachen.

Silva sitzt allein auf der Rückbank und blickt zu Lucia, die ein ernsthaftes Gespräch mit Bettina beginnt, die, einen Arm um die hohe Kopfstütze gelegt, neben ihr sitzt. Mochizuki und Watanabe sitzen schweigend nebeneinander auf den vordersten Sitzen hinter dem Fahrer. Robynne

Green hat neben Bertus Hogenelst Platz genommen, dessen Stimme inzwischen ganz verschwunden ist.

»Und doch ist es schade, daß du nicht mit mir ins Bett wolltest, Bertus«, flüstert Robynne, während sie ganz kurz den Kopf auf seine Schulter legt.

Der hilflose Bertus holt einen Schreibblock und einen Stift aus seiner Tasche und schreibt: »Nun hör endlich auf, Robynne!«

Robynne nimmt ihm den Stift aus der Hand und schreibt: »Laß uns durchbrennen. Jetzt ist der richtige Augenblick da.«

Bertus nimmt ihr den Stift ab: »Hör auf, Robynne Green!«

»Liebst du mich denn nicht?« schreibt Robynne.

»Doch, das tue ich.«

»Also, dann!«

»Diese Spielchen, Robynne, sie ermüden mich so. Die Kennenlernspielchen und Abschiedsspielchen von Zhiqiang Li, das Was-möchtest-du-lieber-sein-eine-Schlange-oder-ein-Bär-Spiel, das Gegen-ihren-Willen-Spiel, das Wer-darf-in-den-Club-Spiel, das Geschichten-erzählen-Spiel ... und nun wieder das Laß-uns-ein-neues-Leben-anfangen-irgendwo-ganz-weit-weg-Spiel. Nein, nein, nein, Robynne! Ich bin ein alter, müder Mann und will einfach nach draußen sehen.«

»Laß uns ein letztes Spiel spielen«, sagt Robynne grinsend.

Nein, schüttelt Bertus den Kopf.

Ja, nickt Robynne.

Nein, schüttelt Bertus den Kopf.

»Okay«, sagt Robynne. »Dann werde ich dir eine Abschiedsgeschichte erzählen. Eine Geschichte darüber, wie es hätte sein können.«

»Verschone mich!« schreibt Bertus lachend.

»Nein«, sagt Robynne und beginnt zu erzählen, rhythmisch und fast flüsternd: »Es wäre immer Wein im Hause gewesen. Sie hätten ihn mit guten Freunden getrunken. Sie wären nicht süchtig geworden, denn sie wären unüberwindlich gewesen. Sie hätten sich noch in hohem Alter im Beisein anderer in den Hintern gekniffen. Ihre nächtliche Leidenschaft hätte nie an Kraft verloren. Sie hätten für immer die Süße ihrer Lippen getrunken. Jedermann wäre eifersüchtig auf sie gewesen. Alles, was sie betrachteten, wäre von einem milden Licht beschienen gewesen. Alles was sie hörten, wäre bedeutungsvoll gewesen. Alles, was sie unternahmen, wäre mühelos verlaufen und immer gelungen. Sie hätte hart gearbeitet und noch viel erreicht. Er, müde und alt, wäre in Rente gegangen und hätte nichts anderes mehr getan, als auf ihr Nachhausekommen zu warten und ab und an sein Instrument zu berühren. Sie hätten viele Menschen und Tiere zu Besuch gehabt. Ihre Gastfreundschaft wäre in der kleinen Stadt, wo sie sich niedergelassen hätten, sprichwörtlich gewesen, auch über die Grenzen der Stadt hinaus. Sie hätten immer Pläne gemacht, gemeinsam zu sterben, aber sie hätten nie konkrete Maßnahmen dafür getroffen. Er wäre krank geworden, und sie hätte alles aufgegeben, um ihn zu versorgen. Er wäre eher gestorben als sie, gegen seine Erwartung, denn er hätte immer an das Unwahrscheinliche geglaubt. Er hätte sie laut weinend in tiefer Trauer zurückgelassen. Die Tabletten, die ein Arzt ihr zur Linderung ihrer Verzweiflung verschrieben hatte, hätte sie aufgespart und alle auf einmal geschluckt. Ihre Familie hätte ihre Asche, auf ihren ausdrücklichen Wunsch hin, mit der seinen vermischt. Auf daß sie für ewig verschlungen blieben.«

»Ach«, schreibt Bertus. »Du solltest aufpassen, du wirst noch Frank Laing ähnlich, der hat auch zuviel Phantasie.« Dann reißt er das auf beiden Seiten beschriebene Blatt aus seinem Schreibblock, zerknüllt es und steckt es in seine verschlissene Ledertasche.

Robynne blickt ihn böse an.

# Glossar

| | |
|---|---|
| *ankoku butō* | *butō*-Tanzgruppe |
| *apāto* | preiswertes Appartement |
| *atsui* | heiß, warm |
| *bentō* | Proviantschachtel |
| *butō* | Tanz der Finsternis |
| *-chan* | Suffix hinter einem Kindernamen |
| *Demo watashi wa nihongo ga dekimasu yo!* | Aber ich spreche Japanisch! |
| *dōjō* | Übungsraum |
| *dōmo* | Wort mit unzähligen Bedeutungen, beispielsweise: danke, also |
| *dōmō arigatō gozaimashita* | vielen Dank |
| *-dōri* | Straße |
| *fugu* | Kugelfisch |
| *furoshiki* | Tragetuch |
| *gaijin* | Ausländer |
| *genkan* | Hauseingang, wo man sich die Schuhe auszieht |
| *gomenkudasai* | hallo, guten Tag, wörtlich: Entschuldigung |
| *Hajimemashōka.* | Fangen wir an. |
| *Harvard International Kaiwa Gakuin wo shitteimasuka?* | Wissen Sie, wo die Harvard-Akademie für internationale Kommunikation ist? |

| | |
|---|---|
| *itai* | Schmerz, au! |
| *Jā gaikokujin no eigo wakaranaiyo.* | Also, ich verstehe das Englisch von Ausländern nicht. |
| *jikatabi* | baumwollene Zehenstiefel |
| *kaki* | japanische Frucht |
| *kanji* | japanische Schriftzeichen, die aus China stammen |
| *karaoke* | Kassette oder CD zum Mitsingen, wörtlich: Orchester ohne Singstimme |
| *katakana* | Silbenschrift, in der oft nichtjapanische Wörter geschrieben werden |
| *keisatsu* | Polizei |
| *kōban* | kleinere Polizeiwache |
| *-kun* | Suffix hinter einem Jungennamen |
| *konnichiwa* | guten Tag |
| *kotatsu* | niedriger Tisch mit Heizröhre |
| *kyōkai* | Kirche |
| *maaah!* | Ausruf des Erstaunens |
| *manga* | Comics |
| *meishi* | Visitenkarte |
| *midori* | grün |
| *Nan deshitaka?* | Was war das? Was wurde gesagt? |
| *Narita Express* | Schnellzug zwischen Tokyo und dem Flughafen Narita |
| *nattō* | fermentierte Sojabohnen |
| *nemaki* | Schlafkimono, Schlafanzug |
| *Nihon no tabemono wa zenbu oishii kedo, kore* | Ich finde japanisches Essen köstlich, aber hieran kann |

| | |
|---|---|
| *wa mada taberarenai.* | ich mich noch nicht gewöhnen. |
| *Ocha arimasu deshōka?* | Haben Sie noch grünen Tee? |
| *Ocha kudasai.* | Ich möchte bitte grünen Tee. |
| *ofuro* | Bad |
| *otsukaresama deshita* | Redewendung nach einer gemeinsam beendeten Arbeit |
| *pinpon!* | umgangssprachliche Wendung für: richtig! |
| *ryokan* | Hotel in japanischem Stil |
| *saishoku-shugisha* | Vegetarier |
| *-san* | Suffix hinter dem Namen |
| *sararīman* | Angestellter, Geschäftsmann, volksetymologisch vom englischen *salaried man* |
| *satori* | geistige Erleuchtung im Buddhismus |
| *semi* | Zikade |
| *sentō* | öffentliches Badehaus |
| *shabu shabu* | Fleischtopfgericht |
| *shinjirarenai* | unglaublich |
| *shiso* | frischduftendes Kraut, das oft zu rohem Fisch serviert wird |
| Shiatsu | Druckpunktmassage |
| *sō ne* | tja |
| *sumie* | Tuschmalerei |
| *taiko* | japanische Trommel |
| *tamago* | Ei |
| Tatami | Reisstrohmatte |
| Tōdai | Universität Tokyo |
| *tōnyū* | Sojamilch |
| *tōrima* | Amoklauf |

| | |
|---|---|
| *wāpuro* | Wordprocessor |
| *yakitoriya* | Imbißladen, in dem es Fleischspießchen (meist Geflügel) gibt |
| *yakuza* | (Mitglied einer) Verbrecherorganistion |
| *yanagiba* | sehr scharfes Messer zum Fischschneiden |
| *Yoroshiku onegaishimasu.* | Ich rechne auf Ihre Hilfe. |
| *yosshi!* | Wort mit vielen Bedeutungen, beispielsweise: los, gut, prima |
| *yukata* | Sommerkimono |
| *zabuton* | Sitzkissen |
| *zazen* | Sitzmeditation im Zenbuddhismus |

*Ein bewegendes Frauenschicksal im alten China*

Shanghai 1878: Der kleinen May werden im Alter von zwei Jahren die Zehen gebrochen und die Füße eingebunden, denn die »Lotosfüße« sollen nach altem Brauch ihren Heiratswert erhöhen. Aber May lässt sich ihre Eigenständigkeit nicht nehmen – auch nicht, als sie ihren Körper verkaufen muss, um zu überleben. Ihr Schicksal ist eng verflochten mit dem ihrer Nichte Alice und nur durch diese findet sie schließlich den Weg in die Freiheit ...

»Eine faszinierende Spurensuche«
*Madame*

Kathryn Harrison
**Die gebundenen Füße**
Roman

List Taschenbuch

***»Eine dramatische Verbrecherjagd in Göteborg – clever und spannend erzählt.«***
***Der Spiegel***

Die Leiche einer Frau ohne Namen. Spuren, die ins Nichts führen. Die aufgeladene Atmosphäre eines heißen schwedischen Sommers. Und ein verängstigtes Mädchen, das sich in dem Versteck, in dem es festgehalten wird, nach seiner Mutter sehnt. Kommissar Winter, dessen Vorliebe für guten Jazz und elegante Anzüge sich in Göteborg herumgesprochen hat, setzt sein ganzes psychologisches Feingefühl ein, um den Mörder – und das Mädchen – zu finden.

»Der Roman besticht durch eine klare, schnörkellose Sprache, psychologischen Tiefgang und seine liebenswerte menschliche Hauptfigur.«
*Freundin*

Åke Edwardson
**Die Schattenfrau**
Roman